U0140850

21 世纪普通高等教育规划教材

国际贸易理论与实务

主　编　籍丹宁

副主编　徐　丽　许洪砖　夏佳辉

参　编　赵玉颖　邱　晖　房　红　孔令秋

机 械 工 业 出 版 社

本书共 17 章，从五个方面系统简明地介绍了国际贸易理论、国际贸易政策与措施、区域经济一体化、世界贸易组织和国际贸易实务操作等内容。其中第 1 章为国际贸易的概述；第 2 ~ 5 章是国际贸易理论，主要介绍了古典自由贸易理论、保护贸易理论和当代发展较新的国际贸易理论；第 6 ~ 9 章介绍了国际贸易政策和贸易措施，包括西方国家、发展中国家特别是我国的外贸政策以及关税壁垒、非关税壁垒和其他贸易措施；第 10 章和第 11 章分别介绍了区域经济一体化和世界贸易组织；第 12 ~ 17 章为国际贸易实务操作，包括贸易术语、国际贸易合同的主要条款以及进出口交易的履行程序等内容。

为了方便教学，每章中都列出了"学习目标"、"本章小节"、"关键术语"和"课后习题"；在理论和政策部分的每章中都加入了专栏或者专题知识，为学生提供了更多的国际贸易领域信息和知识；在实务部分，加入了案例分析和计算例题，使学生能够更好地将理论知识与实践内容进行结合，提高综合分析能力。本书还在正文中对重要的术语和概念进行了英文标注，并在书末附上了主要术语的中英文对照，有助于提高学生专业外语水平。

全书结构完整，层次清晰，内容新颖，可供普通高等院校经济管理类专业的教学使用，也可作为广大经济管理干部、工商企业人员的阅读教材。

图书在版编目（CIP）数据

国际贸易理论与实务/籍丹宁主编 . —北京：机械工业出版社，2011.2
21 世纪普通高等教育规划教材
ISBN 978-7-111-33251-0

Ⅰ.①国⋯　Ⅱ.①籍⋯　Ⅲ.①国际贸易－经济理论－高等学校－教材
②国际贸易－贸易实务－高等学校－教材　Ⅳ.①F740

中国版本图书馆 CIP 数据核字（2011）第 015742 号

机械工业出版社（北京市百万庄大街 22 号　邮政编码 100037）
策划编辑：易　敏　责任编辑：易　敏　赵海莲
版式设计：张世琴　责任校对：李秋荣
封面设计：马精明　责任印制：乔　宇
北京机工印刷厂印刷（三河市南杨庄国丰装订厂装订）
2011 年 3 月第 1 版第 1 次印刷
184mm×260mm · 17.5 印张 · 429 千字
标准书号：ISBN 978-7-111-33251-0
定价：33.00 元

凡购本书，如有缺页、倒页、脱页，由本社发行部调换
电话服务　　　　　　　　　　网络服务
社服务中心：(010) 88361066　门户网：http：//www.cmpbook.com
销 售 一 部：(010) 68326294
销 售 二 部：(010) 88379649　教材网：http：//www.cmpedu.com
读者服务部：(010) 68993821　**封面无防伪标均为盗版**

前　言

自 20 世纪 80 年代以来，历经 30 年的发展，尤其是借鉴国外"国际经济学"优秀教学体系的丰富经验，我国的国际贸易课程体系和内容正在逐步与国际接轨。为了适应我国对外贸易的长远发展，同时满足高校教学与培训广大外贸从业人员的急需，编者们在研究了已有的各种国际贸易相关教材之后，结合近几年国内外最新修订、公布的有关法规和国际贸易惯例，以及国际贸易领域中发生的最新事件、最新做法，同时重点考虑国内高校人才培养目标的实际需求，编撰了本书。

目前市场上关于国际贸易的相关书籍较多，名称各异（国际贸易、国际贸易原理、国际贸易理论与政策、国际贸易理论与实务），结构编排上也都有所区别，有些比较强调理论模型的经济分析，更趋近于国际经济学，有些偏重国际贸易的政策和制度，缺少和前沿知识的链接。为了满足普通高校应用型国际贸易人才培养模式的要求，在编排上，本书体现了两大特点：

一是在结构安排上，降低难度较大的经济学分析方面的内容，更侧重政策和体制方面的内容，增加应用性知识和实用性知识的比重。在每一章的结构安排上，按照学习目标——教学内容——本章小结——关键术语——课后习题的模式安排，同时在每一章的内容中，都加入了专栏、专题知识、人物链接、案例分析、计算例题等大量的阅读性材料，将国际贸易领域中发生的重要/重大事件、法规等知识贯穿在相应的理论内容中。在编写过程中，编者查阅了大量发生于近两三年的实际案例，使读者能掌握最新的信息资料，切实做到理论联系实际，突出显示了本教材的实用价值。这一特点能够满足高校培养应用型国际贸易人才的需求，同时也有助于非专业人员加深对理论知识的理解。

二是在内容编排上，更加突出我国在国际贸易领域中的各类信息和相应的法规、条例等知识。鉴于我国在国际贸易领域发挥着日益重要的作用，所以在专栏、专题知识的选用上，编者更注重贴近我国实际，在每一章中都结合具体内容添加了与我国具体实际相关联的各类信息和资料，以求让读者在最大程度上了解我国在国际贸易领域中的地位和发展情况。

本书力求内容全面系统，专栏结合实际，语言简洁明快。本书既不是空洞的理论说教，也不是简单的专栏叠加，而是理论与实践的融合，希望能给读者一个新的学习思路，从总体上把握国际贸易知识的理论框架，并能结合实际事件进行深入理解。本书可作为普通高等院校经济管理类专业的教材，同时也可用于外经贸专业人员的培训，或供对国际贸易感兴趣的非专业人士阅读。建议本教材用于56课时的教学安排，对于非国际贸易专业的学生，可以在此基础上适当删减课时。本书附有PPT课件供课堂教学使用，使用本书授课的教师可联系出版社编辑索取（yimin9721@163.com）或登录机械工业出版社教材服务网注册下载（www.cmpedu.com）。

　　本书由黑龙江科技学院籍丹宁老师担任主编，负责全书的统稿工作，哈尔滨工业大学华德学院徐丽和东北农业大学成栋学院的许洪砖和夏佳辉担任副主编。全书的写作分工如下：房红编写第1章，籍丹宁编写第2章、第7章、第8章、第12章、第15章，赵玉颖编写第3章、第4章，徐丽编写第5章、第6章、第17章，邱晖编写第9章、第10章，夏佳辉、孔令秋编写第11章，许洪砖编写第13章、第14章、16章。

　　本书在编写过程中，编者参考和引用了大量的国内外有关国际贸易理论的研究成果，还从各大新闻网站和政府机关官方网站上引用了一些数据和资料，在此向原作者、出版者和各大网站表示衷心的感谢。由于本书编写人员的知识水平和教学经验有限，本书的缺点和疏漏之处在所难免，敬请批评指正。

编　者

目　　录

第1章 导 论

学习目标：

1. 了解国际贸易的产生与发展的过程。
2. 了解国际贸易的基本概念。
3. 掌握国际贸易的分类。

1.1 国际贸易的产生与发展

国际贸易是一个历史范畴，它是在生产力发展到一定的阶段时才产生和发展起来的。国际贸易的产生必须具备两个基本的条件，一是要有国家的存在，二是有可供交换的剩余产品。国际贸易的出现是社会生产力发展的必然结果。

1.1.1 原始社会的贸易

在原始社会初期，人类以群居为主，靠打鱼、捕兽维持基本的生活，生产力水平极度低下，处于自然分工状态，劳动成果仅能维持基本的生存需要，没有剩余产品用于交换，所以没有对外贸易。

在人类社会经历了三次大分工之后，社会生产力得到了较大的发展，出现了剩余产品，个别地区之间有了部落之间的商品交换，随着私有制的出现，产生了奴隶社会。在原始社会末期和奴隶社会初期，随着阶级和国家的出现，商品交换超出了国界，国家之间的贸易便产生了。

1.1.2 奴隶社会的国际贸易

在奴隶社会，生产力水平仍然低下，社会分工不发达，自然经济占主导地位，生产的目的主要是为了消费，用于交换的产品数量很少。同时，由于生产技术落后、交通工具简陋，对外贸易的范围受到很大的局限，国际间的商品交换只是个别的、局部的现象。

奴隶社会时期从事国际贸易的国家主要是地中海沿岸国家，如希腊、罗马等，交易的商品主要是奴隶主阶级追求的奢侈品，如宝石、香料、装饰品等。我国在夏商时代进入奴隶社会，贸易集中在黄河流域沿岸。

1.1.3 封建社会的国际贸易

封建社会的经济仍然是自给自足的自然经济，农业生产在各国经济中占主导地位。但这一时期的国际贸易有了较大的发展。尤其是到了封建社会晚期，随着城市手工业的发展，商品经济和对外贸易都有了较快的发展，具体表现在：一是商品种类有所增加，参加国际贸易的主要商品，除了奢侈品以外，还有日用手工业品和食品，如棉织品、地毯、瓷器、谷物和酒等，这些商品主供权贵和富裕阶层享用；二是贸易范围不断扩大，已经出现了国际贸易中心。

1.1.4 资本主义时期的国际贸易

15 世纪末期至 16 世纪初期，一系列重大的地理大发现，使得欧洲经济和全球贸易取得了巨大的进展，不仅加速了资本的原始积累，还大大推动了国际贸易的发展。里斯本、安特卫普和伦敦等先后成为繁盛的国际贸易港口，贸易范围遍及亚洲、非洲和美洲。

进入 17 世纪中期，资本主义生产方式正式确立。18 世纪中期，资本主义进入自由竞争时期，欧洲国家先后发生了产业革命和资产阶级革命，建立了大机器工业，生产力迅速提高，物质产品大为丰富，从而使国际贸易有了空前迅速的发展。显然，国际贸易的巨大发展是资本主义生产方式发展的必然结果。

19 世纪 70 年代后，一些资本主义国家纷纷过渡到垄断资本主义时期，垄断代替了自由竞争，此时的国际贸易也明显地带有垄断的特点。由于生产和资本高度集中，垄断企业不仅控制了国内贸易，而且还控制了国际贸易，垄断企业利用国际贸易追求最大化利润。

从全球范围来看，在资本主义时期，国际贸易的范围和规模在不断地扩大，国际贸易也越来越成为各国经济发展的重要因素。

1.1.5 第二次世战大战后的国际贸易

由于世界经济和国际政治格局的变化，第二次世界大战后，国际贸易的发展呈现出新的特征。

1. 国际贸易发展速度快，但不稳定

第二次世界大战后，在第三次科技革命的作用下，国际贸易取得重大发展。世界货物贸易额从 1950 年的 607 亿美元增加到 2008 年的 323 650 亿美元，增加了 532 倍；而国际服务贸易额从 1985 年 3 775 亿美元增加到 2008 年的 72 000 亿美元，增加了 18 倍。总体来说，国际贸易的发展速度很快，但是在不同的历史阶段，其发展是不稳定的。从第二次世界大战结束后到 1973 年，是国际贸易发展的"黄金时代"；从 1974 年的第一次战后经济危机到 1980 年的第二次经济危机，是世界经济的动荡和转折期；从 20 世纪 80 年代后半期到 2007 年，是经过乌拉圭回合调整后的国际贸易回暖阶段。

2. 国际贸易格局分布不平衡

发达资本主义国家在世界贸易中仍占支配地位，这是世界贸易的主要特征之一。这种特征形成于 19 世纪，在 20 世纪上半叶保持下来，至今未变。1950 年，发达国家在国际商品出口贸易中的比重为 60.77%，2001 年为 64.12%，而发展中国家和地区的比重分别为 31.5% 和 32.1%。主要发达国家的对外发展是不平衡的。德国、美国和日本在发达国家中出口贸易居前三名，而英国、西班牙等国家在世界贸易中的地位却在逐渐下降。

3. 国际贸易商品结构发生巨大变化

长期以来，初级产品一直在国际贸易中占有较大的份额，1937 年所占比重为 63.3%，而制成品比重不到 40%。但在第二次世界大战后，工业制成品贸易迅速增长，而初级产品贸易增长相对缓慢。2002 年，制成品的比重已经上升至 79.5%。在世界制成品贸易中，机械产品和化工产品的比重不断提高，而纺织品、轻工产品和钢铁制品等所占比重明显下降。

4. 贸易区域集团化趋势加强

贸易集团化是当今世界市场发展的重要趋势之一。第二次世界大战后，世界范围内出现了各种不同类型、大小不一、形式各异的区域性贸易集团。这些贸易集团遍布欧洲、北美、亚太、非洲和拉美等地区。在世界市场上，欧洲、北美和亚太地区的贸易集团化趋势影响最大，主要有欧盟、北美自由贸易区和亚太经济合作组织。

国际市场竞争激烈、贸易保护主义日渐盛行、国际形势的变化和当代各种矛盾激化等原因，促成了区域贸易集团化的发展，其在国际贸易中的地位也越来越重要。区域贸易集团内部成员之间相互削减或取消关税，消除或减少非关税壁垒，相互给予优惠待遇，加强经济合作，由此推动了区域贸易集团内部贸易的迅速发展，提高了成员方在世界贸易中的地位。

5. 跨国公司在国际贸易中的地位凸显

第二次世界大战后，跨国公司数量剧增，从 1993 年 35 000 家增加到 2001 年 65 000 家，全球有子公司 850 000 家，雇员数量高达 54 000 万。跨国公司的发展对世界经济贸易的发展有着举足轻重的作用。跨国公司不仅促进了国际贸易的增长和国际技术贸易的发展，而且还影响着国际贸易商品结构和国际贸易地区分布。根据 2002 年《世界投资报告》的统计，跨国公司在世界贸易中所占的份额已经超过了 70%，其中，跨国公司的内部贸易占世界贸易的 1/3，技术贸易占国际技术贸易的 60% ~ 70%。目前，这些比例还有扩大的趋势。

1.2　国际贸易的基本概念

1.2.1　国际贸易（International Trade）

国际贸易是指不同国家（或地区）之间进行的商品和服务的交换。既然国际贸易泛指国家（或地区）之间的商品交换，那么，它既包括本国（或地区）与他国（或地区）之间的贸易，也包括别的国家（或地区）之间的贸易。因此，从全世界范围来看，国际贸易也可称为世界贸易（World Trade）。

1.2.2　对外贸易（Foreign Trade）

对外贸易是指一个国家（或地区）与其他国家（或地区）进行的商品和服务的交换活动。对外贸易是以一个国家或地区为出发点来看待贸易活动，所以称为对外贸易，或者也可称为"国外贸易"或"外部贸易"（External Trade）。由于对外贸易是由商品的进口和出口两部分构成的，所以有时又称为"进出口贸易"（Import and Export Trade）或者"输出入贸易"。

可见，上述两个概念既紧密相联但又有所区别。二者都是国际（或地区）间的商品和服务的交换活动，不过研究问题的角度不同，当研究角度从一个国家或地区出发时，则为"对外贸易"，当把贸易活动作为一个整体进行研究时，则为"国际贸易"。

1.2.3　对外贸易额（Value of Foreign Trade）

对外贸易额是一个国家（或地区）在一定时期（如一年）内出口贸易额和进口贸易额的总和，它是反映一国（或地区）对外贸易规模的重要指标之一。如果把世界上所有国家（或地区）的进口贸易额或出口贸易额相加，就得到世界货物贸易额。由于一国（或地区）的出口即意味着其他国家（或地区）的进口，因此，从世界范围看，所有国家（或地区）

出口贸易额应等于所有国家（或地区）进口贸易额。但由于各国（或地区）在统计出口贸易额时，一般都是按离岸价格（FOB）来计算，而统计进口贸易额时，一般按到岸价格（CIF）计算。所以，世界出口贸易额总是小于世界进口贸易额。

1.2.4　对外贸易量（Quantity of Foreign Trade）

对外贸易额以货币表示交易规模容易受到价格变动的影响，不能准确反映一国（或地区）对外贸易发展的实际情况。而按照实物计量单位进行计算，可以剔除价格变动等因素带来的虚假成分，更准确地反映实际贸易情况。具体做法是以固定年份为基期计算的进口或出口价格指数除当时的进口额或出口额，得到当年按不变价格得出的进口额或出口额，然后进行比较，可知对外贸易发展的实际规模。

1.2.5　贸易差额（Balance of Trade）

贸易差额是指在一定时期（如一年）内一个国家（或地区）的出口额与进口额之间的差额。如果出口额大于进口额，称为"贸易顺差"，也可称为"出超"（Trade Surplus）；如果出口额小于进口额，则为"贸易逆差"亦称"入超"（Trade Deficit）；如果出口额与进口额相等，则为"贸易平衡"。通常贸易顺差以正数表示，而贸易逆差以负数表示。贸易差额是衡量一国对外贸易状况的重要标志。一般说来，贸易顺差表明一国在对外贸易收支上处于有利地位，贸易逆差则相反。

专栏 1-1　我国六年来首现贸易逆差

久违的贸易逆差让中国最新外贸统计格外引人注目。海关总署发布数据显示，3月份当月我国贸易逆差72.4亿美元，这也是自2004年以来我国外贸六年来首次出现逆差。受此影响，一季度我国外贸顺差为144.9亿美元，大幅减少76.7%。

据海关统计，2010年3月当月，我国进出口总值为2 314.6亿美元，增长42.8%。其中出口1 121.1亿美元，增长24.3%，而进口更为迅猛，为1 193.5亿美元，增长66%。

3月份当月我国进口增速"跑赢"出口增速41.7个百分点，是终止了我国自2004年5月开始连续70个月贸易顺差局面的重要因素。来自海关总署的分析称，3月，国内需求旺盛，拉动石油等原材料进口数量和价格双双强劲上升，同时，国内消费结构升级也导致了汽车类产品进口猛增。其中，3月份当月逆差主要来自中国台湾、日本和韩国等国家和地区，规模分别为79亿美元、65.3亿美元和61.3亿美元。

所谓贸易逆差是指一国或地区在特定年度内进口贸易总值大于出口总值。我国上一次出现年度贸易逆差是在1993年，上一次出现月度贸易逆差是在2004年。近年来，我国高歌猛进的外贸出口和持续的贸易顺差一度被视为全球贸易不平衡的推手，也成为美欧等贸易伙伴对人民币汇率问题口诛笔伐的主要借口。但自2009年10月份以来，我国外贸顺差呈逐月减少的态势。

对此，商务部部长陈德铭表示，贸易顺差逐步减少，说明中国的国际收支平衡状况正在改善。"当前看来，我国的贸易逆差正是全球经济艰难复苏的一个缩影，是中国对世界经济的有力拉动，这和人民币汇率高低没有必然联系。"

（资料来源：北京晨报 刘映花 2010.04.11）

1.2.6　贸易条件 (Terms of Trade，TOT)

贸易条件是指出口一单位本国（或地区）商品可以换回的外国（或地区）商品的数量。贸易条件一般以一定时期内出口商品价格与进口商品价格之间的比率来表示，通常用一国（或地区）在一定时期（如一年）里的出口商品价格指数同进口商品价格指数对比进行计算。

$$贸易条件指数（TOT） = \frac{出口价格指数}{进口价格指数} \times 100$$

TOT 的计算值有三种情况：①TOT 大于 100，表示换回的外国（或地区）商品多，即贸易条件好转；②TOT 小于 100，表示换回的外国（或地区）商品少，即贸易条件恶化；③TOT 等于 100，即贸易条件不变。

1.2.7　对外贸易依存度 (Ratio of Dependence on Foreign Trade，RDFT)

对外贸易依存度是指一国（或地区）对外贸易总额与该国（或地区）国内生产总值（GDP）或国民生产总值（GNP）的比例。若以 X 表示出口，M 表示进口，则对外贸易依存度的计算公式为

$$RDFT = \frac{X + M}{GDP}$$

对外贸易依存度又可分为出口贸易依存度（RDET）和进口贸易依存度（RDIT）。出口贸易依存度以一国的出口总额占国内生产总值的比重来表示。进口贸易依存度以一国的进口总额占国内生产总值的比重来表示。

$$RDET = \frac{X}{GDP}, \; RDIT = \frac{M}{GDP}$$

1.2.8　对外贸易商品结构 (Composition of Foreign Trade)

对外贸易商品结构是指一国（或地区）在一定时期里（如一年）各类商品在进出口贸易额中所占的比重。对外贸易商品结构可以反映经济发展水平、产业结构状况、科技发展水平以及在国际分工中的地位。一般来说，一国（或地区）出口制成品所占的比重越大，反映它的生产力水平越高，在国际分工的优势地位越明显。发达国家主要以出口技术、资本密集型的工业制成品为主，进口以初级产品和劳动密集型的工业制成品为主；而发展中国家则主要出口初级产品和劳动密集型工业制成品，进口技术、资本密集型工业制成品。

1.2.9　对外贸易地理方向 (Direction of Foreign Trade)

对外贸易地理方向也称对外贸易地区分布，是指一国（或地区）对外贸易额的地区分布和国别分布状况，即该国（或地区）的出口商品流向和进口商品来自哪些国家或地区。该指标反映了一国或地区同世界各国或各地区的经济贸易联系的程度。以我国为例，2007年，我国的主要对外贸易地理方向排名前四位的是欧盟（16.4%）、美国（13.9%）、日本（10.9%）、东盟（9.3%）。

专栏 1 – 2

　　我国（内地，不包含我国台湾、香港）与主要贸易伙伴 2007 年全年相关进出口情况如表 1-1、表 1-2、表 1-3、表 1-4、表 1-5 所示。

表 1-1　我国十大贸易伙伴

贸易伙伴	贸易额/亿美元	同比增长（%）	贸易总额占比（%）
欧盟	3 561.5	27.0	16.4
美国	3 020.8	15.0	13.9
日本	2 360.2	13.9	10.9
东盟	2 025.5	25.9	9.3
中国香港	1 972.5	18.8	9.1
韩国	1 599.0	19.1	7.4
中国台湾	1 244.8	15.4	5.7
俄罗斯	481.7	44.3	2.2
澳大利亚	438.5	33.1	2.0
印度	386.5	55.5	1.8

表 1-2　中国十大出口市场

出口市场	出口额/亿美元	同比增长（%）	出口总额占比（%）
欧盟	2 451.9	29.2	20.1
美国	2 327.0	14.4	19.1
中国香港	1 844.3	18.8	15.1
日本	1 020.7	11.4	8.4
东盟	941.8	32.1	7.7
韩国	561.4	26.1	4.6
俄罗斯	284.9	79.9	2.3
印度	240.2	64.7	2.0
中国台湾	234.6	13.1	1.9
加拿大	194	25.0	1.6

表 1-3　我国十大进口来源地

进口来源地	进口额/亿美元	同比增长（%）	进口总额占比（%）
日本	1 339.5	15.8	14.0
欧盟	1 109.6	22.4	11.6
东盟	1 083.7	21.0	11.3
韩国	1 037.6	15.6	10.9
中国台湾	1 010.2	16.0	10.6
美国	693.8	17.2	7.3
澳大利亚	258.5	33.8	2.7
俄罗斯	196.8	12.1	2.1
巴西	183.3	42.0	1.9
沙特阿拉伯	175.6	16.4	1.8

表1-4　我国前十位顺差来源地

顺差来源地	顺差额/亿美元	上年同期顺差额/亿美元	同比增长（%）
中国香港	1 716.2	1 444.7	18.8
美国	1 633.3	1 442.2	13.3
荷兰	364.9	272.1	34.1
英国	238.8	176.6	35.2
阿拉伯联合酋长国	140.2	86.1	62.9
新加坡	121.2	55.1	119.8
西班牙	121.1	84.9	42.6
意大利	109.6	73.7	48.8
印度	93.9	43.1	117.9
俄罗斯	91.9	65.4	40.5

表1-5　我国前十位逆差来源地

逆差来源地	逆差额/亿美元	上年同期逆差额/亿美元	同比增长（%）
中国台湾	−775.6	−663.5	16.9
韩国	−476.2	−452.3	5.3
日本	−318.8	−240.5	32.6
菲律宾	−156.2	−119.3	30.8
安哥拉	−116.6	−100.4	16.1
马来西亚	−110.2	−100.3	9.8
泰国	−106.9	−81.9	30.5
沙特阿拉伯	−97.5	−100.3	−2.8
澳大利亚	−78.6	−57	37.9
巴西	−69.6	−55.3	25.9

（资料来源：中国商务部网站，http：//www.mofcom.gov.cn，2008.02.25）

如果从国际贸易方面来看，地理方向则是指世界贸易额的国别分布或洲别分布情况，反映了各国或各洲在国际贸易中的地位。计算各国在国际贸易中的比重，既可以计算各国的进、出口额在世界进、出口总额中的比重，也可以计算各国的进出口总额在国际贸易总额（世界进出口总额）中的比重。例如，2008年，我国的出口贸易额占世界出口贸易总额的比重为8.8%，排名第2位。同年，世界贸易总额为15.775万亿美元，排名前三位的分别是美国3.47万亿美元（22%），德国2.78万亿美元（17.62%），中国2.56万亿美元（16.23%）。

1.3　国际贸易的主要分类

国际贸易范围广泛、性质复杂，可以从不同角度进行分类。

1.3.1　按商品流向划分：出口贸易、进口贸易、过境贸易、复出口、复进口

1. 出口贸易（Export Trade）

出口贸易是指一国将自己生产的商品运往国外市场销售的贸易行为，也可称为输出贸

易。如果商品不是外销，如运往境外使馆、驻外机构的物品，或者旅客携带个人物品到境外等，则不计入出口贸易的统计之中。

2. 进口贸易（Import Trade）

进口贸易是指一国从国外市场购进商品用以国内生产或消费的贸易行为，又称为输入贸易。同样，若不是因购买而输入国内的商品，如外国使、领馆运进自用的货物，以及旅客携带个人物品进入国内等，则不列入进口贸易。

3. 过境贸易（Transit Trade）

某种商品从甲国经由乙国运往丙国销售，对乙国来说，这项买卖就是过境贸易。在过境贸易中，由于乙国既不是商品的生产国，也不是商品的销售国，所以，过境贸易不会对国内的经济发展产生不利的影响，反而可以通过重新包装、分类、提供仓储等活动获得收入，世界上多数国家对过境贸易都采取鼓励措施。过境贸易因没有货物的所有权，因此，过境商品一般不列入本国的进出口统计中。

4. 复出口（Re–export Trade）

复出口是指从国外输入的商品，没有在本国消费，未经加工就再出口，也称为复输出。如进口货物的退货、转口贸易等。

5. 复进口（Re–import Trade）

复进口是指输往国外的商品未经加工又输入本国。产生复进口的原因，或者是商品质量不合格，或者是商品销售不对路，或者是国内本身就供不应求。从经济效益考虑，因为复进口往往需要垫付出口与复进口的费用，因而没有任何经济意义，一国应该尽量避免出现复进口的情况。

1.3.2 按商品形态划分：有形贸易和无形贸易

1. 有形贸易（Tangible Trade）

有形贸易是指在进出口贸易中进行的实物商品的交易，即货物贸易。有形贸易的进出口都需要办理海关手续，所以在海关的进出口统计中可以反映出来，也构成了一个国家在一定时期内的对外贸易额。

2. 无形贸易（Intangible Trade）

无形贸易是指在进出口贸易中进行的没有物质形态的商品的交易。无形贸易可以分为服务贸易和技术贸易。一般来说，服务贸易（Trade in Services）是指提供活劳动（非物化劳动）以满足服务接受者的需要并获取报酬的活动。世界贸易组织的《服务贸易总协定》把服务行业分为 12 个部门，即商业、通信、建筑、销售、教育、环境、金融、卫生、旅游、娱乐、运输和其他。技术贸易（Technology Trade）是指技术供应方通过签订技术合同或协议，将技术有偿转让给技术接受方使用。无形贸易通常不办理海关手续，一般不反映在海关进出口统计中，只能反映在国际收支中。

1.3.3 按统计标准划分：总贸易和专门贸易

由于国境和关境不一致，导致了统计标准的差异，从而产生了总贸易和专门贸易。

1. 总贸易（General Trade）

总贸易是以国境为标准统计的进出口贸易。所有进入本国国境的商品一律计入进口贸易，所有离开本国国境的商品一律计入出口贸易。相应地，总贸易体系是以国境作为统计进出口货物的方法。世界上某些国家，如英国、日本、加拿大、澳大利亚、美国和中国等，采用总贸易体系来统计进出口贸易额。

2. 专门贸易（Special Trade）

专门贸易是以关境为标准统计的进出口贸易。凡是通过海关进入的商品一律计入进口贸易，凡是通过海关出口的商品均记为出口贸易。专门贸易体系是以关境作为统计进出口货物的方法。在专门贸易体系下，外国商品直接存入海关保税仓库（区）的一类贸易活动不再统计在进口贸易中，从海关保税仓库和自由贸易区出口的货物不再统计在出口贸易中。显然，专门贸易与总贸易在数额上不可能相等，但两者都是指一国在一定时期内（如一年）对外贸易的总额。世界上某些国家，如法国、意大利、德国、瑞士等采用专门贸易体系来统计。

各国都按自己的统计方式公布对外贸易的统计数据，并向联合国报告。联合国公布的国际贸易统计数据一般注明总贸易或专门贸易。过境贸易列入总贸易，不列入专门贸易。

1.3.4　按贸易关系分：直接贸易和间接贸易

1. 直接贸易（Direct Trade）

直接贸易是指货物的生产国（出口国）与货物的消费国（进口国）直接进行交易，不通过第三国转手而进行的贸易。

2. 间接贸易（Indirect Trade）

间接贸易是指货物在生产国与消费国之间，经由第三国转手进行贸易的行为。对生产国和消费国来说，开展的是间接贸易；而对于第三国来说，进行的则是转口贸易。

直接贸易和间接贸易的区别是货物所有权转移是否经过第三国（中间国），而与运输方式无关。直接贸易可以是生产国的商品通过第三国转运至消费国，间接贸易可以是生产国的商品直接运往消费国。

1.3.5　按清偿工具划分：自由结汇贸易和易货贸易

1. 自由结汇贸易（Free - Liquidation Trade）

自由结汇贸易是指在国际贸易中以现汇作为清偿手段的国际贸易，又称现汇贸易，其特点是形式灵活，不受销售市场的制约，因而比较普及。在国际上能够充当国际支付手段的货币主要是美元、英镑、欧元和日元等。

2. 易货贸易（Barter Trade）

易货贸易是指两国（或地区）之间用货物相互交换的贸易形式，也称为换货贸易。它的特点是进口与出口直接相联系，以货换货，不用或只用很少的现汇支付差额部分。这种贸易方式能解决外汇匮乏国家开展对外贸易的困难，但是其局限性较大，没有被广泛使用。

1.3.6　按经济发展水平划分：水平贸易和垂直贸易

1. 水平贸易（Horizontal Trade）

水平贸易是指经济发展水平比较接近的国家之间开展的贸易活动。

2. 垂直贸易（Vertical Trade）

垂直贸易是指发生在经济发展水平不同的国家之间的贸易。这两类国家在国际分工中所处的地位相差甚远，其贸易往来有着许多与水平贸易大不一样的特点。区分和研究这两者的差异，对一国确定其对外贸易政策和策略具有重要作用。

本章小结

1. 贸易是在一定历史条件下产生的，即剩余产品的出现。国际贸易是人类历史发展到一定阶段的必然产物，国际贸易的产生必须具备一定的条件，国际贸易的发展也随着国际分工的深化和世界市场的扩大而不断发展。

2. 国际贸易的状况可以用以下指标反映：对外贸易额、对外贸易量、贸易差额、贸易条件、对外贸易依存度、对外贸易商品结构、对外贸易地理方向。

3. 国际贸易范围广泛、性质复杂，可以从不同角度进行分类，按商品流向分为出口贸易、进口贸易、过境贸易、复出口、复进口；按商品形态分为有形贸易和无形贸易；按境界标准分为总贸易和专门贸易；按贸易关系分为直接贸易和间接贸易；按清偿工具分为自由结汇贸易和易货贸易；按经济发展水平分为水平贸易和垂直贸易。

关键术语

对外贸易　　对外贸易量　　对外贸易商品结构　　对外贸易地理方向　　总贸易

专门贸易　　贸易差额　　贸易条件　　对外贸易依存度　　有形贸易　　无形贸易

自由结汇贸易　　易货贸易　　直接贸易　　间接贸易　　水平贸易　　垂直贸易

课后习题

简答题

1. 什么是国际贸易？它与对外贸易有何区别？
2. 简述与国际贸易有关的基本概念或常用术语。
3. 国际贸易主要有哪些分类？试举例说明。
4. 国际贸易是如何产生的？

论述题

请查阅相关资料，谈谈应该如何看待我国目前的对外贸易依存度？

第2章 国际分工与世界市场

学习目标：

1. 学习和了解国际分工的发展阶段以及国际分工对国际贸易的影响，重点掌握影响国际分工发展的因素。
2. 学习和了解世界市场的发展阶段及其构成，重点了解当代世界市场的主要特征和世界市场价格的种类。

国际分工、世界市场、国际价值、世界市场价格与国际贸易密切相关。国际分工是国际贸易和世界市场的基础，国际分工的发展有力地促进了国际贸易的发展。世界市场是国际贸易活动的场所，是国际分工的重要实现手段。随着世界市场的形成，国际价值得以形成，并通过货币表现为世界市场价格。本章将对这些内容逐一进行介绍。

2.1 国际分工

2.1.1 国际分工的含义

国际分工（International Division of Labor）是世界各国之间的劳动分工，是社会分工超越国家界限发展的结果。国际分工是社会生产力和社会分工发展到一定阶段的结果，是在产业革命以后才出现的。资本主义以前的社会经济形态，自然经济占统治地位，商品生产和商品交换不发达，商品经济在一国经济中不占重要的地位。从国际贸易来看，地域范围小、商品结构简单、贸易数量有限、各国之间的经济联系并不十分密切。所以，在资本主义生产方式建立以前，既没有形成世界性的贸易，也没有形成真正意义的国际分工。资本主义国际产业革命以后，由于大机器工业的建立，一国国内的社会分工超越出国家的界限向国际领域扩展，从而形成了与资本主义大机器工业相适应的分工——国际分工。

2.1.2 影响国际分工发展的因素

国际分工的形成和发展主要取决于两种条件：一种是社会经济条件，包括各国的科技水平、生产力发展水平、国内市场的大小、人口的多寡和社会经济结构的差异等；另一种是自然条件，包括气候、土壤、资源、国土面积和地理位置等。而国际分工的性质则是国际生产关系所制约的。具体地说，影响国际分工发展的主要因素有以下六种：

1. 社会生产力

社会生产力是国际分工形成和发展的决定性因素。生产力的增长是一切分工发展的前提条件。分工、社会分工和国际分工都是社会生产力发展的必然结果。生产力发展对国际分工发展的决定性作用表现在科学技术的重要作用上。迄今为止出现的三次科学技术革命，都深刻地改变了许多生产领域的状况，不仅改善了生产工艺、劳动过程和生产过程，还不断促使新部门和新产品的出现，从而使国际分工从形式到内容、从深度到广度都发生了深刻的变化。

各国生产力发展的水平决定它在国际分工中的地位。历史上，英国是最先完成产业革命的国家,因而也成为"世界工厂",在国际分工中居于中心地位。继英国之后,欧美其他资本主义国家也相继完成了产业革命,生产力迅速发展,与英国一起成为国际分工的中心和支配力量。第二次世界大战后,许多殖民地、半殖民地国家在政治上取得独立,努力发展民族经济,生产力水平有了较大的提高,它们在国际分工中的地位逐步得到改善。一些新兴的工业化国家经济发展迅速、生产力水平大大提高,因而在国际分工中的地位也不断提高。

2. 自然条件

自然条件是一切经济活动的基础,是国际分工产生和发展的基础。矿产品只能在拥有大量矿藏的国家生产和出口,热带作物只能产于热带国家,如巴西生产咖啡,加纳生产可可等。自然条件为国际分工提供了可能性,也使国际分工随着它的变化而变化。必须指出,自然条件对国际分工的发生和发展的确很重要,但并不是决定因素。自然条件为生产活动和国家分工的产生和发展提供了可能性,并不提供现实性,要把可能性变为现实性还需要其他条件。

3. 人口多寡、劳动规模和市场大小

人口的多寡直接影响劳动力的供给,从而影响国际分工。世界各国人口分布的不平衡,使分工和贸易成为一种需要。人口稠密的国家可以通过发展劳动密集型产品与别国交换资本密集型产品或技术密集型产品;而人口稀少、自然资源丰富的国家则可以生产自然资源密集型产品同前一类国家的劳动密集型产品进行交换。

劳动规模或生产规模也制约着国际分工的发展。现代化大规模的生产使分工成为一种必要,分工如果跨越国界就成为国际分工。如果生产规模扩大到一家厂商无力单独负担研究开发和成批生产费用的程度,就必然走向国际分工与协作的道路。

国际分工的实现和发展还受制于市场规模。市场规模对分工起着重大的影响作用,国际贸易的发展、世界市场的扩大对于国际分工也起着强有力的推动作用。在一个国家或地区,市场规模越大,分工越细,其参与国际分工的可能性便越大,实现国际分工的程度也越高。

4. 国际生产关系

国际生产关系决定国际分工的性质。国际生产关系是社会生产关系超出民族和国家界限发展的结果。国际生产关系包括:生产资料所有制形式,各个国家、各个民族在世界物质和劳务生产中的地位,以及它们在国际分配、交换和消费中的各种关系。

当代国际生产关系是一个综合性的生产关系体系,其中不仅有资本主义的生产关系,而且有社会主义的生产关系,还有封建主义的生产关系,甚至有封建主义以前的生产关系。其中占支配地位的生产关系,就是资本主义的生产关系,它使当代国际分工具有资本主义性质。

5. 上层建筑

上层建筑可推进或延缓国际分工的形成和发展。在历史上,除了自然条件和社会经济条件之外,殖民主义者所采取的武力征服政策,各种超经济的强制手段以及自由贸易政策,对许多亚非拉国家的国际生产专业化,进而对资本主义国际分工的形成过程起到了重要的作用。16世纪初期以后,一些亚非拉国家的种植园经济、单一经济以及世界农村和世界城市的分离与对立,也是在殖民主义者所采取的这些政策手段的影响下形成的。

6. 科技革命和跨国公司

第二次世界大战后,新的科技革命和跨国公司的出现,深刻影响着国际分工的进一步发展。新科技革命极大地改变着社会物质生产状况，促进新的生产部门和新产品不断涌现，因而它仍作为一种社会生产力影响着国际分工。而跨国公司则以新的经济组织形式直接对国际分工产生重大作用。一般来说，跨国公司资产雄厚、规模巨大，控制着国际市场上的很多重要行业，它们遍及世界各地的子公司，利用不同国家和地区的有利条件实行专业化生产，然后集中装配。简言之，分布全球的子公司完全是跨国公司这个总工厂的生产车间甚至是生产小组，这是促使传统国际分工格局发生重大变动的直接原因之一。

上述因素决定或影响着现行国际分工体系的种种特点，以及各国在国际分工中的地位和作用。对于发展中国家而言，只有发挥上述因素的优势或解决不利条件，才可能扭转在国际分工中的不利地位，并改变不合理的现行国际分工格局。

2.1.3　国际分工的产生与发展

国际分工是生产力发展的必然结果，是随着生产力的发展而发展的。国际分工的产生和发展经历了以下几个阶段：

1. 萌芽阶段（16 世纪至 18 世纪中叶）

在资本主义前的各个历史时期，自然经济占据主导地位，生产力水平低下，商品经济不发达，社会分工带有很大的局限性和偶然性。

而在 15 世纪末至 16 世纪上半期的地理大发现之后，世界市场的萌芽和国际贸易的迅速扩大促进了生产力的发展，手工业生产向工场手工业生产过渡，社会分工水平有了进一步的提高，国际分工进入萌芽阶段。

在这一时期，国际分工的主要表现是宗主国和殖民地国家之间的初级分工形式。西欧国家用暴力手段和超经济的强制手段，在拉丁美洲、亚洲和非洲发展了以奴隶劳动为基础的、为世界市场而生产的农场主制度，形成了早期的国际分工形式，即宗主国与殖民地之间的分工。

2. 国际分工的形成阶段（18 世纪 60 年代至 19 世纪 60 年代）

第一次产业革命开始了国际分工的形成阶段。从 18 世纪 60 年代开始到 19 世纪 60 年代，英、法、德、美等资本主义国家完成了产业革命，即以大机器工业取代工场手工业。

大机器生产使生产能力和规模急剧扩大，需要寻求新的销售市场和扩大原料来源。而大机器工业生产物的低廉价格和在大机器工业推动下变革了的运输方式则成了资产阶级政府争夺国外市场的武器，也是破坏外国的手工业生产，从而迫使外国变为自己的原料产地的武器。这样，原来在一国范围内的城市与农村的分工，工业部门与农业部门之间的分工，就逐步变成世界城市与世界农村的分离与对立，演变成以先进技术为基础的工业国与以自然条件为基础的农业国之间的分工。

这种国际分工的特征形成了世界城市与世界农村对立下的一种"垂直式"的国际分工体系。在这种国际分工体系下，殖民地、附属国成为宗主国工业品的销售市场和食品、原料的来源地。例如，当时的印度已成为英国生产棉花、羊毛、亚麻、黄麻及蓝靛的地方，澳大利亚成为英国的羊毛殖民地。

3. 国际分工的发展阶段（19 世纪 70 年代至第二次世界大战）

第二次产业革命开始了国际分工的发展阶段。19 世纪 70 年代至 20 世纪初发生了第二次产业革命，垄断代替了自由竞争，资本输出成为主要的经济特征之一，世界生产力巨大发展，国际分工向深度和广度发展，世界各国之间的相互依赖关系日益加深，最终形成了门类比较齐全的国际分工体系。

这一阶段国际分工的特征表现为：一方面，前一阶段的"垂直式"分工继续向深度和广度发展，分工的中心从英国一国变为一组国家，工业生产主要集中在占世界人口少数的欧洲、北美和日本，而食品和原料的生产则集中在占世界人口大多数的亚、非、拉美国家，世界城市与世界农村的对立进一步扩大。另一方面，工业国之间形成一种"水平式"的分工，即工业部门间的分工。例如，英国侧重于材料工业的钢铁生产，德国侧重于发展化学工业，挪威着重开展铝的专业化生产，芬兰则主要生产木材加工产品。

4. 国际分工的深化发展阶段（第二次世界大战以后）

第二次世界大战后，国际分工进入深化发展阶段。

战后国际分工的深入发展，有很多方面的原因。首先，科学技术的进步是促使战后国际分工深入发展的最重要因素。在第三次科学技术革命的影响下，世界生产力迅猛地发展，生产和生产力进一步国际化，产品日益多样化、差异化，使世界各国在经济上日益依赖国际分工和世界市场，从而使国际分工，尤其是具有一定技术水平的国家之间部门内部的分工得到空前的发展。其次，战后无线电通信、交通运输工具的革新，加快了运输速度，并降低了运费，使许多国家的比较优势发生了变化，从而改变了世界生产布局，促进国际分工形式向纵深方向和广阔领域发展。再次，跨国公司的兴起和发展是推动国际分工发展变化的又一股重要力量。跨国公司通过对外直接投资把生产过程分散到世界各地，把社会劳动不仅在地区范围内或在一国范围内进行分工，而且在世界范围内进行分工，使国际分工迅速扩大。而且，跨国公司越来越多地把资本投放在发达国家的制造业部门，使水平型分工迅速发展。最后，殖民体系的瓦解和新兴经济的发展对战后国际分工的发展也起着重要作用。第二次世界大战后，随着帝国主义殖民体系的瓦解，相继取得政治上独立的国家逐步走上了发展民族经济的道路，它们在国际分工中的地位随之有了较大改变，从而在一定程度上打破了传统的国际分工格局。此外，战后在关税及贸易总协定主持下的历次多边贸易谈判、区域性经济集团的建立等也有助于国际分工的发展。

战后初期，在世界生产力和国际生产关系的影响下，当代国际分工出现了一些新的特征。①国际分工的格局发生了很大变化，国际分工在经济结构相似、技术水平接近的工业国之间得到迅速发展，使工业国之间的分工在国际分工格局中居于主导地位。②国际分工的形式有了很大改变，国际分工从垂直型分工转向水平型分工，从产业部门间的分工发展到产业内部分工，从有形商品生产和贸易领域的分工发展到商品、服务部门相结合的分工。③参与国际分工国家的类型和经济制度有显著变化。当代国际分工是由各种经济制度不同和经济发展阶段不同的国家参加的综合性的分工，既有资本主义国家，也有社会主义国家，既有发达国家，也有发展中国家，从而结束了资本主义生产关系一统国际分工的时代。发达国家之间的分工以工业分工为主；发达国家与发展中国家之间的分工中，工业分工得到发展，工业与农业的分工逐渐削弱；发展中国家之间也逐渐开展了广泛的分工与合作。在综合性的国际分工体系中，发达资本主义国家因占有大部分世界生产力和拥有先进技术而处于有利地位，发展中国家和社会主义国家的地位随着它们的力量的日益增长而逐步得到改善。

专栏 2 - 1 我国产业在全球中的分工地位

根据世界贸易组织（WTO）的统计数据，我国成为世界第三大贸易国家。根据联合国贸易发展会议（UNCTAD）的统计数据，我国成为全世界吸收外国直接投资（FDI）的前五位国家，也是对外直接投资逐年增加的重要国家。我国产业在全球中的分工地位也发生了变化，出现了一些优势产业。

1. 农业中的优势产业

我国农产品生产量基本居世界首位，但我国大多数农产品在国际贸易竞争力较弱，国际市场份额较小。根据中国商务部统计，2006 年我国农产品出口 310.3 亿美元，进口 319.9 亿美元，出现小幅贸易逆差，仍然没有扭转逆差态势。但是，我国农产品仍然有自己的优势产业。

（1）蔬菜产业。2006 年，我国出口食用蔬菜 37.15 亿美元，出口蔬菜、水果、坚果等制品 37.81 亿美元，出口食用水果及坚果 12.81 亿美元，而进口分别为 7.56 亿美元、1.98 亿美元、7.38 亿美元，贸易顺差分别为 29.59 亿美元、35.83 亿美元、5.42 亿美元。其中，大蒜、番茄酱罐头、蘑菇罐头、苹果、苹果汁分别出口 10.23 亿美元、3.56 亿美元、4.09 亿美元、3.73 亿美元、5.95 亿美元。

（2）水产品。2006 年，我国出口水产品 47.43 亿美元，出口水产品制品 42.25 亿美元，而进口分别为 31.55 亿美元、0.37 亿美元，贸易顺差分别为 15.87 亿美元、41.88 亿美元。其中，烤鳗、墨鱼及鱿鱼分别出口 5.88 亿美元、2.34 亿美元。

2. 制造业中的优势产业

我国吸收大量 FDI，大大提高我国加工制造能力，逐步演变成为世界加工中心。根据 WTO 的统计数据，2006 年，我国制造业产品出口 8 954.33 亿美元，占全球制造业产品的 10.84%，名列世界第二，仅次于德国（9 599.77 亿美元），进口 5 795.02 亿美元，名列世界第一，实现顺差 3 159.31 亿美元。与世界主要发达国家相比较，我国制造业的优势产业主要有：

（1）钢铁制造业。2006 年，我国继续保持世界钢铁产量第一的地位，生铁、粗钢、钢材产量分别达到 4.12 t、4.19 t、4.69 亿 t；出口钢铁产品达到 325.19 亿美元，占全球钢铁产品出口的 8.69%，全球排名第二位，仅次于德国（329.66 亿美元）；进口钢铁产品达到 216.18 亿美元，落后于日本、美国、德国、意大利，全球排名第五位；钢铁产品贸易顺差达到 109.01 亿美元，仅次于日本（234.18 亿美元）。我国从巴西、澳大利亚、印度等国进口铁矿砂，国内能够生产、加工、制造各类钢铁产品，拥有钢铁产品生产、加工、制造的完整产业链，上海宝钢、武钢、鞍钢等大型生产企业国际竞争力较强，仅次于日本新日铁和韩国的蒲项公司。

（2）通信设备制造业。2006 年，我国生产程控交换机 7 404.63 万线，生产电话单机 1.86 亿台，生产微型计算机 9 336.44 万台，生产集成电路 335.75 亿块，名列世界前茅；出口通信设备产品达到 1 236.15 亿美元，占全球通信设备产品出口的 22.71%，全球排名第一位；进口通信设备产品达到 355.34 亿美元，仅次于美国（1 170.54 亿美元），全球排名第二位；通信设备产品贸易顺差达到 880.82 亿美元，全球第一，远高于韩国（297.63 亿美元）、日本（160.61 亿美元）。我国华为、中兴等通信设备制造企业发展较快，国际竞争力明显增强。

（3）纺织制造业。2006 年，我国生产纱 1 742.96 万 t、布 598.55 亿 m、化学纤维 2 073.18 万 t，名列世界前茅；纺织产品出口 486.83 亿美元，占全球纺织产品出口的 22.27%，全球排名第一位；纺织产品进口 163.58 亿美元，仅次于美国（234.98 亿美元），全球排名第二位；纺织产品贸易顺差达到 323.25 亿美元，全球第一。

（4）服装制造业。2006 年，我国服装产品出口达到 953.88 亿美元，占全球服装产品出口的 30.63%，全球排名第一位；服装产品进口 17.24 亿美元，欧洲、美国、日本等地成为服装产品的主要进口地；服装产品贸易顺差达到 936.64 亿美元，全球第一。

3. 服务业中的优势产业

根据 WTO 的统计资料，自 1992 年以来我国服务贸易持续出现逆差。2006 年，我国服务出口 914.21 亿美元，占全世界服务贸易出口的 3.32%，名列世界第八位；进口 1 003.27 亿美元，占全世界服务贸易出口的 3.79%，名列世界第七位；服务贸易逆差达到 89.06 亿美元，比上年略有下降。尽管如此，我国服务业仍有自己的优势产业。

（1）旅游服务业。2006 年，我国旅游服务出口 339.49 亿美元，占世界旅游服务出口的 4.54%；旅游服务进口 243.22 亿美元，占全世界旅游服务进口的 3.51%；我国旅游服务业实现顺差 96.27 亿美元，是我国服务业中唯一持续保持顺差的产业。

（2）建筑服务业。2006 年，我国建筑服务出口 27.53 亿美元，进口 20.50 亿美元，实现顺差 7.03 亿美元。自 2002 年以来，我国建筑服务业扭转逆差态势，持续保持小幅顺差。

（资料来源：国务院发展研究中心信息网 "国研专稿" 2008.10.27）

2.1.4　国际分工的类型

国际分工的类型是指各类国家和地区参加国际分工的基本形态。按照参加国际分工各国的经济发展水平来分，国际分工可以分为以下三种类型。

1. 垂直型国际分工

垂直型国际分工（Vertical International Division of Labor）是指经济发展水平不同的国家之间的纵向分工，主要是指发达国家的制造业与发展中国家的农业、矿业之间的分工。19 世纪形成的传统国际分工就属于垂直分工。第二次世界大战以后，许多发展中国家获得了政治上的独立，其民族经济也得到了较快的发展，发展中国家与发达国家之间的垂直分工有所削弱。但由于发展中国家整体经济发展水平仍然很低，经济上仍处于从属地位，因而这种垂直分工的格局并没有得到根本改变，发达国家与发展中国家的分工仍然以垂直分工为主。

2. 水平型国际分工

水平型国际分工（Horizontal International Division of Labor）是指经济发展水平基本相同或相似的国家之间的分工，主要是指发达国家与发达国家之间在工业部门间的分工。从历史上看，这些国家的工业发展有先有后，技术水平存在着差异，工业部门发展不平衡等，因而形成了这种类型的分工。美国与加拿大之间、美国与日本之间、美国与欧盟之间的生产专业化与协作，就是这种类型分工的典型。第二次世界大战以后，由于科学技术与工业的迅速发展，这一类型的分工得到了进一步的发展。

3. 混合型国际分工

混合型国际分工（Mixed International Division of Labor）即垂直型分工与水平型分工混合而成的国际分工。从一个国家来看，它在国际分工中既参加垂直型分工，也参加水平型分工。例如，德国是典型的混合型国际分工的代表，它同发达国家之间的分工是水平分工，而同发展中国家的分工是垂直分工。

第二次世界大战以后，随着发展中国家经济水平的提高与产业竞争力的提高，发达国家与发展中国家的垂直型分工比例在逐步减少，水平型与混合型的国际分工比例在不断提高。

2.1.5　国际分工对国际贸易的影响

国际分工是国际贸易和世界市场的基础，国际贸易和世界市场是随着国际分工的发展而发展的。国际分工主要通过以下几方面对国际贸易产生影响：

1. 国际分工的扩大促进了国际贸易的发展

国际贸易的发展与国际分工的发展是正相关的。即在国际分工发展较快的时期，国际贸易一般发展也较快；反之，在国际分工发展缓慢的时期，国际贸易发展也较慢，甚至处于停滞状态。因此，国际分工是当代国际贸易发展的主要动力。

第二次世界大战后，国际分工有了飞速发展，国际贸易的发展速度也相应加快，并快于以前各个时期。从 1800 ~ 1913 年，世界人均生产每十年增长率为 7.3%，而世界人均贸易额每十年增长率为 33%。而在 1913 ~ 1938 年，世界生产发展缓慢，国际分工处于停滞状态，世界贸易的年均增长率仅为 0.7%。

2. 国际分工的发展改变了国际贸易的市场结构

国际贸易的市场结构是通过对外贸易地区分布和对外贸易地理方向表现出来的。一国的对外贸易地理方向与其同其他国家的分工关系有关；国际贸易的总流向与国际分工的形式、深度及广度相关。例如，19 世纪，宗主国和殖民地国家之间是垂直型分工，相应的国际贸易关系主要是宗主国与殖民地国家之间的贸易。战后，随着国际分工由垂直型向水平型转变，发达资本主义国家间的贸易占据了主要地位，而发达资本主义国家与发展中国家的贸易退居次要地位。各贸易国在国际市场上的地位与其在国际分工中所处的地位有关。在国际分工中处于中心地位的国家，在国际贸易中一般也占据主要地位。例如，19 世纪末以来，发达资本主义国家成为国际分工的中心国家，它们在国际贸易中一直居于支配地位。

3. 国际分工的发展影响国际贸易商品结构的变化

国际贸易商品结构即各类商品在国际贸易中的构成及其在总的商品贸易中所占的比重。国际贸易商品结构的变化，体现了国际分工发展对国际贸易商品结构所造成的影响。例如，随着水平型国际分工的发展，在国际贸易中工业制成品所占比重超过了初级产品所占比重；随着发达国家与发展中国家分工形式的变化，发展中国家出口中的工业制成品不断增加；随着国际分工的深化和跨国公司在国际分工中的地位和作用的加强，产业内贸易、中间性机械产品贸易比重不断提高，服务贸易发展也很迅速。

4. 各国在国际分工的地位影响国际贸易的利益分配

一国在国际贸易中获利的大小，取决于其在国际分工中所处的地位。在国际分工中处于优势地位的国家将从国际贸易中获得较大利益；反之，则获利较少。在当代国际分工格局中，由于发达国家科技先进、生产力水平高，处于国际分工的"中心"地位，而广大发展中国家则处于国际分工的"从属"地位，使得发达国家在国际贸易所获得的利益大大超过发展中国家。

5. 国际分工的发展影响一国对外贸易依存度和世界贸易依存度

一国经济对于对外贸易的依赖程度、世界经济对于国际贸易的依赖程度与国际分工有很大关系。国际分工的发展，使各国对外贸易依存度和世界贸易依存度不断提高。据 WTO 和 IMF 的数据测算，1960 年全球对外贸易依存度为 25.4%，1970 年为 27.9%，1990 年升至 38.7%，2000 年升至 41.7%，2003 年已接近 45%。而我国的对外贸易依存度在 1985 年为 23.1%，其中出口依存度为 9.02%，进口依存度为 14.08%，到 2005 年对外贸易依存度已经高达 63%。

2.2 世界市场

2.2.1 世界市场

1. 世界市场的含义

市场是商品和劳务交换的领域，是买卖双方开展交易的场所，是商品经济中社会分工的表现。哪里有分工和商品生产，哪里就有市场。市场的容量和社会分工、社会劳动专业化的程度有着密切的联系。随着社会分工和商品生产的发展，市场逐步地发展，先后经历了地方市场、民族市场和世界市场三个阶段。

世界市场（World Market）或国际市场（International Market）是世界各国进行货物和服务交换的领域。它是由各个贸易国或地区的市场，通过国际分工联系起来的一个有机的整体。

世界市场这一概念是由外延和内涵两方面构成的。世界市场的外延是指它的地理范围，世界市场的内涵是指与交换过程有关的全部条件和交换的结果，包括商品、技术转让、货币、运输、保险等业务，其中商品是主体，其他都是为商品交换服务的。

2. 世界市场的形成与发展

国际分工与世界市场都是伴随着社会生产力的发展而形成的。世界市场同国际分工之间存在着非常密切的关系，国际分工是世界市场产生的前提，而世界市场又是国际分工和商品交换得以实现的场所。二者互为因果、相互影响、相互促进。因此，世界市场发展阶段的划分与国际分工发展阶段的划分基本上是一致的。世界市场起源于地理大发现，发展于第一次产业革命时期，形成于第二次产业革命阶段。

3. 世界市场的构成

当代世界市场的构成，根据不同的标准可以有不同的分类。以国际市场参加国的社会制度和机制为标准，可以分为世界发达资本主义国家市场、世界发展中国家市场、社会主义国家市场等；以国际市场参加者的地区分布为标准，可以划分为北美市场、西欧市场、亚洲市场、中东市场、拉美市场等；以商品为标准可以划分为国际粮食市场、国际机械产品市场、国际电子产品市场、国际纺织品市场等；以生产要素含量为标准可以划分为国际劳动密集型产品市场、国际资金密集型产品市场、国际技术密集型产品市场、国际知识密集型产品市场等；从消费者的角度出发，又可以按照职业、收入水平、年龄组来对世界市场进行区分，如世界老年人市场、世界职业妇女市场、世界高收入层市场等。

通过国际分工联系起来的各国间的市场，可细分为国际商品市场、国际金融市场、国际劳务市场、国际信息市场、其他市场等。其中，国际商品市场是指商品在国际市场上交换的场所，它包括有固定组织形式的市场和没有固定组织形式的市场。有固定组织形式的国际商品市场包括商品交易所、国际商品拍卖中心、国际博览会和展览会、国际贸易中心等。除了有固定组织形式的世界市场外，通过其他形式进行的国际商品交易，都可以纳入没有固定组织形式的国际市场。这种市场可以大致分为两大类：一类是单纯的商品购销，另一类则是与其他因素结合的商品购销形式，如三来一补、投标招标、易货贸易、租赁贸易等。国际金融市场是指从事各种国际金融业务活动的场所。国际金融市场内部结构最基本的划分，是把它分为资本市场和货币市场，前者是指长期资金市场，后者是指短期资金市场。国际金融市场按功能划分，大致可以分为货币市场（短期资金市场）、资本市场（长期资金市场）、外汇市场和黄金市场。国际劳务市场是组成世界市场的重要市场之一，它是在为商品市场服务的过程中产生和发展起来的。第二次世界大战以前，国际劳务贸易主要是为商品贸易服务的运输、通信和金融服务等劳务的贸易；战后以来，国际劳务贸易在深度和广度方面都得到了很大发展，一些新的劳务贸易形式如技术贸易、技术咨询、设计、银行服务、广告服务等蓬勃发展，国际劳务贸易额增长迅速，其规模在整个国际贸易中所占的比重也越来越大。

4. 当代世界市场的特征

虽然世界市场按照不同的标准可以分为多种形式，经营与运行也各具特色，但大体上都有着一些共同的基本特征。

（1）世界市场在波动中空前扩大。第二次世界大战后，世界市场以前所未有的速度向纵深继续扩展，市场容量剧增，贸易方式灵活多样。国际货物贸易额从 1950 年的 619 亿美元增长到 1996 年的 5.1 万亿美元，增长了 81 倍，而到 2008 年，全球货物贸易额增长到 15.775 万亿美元。但是，其发展并不总是一帆风顺的，这是与战后的科技发展和世界政治经济形势的变化分不开的。第三次科技革命的深入、国际分工的深化、资本国际化进行的加速、交通运输工具的进步和各种新型贸易方式的出现都促进了世界市场的扩大。而与此相反，世界性的经济危机、金融危机和能源危机的频繁爆发和世界性的政治事件和军事行动，使世界市场发生波动与萎缩。

（2）参加世界市场的国家类型日益广泛。第二次世界大战前，构成世界市场的国家类型比较单一，少数西方工业发达国家在世界市场上占统治地位。现在，众多后发展起来的国家参与到世界市场中来，世界市场变成由各种经济类型组成的复合体，世界市场变成由工业发达国家、发展中国家和新兴工业国家等不同经济类型国家的对外贸易所构成。

（3）国际贸易商品结构的特征。首先，工业制成品在世界贸易中所占比重不断上升，而初级产品所占比重在逐步下降。商品种类不断增加，新产品大量涌现。在初级产品中，燃料的比重迅速上升；在矿产品中，稀有金属大量增加；在制成品中，资本和技术、知识密集型产品不断增加，尤其是高科技、深加工、高附加值产品增长很快。

其次，国际服务贸易发展迅速。自 20 世纪 60 年代以来，由于各国政府逐步放宽了对服务贸易的限制，国际服务贸易得到了迅速发展。国际服务贸易从 1967 年的 700 亿～900 亿美元增加到 1980 年的 6 500 亿美元，而 1990 年为 7 804 亿美元，2001 年为 14 580 亿美元。2009 年，全球服务贸易总额达到 64 261 亿美元。国际服务贸易增长速度快于国际货物贸易增长速度。在国际服务贸易规模迅猛发展的同时，服务贸易商品结构也在发生变化，这种变化同世界经济发展和科学技术水平呈正相关态势。第二次世界大战以后，世界服务贸易的结构不断变化，运输服务比重下降，而金融、信息服务业的比重上升。在全球服务贸易出口中，运输服务由 1980 年的 36.8% 下将到 2006 年的 23.1%；旅游服务由 1980 年的 28.4% 下得到 2006 年的 27.2%；其他服务（金融、通信等）则由 34.8% 上升到 49.7%。

（4）区域经济一体化和跨国公司给世界市场以巨大影响。世界各国经济联系日益加强，越来越多的国家通过组成经济贸易集团或经济一体化组织控制集团内部的市场。这种区域经济一体化形式通过在区域内实行更高程度的自由贸易，促进着世界市场的发展。

跨国公司的发展也给世界市场以巨大影响。跨国公司利用其雄厚的资本、先进的科学技术和强大的研发能力，通过对外直接投资绕过别国的关税和非关税壁垒，进入别国市场，从而促进了国际贸易。另一方面，它们采用多种组织形式和策略，垄断着世界某些商品的销售市场和原料产地。

2.2.2 世界市场价格

1. 世界市场价格的种类

世界市场价格（International Price）是指在一定条件下在世界市场上形成的市场价格，即以世界货币或国际货币表现的商品国际价值及国际使用价值。世界市场价格按形成的条件和变动特征可分为世界封闭市场价格和世界自由市场价格两大类。

（1）世界封闭市场价格。世界封闭市场价格是买卖双方在一定的约束关系下形成的价格，商品在国际间的供求关系一般不会对它产生实质性的影响。世界封闭市场价格一般包括以下几种。

调拨价格：又称转移价格，是跨国公司为了最大限度地减轻税负、逃避东道国的外汇管制等目的，在公司内部规定的采购价格。这种价格不是按照生产成本和正常的营业利润或国际市场价格水平来确定的，而是根据跨国公司全球性经营的"战略部署"和子公司所在国的具体情况人为地加以确定的。

垄断价格：是指国际垄断组织参考世界市场上的供需情况，以获取最大限度的超额垄断利润为原则，凭借其经济力量和市场控制力量而确定的对外交易价格。在世界市场上，国际垄断价格有两种：卖方垄断价格和买方垄断价格。前者是高于商品的国际价值的价格，后者是低于商品的国际价值的价格。两种垄断价格均可取得超额垄断利润。垄断价格的上限取决于世界市场对国际垄断组织所销售的商品的需求量，下限取决于生产费用加上国家垄断组织所在国的平均利润。此外，在世界市场上，由于各国政府通过各种途径对价格进行干预，所以出现了国家垄断价格或管理价格。

区域性经济贸易集团内部价格：是指在区域经济集团内部交换时所使用的价格。欧共体（欧盟）共同农业政策中的共同价格就是此类价格。

国际商品协定下的协定价格：商品协定通常采用最低价格和最高价格等办法来稳定商品价格。当有关商品价格降到最低价格以下时，就减少出口，或用缓冲基金收购商品；当其价格超过最高价格时，则扩大出口或抛售缓冲存货。

（2）世界自由市场价格。世界自由市场价格是指在国际间不受垄断组织或国家垄断力量干扰的条件下，由独立经营的买卖双方按一定的规则，在规定的时间内通过公开竞争而形成的交易价格。这种价格比较客观地反映了商品供求关系的变化。联合国贸易与发展会议所发表的统计中，把美国谷物交易所的小麦价格、玉米（阿根廷）的英国到岸价格、大米（泰国）的曼谷离岸价格、咖啡的纽约港交货价格等36种初级产品的价格列为世界自由市场价格。

2. 世界市场价格形成和变动的基本规律

（1）国际价值是世界市场价格的基础。国际价值（International Value）是世界市场范围内的商品市场价值。商品的国际价值与国内价值在本质上是相同的，但在数量和表现形式上存在着差异。商品的国内价值或国别价值是由该国生产该商品的社会必要劳动时间所决定的，是以该国的货币表示的，而国际价值是在世界平均技术条件下，在各国劳动者平均劳动强度下，由生产某种商品时所需要的世界社会必要劳动时间所决定，是由世界货币来表示的。影响国际价值量变化的因素，除了劳动生产率的高低、劳动强度的大小和国际分工与世界市场联系的广度和深度外，还与参加贸易国家的贸易量大小有直接的关系。如果一个国家某种商品参与国际贸易的数量比较大，则该国这种商品的国别价值就会更多地体现为国际价值。世界市场上商品价值量的决定服从于"众数原则"。

商品的世界市场价格是商品国际价值的货币表现，商品的国际价值是商品世界价格变动的基础和中心。新产品刚上市时，由于生产量小，单位产品花费的社会必要劳动时间多，价格十分高昂。随着生产技术的不断改进，单位产品所耗费的社会必要劳动时间不断减少，产品的价格随之降低，价格也随之下跌。

（2）世界市场的供求关系决定商品具体世界市场价格的形成。商品的国际价值是世界市场价格形成的基础，但这并不等于每一次商品交换的世界市场价格都与国际价值相一致。这是因为，在世界市场上，商品的供求不平衡是经常性的现象，而且存在着买方之间、卖方之间和买卖双方之间激烈的竞争。当供大于求时，买方在竞争中居于优势地位，因而使得商品的世界市场价格低于国际价值；反之，当供不应求时，卖方居于竞争的优势地位，使世界市场价格高于国际价值。因而，商品的国际价值是相对稳定的，但世界市场价格却是经常变动的。

3. 影响世界市场价格变动的因素

除了国际价值、供求关系之外，还有许多其他因素会影响世界市场价格的波动。

（1）世界市场上的垄断力量。垄断组织为了最大限度地获取超额利润，可能会采取各种方法控制世界市场价格。它们通过瓜分销售市场，制定歧视性价格，限制商品产量、销售量、购买量和采购时间等措施直接或间接地控制某一部门或几个部门的产品的国际价格。

（2）经济周期。经济发展呈现一定的周期性循环，经济周期不同阶段产销的变化直接影响世界市场上商品的供求关系，从而影响商品的国际市场价格。在危机阶段，商品滞销导致商品的国际市场价格下降；经济复苏阶段，需求逐渐增加，价格便逐步回升。

（3）各国政府的对外贸易政策措施。各国政府为了实现一定的经济目标所采取的价格支持、出口补贴、进出口管制、外汇管制、政府采购、战略物资收购及抛售政策。一些国际性组织实行的干预世界市场价格的政策措施，如欧盟的共同农业政策、共同能源政策、共同渔业政策等，都会对世界市场价格产生很大影响。

（4）国际通用货币币值的变动。商品的世界市场价格是以国际通用货币来表示的。当用来表示世界市场价格的通用货币的价值升值或贬值时，商品的世界市场价格就会随之上涨或下跌。

（5）商品的质量。在国际市场上，一般都是按商品的质量定价，优质优价，劣质低价。

（6）商品销售中的其他因素。商品销售中的付款条件、运输条件、成交数量、广告宣传、售后服务等因素也影响商品国际市场价格的高低。

（7）自然灾害、政治动乱、战争等非经济因素也对国际市场价格的高低产生一定程度的影响。

本章小结

1. 社会生产力、自然条件等因素的变化影响国际分工的形成和发展，其中社会生产力是国际分工形成和发展的决定性因素，自然条件是国际分工产生和发展的基础，人口多寡、劳动规模和市场大小制约着国际分工的发展，而国际生产关系决定国际分工的性质，上层建筑推进或延缓国际分工的形成和发展，跨国公司促使传统国际分工格局发生重大变化。

2. 国际分工的发展经历了萌芽、形成、发展和深化发展四个阶段；国际分工按各类国家和地区参与国际分工的形态不同，可以分为垂直型、水平型和混合型国际分工三种类型。

3. 国际分工是国际贸易和世界市场的基础，它影响国际贸易的发展速度、市场结构、商品结构、利益分配和国家的对外贸易依存度及世界贸易依存度。

4. 世界市场同国际分工之间存在着非常密切的关系，国际分工是世界市场产生的前提，而世界市场又是国际分工和商品交换得以实现的场所。二者互为因果、相互影响、相互促进。

5. 世界市场价格按形成的条件和变动特征可分为世界封闭市场价格和世界自由市场价格两大类。世界市场价格以国际价值为基础，受供求关系、垄断力量、对外贸易政策、国际通用货币币值的变动、商品的质量等因素的影响，围绕国际价值上下波动。

关键术语

国际分工　　垂直型国际分工　　水平型国际分工　　混合型国际分工　　世界市场
世界市场价格　　调拨价格　　垄断价格　　世界自由市场价格

课后习题

简答题

1. 简述影响国际分工产生与发展的因素。
2. 为什么说社会生产力是国际分工形成和发展的决定性因素？
3. 国际分工如何影响国际贸易的发展？
4. 国际分工有哪些类型？
5. 简述当代世界市场的主要特征。

分析题

1. 有人认为："虽然我国有100多种制造产品的产量已经成为世界第一，但我国企业及其品牌在国际市场上的信誉度和影响力微乎其微。在当代国际分工形式呈现的金字塔结构中，我国仍处在这一金字塔的底部，而处于最顶层的是以美国为代表的知识、技术密集型产业；其次是以东南亚、中东地区为代表的资本、资源密集型产业；处于底层的是以我国等发展中国家为代表的土地和劳动密集型产业"。请结合国际分工的相关知识分析上述观点是否正确。

2. 20世纪90年代以来，日本制造业在东亚地区开展国际分工的基本特征是：对于上下游之间需要保持紧密协作关系的专用产品及工序（由于难以模仿的异质性，它们往往也是高附加价值的），力求将其保留在国内依赖系列组织进行生产；对于模块型的通用产品及其工序，则尽量将其分离出去，其中低技术的产品直接向中国和东南亚的本土企业采购，部分技术含量较高的产品则由设在东亚地区的日资企业生产。应当说，这种基于产品构造和要素禀赋差异的功能性国际分工，对于日本制造业保持其国际竞争力还是颇有成效的。东京大学与经济产业省联合进行的一项最新调查显示，目前日本制造业最具有国际竞争力的产品依然集中在具备高度整体型构造特征的组装类产业中。然而，我国经济的迅速崛起使日本的对华投资动机发生了变化，正在逐步由成本导向转变为市场导向。这一重要转变势必对日本企业在东亚地区的国际分工体制产生影响。试分析日本在国际分工中的地位及其面临的挑战。

第3章 古典自由贸易理论

学习目标：

1. 学习和了解古典自由贸易理论的发展历史。
2. 学习和掌握斯密的绝对优势论和李嘉图的比较优势论。
3. 了解相互需求论是对比较优势论的补充。
4. 掌握要素禀赋论的内涵。
5. 了解里昂惕夫之谜。

3.1 绝对优势论

亚当·斯密（Adam Smith）是英国著名的经济学家、资产阶级古典经济学派的主要奠基人之一、国际分工及国际贸易理论的创始人。

人物链接

亚当·斯密（1723—1790）是经济学的主要创立者。1723～1740 年间，斯密在家乡苏格兰求学，在格拉斯哥大学（University of Glasgow）时期完成拉丁语、希腊语、数学和伦理学等课程；1740～1746 年间，赴牛津大学（Colleges at Oxford）求学。1750 年后，斯密在格拉斯哥大学不仅担任过逻辑学和道德哲学教授，还兼负责学校行政事务，一直到 1764 年离开为止。

斯密于 1759 年出版了《道德情操论》（The Theory of Moral Sentiments），获得学术界极高评价，而后于 1768 年开始着手著述《国民财富的性质和原因的研究》（简称《国富论》（The Wealth of Nations））。1776 年 3 月，此书出版，引起大众广泛的讨论，除了英国本地外，其影响还波及欧洲大陆和美洲，因此世人尊称斯密为"现代经济学之父"和"自由企业的守护神"。

3.1.1 绝对优势论的主要论点

绝对优势论（Theory of Absolute Advantage）是斯密主张自由贸易的理论依据。该理论论述中主要包括以下三个论点：

1. 分工提高劳动生产率

在《国富论》的第一章里，斯密大力宣扬分工，强调分工所带来的种种好处。分工之所以能提高劳动生产率，原因在于专业化使劳动者的生产技巧不断提高；分工避免了在不同工作之间进行转移而造成的时间损失；分工导致了许多简化劳动和缩减劳动投入的机械出现，使一个人能够完成多个人的工作。斯密曾经举过制造针的例子：制造一根针需要经过 18 道工序，在没有分工的情况下，一个熟练的工人每天最多只能制造 20 根针，如果按照工序实行分工，那么每人每天可以生产 4 800 根针。很明显，分工使生产效率提高了上百倍。至于分工产生的原因，斯密认为是交换引起的，人们为了追求个人利益，就要生产产品进行交换，由于个人所擅长的领域不同，就导致了分工的出现。

2. 分工的原则是绝对优势

由于分工可以极大地提高劳动生产率，所以斯密认为，每个人都应该专门从事生产其最具优势的产品，然后再用这种产品和他人交换其他物品，这样对每个人都是有利的。斯密还指出，如果购买一件东西的代价比自己生产这种产品所耗费的代价小，那么人们就会选择购买而不是自己生产。例如，裁缝只要集中精力做衣服，而不必自己做鞋子，只要用衣服去与鞋匠交换鞋子就可以了；同样道理，鞋匠也不必自己缝衣服，只要用鞋子与裁缝交换就可以了。生产与交换使双方都获得两种物品，都提高了自己的生产效率，都能获得好处。

这种分工的原理可以推广到国家与国家之间，即"如果外国能以比我们自己制造还便宜的商品供应我们，我们最好就用我们最擅长生产的物品的一部分来向他们交换。这样，我们都能比全部自己生产获得的好处大。"

3. 分工的基础是有利的自然禀赋或后天的有利条件

斯密认为，各国的绝对优势可能来源于各国固有的自然禀赋（Natural Endowment）或者后天的有利条件（Acquired Endowment）。前者是指一国在地理、环境、土壤、气候、矿产等自然条件上的先天优势；后者是指后天取得的特殊技巧和工艺上的优势。拥有这两个优势之中的一种，就可以使一个国家生产某种产品的成本绝对低于别国，因而在该产品的生产和交换上处于绝对有利地位。如果每一个国家都按照各自的有利条件进行专业化的生产，然后彼此进行交换，将会使各国的资源、劳动力和资本得到最有效的利用，从而大大地提高劳动生产率和增加物质财富，并使各国从交换中获益。

3.1.2　绝对优势论的假设条件

在绝对优势论产生的年代，经济学的分析工具与方法尚不完善和发达，因此，绝对优势论并没有明确的理论假设和分析模型，只是含糊地包含在论述中。后来的经济学家通过整理和挖掘，提炼出以下几条假设条件：

（1）理论分析模型是 $2 \times 2 \times 1$ 模型。世界上只有两个经济实力接近的国家，即本国和外国；两国间只交换两种商品，发生贸易时，各自只能生产彼此需要的产品；劳动是唯一的同质投入要素，且各国的劳动需求不能超过自身的劳动供给。

（2）劳动在国内可以自由移动，但在国际间不能自由移动。这一假设说明一旦两国启动贸易，生产可能性边界不会因此而发生变动。

（3）两国的资源都已得到充分利用。一国某个部门资源的增加就意味着另一个部门资源的减少，即两国处于充分就业状态。

（4）自由贸易。产品市场及劳动力市场是完全竞争的。这一假设没有考虑各国的贸易政策和非完全竞争的市场状态，所以一旦两国开展贸易，两国的同样产品可以在同一个国际价格下进行比较。

（5）规模报酬不变。贸易各国生产的规模报酬不变，即产出与投入按同一速度增加，投入的边际产量是固定的。

（6）没有考虑运输成本和其他交易成本。这使生产成本或商品价格的国际差异仅仅表现为劳动生产率的国际差异。

（7）贸易平衡。进口必须使用同等价值的出口来支付，国家没有贸易逆差，也没有贸易顺差。

从以上假设可以看出，绝对优势论对国际贸易作了简化和抽象，因而这是一个理想模式，但并不妨碍分析问题以及得出结论。

3.1.3 绝对优势论的论证

假设世界上只有两个国家：中国和美国。两国都生产布料和小麦两种产品。由于自然资源和生产技术条件不同，两国生产等量布料和小麦的生产成本不同。

如表 3-1 所示，在中国生产 1m 布料需要 4h 的劳动投入，而在美国却需要 6h 的劳动投入。劳动生产率（Labor Productivity）为花费 1h 劳动力可以生产的产品数量，所以，中国生产布料的劳动生产率为 1/4m 布料，而美国生产布料的劳动生产率为 1/6m 布料。也就是说：中国工人生产布料时要比美国工人有效率，中国在布料的生产上具有绝对优势。同样，表 3 -1 表明美国在小麦的生产上具有绝对优势。

表 3-1 中国和美国的绝对成本差异（分工与贸易之前）

	布料/m		小麦/kg	
	劳动力成本/h	商品数量	劳动力成本/h	商品数量
中国	4	1	8	1
美国	6	1	2	1

在中国生产 1m 布料需要 4h 劳动力，而 4h 劳动力可以生产 1/2kg 的小麦，因此，在没有贸易时中国的布料相对价格为 1/2（以小麦千克数作为单位），这也就是中国生产布料的机会成本，即生产 1m 布料需要以牺牲 1/2kg 小麦为代价。同样可以得出，美国在没有国际贸易时布料的相对价格为 3，即机会成本为 3kg 小麦。显然，中国布料的机会成本比美国低，中国布料比美国更便宜。同理，美国小麦的机会成本比中国低，美国小麦比中国更便宜。但是，即使中国的布料比美国的便宜，美国的小麦比中国的便宜，如果没有国际贸易，两国都必须同时生产布料和小麦。如果两国之间允许自由贸易，美国的布料无法与中国的布料竞争，中国的小麦也无法与美国的小麦竞争，所以中国会集中劳动力生产布料，并向美国出口，而美国会集中劳动力生产小麦，并出口到中国。

分工前，两国一年的总产量为 2m 布料和 2kg 小麦；分工之后，中国专门生产布料，产量为 3m，美国专门生产小麦，产量为 4kg（见表 3-2）。两国由于专业化分工，劳动生产率水平大大提升，世界两种产品的总产量也增加了。

表 3-2 中国和美国的绝对成本差异（分工与贸易之后）

	布料/m		小麦/kg	
	劳动力成本/h	商品数量	劳动力成本/h	商品数量
中国	12	3	0	0
美国	0	0	8	4

那么，通过自由贸易各国是如何获益的呢？假定中国用自己生产的一半布料与美国交换，交换比例为 1:1。这样，中国布料和小麦的消费量分别是 1.5m 和 1.5kg，美国布料和小麦的消费量分别是 1.5m 和 2.5kg（见表 3-3）。总体来看，两国对两种产品的消费量都比贸易之前增加了，两国的福利水平都有所提高。

如果两国维持贸易前的消费水平不变，对中国来说只需要用 8h 的劳动力去生产 2m 布料，用其中的 1m 布料与美国交换，比自己都生产要节省 4h 劳动力。同样道理，美国用 4h

劳动力生产 2kg 小麦，与中国交换后得到 1m 布料，比自己都生产要节省 4m 劳动力，所以说分工与交换使两国节约了劳动力。

表 3-3　自由贸易后中国和美国的国内消费量

	布料/m		小麦/kg	
	劳动力成本/h	商品数量	劳动力成本/h	商品数量
中国	12	1.5	0	1.5
美国	0	1.5	8	2.5

3.1.4　绝对优势论的简评

绝对优势论含有科学的成分。与只关心流通领域的重商主义者不同，斯密比较注重对生产领域的社会经济现象进行研究，从而对国际贸易问题提出了全新的观点。在历史实践中，他的理论为英国新兴产业资产阶级反对贵族地主和重商主义者、发展资本主义提供了有力的理论支持。直到今天，其关于分工能够提高劳动生产率、积极参与国际分工、开展自由贸易对所有国家有利等观点仍具有重大的现实意义。

然而，绝对优势论只能解释国际贸易中具有绝对优势的国家参加国际分工和国际贸易能够获利的这种特殊情况，而对没有任何绝对优势的国家能否通过国际贸易获利这个重大问题没有作出解释。因此，绝对优势论没有考虑到国际贸易的全部情况，具有一定的片面性。

专题知识 3-1　《国富论》简介

《国民财富的性质和原因的研究》（An Inquiry into the Nature and Causes of the Wealth of Nations）是英国经济学家、哲学家亚当·斯密的一本经济学专著，简称《国富论》。

《国富论》共分五卷。它从国富的源泉——劳动，说到增进劳动生产力的手段——分工，因分工而起交换，论及作为交换媒介的货币，再探究商品的价格以及价格构成的成分——工资、地租和利润。书中总结了近代初期各国资本主义发展的经验，批判吸收了当时的重要经济理论，对整个国民经济的运动过程作了系统的描述，被誉为"第一部系统的伟大的经济学著作"。

《国富论》中，亚当·斯密反对政府干涉商业和商业事务、赞成低关税和自由贸易的观点在整个 19 世纪对政府决策都有决定性的影响。

3.2　比较优势论

大卫·李嘉图（David Ricardo）在亚当·斯密绝对优势理论的基础上向前发展了一步，提出了比较优势论（Theory of Comparative Advantage），认为国际贸易的基础不限于绝对成本差异，只要各国之间存在商品的相对成本差异，就有参与国际分工和贸易并获得贸易利益的可能。

人物链接

大卫·李嘉图（David Ricardo，1772—1823）是英国产业革命高潮时期的资产阶级经济学家，他继承和发展了斯密经济理论中的精华，使古典政治经济学达到了最高峰，是英国资产阶级古典政治经济学的杰出代表和完成者。

李嘉图出生于英国伦敦一个资产阶级犹太移民家庭，在十七个孩子中排行第三。他童年受教育很少，只受了两年商业教育，14 岁时随父亲从事证券交易活动，16 岁时便成了英国金融界的知名人物。1799 年，他偶然阅读了斯密的《国民财富的性质和原因的研究》，这是他第一次接触经济学，从此，对政治经济学发生兴趣并开始研究经济问题。当时英国突出的经济问题是"黄金价格"和"谷物法"，他热心地参与这两个问题的辩论。1809 年，他发表了著名论文"黄金价格"，走上了经济学之路。1817 年，他在伦敦出版了政治经济学著作《政治经济学及赋税原理》，直到 1819 年达到经济学巅峰。

大卫·李嘉图所处的时代正是英国产业革命深入发展的时期，当时英国社会的主要矛盾是工业资产阶级同地主贵族阶级的矛盾，在经济方面主要表现在是否废除《谷物法》。《谷物法》限制了英国对谷物的进口，使国内粮价和地租长期保持在很高的水平上，从而使工人货币工资被迫提高，成本增加，利润减少，削弱了工业品的竞争力。同时，该法的实施还招致外国以高关税阻止英国工业品对其出口，大大伤害了英国资产阶级的利益，维护工业资产阶级利益的李嘉图在继承和发展亚当·斯密理论的基础上，提出了以自由贸易为前提的比较优势论，从理论上有力地支持了工业资产阶级的斗争。

大卫·李嘉图的比较优势论认为：在国际贸易和国际分工中真正起到决定作用的是比较优势，而不是绝对优势。哪怕一个国家在两种商品的生产上都具有绝对优势，而另一个国家在两种产品的生产上都表现出绝对劣势，两国之间仍有可能通过国际分工和国际贸易而获得利益。因为具有绝对优势的国家可以选择两种产品中优势较大的集中生产并出口，而具有绝对劣势的国家可以选择两种产品中劣势较小的产品集中生产并出口，这样两个国家同样能够得到较高的福利水平。这就是比较优势论中的"两优择其重，两劣取其轻"的原则。

专题知识 3 - 2　《政治经济学及赋税原理》简介

《政治经济学及赋税原理》（On the Principles of Political Economy and Taxation），是继《国富论》之后的第二部最著名的经济学著作，是大卫·李嘉图于 1817 年在伦敦出版的，并于 1819 年和 1821 年分别出了第 2 版和第 3 版。

李嘉图在《政治经济学及赋税原理》中批判地继承了斯密的劳动价值论，并以劳动价值论为基础，论述了工资、利润和地租，说明了工资和利润、利润和地租的对立。他还论述了货币理论、对外贸易中的比较优势学说、赋税的一般原理和原则。该书使政治经济学理论有了重要发展，使英国古典政治经济学达到了完成阶段。

3.2.1　比较优势论的基本假设

同斯密的绝对优势论一样，李嘉图的比较优势论也是建立在一系列简单的假定条件基础上的。主要有以下几方面：

① 只有两个国家，生产两种商品。

② 自由贸易。

③ 劳动是唯一的生产要素，所有劳动都是同质的。

④ 劳动在国内可以自由流动，但在两国之间则不能自由流动。

⑤ 每种产品的国内生产成本都是固定的，没有运输费用。

⑥ 贸易方式是直接的物物交换，没有货币作为中间媒介。

3.2.2 比较优势论的论证

仍然用 3.1.3 中的例子来作分析。因为某种技术的创新，美国生产布料和小麦的效率提高了一倍，即生产 1m 布料，美国原来需要 6h，现在只需要 3h 的时间；生产 1kg 小麦，美国原来需要 2h，现在只需要 1h 的时间。假设中国的生产效率没有改变。从表 3-4 中可以看出美国两种产品的劳动生产率都比中国的高，即美国在两种产品的生产上均具有绝对优势。如果贸易是由绝对优势决定的，美国是否会出口所有的产品，而中国只能进口所有的产品？李嘉图认为，决定贸易的不是绝对优势，而是比较优势。

表 3-4 中国和美国两国劳动力成本差异（分工与贸易之前）

	布料/m		小麦/kg	
	劳动力成本/h	商品数量	劳动力成本/h	商品数量
中国	4	1	8	1
美国	3	1	1	1

根据"两优取其重，两劣取其轻"的原则，中国可以选择集中所有劳动力生产绝对劣势较小的布料，而美国可以选择集中劳动力生产绝对优势较大的小麦。从表 3-5 中可以看出，两国分工后的总产出有所增加，布料的产量由分工前的 2m 增加到 3m，小麦的产量由分工前的 2kg 增加到 4kg。如果中国用产出的一半与美国交换，交换比例为 1∶1。从表 3-6 中可以看出，中国和美国两种产品的消费水平都提高了，各国通过分工和贸易均获得了更大的利益。

表 3-5 中国和美国两国劳动力成本差异（分工与贸易之后）

	布料/m		小麦/kg	
	劳动力成本/h	商品数量	劳动力成本/h	商品数量
中国	12	3	0	0
美国	0	0	4	4

再从机会成本角度分析一下中国和美国两国分工和贸易的产生。在中国布料生产的机会成本仍然是 1/2kg 小麦，而在美国的机会成本仍是 3kg 小麦。中国布料比美国布料的机会成本要低，则称中国布料具有比较优势。同样可以得出中国小麦的机会成本为 2m 布料，美国小麦的机会成本为 1/3m 布料，美国小麦比中国小麦的机会成本要低，则美国小麦具有比较优势，美国会集中劳动力生产小麦，而中国会集中劳动力生产布料。如果两国之间允许自由贸易，中国会向美国出口布料，而美国会向中国出口小麦。

表 3-6　自由贸易后中国和美国的国内消费量

	布料		小麦	
	劳动力成本/h	商品数量/m	劳动力成本/h	商品数量/kg
中国	12	1.5	0	1.5
美国	0	1.5	4	2.5

　　从上述例子中可以看出，虽然中国没有任何一个行业具有绝对优势，但是中国仍然可以出口具有比较优势的产品；虽然美国所有行业都具有绝对优势，但是美国也不需要去生产所有的产品，而是只需出口它具有比较优势的产品，换回它不具有比较优势的产品。

3.2.3　比较优势论的简评

　　李嘉图的比较优势论的基本思想非常简洁，在分析国际贸易产生的原因及其福利影响方面都是比较有说服力的，具有很高的理论价值和较强的现实意义。但是，李嘉图模型中严格的限制性条件制约了其理论的有效性，尤其是模型中关于劳动价值论和成本不变的假设。因此，它对复杂的现实世界的概括存在着不足。第一，按该理论的预测，世界各国通过国际贸易将进行完全专业化的国际分工，这在现实中基本是不存在的；第二，由于李嘉图假设只有劳动一种生产要素，因此，实际上排除了国际贸易对一个国家国内收入分配的影响。李嘉图认为，参加贸易的各个国家作为整体都能从贸易中获益，但是，在现实中，国际贸易对收入分配往往会产生强烈的影响；第三，该理论中没有考虑国家之间的资源差异对国际贸易的影响，而实际上资源差异会对国际分工和国际贸易产生非常重要的影响；第四，该理论没有考虑规模经济在形成贸易格局中的作用，很难解释第二次世界大战后非常相似的国家之间所发生的贸易。

　　尽管存在上述不足，比较优势论的基本结论还是成立的，即劳动生产率的差异是国际贸易发生的基础，各国出口的是本国劳动生产率相对较高的产品，这一结论后来也被证实。而且，李嘉图的理论还为制定贸易政策和进行贸易预测提供了有益的理论指导。

3.3　相互需求论

　　无论是斯密的绝对优势论还是李嘉图的比较优势论，都是建立在对供给条件进行分析的基础上的，其贸易模型的一个明显特征就是根据生产能力来决定贸易模式，即仅仅考虑供给条件，而不考虑需求条件。然而，在现实中，一种商品是否有价格上的比较优势，除了取决于供给条件，还在很大程度上取决于消费条件，也就是需求的状况。后来的经济学家在引进需求要素的基础上对李嘉图的模型进行了扩展。穆勒提出了相互需求的理论，解释国际间商品交换的比例，并分析贸易双方的利益分配问题；马歇尔在穆勒理论的基础上，用供应曲线来证明供给和需求如何决定国际交换比率。他们的理论共同构成了相互需求论。

3.3.1　穆勒的相互需求论

　　相互需求论（Reciprocal Demand Theory）最早是由英国著名经济学家约翰·穆勒（John Stuart Mill）在 1848 年出版的经济著作《政治经济学原理及其在社会哲学上的若干应用》（简称《政治经济学原理》）中提出的。相互需求论对比较优势论的补充主要体现在三方面：

首先，用两国商品交换比例的上下限解释了互惠贸易的范围；其次，用贸易条件说明了贸易利得的分配；最后，用相互需求程度解释了贸易条件的变动。

人物链接

约翰·穆勒（John Stuart Mill，1806—1873），英国心理学家、哲学家和经济学家。穆勒生于伦敦，其父詹姆士·穆勒（James Mill，1773—1836 年）是历史学家和经济学家，与李嘉图交往甚密，并著有《政治经济学纲要》。穆勒从小受其父的严格教育，13 岁时完成了相当于大学的学业，并在其父亲的影响和帮助下开始攻读政治经济学；在 17 岁时进入不列颠东印度公司，一直到 1858 年，公司解散才退休。1848 年，穆勒出版了《政治经济学原理及其在社会哲学上的若干应用》（简称《政治经济学原理》），对西方经济学产生深远的影响。

专题知识 3 - 3　《政治经济学原理》简介

约翰·穆勒于 1848 年发表了使其名扬于世的经济学著作《政治经济学原理》。这本书被认为是资产阶级经济学出现以来最流行的经济学教科书之一，西方一些经济学家称其为 19 世纪下半期西方国家一本无可争议的经济学的"圣经"。

《政治经济学原理》共分五编，包括生产、分配、交换、社会进步对生产和分配的影响和论政府的影响。直至 19 世纪末年，这本书一直是英国、美国等讲英语国家的大学初级经济学课程的基础教科书。19 世纪 70 年代兴起的所谓"边际主义革命"对这本书中的基本原理提出了挑战，严重地动摇了它的权威地位，但只是在 1890 年马歇尔的《经济学原理》出版之后，它的地位才完全为后者所代替。

1. 比较成本确定互惠贸易的范围

穆勒的相互需求论在满足比较优势论的几个基本假设的基础上，用两国商品交换比例的上下限阐述贸易双方获利的范围问题。下面用表 3-7 中假设的情况来解释这个问题。

表 3-7　美国和英国两种商品的交换比例

	小麦（t/年人）	玉米（t/年人）	国内交换比例
美国	6	4	1:2/3
英国	1	2	1:2

在表 3-7 的假设下，分工前，在美国国内，1t 小麦可以换取 2/3t 的玉米，在英国国内，1t 小麦可以换取 2t 玉米。按照比较优势原则，分工后美国专门生产小麦，英国专门生产玉米，再相互交换产品。如果两国间的交换比例为 1t 小麦交换 2/3t 玉米，即按照美国国内的交换比例进行交换，美国并不比分工前多获产品，即未获得贸易利益，因而会退出交易而使国际贸易不可能发生。显然，两国交换比例更不可能低于 1t 小麦交换 2/3t 玉米，因为如此美国不但没有获益，反而比国内交换的产品要少，所以双方贸易不能等于或低于 1t 小麦交换 2/3t 玉米这个美国国内交换的比例。同理，如果两国间的交换比例不能高于 1t 小麦交换 2t 玉米，否则英国将不能从两国贸易中获益而退出交易。由此可以得出，两国间小麦和玉米的交换比例必须介于 1t 小麦交换 2/3t 玉米和 1t 小麦交换 2t 玉米之间，即 1:2/3 ~ 1:2，这样，两国都能从贸易中获益。

图 3-1 中，纵轴表示小麦，横轴表示玉米。两国国内的交换比例用从原点引出的射线的斜率来表示。A 表示美国国内的交换比例，为小麦交换玉米的下限，其斜率为 1:2/3；B 表示英国国内的交换比例，为小麦交换玉米的上限，其斜率为 1:2。A 与 B 之间为互惠贸易区，位于该区域的任何从原点引出的射线的斜率，都是互利贸易条件。

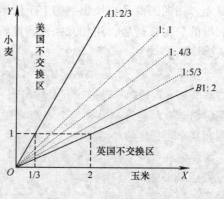

图 3-1   互惠贸易的范围

2. 贸易条件影响贸易利益的分配

国际贸易能给参加方带来利益。贸易利益的大小取决于两国国内交换比例之间的范围（即互惠贸易范围）的大小。至于贸易利益的分配，则取决于具体的贸易条件。国际间商品交换比例越接近于本国国内的交换比例，则对本国越不利，本国分得的贸易利益越少，原因是越接近于本国国内的交换比例，说明进行国际分工和交换后的总福利越接近于之前自己单独生产时的总福利。反之则反。例如，上例中，美国、英国两国小麦和玉米贸易的具体交换比例若为 1t 小麦交换 1t 玉米，则美国比分工前的国内交换多获 1/3t 玉米，英国比分工前国内交换节约 1t 玉米；若为 1t 小麦交换 4/3t 玉米，则美国多获得 2/3t 玉米，英国节约 2/3t 玉米；若为 1t 小麦交换 5/3t 玉米，则美国多获得 1t 玉米，英国节约 1/3t 玉米。可见，随着小麦交换玉米数量的增加（即向英国的交换比例靠近），美国的获利也越来越多。

3. 相互需求法则

穆勒将需求因素引入国际贸易理论之中，来说明贸易条件决定的原则。他认为一切贸易都是商品的交换，一方出售商品便是购买对方商品的手段，即一方的供给便是对对方商品的需求，所以供给和需求也就是相互需求。在比较成本确定的两国互惠贸易中，贸易条件或两国间商品交换比例是由两国相互需求对方产品的强度决定的，它与两国相互需求对方产品总量之比相等，这样才能使两国贸易达到均衡。如果两国的需求强度发生变化，则贸易条件或两国间的交换比例必然发生变动。一国对另一国出口商品的需求越强，而另一国对该国出口商品的需求越弱，则贸易条件对该国越不利，该国的贸易所得越小；反之，则贸易条件对该国越有利，该国贸易所得越大，这就是相互需求法则（又称国际需求方程式）。

仍然用英国、美国之间的贸易为例来说明相互需求法则。假设两国之间的贸易均衡的交换比例为 1t 小麦交换 1.7t 玉米（所谓均衡的交换比例是指达到这个比例时，恰好能使两国的进出口额相等）。如果美国需要从英国进口 17 000t 玉米，而英国需要从美国进口 10 000t 小麦，那么两国之间的贸易就达到了平衡。但是如果两国之间的需求强度发生了变化，则交换比例也会相应地变动。若英国对美国的小麦需求增强，美国对英国的玉米需求也会减弱，交换比例将会变得对美国有利，使美国从贸易中获利更多；反之，则交换比例会变得对英国有利，英国会从贸易中获得更多利益。例如，在 1:1.7 的交换比例上，如果美国对英国玉米的需求量由 17 000t 减少到 15 300t，英国对美国小麦的需求量不变，通过交换，英国得到的小麦数量只有 9 000t，不能满足需求。为了弥补小麦需求上的不足，英国就必须提高小麦交换玉米的比例，如提高到 1:1.8。在这个比例上，美国对玉米的需求量增加到 16 200t，而英国对小麦的需求量减少到 9 000t，两国间的贸易达到新的平衡。

3.3.2 马歇尔的均衡价格论

人物链接

阿尔弗雷德·马歇尔（Alfred Marshall，1842—1924），是近代英国最著名的经济学家、新古典学派的创始人、剑桥大学经济学教授，是19世纪末和20世纪初英国经济学界最重要的人物。马歇尔出版了经济学巨著《经济学原理》，其经济学的理论核心是建立在边际效用论和生产费用论基础上的均衡价格论。他用上升的供给曲线和下降的需求曲线分析收入、成本的变化对价格的影响。马歇尔最重要的贡献之一是建立了弹性的概念和计算弹性的公式。在马歇尔的努力下，经济学从仅仅是人文学科和历史学科的一门必修课发展成为一门独立的学科，具有与物理学相似的科学性。剑桥大学在他的影响下建立了世界上第一个经济学系。

专题知识 3-4 《经济学原理》简介

《经济学原理》是马歇尔1890年出版的最主要的著作。该书在西方经济学界被公认为划时代的著作，也是继《国富论》之后最伟大的经济学著作。该书所阐述的经济学说被看做是英国古典政治经济学的继承和发展，以马歇尔为核心而形成的新古典学派在长达40年的时间里在西方经济学中一直占据着支配的地位。马歇尔经济学说的核心是均衡价格论，而《经济学原理》正是对均衡价格论的论证和引申。他认为，市场价格决定于供、需双方的力量均衡，犹如剪刀的两翼，是同时起作用的。

马歇尔认为，政治经济学和经济学是通用的，不能把"政治经济学"理解为既研究政治又研究经济的学科，"政治经济学"也可简称为"经济学"。他的经济学说对现代西方经济学的发展有着深远影响。

马歇尔用均衡价格论来解释、描绘贸易条件的提供曲线，对穆勒的相互需求论作了进一步的分析和说明。以下是马歇尔的相互需求论用到的三个概念。

1. 贸易条件（Terms of Trade）

在经济学中贸易条件一般包括商品贸易条件、收入贸易条件和要素贸易条件，其中最常用的是商品贸易条件，一般没有特别说明的话，贸易条件就是指商品贸易条件。而商品贸易条件的概念及计算方法已在第1章1.2节中介绍过，此处不再赘述。

2. 均衡价格论（Theory of Equilibrium Price）

均衡价格论是马歇尔《经济学原理》的核心。均衡价格论认为在其他条件不变的情况下，商品价值是由商品的供求状况决定的，是由商品的均衡价格衡量的。

3. 提供曲线（Offer Curve）

提供曲线就是相互需求曲线，表示在各种贸易条件下，一国为了达到最高的福利水平所愿意进行的各种进出口组合，即对应某一个进口量一国愿意提供出口量的轨迹。两个国家提供曲线的均衡交汇点，就是国际商品交换比例，即国际市场均衡价格。仍以美国、英国两国贸易为例。对英国来说，在图 3-2 中 OX 轴表示出口玉米的数量，OY 轴表示从美国进口小麦的数量；相反，对美国来讲，OX 轴表示从英国进口玉米的数量，OY 轴表示出口小麦的数量。OA 表示英国的提供曲线，OB 表示美国的提供曲线。提供曲线上的每一点的斜率都表示一个贸易条件。它等于曲线上任意点到 X 轴的距离和到 Y 轴距离之比，即小麦和玉米的交换比例。

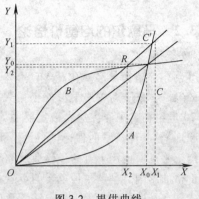

图 3-2　提供曲线

从图中可以看出两条提供曲线的方向不同。对英国来说，提供曲线越往上弯曲，表示英国用一定量的玉米可以换取的小麦数量越多，这对英国是有利的；相反，提供曲线越往下弯曲，表示美国用一定量的小麦可以换取的玉米数量越多，这对美国是有利的。只有两条提供曲线相交后，才能使两国的贸易达到平衡。图中 C 点就是均衡点，而 C 点与原点的连线就确定了两国开展贸易后的均衡贸易条件，即均衡的国际商品价格。

如果国际市场上的贸易条件偏离了均衡的贸易条件，最终会怎样呢？假定市场上贸易条件是 OC'，这时英国的处境改善，而美国的处境相对不利。因为英国提供曲线 OA 与 OC' 交于 C' 点，它只要增加提供 X_0X_1 的玉米，就能多交换到 Y_0Y_1 的小麦，在 C' 点，英国出口 OX_1，进口 OY_1。OC' 与美国的提供曲线交于 R 点，美国进口 OX_2，出口 OY_2。

这样，在国际市场上会出现小麦和玉米的供求失衡。因为 $OX_2 < OX_1$，玉米供大于求，同时 $OY_2 < OY_1$，小麦供小于求。供求不平衡会引起两种商品的相对价格发生变化，小麦的相对价格上升，等量小麦可以换到更多的玉米；玉米的相对价格下降，等量玉米可以换到更多的小麦。相对价格的变化将影响两国贸易意愿的变化，美国愿意增加小麦的出口，英国愿意减少玉米的出口，这样就产生了使 OC' 向 OC 移动的压力，直到最后，在供求关系发生作用的情况下市场恢复均衡，贸易条件恢复到均衡位置。

总之，在均衡贸易条件的决定问题上，提供曲线的结论与相互需求原理是一致的，只不过供给曲线的分析相对而言更加精确。

3.3.3　相互需求论简评

相互需求论补充和发展了比较优势论，解决了国际贸易为参加方带来利益的范围、双方如何分配利益、互惠范围等问题。但穆勒的论点有一个很重要的假设前提，就是在物物交换下供给和需求相等，而在现实中出口和进口不是简单的以物易物，而是需要货币作为媒介。

马歇尔用几何分析方法来说明贸易条件的决定和变动，丰富了传统的国际贸易理论的表达手段和研究方法。但是与穆勒一样，他并没有对国际生产关系的价值领域进行研究，这使他们只是在一定的范围和角度上说明了各国如何进行贸易利益的分配，无法从根本上解决国际间的商品交换是否公平合理、是否是等价交换、是否存在剥削等问题。

3.4　要素禀赋论

无论是李嘉图的比较优势论，还是穆勒、马歇尔的相互需求论，在描述生产成本时都暗含着这样的一个前提：国与国之间在生产特定产品方面存在着差异，一些国家擅长生产某些产品，而另外一些国家却擅长生产另外一些产品，但他们都没有解释差异存在的原因。这个问题的提出与探索，引出了一个重要的贸易理论，这便是要素禀赋论。

20 世纪 30 年代由瑞典经济学家赫克歇尔（Heckscher）和俄林（Ohlin）在李嘉图比较优势论的基础上提出的要素禀赋论（Factor Endowment Theory），建立了 H－O 模型，成为贸易理论的开端。要素禀赋论的基本内容有狭义和广义之分。狭义的要素禀赋论用生产要素的丰裕和稀缺来解释国际贸易产生的原因和一国的进出口贸易模型，广义的要素禀赋论包括狭义的要素禀赋论和要素价格均等化定理。

人物链接

伊·菲·赫克歇尔（Eli F Heckscher，1879—1959），瑞典人，生于斯德哥尔摩的一个犹太人家庭，是著名的经济学家。新古典贸易理论最重要的部分——要素禀赋论就是他和他的学生贝蒂·俄林（Bertil Ohlin）最早提出来的，并命名为赫克歇尔-俄林理论（简称 H-O 定理）。

1897 年起，赫克歇尔在乌普萨拉大学（Uppsala University）跟耶尔纳（Hjarne）学习历史，跟戴维森（Davidson）学习经济，并于 1907 年获得博士学位。他成功地使经济史成为瑞典各大学的一门研究生课程。

贝蒂·俄林（Bertil Gotthard Ohlin，1899—1979）瑞典著名经济学家。他的研究成果主要表现在国际贸易理论方面，1924 年出版《国际贸易理论》，1933 年出版其名著，即《区间贸易和国际贸易论》，1936 年出版《国际经济的复兴》（International Economic Reconstruction），1941 年出版《资本市场和利率政策》等；1977 年俄林获得诺贝尔经济学奖。

3.4.1 要素禀赋论的相关概念

要素禀赋理论用生产要素、要素密集度、要素密集型产品、要素禀赋、要素丰裕程度等概念对其进行表述和说明，掌握这些概念是理解要素禀赋论的前提。

1. 生产要素和要素价格

生产要素（Factor of Production）是指生产活动必须具备的主要因素，或在生产活动中中必须投入或使用的主要手段。传统的生产要素是指土地、劳动和资本，后来也有人把企业家的管理才能、技术知识和经济信息等当做生产要素。要素价格（Factor Price）则是指生产要素的使用费用或要素的报酬，例如，土地的价格是租金，劳动的价格是工资，资本的价格是利息，管理的价格是利润等。

2. 要素密集度和要素密集型产品

要素密集度（Factor Intensity）是指单位产品的相对要素投入比例。如果某要素投入比例大，称为该要素密集程度高。根据产品生产所投入的生产要素中所占比例最大的生产要素种类不同，可以把产品划分为不同种类的要素密集型产品（Factor Intensity Commodity）如资源密集型、劳动密集型、资本密集型、技术密集型等。例如，生产小麦投入的要素中，土地所占比例最大，则称小麦为土地密集型产品。

3. 要素禀赋和要素丰裕度

要素禀赋（Factor Endowment）是指一国所拥有的可用于生产商品和劳务的各种生产要素的总量，既包括"自然"存在的资源，也包括"获得性"资源（如技术和资本）。

要素丰裕度（Factor Abundance）是指某要素的供给在一国生产要素禀赋中所占比例大

于别国同种要素的供给比例，而相对价格低于别国同种要素的相对价格。

3.4.2 要素禀赋论的基本假设

要素禀赋论基于一系列简单的假设前提，主要有以下几方面：

（1）只有两个国家、两种商品、两种生产要素（劳动和资本），即 2×2×2 模型。

（2）两国的技术水平相同，即同种产品的生产函数相同。这意味着如果两国要素价格相同，两国在生产同一商品时就会使用相同数量的劳动和资本。

（3）X 产品是劳动密集型产品，Y 产品是资本密集型产品。即不存在生产要素密集度逆转的情况。

（4）两国在两种产品的生产规模报酬不变。这意味着某种商品的资本和劳动使用量一同增加，则该产品产量也以同样比例增加，即单位生产成本不随生产规模的增减而变化，因而没有规模经济利益。

（5）两国进行的是不完全专业化生产。即尽管是自由贸易，两国仍然继续生产两种产品，亦即无一国是小国。

（6）两国的消费偏好相同。即两国的社会无差异曲线的位置和形状相同。

（7）在两国中，两种商品和两种生产要素的市场是完全竞争的。在完全竞争的条件下，商品价格等于其生产成本，没有经济利润。

（8）一国内部的生产诸要素能够自由流动，但在两国间不能自由流动。

（9）假定没有运输费用，没有关税或其他阻碍自由贸易的障碍。

3.4.3 要素禀赋论的理论分析

1. 理论内容

赫克歇尔-俄林定理可表述为：一国应该出口该国相对丰裕和便宜的要素密集型的商品，进口该国相对稀缺而昂贵的要素密集型的商品。简而言之，劳动相对丰裕的国家拥有生产劳动密集型产品的比较优势，因而应该出口劳动密集型商品，而进口资本密集型商品；而资本相对丰裕的国家拥有生产资本密集型产品的比较优势，因而应该出口资本密集型商品，进口劳动密集型商品。

2. 理论的一般均衡分析

要素禀赋论的一般均衡分析可以用图 3-3 来说明。从示意图的右下角开始分析，生产要素所有者的收入分配和社会消费偏好共同决定对最终产品的需求，而对最终产品的需求产生了对生产要素的派生需求，要素的供给和需求则决定要素的价格，要素的价格和生产技术又决定最终产品的价格。因此，不同国家商品相对价格的差异决定了比较优势和贸易模式。

但在两国偏好相同、技术水平相同以及收入分配相同，从而对最终产品和要素需求相似的假设前提下，不同国家生产要素禀赋的差异便是商品相对价格存在差异的原因。在图 3-3 中，由要素相对供给量的差异导致要素价格差异，进而导致商品价格差异的过程用粗线头表示。

需要注意的是，通过一般均衡分析得出要素供给的差异是导致商品价格差异的原因，这样的结论并不要求各国需求偏好、收入分配、生产技术完全相同。但假设两国需求偏好、收入分配、生产技术完全相同，则大大简化了对该理论的讲解和图形说明。

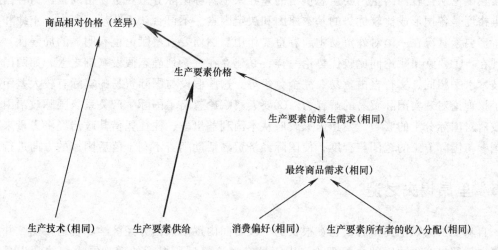

图 3-3　要素禀赋论的一般均衡分析

3.4.4　要素价格均等化定理

国际贸易可能导致要素价格均等化的论点最早是由赫克歇尔提出的。俄林则认为，虽然各国要素缺乏流动性使世界范围内要素价格相等的理想状态不能实现，但商品贸易可以部分代替要素流动，弥补缺乏流动性的不足，所以，国际贸易使要素价格存在着均等化的趋势。在上述赫克歇尔-俄林要素禀赋论的基本假设条件下，萨缪尔森证明了以下的结论：自由贸易不仅使两国的商品价格相等，而且使两国生产要素的价格相等，以致两国的所有工人都能够获得同样的工资率，所有的资本（或土地）都可以获取同样的利润报酬，而不管两国生产要素的供给与需求模式如何。

由于这个定理是建立在赫克歇尔-俄林模型的基础上，并由萨缪尔森发展，所以，要素价格均等化定理又被称为赫克歇尔-俄林-萨缪尔森定理，可以表述为：在满足要素禀赋论的全部假设条件下，国际贸易会使得各国同质的生产要素获得相同的相对与绝对收入。这样一来，国际贸易就代替了国际生产要素的流动。

但是，俄林认为，要素价格完全均等化是不可能的，要素价格均等只是一种趋势，其主要原因是由于影响市场价格原因复杂多变、生产要素不能充分流动、产业对几个要素的需求是联合需求等一系列因素制约着要素价格完全均等化。而对此，萨缪尔森则认为，国际贸易将使不同国家间生产要素相对价格与绝对价格均等化。这种均等化不是一种趋势，而是一种必然。

根据这一理论，国际贸易不仅可以合理配置资源，而且可以"调节"各国之间的收入分配，最终缩小各国之间的经济差距。但是，在现实中，自近代国际贸易历史开始以来以至今日，国际间的贫富差距不但没有缩小，反而继续扩大。其原因可以认为，存在着一系列阻碍国际生产要素自由流动的因素，从而使得定理的假设前提条件不能够得到满足。

3.3.5　要素禀赋论的简评

要素禀赋论是现代国际贸易理论的开端，是西方国际贸易理论发展中的一个重要阶段。

要素禀赋论从比较两国生产要素总供给的差异入手解释国际分工和贸易格局，认为各国要素的丰裕度是各国形成比较优势的基本原因和决定因素。不可否认，劳动、资本、土地和技术等生产要素状况在一国对外贸易中起着重要作用。然而要素禀赋论也有明显的局限性，主要表现在：①要素禀赋论同比较优势论一样，是建立在一系列静态假设基础之上，如两国的生产技术水平相同、实行自由贸易、完全竞争等。这些假设与国际贸易的实际有较大差距，削弱了该理论对现实国际贸易的解释力。②要素禀赋论忽略了国际生产关系、国际政治因素以及政府对国际分工的影响。发达国家政府从本国利益出发，往往凭借其政治经济力量来影响本国参与国际分工的范围与程度，使国际经济贸易活动朝着不利于落后国家的方向进行。

3.5 里昂惕夫之谜

自从要素禀赋论提出后，它在很长的一段时间内逐渐被西方经济学界普遍接受，并成为解释国际贸易产生原因的主要理论。由于这个理论模型所揭示的道理同人们的常识是一致的，许多西方经济学者对此深信不疑。一些学者试图通过经验数据对该模型进行检验，企图进一步从实证角度证明这一理论的正确性。但是第二次世界大战以后，在第三次科技革命的推动下，世界经济迅速发展，国际分工和国际贸易随之迅猛发展，国际贸易商品结构和地区分布发生了很大变化，传统的国际贸易理论显得愈来愈脱离实际，于是引起经济学家们对包括要素禀赋论在内的已有学说的怀疑，并促成他们对一些理论模式的检验。1953 年开始，里昂惕夫挑起了经济学界针对 H-O 模型的大论战，运用投入与产出分析法对要素禀赋论进行验证，得出里昂惕夫之谜，成为西方传统微观国际贸易理论在 20 世纪中叶新发展的转折点。

人物链接

华西里·里昂惕夫（Wassily W Leontief，1906—1999），俄裔美国经济学家。里昂惕夫最重要的贡献是从 20 世纪 30 年代开始研究投入产出分析法，即在编制反映各部门间产品量交流情况的投入产出表基础上，用数学方法研究各部门产品生产和分配的关系。这种方法在世界各国迅速传播并广泛运用，并被联合国规定为国民经济核算体系中的一个重要组成部分。1973 年，里昂惕夫获诺贝尔经济学奖。

3.5.1 里昂惕夫对要素禀赋论的检验

20 世纪 50 年代初，里昂惕夫运用自己首创的投入产出分析法，想通过美国的数据来检验赫克歇尔-俄林的要素禀赋论的正确性。他根据 1947 年美国 200 种产业部门的出口产品和进口产品的资料，编制了美国的投入产出表。他假设美国减少出口品生产和进口品的数值都为 100 万美元，然后考察它们各自的资本与劳动的比率有何影响：当出口减少时，将有多少数量的资本和劳动会多余，而当进口替代商品生产增加时，资本和劳动的需求量会如何增加。一般认为美国是个资本丰裕的国家，按照 H-O 模型，它应该出口资本密集型商品，进口劳动密集型商品。可是，里昂惕夫得出的恰好是完全相反的结果，即美国出口的是劳动密集型商品，进口则为资本密集型商品。后来，里昂惕夫又用 1951 年的有关资料再次验证，所得结果仍然同生产要素禀赋论的推论相矛盾。于是，里昂惕夫的验证结果被称为"里昂惕夫之谜"（Leontief Paradox）。

"里昂惕夫之谜"的出现引起国际贸易理论界的很大震动。一些学者采用投入产出法又对其他一些国家进行验证，也得出了互相矛盾的研究结果。例如，日本是一个劳动要素丰裕的国家，却出口资本密集型产品，进口劳动密集型产品，但更仔细的分析显示，它向欠发达国家出口资本密集型产品，对美国和西欧出口的则为劳动密集型产品。围绕如何解释里昂惕夫之谜的问题，西方学者们提出了各种各样的理论见解。

3.5.2　对里昂惕夫之谜的不同解释

里昂惕夫之谜不但促成了一些类似的研究工作，也引起了经济学家们对"谜"作出不同的解释。归纳起来，主要有以下几种具有代表性的解释。

1. 劳动效率的差异

里昂惕夫认为，由于美国劳动效率较高，而 1947 年美国工人的劳动生产率大约是其他国家的三倍，因此，在计算劳动和资本的比例时，应该将美国实际劳动人数乘以三。这样，按生产效率计算的美国工人数与美国拥有的资本量之比，美国就成了劳动力丰富而资本相对短缺的国家，所以它进口资本密集型产品，出口劳动密集型产品，这与要素禀赋论提示的结果一致。但后来里昂惕夫自己也否定了这种解释，因为如果说美国的生产效率高于其他国家，那么资本的效率也比其他国家高，所以工人人数和资本量都应同时乘以一个倍数，并没有改变最初的结果。

2. 人力资本的差异

这个观点是美国经济学家凯能（P. B. Kenen）等人提出的。他们认为，在国际贸易中使用的资本既包括物质资本（Physical Capital），也包含人力资本（Human Capital）。所谓人力资本是指所有能够提高劳动生产率的教育投资、工作培训、保健费用等开支，其作用是提高劳动者的技能，进而提高劳动生产率。简单地用美国的资本和劳动人数或劳动时间来计算美国进口产品的资本劳动比率可能没有反映美国人力资本和其他国家人力资本的区别。如果把前期投资形成的当期人力资本分离出来再将其加到实物资本中，并重新计算里昂惕夫算出的结果时，就会发现，美国出口产品的人均资本量高于美国进口替代产品的人均资本量，从而很明显地得出美国出口资本密集型产品，进口劳动密集型产品。但这种解释的困难在于，人们很难准确地获得人力资本的真正价值以及相关的数据。

3. 存在贸易壁垒

这种解释认为，谜产生原因是美国贸易保护的结果。在赫克歇尔-俄林的要素禀赋论中，贸易被假定是自由的，而包括美国在内的绝大多数国家都或多或少对进口产品实行了限制措施，从而使得国际间商品流通因受贸易壁垒的限制而使要素禀赋论揭示的规律不能实现。在里昂惕夫的研究中，他如实地引用了原始的统计资料，而没有剔除关税以及其他贸易壁垒对美国贸易结构的影响。事实上，美国政府为了解决国内就业，制定对外贸易政策时有严重保护本国劳动密集型商品的倾向，如果实行自由贸易或美国政府不实行这种限制的话，美国进口品的劳动密集程度一定比实际高。鲍德温的研究表明，如果美国的进口商品不受限制的话，其进口品中资本和劳动的比率将提高 5%。

另一方面，其他的国家也可能对其进口的资本密集型商品进行较高的保护，这样会使得美国资本密集型商品的出口受到一定的影响。因此，有人预测，如果美国及其贸易伙伴之间相互开展自由贸易，则美国会更多地进口劳动密集型商品，出口资本密集型的商品，这样一来，里昂惕夫之谜就不存在了。这一研究对里昂惕夫之谜作出了部分解释。

4. 忽略自然资源因素

这一解释是美国学者凡涅克（J. Vanek）提出来的。他在 1959 年发表的一篇论文中指出，里昂惕夫是用双要素模型（劳动和资本）来进行分析的，未考虑自然资源的投入分析，而实际上，一些产品既不是劳动密集型产品，也不属于资本密集型产品，而是自然资源密集型产品。例如，美国的进口品中初级产品占60%～70%，而且这些初级产品大部分是木材和矿产品，而这些产品的自然资源密集程度很高，把这类产品划归资本密集型产品无形中加大了美国进口品的资本与劳动的比率，使"谜"产生。

里昂惕夫曾对这个观点予以赞许，其本人后来在对美国的贸易结构进行检验时，在投入-产出表中减去自然资源密集型产品，结果就成功地解开了"谜"，取得了与要素禀赋论相一致的结果。美国学者鲍德温也曾对这个观点进行了验证，他的研究证明，如果剔除自然资源产品，则生产进口替代品时，每个工人所需的资本数量，相对出口商品生产，由原来的127%下降到104%。虽然没有完全消除"谜"，但比例已经大大下降，这从另一方面说明，某些自然资源产品同资本密集型产品的确存在着替代关系。美国自然资源商品进口具有资本密集型的特点，这样在美国的进口贸易中就加重了资本密集型商品的份额，从而导致"谜"的产生。

5. 要素密集型逆转发生

要素密集型逆转（Factory Intensity Reversal）是指同一种产品在劳动丰裕的国家是劳动密集型产品，在资本丰裕的国家则是资本密集型产品的情形。

由于每一个国家生产要素价格不同，就有可能出现这样的情况：资本丰裕而劳动稀缺的国家（如美国），由于劳动力价格昂贵而资本便宜，往往会在劳动密集型商品（如玩具）生产中使用更多的资本而非劳动，玩具在美国就变成了资本密集型商品；而在劳动密集型国家（其他国家）由于劳动丰裕而资本相对稀缺，劳动力便宜而资本昂贵，玩具生产中仍然使用大量的劳动，属劳动密集型商品。这样一来，要素密集度就发生了逆转。一旦要素密集度发生逆转，一种商品究竟是劳动密集型商品还是资本密集型商品就没有一个绝对的标准。在这种情况下，美国进口的商品中，在国外来说是劳动密集型商品，但若在美国生产的话，就有可能是资本密集型商品。由于里昂惕夫在计算美国出口商品的资本和劳动比率时，使用的是美国的投入产出数据。对于美国的进口商品，使用的也是美国进口替代品的资本和劳动比率，而不是美国进口商品的资本和劳动比率。这样一来，就有可能出现美国进口资本密集型商品，出口劳动密集型商品的情况，从而使得要素禀赋与比较利益的联系发生颠倒。

因为赫克歇尔-俄林的要素禀赋论是建立在要素密集度不发生颠倒的条件下，即无论在A 国还是 B 国，X 产品是劳动密集型产品，Y 产品是资本密集型产品。所以，一旦发生要素密集型逆转，要素禀赋论揭示的规律将无法实现，因而出现了"谜"。因此，要素密集型逆转发生可作为解释"谜"产生的原因之一。

生产要素密集度的逆转在现实世界里确实存在，问题是其出现的概率有多大。经验说明，在现实生活中，要素密集型逆转发生的概率是极小的，里昂惕夫对他所研究的资料进行定量分析，发现要素密集型逆转发生只有1%。因此，用要素密集型逆转来解释里昂惕夫之谜在理论上可行，但由于要素密集型逆转对要素禀赋论并无实质性的影响，因而在实践上并无太多实际意义。

3.5.3　里昂惕夫之谜简评

里昂惕夫之谜是西方传统国际贸易理论发展的界碑。里昂惕夫对要素禀赋论的检验具有重大的理论意义，推动了第二次世界大战以后国际贸易理论的新发展。他的投入-产出分析法对美国贸易结构的计算分析，开辟了用统计数据全面检验贸易理论的道路。

"谜"和"谜"的检验说明，要素禀赋论已不能对第二次世界大战以后国际贸易的实际作出有力的解释，因为第二次世界大战以后科学技术、熟练劳动力在生产中的作用日益加强，已构成一个非常重要的生产要素，而建立在庸俗学派要素理论基础上的要素禀赋论已脱离第二次世界大战以后的经济现实。"谜"与要素禀赋论的矛盾是理论与实践的矛盾，"谜"的解释正是结合实际对要素禀赋论的前提——劳动同质（即劳动生产率相同）、两要素模型和完全竞争的假定进行了修正。

至今，西方传统国际贸易理论中居主导地位的仍然是以比较优势论为核心的、经过修正的要素禀赋论。

本章小结

1. 亚当·斯密的绝对优势论是在对重商主义的批判基础上提出的。该理论建立在分工理论和劳动价值论之上，其核心思想是，国际贸易并非此消彼长的零和博弈，而是互利的正和博弈，其中互利的贸易基础是国与国之间特定商品的绝对成本差异。

2. 李嘉图继承和发扬了斯密的观点，通过放松绝对成本差异的前提约束，以相对成本的差异为前提假设，建立了比较优势贸易理论。其核心思想是，一国在特定产品上的优势取决于相对成本差异，这种相对成本差异是国与国互利贸易的基础所在，既包括同一国家内部生产不同产品的成本差异，也包括了不同国家之间生产同一种产品成本的差异。国家应该按照"两优择其重，两劣选其轻"的比较优势原则进行分工。

3. 穆勒和马歇尔的相互需求论补充和发展了比较优势论，解决了国际贸易为参加方带来利益的范围、双方如何分配利益、互惠范围等问题。穆勒指出，两国产品的交换比例越接近于哪个国家的国内交换价格，哪个国家的获利就越少；反之，获利越多。马歇尔用几何分析方法来说明贸易条件的决定和变动，丰富了传统的国际贸易理论的表达手段和研究方法。

4. 赫克歇尔-俄林的要素禀赋论是在比较优势论的基础上的一大进步，该理论认为生产要素禀赋的差异是各国进行贸易的重要原因。其核心思想是，任何一个国家将出口相对密集使用本国丰裕要素生产出来的产品，即该国具有比较优势的产品必定是密集使用它相对丰裕要素生产出来的产品。这样，就会提高一国的资源利用效率，对贸易双方都有利。

5. 里昂惕夫用自己首创的投入-产出分析法，想通过美国的数据来检验赫克歇尔-俄林的要素禀赋论的正确性。但是计算结果却与要素禀赋论的结果相悖，产生里昂惕夫之谜，从而引发了经济学界对"谜"是如何产生的这一问题的激烈论证。

关键术语

绝对优势　　比较优势　　相互需求论　　贸易条件　　均衡价格论

提供曲线　　生产要素　　要素密集度　　要素密集型产品　　要素禀赋

要素丰裕程度　　　里昂惕夫之谜　　　人力资本　　　要素密集型逆转

课后习题

简答题

1. 试述大卫·李嘉图的比较优势论的主要内容及其评价。

2. 赫克歇尔-俄林理论的基本内容是什么？试对其进行评价。

3. 绝对优势论和比较优势论的主要观点有何差别？为什么说后者比前者更具有指导意义？

计算分析题

1. 本国生产黄油的单位劳动投入为1/5，生产布的单位劳动投入为1；外国生产黄油的单位劳动投入为1，生产布的单位劳动投入为1/3。

① 本国在哪种商品的生产上拥有绝对优势？外国在哪种商品的生产上拥有绝对优势？为什么？

② 假如本国用5单位黄油换取外国3单位布，本国与外国的贸易获益分别是多少？为什么？

③ 假如本国用5单位黄油换取外国6单位布，本国与外国的贸易获益分别是多少？为什么？

2. 比尔·盖茨先生无论在编写软件还是打字速度上都强于他的秘书。比尔·盖茨先生编写软件的速度是秘书的 N 倍，打字的速度是秘书的 2 倍。由于比尔·盖茨先生在编程和打字上都强于其秘书，他是否应该自己来完成全部的工作，以节省下每天付给秘书的20美元的薪水（据说盖茨如果掉了 100 美元，他是不会弯腰去捡的，因为弯腰的 5 秒钟会使他丧失 1 万美元）。试用学过的贸易理论来解释比尔·盖茨先生是否要自己做编写软件和打字的全部工作？

3. 设有 A、B、C 三种产品，生产每100万美元的产品分别需投入以下生产要素：

要素产品	劳动/天	资本/万美元	土地/km²
A	100	200	10
B	50	500	5
C	500	50	10

试分析中国、美国和日本三国分别在哪种产品的生产上具有比较优势？各国进口和出口哪种产品的可能性最大？

第 4 章　保护贸易理论

学习目标：

1. 掌握保护贸易理论的发展脉络。
2. 了解汉密尔顿保护关税论的基本内容。
3. 理解李斯特幼稚工业保护论的理论基础、理论依据和主要内容。
4. 掌握对外贸易乘数论的主要内容。
5. 了解中心—外围论的基本特征和主要论点。
6. 掌握战略贸易论的主要内容。
7. 正确理解各种保护贸易理论的积极意义和局限性。

自亚当·斯密以来的各种自由贸易理论所揭示出来的理论含义和政策含义大致都是相同的，基本结论都是自由贸易可以促进各国经济发展，保护贸易政策有碍于经济发展。保护贸易理论始于重商主义，后经汉密尔顿、李斯特、凯恩斯及普雷维什等人的发展，形成了一个与自由贸易理论相对抗的保护贸易理论体系。

保护贸易理论（Theory of Trade Protection）旨在解释为实现本国贸易利益最大化，政府采取关税保护和数量限制的合理性与可行性。在现实的各国对外贸易中，纯粹的自由贸易难觅其踪，而保护贸易却盛行一时，正因为如此，贸易自由化以及相应的投资自由化和金融自由化才成为当代各国政府面临的主要问题。以 16 世纪兴起的重商主义为起点，保护贸易理论的演化过程整整比自由贸易理论的演化过程长了两个世纪，由此也产生了众多的学术流派和丰富的政策见解。

需要注意的是，保护贸易理论虽然和自由贸易理论相对立，但并不意味着它们两者水火不容。事实上，保护贸易理论和自由贸易理论往往是不可分开的，它们的对立常常在共同的贸易利益基础上统一起来。

4.1　重商主义

重商主义（Mercantilism）是资产阶级最初的经济学说，出现在西欧封建制度向资本主义制度过渡时期，即资本的原始积累时期，反映了这个时期商业资本的利益和要求。它对资本主义生产方式进行了最初的理论考察，是 15 世纪～18 世纪初受到普遍推崇的一种经济哲学。·

4.1.1　重商主义产生的时期及背景

重商主义兴起于 15 世纪初，当时，社会上追求商品生产更快发展，追求商业资本的迅速增加和货币资本的不断积累，已成为一股不可抗拒的潮流，这是重商主义产生的一个重要原因。然而，更深层次的背景则是在追求商业资本增加、追求货币积累这股强大潮流冲击下，所引起的西欧经济形式和社会阶级关系的变化。旧式贵族变成了真正的商人，自然经济向商品经济过渡。

重商主义所重的"商"是对外经商，重商主义学说实质上是重商主义对外贸易学说。

重商主义认为货币是一国财富的根本、富强的象征，一切经济活动的目的都是积累财富，获取财富的途径则是对外贸易顺差，因而主张国家干预经济活动，鼓励本国商品输出，限制外国商品输入，"多卖少买"，追求顺差，使货币流入国内，以增加国家财富和增强国力。

4.1.2　重商主义的发展阶段

重商主义的发展经历了两个阶段，15世纪~16世纪下半叶的早期重商主义和16世纪下半叶~17世纪的晚期重商主义。

早期的重商主义，也称为重金主义（Bullionism），以"货币差额论"为中心，代表人物是英国的威廉·斯塔福德（W Stafford）。货币差额论者把增加国内货币积累，防止货币外流视为对外贸易政策的指导原则，认为国家采取行政手段，禁止金银输出，在对外贸易上遵循少买（甚至不买）多卖的原则，使每笔交易和对每个国家都保持顺差，就可以使金银流入国内。在16世纪中叶以前大约150多年的时间内，欧洲许多国家的贸易政策都带有早期重商主义的色彩。例如，英国曾规定"使用"条款，规定入境的商人必须将获得的所有货款，全部或部分购买英国的货物。在其"买卖差额"法中规定，出境商人应将其在国外所售货物的一部分款项带回英国，国家严格管制一切贵金属交易。

晚期的重商主义以"贸易差额论（Theory of Balance of Trade）"为中心，代表人物是英国的托马斯·孟（Thomas Mun）。贸易差额论认为衡量一国在国际贸易中是否盈亏，要视总的贸易收支状况而定，不赞同货币差额论的"每笔贸易都要求顺差"的思想。17世纪~18世纪，英、法、德等国都陆续采用了这种重商主义理论，使用关税保护、奖出限入及转口贸易等方法，对殖民地区进行贱买贵卖、少买多卖来维持贸易顺差和积累金银财富。贸易差额论在认识上比货币差额论向前推进了一步，但不论是货币差额论还是贸易差额论，它们都把货币和财富混为一谈，认为一国拥有的黄金和白银越多，就越富有，金银是财富的唯一形态，是衡量国家富裕程度的唯一尺度。

4.1.3　重商主义的贸易政策的基本内容

1. 货币管制政策

重商主义主张政府干预经济生活，特别是在货币政策的制定和实施方面一定要由政府进行严格管制。当时英国规定输出金银为大罪，西班牙则最为严厉，输出金银者最高可判死刑。另一方面，利用各种方式尽力吸收外国金银。晚期的贸易差额论者的货币政策有所松动，更注重追求贸易顺差。

2. 对外贸易垄断政策

当时西欧各国都对国际贸易实行国家控制和垄断的政策。通过贸易垄断，从殖民地获取廉价原料，运回本国加工成制成品，然后再高价向殖民地国家出售。例如，葡萄牙政府就直接控制本国与东方的贸易，西班牙政府则垄断从美洲殖民地获得的廉价原料。

3. 奖出限入政策

各国都采取各种鼓励出口、限制进口的贸易保护政策。例如，当本国产品在市场上难以与外国产品竞争时，可以退还对原料征收的各种税款，必要时还给予补贴。在出口贸易上，采取各种措施阻止原料或半制成品的出口，鼓励制成品的出口，并用现金奖励在外国市场上出售本国商品的商人。在进口贸易上，对进口的消费品征收重税，使征税后的价格让消费者望而却步，但是对重要的机器设备和原材料的进口则减免进口税。

4. 发展本国航运政策

重商主义者主张积极发展航运事业，因为强大的商船队是国家外贸发达和经济强盛的重要保障，因此应为本国商品出口及转运创造有利条件。此外，重商主义者还主张禁止外国船只从事本国沿海航运及本土与殖民地之间的航运。例如，英国在17世纪制定的航海法案最为典型，规定本国的沿海贸易以及其殖民地的沿海贸易都必须使用英国船舶。

5. 发展本国工业政策

重商主义者认为，只有扩大出口贸易，才能实现贸易顺差，而保持贸易顺差的关键在于本国能够生产竞争力强的工业制成品，因此，他们主张制定相应政策鼓励国内工业的发展，包括向工场手工业者发放条件较优惠的贷款；高薪聘请外国工匠促进本国的技术性产业的发展并禁止本国熟练技术工人外流；对进口的新技术设备减免关税并限制本国的新技术设备输出等。

4.1.4　重商主义的意义及局限性

重商主义是16世纪~17世纪由一些巨商、律师、政府官员等在实际的贸易、工业、航运和行政工作中提出的国际贸易理论。它汇集了当时欧洲各国国内经济和对外贸易方面主要的思想和政策，代表了当时欧洲商业资本者的利益，在历史上有一定的推动作用和现实意义。

首先，在理论上，重商主义贸易学说的理论观点代表了资本原始积累时期处于上升阶段的商业资本的利益，所以具有历史进步意义。重商主义贸易学说提出对外贸易能使国家富足，适应了当时生产力和生产关系的要求，促进了资本的原始积累，推动了资本主义生产方式的发展。同时，晚期的重商主义认识到了货币的资本职能，只有将货币投入流通，尤其是对外贸易，才能取得更多的货币。其次，在政策上，重商主义贸易学说提供了关于国家干预对外贸易的一系列主张，促进了商品货币关系的发展，加速了资本的原始积累，推进了历史的发展。许多政策主张对于现今的广大发展中国家仍具有重要的现实意义，如积极发展出口工业、提高产品质量、保持出口产品的竞争优势；禁止奢侈品进口和对一般制成品奖出限入；实行保护贸易政策，保护本国的民族工业等。

由于商业资产阶级的历史局限性和国际贸易实践的限制，重商主义对外贸易学说存在许多缺陷和不足。首先，贸易差额论是最早的国际贸易理论，但是这个理论比较肤浅，缺乏系统性。该理论只是研究如何从国外得到金银，没有进一步探讨国际贸易产生的原因，以及是否能为所有参加方带来贸易利益。因此，它没有认识到国际贸易有促进各国经济发展的重要意义；其次，贸易差额论把货币与财富混为一谈，错误地将货币作为衡量一个国家富强程度的尺度，并且认为世界的物质财富是固定、有限的，一国之所得必为他国之所失。这种对世界资源的静态认识，必然导致将国际贸易看成是一种"零和游戏"；再次，贸易差额论认为财富和利润都产生于流通过程的观点是错误的（现代经济学将研究领域由流通过程转向生产过程）。

4.2　保护关税论

4.2.1　保护关税论产生的历史背景

保护关税论（Protective Tariff Theory）是由美国的开国元勋汉密尔顿提出的。美国独立以前的很长时期内一直受到英国殖民统治的政治控制和经济剥削，经济发展十分落后。1776年，美国宣布独立，独立后的美国迫切需要解决的问题就是美国应该选择什么样的经济发展道路。北方工业资产阶级极力主张独立自主地发展本国工业，而南方的种植园主则坚持独立以前的经济发展模式，即出口本国农林初级产品，进口本国所需的工业品。上述两种经济发展道路的不同选择直接关系到美国对外贸易政策的制定。汉密尔顿作为美国的开国元勋、政治家和金融家、第一届政府的财政部长，坚定地站在了工业资产阶级的一边，极力主张实行贸易保护主义关税制度，扶持本国工业特别是制造业的发展。在汉密尔顿看来，征收关税的目的不是为了获得财政收入，而是保护本国的工业，因为处在成长、发展过程中的产业或企业难以与其他国家已经成熟的产业或企业相竞争。

人物链接

　　亚历山大·汉密尔顿（Alexander Hamilton，1757—1804）是美国的开国元勋之一、宪法的起草人之一、财经专家、美国的第一任财政部长。

　　汉密尔顿的战绩和政绩都非常显赫：作为华盛顿的侍从武官，他对独立战争的贡献巨大，其中最著名的是 1781 年的约克镇战役（Battle of Yorktown）；他是《联邦党人文集》（the Federalist Papers）最主要的执笔者；在华盛顿任总统时，他作为财政部长（1789～1795 年）政绩非凡，并创建了美联储的前身——合众国第一银行（the First Bank of the United States）；作为联邦党人的首领，他为美国两党制的出现奠定了基础，等等。

4.2.2　保护关税论的基本内容

　　汉密尔顿的保护关税论主要是围绕制造业展开分析的。他认为，制造业在国民经济发展中具有特殊的重要地位，自由贸易政策不适合美国制造业的发展。美国作为一个刚刚起步的国家，难以与其他国家的同类企业进行竞争，因此，自由贸易的结果也可能使得美国继续充当欧洲的原材料供应基地和工业品的销售市场，国内的制造业却难以得到发展。汉密尔顿还详细论述了发展制造业的直接与间接利益。他认为，制造业的发展对国家利益关系重大。它不仅能够使特定的生产部门发展起来，还会产生连带效应，使相关部门也得到发展。

　　汉密尔顿还认为，一个国家要在消费廉价产品的"近期利益"和本国产业发展的"长远利益"之间进行选择，一国不能只追求近期利益而牺牲长远利益。

　　在汉密尔顿看来，保护贸易不是全面性的，不是对全部产业的保护，而是对被本国正在处于成长过程中的产业予以保护，并且这个保护还有时间限制。

　　汉密尔顿提出上述主张时，自由贸易学说仍在美国占上风，因而他的主张遭到了很多人的反对。随着英国、法国等国家工业的发展，美国的工业遭到了来自国外越来越强有力的挑战，此时，汉密尔顿的主张才在贸易政策上得到反映，并逐步对美国政府的内外经济政策产生了重大和深远的影响。在这一理论的指导下，1816 年，美国首次以保护关税的名目提高了制造品的关税。1828 年，美国再度加强保护措施，将工业品平均税率提高到 49% 的高度。美国的贸易保护政策主要表现在实现为本国制造业的发展提供比较廉价的原材料，同时鼓励工业技术的发展，提高制成品的质量，以增强其产品的市场竞争力。

4.2.3　保护关税论的历史评价

汉密尔顿的保护关税论是从美国经济发展的实际情况出发所得出的结论，反映了美国建国初期急需发展本国的工业，走工业化发展道路，追赶欧洲工业先进国的强烈要求。这一观点的提出，为落后国家进行经济自卫和与先进国家相抗衡提供了理论依据。

汉密尔顿的保护关税论标志着从重商主义分离出来的两大西方国际贸易理论体系已经基本形成。重商主义是人类对资本主义生产方式的最初的理论考察，但是这种考察基本停留在对现象的表面描绘上。随着资本主义生产方式的进一步发展和变革，重商主义便开始分化瓦解，逐渐形成了两个独立的分支体系，一个是斯密和李嘉图开创的自由贸易理论体系，一个是汉密尔顿和以后的李斯特建立的保护贸易理论体系。

汉密尔顿的保护关税论对于落后的国家寻求经济发展和维护经济独立具有普遍的借鉴意义。汉密尔顿的关税保护论实际上回答了这样一些问题：落后国家应不应该建立和发展自己的工业？如何求得本国工业的发展？对外贸易政策如何体现本国经济发展战略？这对于落后国家超越先进国家来说，不无借鉴意义。

当然，在当时的历史背景下，汉密尔顿没有能够进一步分析其保护措施的经济效应和经济后果，没有考虑到保护贸易政策也有其制约本国经济发展的消极作用。

4.3　幼稚工业保护论

4.3.1　幼稚工业保护论产生的历史背景

幼稚工业保护论（Infant Industry Theory）是由德国著名的经济学家、资产阶级政治经济学历史学派的主要先驱者李斯特在其 1841 年发表的《政治经济学的国民体系》（The National System of Political Economy）一书中提出的，在这本著作中，李斯特系统地阐述了幼稚工业论的观点。该著作对德国的国内思想与政策走向产生了巨大的影响，并被翻译成英、法等多国文字而在西方广泛流行。

人物链接

弗里德里希·李斯特（Freidrich Liszt，1789—1846）是德国 19 世纪上半叶著名的经济学家和社会活动家、古典经济学的怀疑者和批判者、德国历史学派的先驱者。李斯特的奋斗目标是推动德国在经济上的统一，这决定了他的经济学是服务于国家利益和社会利益的。与亚当·斯密的自由主义经济学相左，他认为，国家应该在经济生活中起到重要作用。

19 世纪初，德国还是一个政治上分裂、经济上落后的农业国。在经济上，其发展水平不仅远远落后于已经完成工业革命的英国，而且与早已进入工业革命阶段的法国以及美国和荷兰等国存在很大差距。为了发展德国经济，德国国内围绕对外贸易政策的选择展开了激烈的论战，一派主张实行自由贸易政策，其理论基础是亚当·斯密的绝对优势理论和大卫·李嘉图的相对优势理论；另一派主张实行关税保护制度，主要是德国资产阶级的愿望，但缺乏强有力的理论依据。在这样的时代背景下，作为德国工商业协会顾问和保护贸易学派旗手的李斯特从民族利益出发，提出了以生产力理论为基础以经济发展阶段论为依据、以保护关税为核心、为经济落后国家服务的国际贸易学说——幼稚工业保护论。

李斯特的幼稚工业保护论启发于汉密尔顿，但远较汉密尔顿的思想深刻和系统，故后人称李斯特为贸易保护理论的真正鼻祖。

4.3.2　幼稚工业保护论的理论基础和理论依据

李斯特幼稚工业保护论的理论基础是生产力理论。所谓"生产力"是创造财富的能力，它的发展是一国积累财富的根本源泉。发展生产力是推动一个国家强盛兴旺的根本途径，单纯追求财富本身是舍本求末，因为生产力是树之本，而财富则是树的果实，结果实的树比果实本身价值更大。针对当时的经济背景，李斯特指出，对于德国、美国这样的处于农工业阶段的国家如果与处于农工商业阶段的英国进行自由贸易，虽然表面上在短期能够获得贸易利益，但在长期将损害其生产力，制约其创造财富的能力。由此，李斯特认为，落后的国家在面临发达国家强有力的竞争时，为了"促进生产力的成长"，有理由采取工业保护措施。

李斯特幼稚工业保护论的理论依据是经济发展阶段论。李斯特从历史演进的角度出发，把人类社会的经济发展分为五个阶段：原始未开化时期——畜牧时期——农业时期——农工业时期——农工商时期。李斯特认为在经济发展的不同历史阶段应采取不同的对外贸易政策。一个国家从原始未开化阶段转向畜牧时期，再转向农业时期，对外贸易尚未发展起来，不需要制定贸易政策。由农业时期转向工业的初期发展阶段，可以而且应该实行自由贸易政策，出口农产品，进口工业品，以便为本国发展工业提供一定的条件。但是，当已完全处于农工业时期时，为了保护国内工业的大力发展，免受国外竞争的猛烈冲击，就必须实行坚决的保护贸易制度。而一旦它的发展强盛到进入到农工商时期，有足够能力同世界上的先进国家进行商品竞争时，保护贸易政策则应取消。

李斯特提出这些主张时，认为葡萄牙和西班牙尚处于农业时期，德国和美国处于农工业时期，法国紧靠农工商业时期的边缘而尚未进入农工商业时期，只有英国实际达到了农工商业时期。因此，根据其经济发展阶段论，他主张当时的德国应该实行保护工业的政策，促进德国的工业化发展，以对抗和英国工业产品的竞争。

李斯特幼稚工业保护论的提出为各国的贸易政策进行了历史主义的解释，并为德国及其他一些经济相对落后国家实行保护贸易政策提供了理论依据。

4.3.3　幼稚工业保护论的主要内容

1. 对古典自由贸易理论的批判

李斯特在生产力理论和经济发展阶段论的基础上，对英国古典经济学家的对外贸易理论提出了尖锐的批评。他认为那些理论体系存在三个主要缺点：一是忽视各国不同的经济发展水平和历史特点，把将来世界各国经济高度发展之后才能实现的经济模式作为论述问题的出发点；二是只单纯追求当时的财富增值，不考虑国家和民族的长远经济发展利益。从国外进口廉价产品，表面看似乎合算，但长此下去，德国的民族工业就不可能得到扶持和发展，只会长期处于落后和依附的地位；三是过分地强调自由竞争，否定国家干预经济的作用。

2. 保护对象和时间

李斯特提出保护贸易政策的目的是保护本国幼稚工业的发展，增加国内生产，从而促进生产力的发展。经过研究，李斯特认为，工业尤其是使用动力和大规模机器的制造工业的生产力远远大于农业，所以，特别强调发展工业生产力，等工业发展以后，农业自然而然就会跟着发展。由此他提出了保护对象的几个条件：一是幼稚工业才需保护。他不主张保护所有的工业，而是强调受保护工业要有发展前途，即受保护工业应具有潜在的发展优势，经过一段时间的保护和发展之后能够成长起来，并能带动整个经济的发展；二是工业虽然幼稚，但尚无强有力的国外竞争者时，不需要保护；三是农业不需要保护。只有那些刚从农业阶段跃进的国家，距工业发展成熟期尚远，才需要适宜保护。

李斯特认为对幼稚工业的保护是有一定的时间限制的。在被保护的工业得到发展后，生产出来的产品价格低于进口的同类产品并能与外国产品竞争时，就不再需要保护；或者被保护的工业在适当时期内还不能发展起来时，也不再予以保护，任其灭亡。所谓的"适当时期"，李斯特主张以 30 年为限。

3. 保护手段

李斯特认为，保护本国的工业发展，有许多手段可以选择，其中关税制度是最为重要的政策选择。具体的关税手段是：第一，采用递增关税的方法，以此避免突然征收高额关税，对国内生产和消费造成较大的冲击；第二，采用差别税率的方法，对不同性质的幼稚工业实行不同程度的税率。

4.3.4　幼稚工业保护论的意义及其局限性

李斯特的幼稚工业保护论在国际贸易理论体系中具有十分重要的意义。该理论的提出确立了保护贸易理论在国际贸易理论体系中的地位，标志着从重商主义分离出来的西方国际贸易两大学派，即自由贸易学派和保护贸易学派的完全形成。

李斯特的幼稚工业保护论不仅对德国当时工业资本主义的发展起到了极大的促进作用，使德国在很短时间内赶上了英国、法国等发展较早的资本主义国家，而且为经济比较落后的国家指明了一条比较切合实际的国际贸易发展道路，该理论的许多观点对于现今的发展中国家制定对外贸易政策仍然具有一定的借鉴意义。但是，李斯特的幼稚工业保护论在实践中存在着两个难以解决的困难：首先是保护对象的选择问题。尽管从理论上说要保护幼稚工业，但在具体操作上很难确定哪项工业或者潜在工业符合幼稚工业的条件，而且一旦确定某项工业为幼稚工业予以保护以后就很难取消。其次是保护手段的选择问题。李斯特主张采取关税的手段来保护本国工业，但是最佳的策略应该是鼓励国内生产，而不是限制进口，即应该采取生产补贴等方式，而不是以关税的手段来保护国内幼稚工业的发展。

4.4　对外贸易乘数论

4.4.1　对外贸易乘数论的产生

对外贸易乘数论（Foreign Trade Multiplier Theory）是凯恩斯在 20 世纪 30 年代提出的国际贸易理论，它试图把对外贸易与就业联系起来，从增加就业、提高国民收入的角度说明保护贸易的重要性。

凯恩斯是当代最著名的英国经济学家，凯恩斯主义的创始人。凯恩斯生活的时代，是世界经济制度发生巨大变化的时代。资本主义经济以垄断代替了自由竞争，尤其是 1929 ~

1933 年爆发的经济危机，使世界市场问题进一步尖锐化，各国相继放弃自由贸易政策，转为推行保护贸易政策，强化了国家政权对经济的干预作用。在这种背景下，1936 年，凯恩斯出版了他的代表作《就业、利息和货币通论》。在书中，他对自由贸易理论展开了批评，对重商主义的一些政策进行重新评价，并以有效需求不足为基础，以边际消费倾向、边际资本效率和灵活偏好三个所谓心理规律为核心，以国家干预为政策基点，创立了保护国内就业的新学说。在凯恩斯的经济理论中及其追随者对他的理论发展中提出了一系列保护贸易的理论主张，其核心是对外贸易乘数论。

人物链接

约翰·梅纳德·凯恩斯（John Maynard Keynes，1883—1946），英国人，现代西方经济学最有影响的经济学家之一，因开创了所谓经济学的"凯恩斯革命"而著称于世，他创立的宏观经济学与弗洛伊德所创的精神分析法和爱因斯坦发现的相对论一起并称为二十世纪人类知识界的三大革命。其代表作有《就业、利息和货币通论》、《论货币改革》和《货币论》。

4.4.2 对外贸易乘数论的主要内容

对外贸易乘数论是凯恩斯的主要追随者马克卢普和哈罗德等人在凯恩斯的投资乘数原理基础上引申提出的。

凯恩斯认为投资的增加对国民收入的影响有乘数作用，即投资增加，国民收入也将增加，其增加的比例将是投资增加的若干倍。若用 ΔY 表示国民收入的增加，K 表示乘数，ΔI 表示投资的增加，则

$$\Delta Y = K \cdot \Delta I$$

国民收入的增加之所以是投资增加的倍数，是因为新增投资引起对生产资料的需求增加，从而引起从事生产资料生产的人们的收入增加。他们的收入增加又引起消费品需求的增加，从而导致从事消费品生产的人们收入的增加。如此推演下去，则国民收入的增加等于投资增加的若干倍。现假定新增加的投资 ΔI 为 100 美元，它用于购买投资品便成了投资品生产者（雇主和工人）增加的收入；如果投资品生产者只消费其新增收入的 80%，于是向他们出售商品的人们便得到 80 美元的收入；如果这些人又消费其收入的 80%，即 64 美元，这又成为向他们出售商品的人们增加的收入……如此继续下去，收入也随之增加。收入增加的总和为如下无穷等比数列

$$\Delta Y = \Delta I(1 + C + C^2 + C^3 + \cdots) = \Delta I \cdot 1/(1 - C)$$

式中，C 为增加的收入中用于消费的比例 $\Delta C/\Delta Y$，称为边际消费倾向；$1/(1 - C)$ 为乘数，若用 K 表示之，即得式 $\Delta Y = K \cdot \Delta I$。

上例中，边际消费倾向 C 为 0.8，所以乘数 $K = 1/(1 - 0.8) = 5$，因此，投资增加 100 美元，可使国民收入增加 500 美元（即 100 美元的 5 倍）；如果 C 为 0.5，则 $K = 1/(1 - 0.5) = 2$，即投资增加 100 美元，可使国民收入增加 200 美元（即 100 美元的 2 倍）。可见，乘数的大小是由边际消费倾向决定的，二者成正比例关系；从另一个角度说，影响乘数大小的因素是新增收入中用于储蓄的比例 $\Delta S/\Delta Y$，即边际储蓄倾向，用 S 表示，则 $K = 1/S$，即乘数大小与边际储蓄倾向成反比。

马克卢普和哈罗德等人将投资乘数理论引申到对外贸易领域，分析了对外贸易与增加就业、提高国民收入的倍数关系。他们认为，一国的出口贸易和国内投资一样，对就业和国民收入有倍增作用；而一国的进口贸易与国内储蓄一样，对就业和国民收入有倍减效应。当商品或劳务输出时，从国外获得货币收入，使出口产业部门收入增加，消费也随之增加，从而引起其他产业部门生产增加、就业增多、收入增加，如此反复下去，收入增加将是出口增加的若干倍。当商品或劳务输入时，向国外支付货币，使收入减少，消费随之下降、国内生产缩减、收入减少。因此，只有当对外贸易为顺差时，才能增加一国就业量，提高国民收入，此时，国民收入增加将为投资增加和贸易顺差的若干倍，这就是对外贸易乘数论的含义。

根据对外贸易乘数论，凯恩斯主义积极主张国家干预经济，实行保护贸易政策。

4.4.3 对外贸易乘数论的意义及其局限性

对外贸易乘数论具有一定的科学性，从一定程度上揭示了对外贸易与国民经济发展之间的内在规律。从理论内容上看，凯恩斯的对外贸易乘数论把贸易流量与国民经济结合起来，分析出口额对国民经济的倍数促进作用，从而将对外贸易纳入到宏观经济分析的范围，是贸易理论上的一种突破。从贸易实践上看，出口贸易的增加对国民收入的提高确实具有一定的刺激作用。第二次世界大战后的日本和"亚洲四小龙"的成功也从一个侧面印证了出口在经济中所起的重要作用。我国对外开放的经济政策也证明了这一点。

但是，对外贸易乘数论存在很大的局限性。首先，对外贸易乘数论把贸易顺差对国民经济的倍数效应等同于国内投资的倍数效应；但实际上，贸易顺差与国内投资是不同的：投资增加会形成新的生产能力，使供给增加，而贸易顺差增加实际上是出口相对增加，它本身并不能形成生产能力。其次，对外贸易乘数在实践上是很模糊的，它常会受一国闲置资源和其他因素的影响，资源稀缺会限制该国国民收入的下一轮增长。再次，对外贸易的乘数作用并非在任何情况下都能发挥。在世界总进口增加的条件下，一国才能继续扩大出口，从而增加国民收入和就业。如果世界的总进口不变或减少，一国将无法增加出口，除非降低出口商品价格；但降低出口商品价格，企业会因利润下降而不愿扩大生产、增加产量，因此增加出口也无从谈起。

4.5 中心—外围论

中心—外围论（Core and Periphery Theory）是由阿根廷经济学家普雷维什（Raul Prebisch）于 1950 年提出的，在其向联合国拉丁美洲和加勒比经济委员会（简称拉美经委会）递交的一份题为《拉丁美洲的经济发展及其主要问题》的报告中，普雷维什系统和完整地阐述了他的"中心—外围"理论。在这份报告中，普雷维什指出，在传统的国际劳动分工下，世界经济被划分成两个部分：一个部分是"大的工业中心"；另一个部分则是"为大的工业中心生产粮食和原材料"的"外围"。在这种"中心—外围"的关系中，"工业品"与"初级产品"之间的分工并不像古典或新古典主义经济学家所说的那样是互利的，恰恰相反，由于技术进步及其传播机制在"中心"和"外围"之间的不同表现和不同影响，这两个体系之间的关系是不对称的。对此，普雷维什进一步指出："从历史上说，技术进步的传播一直是不平等的，这有助于使世界经济因为收入增长结果的不同而划分成中心和从事初级产品生产的外围。"

人物链接

劳尔·普雷维什（1901~1986）是阿根廷著名的经济学家，是 20 世纪拉美历史上"最有影响的经济学家"，被公认为是"发展中国家的理论代表"。

1981 年他荣获第三世界经济和社会研究基金会颁发的"第三世界基金奖"。他既是政策制定者又是经济理论家：1923 年获经济学博士学位后，先进入阿根廷统计局工作（1925 年）；然后任阿根廷财政部副部长（1930 ~1932 年）、阿根廷中央银行行长（1935 ~ 1943 年）、拉美经委会执行秘书（1949 ~ 1963 年）；任联合国贸易和发展会议第一任秘书长（1964 ~ 1969 年），联合国特别顾问及经济和社会事务副秘书长（1973 ~ 1976 年），《拉美经委会评论》杂志主编（1976 ~ 1986 年）。

4.5.1　中心—外围论的主要论点

1. 外围国家贸易条件不断恶化

普雷维什以英国 1876 ~ 1938 年的进出口统计资料为基础作了如下分析：设定这 60 多年的英国进出口商品的平均价格指数分别代表初级产品和工业制成品的世界价格，并且以 1876 ~ 1880 年的世界价格为 100。60 年后，1936 ~ 1938 年世界平均初级产品价格已降为工业制成品价格的 64.1%。这就是说，发展中国家在 19 世纪 70 年代用一个单位的初级产品可以交换一个单位的工业制成品，到 20 世纪 30 年代，一个单位的初级产品只能换回 0.641 单位的工业制成品。

上述结果有悖常理：在价值规律调节下，单位产品的价格会随着生产率的提高而不断下降，生产率的变化则主要受科技发展水平的制约。工业化国家的科技发展水平远远高于发展中国家，按理说工业品的价格水平就应越来越低于初级产品的价格水平。然而，普雷维什的计算结果却正好与此相反[⊖]。

普雷维什的分析报告公布后，引起世界各国的震动。为什么按传统的比较利益原则进行的国际分工会使发展中国家的贸易条件不断恶化呢？对此，普雷维什提出了以下几点解释：

第一，科技进步的利益没有平均分配。

传统理论认为，当一项技术得到普及并使劳动生产率得到提高后，产品价格会降低，技术进步的利益便会平均地分配到世界各国去，但事实却并非如此。

现实的情况是：中心国家通过普遍提高资本家和工人收入的方式使得产品价格几乎不变，以获取技术进步的好处，如果收入提高的幅度大于生产率提高的幅度，产品价格还会上涨；而外围国家则是通过降低产品价格的方式获取技术进步的好处，收入几乎不变。即使外围国家提高收入，也会由于低于生产率提高的幅度而使产品价格趋于下降。由于两类国家的商品价格水平出现相反的变动，通过国际贸易，使外围国家的贸易条件趋于恶化，所得技术进步利益的一部分通过商品交换流向了中心国家。

第二，工业制成品价格存在垄断。

　⊖　资料来源于智库百科

随着经济周期的变动，各类产品的价格都会随之波动，但波动的幅度却不一致。经济繁荣时期，工业制成品的价格会出现大幅度上涨趋势。而萧条时期，由于工业制成品价格存在垄断，价格水平保持不变，即使下降，其幅度也不会太大。反观初级产品，虽然经济繁荣时期其价格也在上涨，但萧条时期价格下降的幅度要比工业制成品严重得多。随着经济周期的反复波动，初级产品的价格便出现了长期相对下跌的趋势。

第三，工会组织的作用不同。

中心国家的工人普遍具有较强的自我保护意识，他们组成代表自己利益的工会组织，向资方施加强大的压力，以提高工人的工资。而外围国家工会的力量则很弱小，难以对工人工资的上涨起到行之有效的作用。

第四，需求的收入弹性不同。

需求的收入弹性是指相对于收入来说的需求变动情况。例如，随着人们实际收入的增加，对工业品（如汽车、家电）的需求会有较大的增加，而对初级产品（如棉花、粮食）的需求则增加较小。一般来说，工业品需求的收入弹性比初级产品要高，工业品价格的上涨程度必然会高于初级产品。

第五，技术革新对初级产品市场产生冲击。

由于技术革新不仅使原料的耗费降低，而且还不断发明出各类初级产品的代用品，这也对初级产品市场造成了较大的威胁，成为发展中国家贸易条件长期恶化的另一个重要原因。

2. 利用保护贸易政策改善外围国家的被动处境

基于对国际经济体系中心和外围的划分和对旧的分工体系和贸易格局下外围国家贸易条件长期恶化的分析，普雷维什提出了外围发展中国家必须实行工业化的主张。他认为，外围国家应该改变过去把全部资源用于初级产品的生产和出口的做法，应充分利用本国资源，努力发展本国的工业部门，逐步实现工业化。

为了实现工业化，普雷维什主张外围国家实行保护贸易政策。他认为，在一个相当长的时期内，保护政策是发展中国家发展工业所必需的。在出口替代阶段，为了鼓励制成品出口，除了实行保护关税政策外，还应有选择地实行出口补贴措施，以增强发展中国家的制成品在世界市场上的竞争力。普雷维什指出，外围国家的保护政策与中心国家的保护政策性质不同：外围国家的保护是为了发展本国工业，有利于世界经济的全面发展；而中心国家的保护是对外围国家的歧视和扼制，不仅对外围国家不利，于整个世界经济发展也是不利的。因此，他呼吁中心国对外围国家放宽贸易限制，减少对外围国家工业品的进口歧视，为外围国家的工业品在世界市场上的竞争提供平等的机会。

20 世纪 60 年代后，鉴于世界工业品市场竞争激烈和中心国家在世界市场上的垄断优势对外围国家发展工业出口极其不利的状况，普雷维什主张发展中外围国家建立区域性共同市场，开展区域性经济合作，以便相互提供市场促进发展中国家间的经济发展。

4.5.2 中心—外围论的意义与局限性

普雷维什作为发展中国家的代言人，从发展中国家的利益出发，对国际贸易问题进行了开拓性的探讨，为国际贸易理论宝库增添了新的内容。他的中心—外围论对第二次世界大战以后世界经济格局的分析是正确的，使经济学家对战后国际经济关系的不平等的认识上升到一个新的理论高度，为第三世界国家反对旧的国际经济关系、建立新的国际经济秩序提供了思想武器。他提出的进口替代和出口导向发展战略，对发展中国家早期的工业化发展都具有直接的指导和借鉴意义，为第二次世界大战以后发展中国家的经济发展作出了重要的贡献。

　　然而，中心—外围论从发达国家工会组织对产品价格的影响、技术进步利益分配不均及需求收入弹性对收入转移的影响等方面出发来解释发展中国家贸易条件日趋恶化，这就使它具有理论上的局限性。实际上，发达国家长期以来对本国初级产品实行贸易保护政策也是发展中国家初级产品贸易条件逐渐恶化的主要原因之一。此外，虽然该理论不赞成传统的贸易利益分配观点，认为这是在为旧国际经济秩序下发达国家获取发展中国家财富进行辩护，但是并未对以"比较优势"理论为核心的传统自由贸易理论造成发达国家与发展中国家贸易利益分配不均的原因作出根本性的解释，在理论分析上就不够全面。

4.6　保护贸易新理论

　　20 世纪 70 年代中期以来，世界产业结构和贸易格局发生了重大变化。一些发展中国家在世界贸易中的地位迅速提高，并在纺织、家用电器、钢铁等原来发达国家垄断的行业中呈现出比较优势。传统的产业间贸易逐步被发达国家之间的产业内贸易所取代。例如，石油输出国组织联合起来，限制产量并提高石油价格，以此来控制世界石油的市场。世界产业结构和贸易格局的变化，使得各国之间在工业品市场上的竞争越来越激烈。在这种背景下，一些经济学家力图从新的角度探寻政府干预对外贸易的理论依据，提出了战略贸易论和管理贸易论等新的保护贸易理论。

4.6.1　战略贸易论

　　战略贸易论（Strategic Trade Theory）是保罗·克鲁格曼等提出来的。1984 年，克鲁格曼在《美国经济学评论》上发表了一篇题为《工业国家间贸易新理论》的论文。克鲁格曼认为，传统的国际贸易理论都是建立在完全竞争市场结构的分析框架基础上的，因而不能解释全部的国际贸易现象，尤其难以解释工业制成品贸易，从而提出应该对国际贸易理论的分析框架进行更新的主张。1985 年，克鲁格曼又在其与赫尔普曼（E. Helpman）合著的《市场结构与对外贸易》一书中，运用垄断竞争理论对产业内贸易问题进行了系统的分析和阐释，并建立了以规模经济和产品差别化为基础的不完全竞争贸易理论模型，即战略贸易论。

人物链接

　　保罗·克鲁格曼（P. R. Krugman，1953—），现为麻省理工学院经济系经济学教授。克鲁格曼的主要研究领域包括国际贸易、国际金融、货币危机与汇率变化理论。他被誉为当今世界上最令人瞩目的贸易理论家之一，目前担任着许多国家和地区的经济政策咨询顾问。1991 年，他成为麻省理工学院经济系获得克拉克青年经济学奖章的第五人，并于 2008 年获诺贝尔经济学奖。

1. 战略贸易论的主要内容

　　战略贸易论是建立在不完全竞争贸易理论的基础上。它认为，现代社会处于不完全竞争的状态，通过扩大生产规模，可以提高产业或企业在国际市场上的竞争能力，取得规模效益，但是要扩大生产规模，仅靠企业自身的积累非常困难，尤其对于经济落后的国家来说更是如此。为此，政府应选择发展前途好且外部效应大的产业加以保护和扶持，使其能够迅速扩大生产规模、降低生产成本、凸现贸易优势、提高竞争能力。战略贸易论的观点为国家进一步干预贸易活动提供了理论依据。

克鲁格曼以进口保护促进出口的论点，丰富和发展了战略贸易思想。克鲁格曼认为，在寡头垄断市场和规模收益递增的条件下，如果对本国市场实施保护，可以使国内企业获得优于国外竞争对手的规模经济，从而转化为更低的边际成本，而一旦在边际成本的竞争中具有优势，就可以增强其在国内外市场的竞争能力，实施对国外市场的扩张，最终达到以进口保护促进出口的目的。

克鲁格曼还认为，对外部性强的产业提供战略支持，不仅能促进该产业的发展，还能产生强有力的外部经济效应。所谓外部经济效应，是指某一产业的经济活动对其他产业乃至整个经济发展产生的有利影响。一般来讲，新兴的高科技产业往往都具有较强的外部经济效应。例如，通过对高科技产业提供战略支持，使其首先在国内市场扩张，然后利用这些产业所创造的知识和所开发的新技术、新产品，对全社会的技术进步和经济增长产生积极的推动作用，也就是知识外溢所产生的经济效益。因此，为了激励企业进行知识开发，扩大知识外溢所产生的经济效应，政府的补贴和扶持是十分必要的。

不难看出，战略贸易论的核心，是强调在不完全竞争和规模经济条件下，通过政府干预对外贸易、扶持战略性产业的发展，是国家获得资源优化配置的最佳选择。

战略贸易论与李斯特的幼稚工业保护理论在一定意义上具有异曲同工之妙，但两者又有本质的区别。前者是基于寡头垄断条件下的贸易保护主张，后者则是自主竞争条件下的贸易保护主张。战略贸易论所予保护的是具有规模收益递增特点的战略性产业，这些产业不同于李斯特主张保护的幼稚工业。

2. 战略贸易论的意义及局限性

战略贸易论将其理论基础建立的现实的市场结构（寡头垄断）上，跳出了政策选择局限于比较优势的误区，是传统贸易理论的补充和发展，不仅在很大程度上解决了被传统贸易理论忽略或不能很好解决的问题，而且使贸易理论更加贴近现实。战略贸易论学者根据产业组织理论和博弈论的研究成果，创造性地探讨了在不完全竞争和规模经济条件下，适当的国家干预对一国产业发展和贸易发展的积极影响，建立了战略性贸易政策的理论框架。

当然，战略贸易论也存在着缺陷。首先，战略贸易论为现代的贸易保护主义政策提供了理论支持，改变了很多国家的贸易政策和方针，不利于世界经济的整体发展。其次，对战略性产业实施进口保护的观点是以牺牲他国利益为前提条件的，容易招致贸易对象国的反对乃至报复，从而引发各国贸易保护主义的连锁反应。第三，战略性贸易政策的实施是有许多限制性条件的，其中有些条件是客观存在的，有些条件则不一定能够满足。这种状况必然会使战略性贸易政策运用的现实性和有效性大打折扣，而且，信息的不完全也有可能会导致政府决策的失误，从而造成资源错置、效率降低，甚至产生负面效果的情形。

4.6.2　管理贸易论

管理贸易论（Managed Trade Theory）主张一国政府应对内制定各种对外经济贸易法规和条例，加强对本国进出口贸易有秩序地发展的管理，对外签订各种对外经济贸易协定，约束贸易伙伴的行为，缓和与各国间的贸易摩擦，以促进出口，限制或减少某些产品的进口，协调和发展与各国的经济贸易关系，促进对外贸易的发展。

管理贸易论是适应发达国家既要遵循自由贸易原则，又要实行一定的贸易保护的现实需要而产生的。其实质是协调性的保护，它将贸易保护制度化、合法化，通过各种巧妙的进口管理办法和合法的协定来实现保护。国际贸易领域中，商品综合方案、国际商品协定、国际纺织品协定、多种纤维协定、"自动"出口限制协定、有秩序的销售安排、发达国家的进出口管制、欧盟共同农业政策等都是管理贸易措施的具体反映。管理贸易不仅盛行于发达国家，也为发展中国家所采用，并运用于区域性贸易集团。

4.6.3　保护贸易新理论的意义及局限性

保护贸易新理论，尤其是战略性贸易政策表明了在现实与自由贸易理论前提相悖离的当今世界，政府干预对外贸易的必要性，并强化了政府干预的理论依据。它对发达国家和发展中国家的贸易和产业政策都产生了较大的影响。

但是，保护贸易新理论关于如何合理解释政府干预的方法还有待完善。另外，由于发达国家和发展中国家经济发展水平存在很大的差距，发达国家新贸易保护主义的增强，尤其是保护措施的滥用，严重损害了发展中国家的利益，并危及发展中国家的经济发展。

本章小结

1. 重商主义将国际贸易看成是一种"零和"游戏，一国只有当其他国家受到损失时才能在国际贸易中获利。其政策主张是国家应该干预对外贸易，鼓励本国商品出口，限制外国商品进口，以获取国际贸易顺差；政府应对所有经济活动进行严格管制。

2. 汉密尔顿的关税保护论为落后国家进行经济自卫并与先进国家相抗衡提供了理论依据。这一学说的提出，标志着从重商主义分离出来的两大西方国际贸易理论体系已经基本形成。

3. 幼稚工业保护论认为，当一个国家的产业尚且处于幼稚工业阶段时，应该实行贸易保护主义，使其幼稚工业经过保护能够成熟，从而能够与外国企业进行竞争。

4. 对外贸易乘数论认为，一个国家应该尽量保持顺差。贸易顺差就像投资一样是对国民经济体系的一种"注入"，能够对国民经济产生乘数效应。

5. 中心—外围论认为，发达国家处于世界的中心地位，而发展中国家处于世界的外围。发展中国家的比较优势只能在于农产品与初级产品，这样使得这些国家的主要资源集中在这些产业上，从而不利于这些国家产业结构的提高，进而导致经济发展缓慢。因此，为了实行工业化，发展中国家必须实行贸易保护。

6. 保护贸易新理论强调了政府干预国际贸易的重要性，并强化了政府干预的理论依据。它对发达国家和发展中国家的贸易政策都产生了较大的影响。

关键术语

重商主义　　幼稚工业保护论　　对外贸易乘数论　　中心—外围论　　战略贸易论
管理贸易论

课后习题

简答题

1. 重商主义者的贸易观点如何？它们的国家财富观念与现在的有何不同？

2. 怎样认识和评价对外贸易乘数论？

3. 请简述战略贸易论的主要内容。

4. 幼稚工业保护论的理论基础和理论依据分别是什么？

分析题

试述中心—外围论的主要论点，结合现实对该理论进行评析。

第 5 章 当代国际贸易理论

学习目标:

1. 掌握产业内贸易理论的历史发展及理论解释。
2. 充分认识技术差距论的基本假设、基本内容及贸易模型。
3. 掌握产品生命周期理论的主要内容以及各阶段的贸易流向。
4. 掌握国家竞争优势理论要旨及钻石模型。

5.1 产业内贸易理论

5.1.1 产业内贸易的概念

1. 产业内贸易和产业间贸易

按照产品内容,可以将国际贸易分为产业内贸易和产业间贸易两种类型。

(1) 产业间贸易 (Inter-Industry Trade)。从亚当·斯密到俄林的传统贸易理论讨论的都是产业间贸易,是指贸易发生在具有完全不同类型的要素禀赋的国家之间,两国相互出口属于不同产业部门生产的商品,例如,发展中国家用初级产品去交换发达国家的工业制成品。产业间贸易反映比较优势,这种比较优势建立在要素禀赋差异的基础上,所决定的是传统的贸易格局。

(2) 产业内贸易 (Intra-Industry Trade)。它是指两国相互进口和出口属于同一部门或类别的产品,这种贸易以各国在同一部门内生产的专业化分工为基础,一般发生在要素禀赋相似的工业发达国家之间。例如,美国在出口小汽车到德国的同时,又从德国进口小汽车。产业内贸易不反映比较优势。

2. 产业内贸易指数

产业内贸易指数表示产业内贸易在贸易中所占的比重,可以用该指数来测定产业内贸易的发展程度。

$$产业内贸易指数 = 1 - \frac{|X - M|}{X + M}$$

其中 X 和 M 分别表示某一种特定产业和某一类商品的出口额和进口额。从公式中可以看出,产业内贸易指数最高为 1,最低为 0。当某一产业的进口和出口相等,即 $X = M$ 时,产业内贸易指数为 1;当某一产业只有进口没有出口或只有出口没有进口时,产业内贸易指数为 0,即没有产业内贸易。一般而言,工业国之间的产业内贸易程度较高,工业制成品的产业内贸易程度较高。需要注意的是,界定一个产业的范围大小不同,会得出差异较大的产业内贸易指数。界定的范围越大,产业内贸易指数越大,因为某一产业的范围越大,一国越可能出口该产业的某些差异产品,而进口另外一些差异产品,反之亦然。

5.1.2 产业内贸易的理论解释

产业内贸易理论在分析国际贸易的产生时,是基于以下前提条件的:理论分析基本是从静态出发进行分析的;分析的对象为不完全竞争市场,即垄断竞争市场(过去的贸易理论的前提大多为完全竞争市场）；具有规模收益；在分析中要考虑需求不相同与相同的情况。

产业内贸易理论是当代最新的国际贸易理论之一，它突破了传统国际贸易理论的一些不切实际的假定（如完全竞争的市场结构、规模收益不变等），从产品差异性、规模经济、偏好相似等方面考察贸易形成机制，从而解释了传统贸易理论所不能解释的贸易现象。

1. 产品差异论

同类产品是指在生产上投入相近或相似生产要素、在消费上能够互相替代的产品，包括同质产品与差异产品。同质产品是指性质完全一致因而能够完全相互替代的产品，如同样的水果、砖等。差异产品是指从实物形态上看，产品的品质、性能、造型、设计、规格、商标及包装等方面的差异，如不同型号的电视机、不同功能的化妆品等。

产业间贸易大多发生在同质产品之间，产业内贸易大多发生在差异化产品之间。在制造业中，产业内贸易商品多为机械、药品和运输工具等。属于同一产品大类的差异产品在现代经济中有着很高的占有率，因此，在同一大类的不同品种的产品之间，也会发生双向的贸易流动。

国际产品的差异性是产业内贸易发生的基础，主要体现在产品的水平差异、技术差异和垂直差异等三方面：

水平差异是指产品特征组合方式的差异。在一组产品中，所有产品都具有某些共同的本质性特征，即核心特征。这些特征不同的组合方式决定了产品的差异性，从差异内部一系列不同规格的产品中可以看出水平差异的存在，如烟草、香水、服装鞋帽等。这类产品的产业内贸易大多与消费者偏好的差异有关。如果一国消费者对外国产品的某种特色产生了需求，该国就可能出口和进口同类产品。

技术差异是指新产品出现带来的差异，由于不同国家生产处于不同生命周期阶段的同类产品（如不同档次的家用电器），进而产生进出口贸易，由此出现了产业内贸易。

垂直差异是指产品质量方面的差异，由于一个国家不可能存在所有消费者都追求同等质量产品的情况，因此，在出口高质量产品的同时往往也会从其他国家进口一些中低质量的同类产品，从而产生产业内贸易。

需要强调的是，传统的贸易理论是建立在完全竞争市场的假设基础上，而基于产品差异的产业内贸易是建立在不完全竞争的基础上的。

2. 规模经济论

20 世纪 70 年代，格雷和戴维斯等人对发达国家之间的产业内贸易进行了实证研究，从中发现，产业内贸易主要发生在要素禀赋相似的国家，产生的原因是规模经济和产品差异之间的相互作用。

这是因为，一方面，规模经济导致了各国产业内专业化的产生，从而使得以产业内专业化为基础的产业内贸易得以迅速发展；另一方面，规模经济和产品差异之间有着密切的联系。正是由于规模经济的作用，使得生产同类产品的众多企业优胜劣汰，最后由一个或少数几个大型企业垄断了某种产品的生产，这些企业逐渐成为出口商。

根据产品平均成本下降的原因，规模经济可分为内部的和外部的。内部规模经济（Internal Economies of Scale）是指单位产品成本取决于单个厂商的规模而非行业规模；外部规模经济（External Economies of Scale）则是指单位产品成本取决于行业规模而非单个厂商的规模。内部的和外部的规模经济对国际贸易具有不同的影响。

（1）内部规模经济与国际贸易。一般情况下，内部规模经济的实现依赖于一个产业或行业内的厂商自身规模的扩大和产出的增加。一个国家享有规模经济的优势，产品成本是随着产量增加而减少，从而得到了生产的优势。这样，其产品在贸易活动中的竞争能力必然大大提高，占据贸易优势，取得贸易利益。可见，规模经济既是贸易形成的基础，同时贸易也推动规模经济的实现。

在规模经济较为重要的产业，国际贸易可以使消费者享受到比封闭经济条件下更多种类的产品。因为规模经济意味着在一国范围内企业只能生产有限的产品种类，如果允许进口，则在国内市场上就可以购买到更多种类的产品，这也是福利增加的表现。

对于研究和开发费用等成本支出较大的产业来说，规模经济显得更加重要，如果没有国际贸易，这类产业就可能无法生存。

（2）外部规模经济与国际贸易。外部规模经济主要来源于行业内企业数量的增加所引起的产业规模的扩大。在外部规模经济下，由外部经济所带来的成本优势，能使该国成为商品出口国。

3. 偏好相似论

除了以上两个主要论点外，瑞典经济学家林德（Linder）在其 1961 年出版的《论贸易和转变》一书中试图从需求角度来解释工业发达国家之间产生贸易的原因，提出了"偏好相似学说（Theory of Preference Similarity）"，认为产业内贸易是由需求偏好相似导致的。

偏好相似理论基于下列基本假设：

首先，一种产品的国内需求是其能够出口的前提，生产的必要条件是存在对其产品的有效需求。

其次，一国的需求由其"代表性消费者"的需求倾向决定，影响一个国家需求结构的最主要的因素是平均收入水平。

再次，世界不同地方的消费者如果收入水平相同，则其偏好也相同，即需求的重叠部分越大。

根据上面的基本假设，可推断两国的消费结构与收入水平之间的关系是一致的。如果两国的平均收入水平相近，则两国的需求结构也必定相似；反之，如果两国的收入水平相差很大，则它们的需求结构也必然存在显著的差异。例如，一些高收入国家收入水平比较接近，打高尔夫球是一项比较普及的运动，但在一些低收入国家里，虽有少数富人有能力从事这种运动，但打高尔夫球不是代表性需求，这些国家的人们大量需要的可能是食品等生活必需品。

两国之间的需求结构越接近，则两国之间进行贸易的基础就越雄厚。厂商不断扩大生产、改进技术，通过贸易（出口）来扩大其产品的有效需求，获取更多的利润，就成为一种自然的选择。对于该国出口的工业产品，只有与之收入相近的国家才会有需求，因此，进口工业产品的主要国家也是收入较高的国家。

举例说明：在图 5-1 的偏好相似模型中，假定中国人均收入水平为 Y_c，中国所需商品的品质等级处于以 D 为基点，上限点为 F，下限点为 C 的范围内；美国的人均收入水平为 Y_{US}，所需商品的品质等级处在以 G 为基点，上下限点分别为 H 和 E 的范围内。对于两国来说，落在各自范围之外的物品是其不能或不愿购买的。

由图 5-1 可知，重叠需求是两国开展贸易的基础，当两国的人均收入水平越接近时，重叠需求的范围就越大，两国重复需要的商品都有可能成为贸易品。所以，收入水平相似的国家，相互间的贸易关系也就越密切；反之，如果收入水平相差悬殊，则两国之间重复需要的商品可能很少，甚至不存在，贸易的密切程度也就很小。

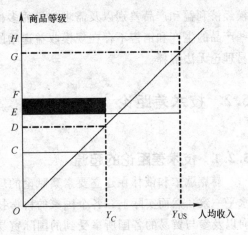

图 5-1　偏好相似模型

关于偏好相似论的适用性，林德曾指出，其理论主要是针对工业产品或制成品。他认为，初级产品的贸易是由自然资源的禀赋不同引起的，初级产品的贸易可以在收入水平相差很大的国家之间进行，所以初级产品的贸易可以用要素禀赋论来说明。而工业产品的品质差异较明显，其消费结构与一国的收入水平有很大的关系，偏好相似论适用于解释工业品贸易。

偏好相似论与要素禀赋论各有其不同的适用范围。概括而言，要素禀赋论主要解释发生在发达国家与发展中国家之间的产业间贸易，即工业品与初级产品或资本密集型产品与劳动密集型产品之间的贸易；而偏好相似论则适合于解释发生在发达国家之间的产业内贸易，即制造业内部的一种水平式贸易。

5.1.3　对产业内贸易理论的评价

1. 产业内贸易理论的积极意义

产业内贸易理论是对传统贸易理论的批判，其假定更符合实际。如果产业内贸易的利益能够长期存在，说明自由竞争的市场是不存在的。因为其他厂商自由进入这一具有利益的行业将受到限制，属于不完全竞争的市场。另外，该理论不仅从供给方面进行了论述，而且从需求方面分析和论证了部分国际贸易现象产生的原因以及贸易格局的变化，说明了需求因素和供给因素一样是制约国际贸易的重要因素，这实际上是将李嘉图理论中贸易利益等于国家利益的隐含假设转化为供给者与需求者均可受益的假设。这一理论还认为，规模经济是当代经济重要的内容，它是各国都在追求的利益，而且将规模经济的利益作为产业内贸易利益的来源，这样的分析较为符合实际。此外，这一理论还论证了国际贸易的心理收益，即不同需求偏好的满足，同时又提出了产业间贸易与产业内贸易的概念，揭示了产业的国际分工和产业间国际分工的问题。

2. 产业内贸易理论的不足之处

同其他理论一样，产业内贸易理论也有不足之处，它只能说明现实中的部分贸易现象。其不合理的地方有如下几点：

其一，虽然在政策建议上，该理论赞同动态化，但它使用的仍然是静态分析的方法，没有考虑到需求偏好以及产品差别是随着经济发展、收入增长、价格变动而不断发生变化的。

其二，只能解释现实中的部分贸易现象而不能解释全部的贸易现象。这是贸易理论的通病。

其三，对产业内贸易发生的原因还应该从其他的角度予以说明。产业内贸易理论强调规模经济利益和产品差别以及需求偏好的多样化对于国际贸易的影响无疑是正确的。但是，有些产品的生产和销售不存在规模收益递增的规律，对于这些产业的国际贸易问题，产业内贸易理论无法解释。

5.2 技术差距论

5.2.1 技术差距论的起源

赫克歇尔和俄林在建立要素禀赋论的理论框架时有一项重要的理论假定就是各国的技术水平一致，然而实际上，各个国家的科学技术总体水平相差悬殊，国际贸易的结构、商品流向以及参与贸易的各国所享受到的国际贸易条件也明显受其影响。这种理论和实践相分离的状况引发了国际经济学界关于各国间的技术差距同国际贸易的关系方面的一系列理论研究。

1961年10月，美国经济学家迈克尔·V·波斯纳在他的著名论文《国际贸易与技术变化》中，通过研究发达国家之间工业制成品的贸易结构产生的原因，提出了关于国际间的"技术差距"决定国际贸易结构和商品流向的贸易理论。

5.2.2 技术差距论的基本假设及其内容

1. 基本假设

（1）最初的技术进步必须建立在存在于某国经济中的一系列制度性内生变量（Systematic and Endogenous Variables）的基础之上。

所谓制度性内生变量，是指一国同他国相比能够引发技术进步的诸多他国所不具备的因素。以第二次世界大战以后的美国为例，美国之所以能够长期居于世界科学技术水平的领先地位，主要就是得益于诸如美国拥有雄厚的总体经济实力、较高的人均国民收入、国际竞争能力强劲的大型和特大型企业、充足的科技投入和庞大的科技队伍、完善的风险投资机制等一系列其他国家不具有的有利条件。这就是美国经济中独有的制度性内生变量。

（2）技术成果的国际传递受多方面因素的制约，难以顺利进行。所以，在一定时期内，能率先完成某项技术创新的国家，即所谓技术创新国，能较为稳定地保有因技术创新带来的技术差距比较优势。

2. 基本内容

波斯纳将不同国家之间在特定的工业领域中的技术水平差距作为国际贸易的基础和决定因素。对技术差距论的基本内容可以作以下表述：虽然两国拥有大体相近的要素禀赋，但只要由于某种原因，一国同他国相比，在某一特定工业领域中享有技术差距上的比较优势，该国就应该向他国出口这类工业制成品。

5.2.3 技术差距论的贸易模型

1. 与模型相关的概念

（1）消费者需求时滞（Consumers' Demand Lag）。存在上述两个基本假设的前提的条件下，当某个国家率先完成某项技术创新，研制出某项新产品，成为技术领先的技术创新国，并将该项新产品出口到其他国家以后，该项产品进口国的消费者和生产者都将对其作出相应的反应。一般说来，由于进口国的消费者对新产品有一个逐渐了解、熟悉的过程，加之受到进口国消费者的支付能力、需求弹性和消费习惯等因素的制约，在一定的时期内，进口的新产品还不能取代进口国生产的同类老产品。这段时间称为消费者需求时滞。

（2）生产者反应时滞（Producers' Response Lag）。从进口国的生产厂商对进口新产品后的市场变化作出反应到它们开始仿制同进口新产品相类似的产品需要一段时间，这段时间称为生产者反应时滞。

（3）掌握时滞（Mastery Lag）。模仿国生产者需要经过一段时间生产后，才能掌握该种产品的所有生产技术，从而完全终止对该产品的进口。从开始生产新产品到其新产品进口为零的这段时间称为掌握滞后。

（4）模仿时滞（Imitation Lag）。波斯纳认为，进口国的消费者总是先于生产者对某项进口新技术产品作出反应，消费者需求时滞同生产者反应时滞之和，即产品从创新并出口到其他国家至被其他国家的生产厂商仿制出来的这段时间被称为模仿时滞。

波斯纳的结论是，技术创新国同其他国家之间的技术差距对国际贸易的影响取决于这些国家的消费者需求时滞、生产者反应时滞和整个模仿时滞在时间上的相互关系。他认为，技术相对落后的国家必然存在着对技术创新国新技术产品的现实需求，这就产生了建立在技术差距基础上的国际贸易，而且这种国际贸易的规模同非技术创新国的消费者需求时滞和生产者反应时滞在延续时间上的差距以及整个模仿时滞的延续时间成正比。

2. 技术差距论的贸易模型

图 5-2 为技术差距论的贸易模型。

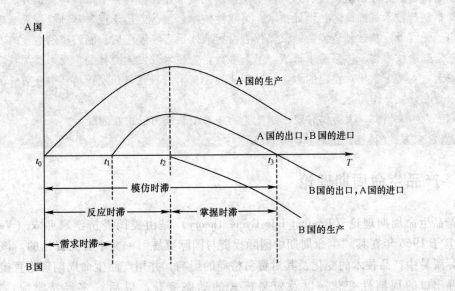

图 5-2　技术差距论的贸易模型

在图 5-2 中，A 国为技术创新国，B 国为技术模仿国。横轴 T 表示时间，纵轴上半部表示技术创新国 A 的生产和出口（B 国进口）数量，下半部表示技术模仿国 B 的生产和出口数量。创新产品的生产从 t_0 开始，$t_0 \sim t_1$ 为需求时滞阶段，此时，B 国对新产品没有需求，因此 A 国不能将产品出口到 B 国。过了 t_1，B 国模仿 A 国消费，对新产品有了需求，A 国出口、B 国进口新产品，且随着时间的推移，需求量逐渐增加，A 国的出口量、B 国的进口量也逐渐扩大。由于新技术通过各种途径逐渐扩散到 B 国，到达 t_2 时，B 国掌握新技术，开始模仿生产新产品，反应时滞阶段结束，掌握时滞阶段开始，此时 A 国的生产力和出口量（B 国的进口量）不断下降。到达 t_3 时，B 国生产规模进一步扩大，新产品成本进一步下降，其产品不但可以满足国内市场的全部需求，而且可以用于出口。至此，技术差距消失，掌握时滞和模仿时滞阶段结束。可见，A、B 两国的贸易发生于 $t_1 \sim t_3$ 这段时间，即 B 国开始从 A 国进口到 A 国向 B 国出口为零的这段时间。

技术差距论从技术创新出发，论述了产品贸易优势在创新国和模仿国之间的动态转移，这是富有创新意义的，而且也为研究一个具体产品创新过程的产品周期理论提供了坚实的基础。但技术差距论只是解释了差距为何会消失，而无法充分说明贸易量的变动与贸易结构的改变。

专栏 5-1   我国制造技术与发达国家差距大

中国工程院副院长邬贺铨，中国工程院院士、清华大学教授柳百成等一些专家提出，与发达国家相比，我国制造技术存在三大差距。

一是制造技术创新能力不强。航天、轨道交通设备、炼油技术等以自主创新为主，但水平与国外仍有较大差距；通信、家电、发电设备、船舶、军用飞机、载重汽车及钢铁制造等在经历技术引进之后，国内企业的自主开发和创新能力有明显提高；轿车、大型乙烯成套设备、计算机系统软件等处于引进技术消化吸收过程，尚未掌握系统设计与核心技术；大型飞机、半导体和集成电路专用设备、光纤制造设备、大型科学仪器及大型医疗设备等主要依赖购买国外产品。

二是制造技术基础薄弱。设计技术、可靠性技术、制造工艺流程、基础材料、基础机械零部件和电子元器件、基础制造装备、仪器仪表及标准体系等发展滞后，制约了制造业的发展。

三是制造技术创新体系尚未形成。绝大多数企业技术开发能力薄弱，尚未成为技术创新的主体；缺乏一支精干、相对稳定的力量从事产业共性技术的研究与开发；科技中介服务体系尚不健全，没有充分发挥作用。

专家表示，当前，大力提升我国制造业的技术创新能力已迫在眉睫。

（资料来源：《科技日报》，2006.11.15）

5.3 产品生命周期理论

产品生命周期理论（Product Life Cycle Theory）是由美国经济学家弗农（Vernon Raymand）于 1966 年在其"生命周期中国际投资与国际贸易"一文中首先提出的。该文章分析了国际贸易中产品技术的变化及其对贸易格局的影响，并用产品生命周期理论直接解释美国制成品出口的周期性变化，以及贸易模式的动态变化。以后许多经济学家，如威尔斯（L. T. Wells）、赫希哲（Hirsch）等对该理论进行了验证，并进一步充实和发展了这一理论。

产品生命周期理论是战后解释工业制成品贸易的重要理论之一。按照这个理论，一个新产品的生命周期要经历四个阶段：新生期、成长期、成熟期和衰退期。图 5-3 为产品生命周期模型。

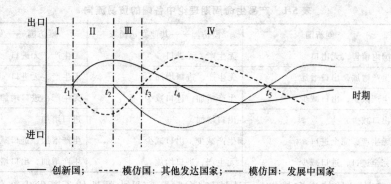

图 5-3　产品生命周期模型

5.3.1　产品生命周期理论的假设

产品生命周期理论的推出进行了如下假设：国与国之间的信息传递受到限制；生产函数是可变的，而且当生产达到一定水平后会产生规模经济；产品在不同的生命周期阶段所表现的要素密集特点是各不相同的；不同收入水平的国家在需求和消费结构上是有差异的。

5.3.2　产品生命周期理论的内容

产品生命周期理论认为，一种产品从生产者到消费者手里，需要很多不同的投入成本，如研发成本、资本投入、劳动成本、原材料投入等。随着技术的发展，产品会像生物一样，经历出生、成长、衰老和死亡各个不同的生命阶段。在产品生命周期的不同阶段，各种投入在成本中的相对重要性也将发生变化。由于各国在各种投入上的比较优势不同，因此，各国在该产品不同阶段是否拥有比较优势取决于各种投入在成本中的相对重要性。

① 新生期（第 I 阶段）：创新国研制与开发新产品，投产后，产量较少，产品主要在本国市场销售，创新国处于垄断地位。在 t_1 之前，没有国际贸易的发生。随着经营规模的扩大和国外需求的增加，创新国开始增加产量，为下一阶段的出口作准备。

② 成长期（第 II 阶段）：随着技术的完善和产品的改进，为满足国内外市场对产品不断增长的需求，产量迅速提高。由于这一阶段国外还不能生产这种产品，所以创新国在技术和能力都具有垄断优势，产品在 $t_1 \sim t_2$ 的出口量不断上升。这一阶段的出口主要面向与创新国经济发展水平比较接近的其他发达国家。

③ 成熟期（第 III 阶段）：新产品在创新国的生产已经标准化，而该产品的技术逐渐扩散到其他发达国家，模仿国开始在国内生产，供应本国市场，所以在 $t_2 \sim t_3$ 阶段，创新国的出口量在逐渐下降，而发展中国家此时还不具备生产能力，仍然需要从国外进口。

④ 衰退期（第 IV 阶段）：$t_3 \sim t_4$ 阶段其他发达国家凭借在规模经济和劳动力方面的优势，成本不断下降，导致其出口市场逐步扩大，而创新国的出口进一步下降。到 t_4 以后，创新国完全停止生产，成为净进口国。至此，创新国的产品生命周期结束，但是，其他模仿国的产品正处于生命周期的第 II 或第 III 阶段。进入 t_5 以后，发展中国家将取代其他发达国家的地位，成为产品的出口国。

产品生命周期理论中各国的贸易流向见表 5-1。

表 5-1 产品生命周期理论中各国的贸易流向

阶段		创新国	模仿国——其他发达国家	模仿国——发展中国家
Ⅰ	$0 \sim t_1$	国内销售，无出口	无生产，无进口	无生产，无进口
Ⅱ	$t_1 \sim t_2$	生产增加，出口增加	无生产，进口增加	无生产，无进口
Ⅲ	$t_2 \sim t_3$	生产减少，出口减少	生产增加，进口减少	无生产，进口增加
	$t_3 \sim t_4$	出口减少	出口增加	进口增加
Ⅳ	$t_4 \sim t_5$	无生产，完全进口	生产减少，出口减少	生产增加，进口减少
	t_5 以后	完全进口，进口减少	无生产，进口增加	生产增加，出口增加

可见，由于技术的传递和扩散，不同国家在国际贸易中的地位不断发生变化，新技术和新产品创新在技术领先的某发达国家，而后传递和扩散到其他发达国家，再到发展中国家。新技术和新产品的扩散像波浪一样，一浪接一浪向前传递和推进。目前美国正在生产和出口信息、宇航、生物和新材料等新兴产品，其他发达国家则生产和出口汽车和电子产品，而纺织品和半导体则通过前两类国家在发展中国家落户。近几年来，新技术扩散的速度逐渐加快，使得新产品的生命周期变得越来越短。

5.3.3 对产品生命周期理论的评价

作为工业制成品贸易的重要理论，产品生命周期理论对第二次世界大战后的制成品贸易模式和国际直接投资作出了解释。它考虑了生产要素密集性质的动态变化、贸易国比较利益的动态转移，以及进口需求的动态变化，这些对落后国家利用直接投资和劳动力成本的优势发展制造业生产，实现优势产业的转移，具有较大的指导意义。

产品生命周期理论首次将对外直接投资与国际贸易、产品生命周期纳入同一个分析框架，同时将静态分析和动态分析有效地结合起来，因此具有重要的理论意义。

该理论的局限性在于：难以说明当贸易双方各种要素禀赋（包括技术）不存在差异或差异较小的情况下，如何进行贸易的问题；无法解释对于大部分发生在美国、欧盟和日本等发达国家产业内的双向投资行为，也无法解释跨国公司全球生产体系建立以后遍及全球的投资行为。该理论所解释的投资区位的变化只适用于当时的美国跨国公司，并不具有普遍性。这反映出国际投资发展的变化要比产品生命周期的变化更为复杂。

专栏 5-2 聚焦德国经济产业与技术优势

2002~2006 年，德国连续四年保持世界头号商品出口大国的地位。其出口的主要商品有：汽车及配件，机械设备，化工产品，钢铁及非铁金属产品，发电及输电设备，电信技术，收音机和电视机及元件，医学、测量、控制、调节和光学产品及钟表，食品，其他车辆，橡胶和塑料产品，金属产品，办公和数据处理设备等产品。汽车、机械制造、电子电气、化工是德国的四大支柱产业，近年来，其可再生资源、纳米技术和环保产业也取得了突飞猛进的发展，成为德国优势产业。

1. 汽车制造业

德国是世界第三大汽车生产国，汽车工业是德国国民经济的第一大产业，是带动出口的驱动器、创新基地和就业保障。在德国，每七个从业人员中就有一个与汽车业有直接或间接的关系。德国税收的四分之一来自汽车及相关产业。2006 年德国出口贸易额为 8 936 亿欧元，其中汽车出口额约为 1 700 亿欧元，占近 20%。

德国汽车工业历史悠长，汽车技术高端先进，德国汽车生产商每年申报约 3 000 个专利，使德国汽车工业保持世界领先地位。近年来，德国汽车工业在中端市场遭遇强大挑战，市场竞争激烈，国内劳动力成本过高，触动行业实施战略转移和寻找新的生产基地、建立新的研发中心和开拓新的市场。

2. 机械制造业

机械制造是德国产业的另一张王牌。"德国制造"已成为世界市场上"质量与信誉"的代名词。2006 年，德国机械制造业生产总值达到 1 584 亿欧元，增长 7.4%。德国确立了三大发展目标："绿色制造"、"信息技术"和"极端制造"。所谓"极端制造"是指在极端条件下，制造极端尺度或极高功能的器件和系统，集中表现在微细制造、超精密制造等方面。

3. 化工业

德国是欧盟最大的化学工业国，占欧盟化工市场的 26%。德国也是继美国、日本之后世界第三大化工生产国，其化工产品涵盖七万多个种类。德国共有 1 700 多家化工企业，雇员总人数少于 500 人的中小企业占 90% 以上，其销售额占化工销售总额的 36%。

2006 年，德国化学工业总产值比 2005 年增长了 3.5%，销售总额达 1 620 亿欧元，增长 6.0%。其中，国外市场销售额接近 880 亿欧元，增长 7.5%，国内市场销售额约为 740 亿欧元，增长 4.5%。

2006 年，德国无机化学原料类的产量提高较大，增长 10.0%，其次依序为精密和特种化学（5%）、医药化学（3.5%）、清洁与保养用品（3%）、石化产品（2%）、聚合物（2%）。农业化学产量比 2005 年减少了 0.5%。

4. 可再生能源

2006 年，风能、水电、太阳能、生物能源以及沼气能源等可再生能源在德国能源利用中所占的份额大幅增长，可再生能源发电量达 2 000 亿千瓦时，约占总发电量的三分之一。2006 年，德国可再生能源设备出口额从 2000 年的 5 亿欧元增加至 60 亿欧元。目前，世界上 1/3 的水电设备、近 1/2 的风力发电设备和近 1/3 的太阳能电池都是德国制造的。德国拥有世界第二大太阳能电池生产商 Q – Cells 公司。德国 Choren Industries 公司发明了生物物质转化新技术，用边角木料、秸秆或稻草为原料生成生物燃料。

5. 纳米技术

德国是最早开发纳米技术的国家之一。德国政府高度重视纳米技术的研发，联邦教研部用于纳米技术的专项经费已达 1 亿多欧元，其中纳米分析、纳米生物技术、纳米结构材料、纳米化学、超薄层、超精度表面、纳米光学、超精密加工、光晶体、分子电子学、二极管激光、系统集成、掩膜技术、生物芯片、磁电技术、功能纳米颗粒等均是重点课题。

6. 环保技术

德国是全球环保技术领先的国家。在德国工商会注册的环保企业达 1.1 万多家，从业人数超过 140 万，约占总就业人数的 4%。世界市场上近 1/5 的环保产品来自德国，德国的环保技术贸易额占世界总贸易额的 1/6，居世界领先地位。

（资料来源：中华人民共和国商务部欧洲司，http://ozs.mofcom.gov.cn/，2007.09.26）

5.4　国家竞争优势理论

当代国际贸易理论从不同角度说明了第二次世界大战以后国际贸易的新格局，与传统的国际贸易理论相比更具有现实性。但是，由于各自的特殊假设，它们只能解释现实的某一个方面，相互之间缺乏有机的联系，因而不能像比较优势论那样成为一般性的国际贸易理论。20世纪80年代到90年代，美国哈佛大学商学院教授迈克尔·波特（Micheal E·Porter）在其相继出版的系列著作中，提出了国家竞争优势理论。该理论试图归纳国际贸易新理论中各派提出的观点，被认为是对贸易理论的一个重要综合和发展。在《国家竞争优势》一书中，波特更是着眼于全球范围，站在国家的立场上，提出了国家竞争优势理论：一国兴衰的根本在于能否在国际竞争中赢得优势。

人物链接

迈克尔·波特（Michael E. Porter）于1947年出生于密歇根州。迈克尔·波特在普林斯顿时学的是机械和航空工程，随后转向商业，获哈佛大学的MBA及经济学博士学位。他是哈佛商学院的大学教授（University Professor，是哈佛大学的最高荣誉，迈克尔·波特是该校历史上第四位获得此项殊荣的教授）。迈克尔·波特是商业管理界公认的"竞争战略之父"，在2005年世界管理思想家50强排行榜上，他位居第一。迈克尔·波特获得的崇高地位缘于他所提出的"五种竞争力量"和"三种竞争战略"的理论观点。

5.4.1 国家竞争优势理论要旨

波特的国家竞争优势理论（Theory of Competitive Advantage of Nations）指出：一国国内市场竞争的激烈程度同该国企业的国际竞争力成正比；如果该国市场上有关企业的产品需求大于国内市场，则拥有规模经济优势，有利于该国建立该产业的国家竞争优势；如果该国消费者需求层次高，则对相关产业取得国家竞争优势有利；如果该国的消费者向其他国家的需求攀比，本国产业能够及时调整产业结构，而且改进产品的能力强，则有利于该国竞争力的提高。

国家竞争优势理论的核心是"创新是竞争力的源泉"。波特认为，一国的竞争优势是企业、行业的竞争优势；一国的竞争力高低取决于其产业发展和企业创新的能力高低。

5.4.2 国家竞争优势的钻石模型

波特认为，一国在某一行业取得全球性的成功的关键在于四个基本要素：生产要素，需求状况，相关和支持产业以及企业战略、结构与竞争。这四个基本要素连同两个辅助因素（机遇与政府）共同决定了一国是否能创造一个有利于产生竞争优势的环境。

以四个要素和两个辅助因素为基础，波特提出了"国家竞争优势的钻石模型"，如图5-4所示。

1. 生产要素

波特认为，一国如果在某类低成本要素禀赋或独特的高质量要素上具有优势，该国就有可能在充分利用这些要素的产业发展上获得竞争优势。如荷兰鹿特丹处于地理要冲，这使它成为世界的物流中心。波特指出，在两类生产要素中，高级要素对于竞争优势而言是更为重要的，因为它们是取得"高级比较优势"的关键。一国基本要素的不足，可以通过高级要素获得补偿，例如，劳动力不足可以用生产自动化来解决。但是，如果在高级要素上处于劣势，却很难用其他方式予以有效弥补。波特同时指出，一国的高级生产要素是在基本要素的基础上产生的，而基本要素的劣势，又有可能对一国形成压力，刺激创新。在强调要素重要

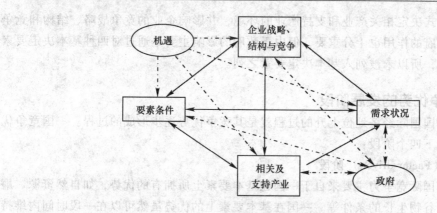

图 5-4 国家竞争优势的钻石模型

性的基础上，波特认为，虽然要素状况在贸易类型的决定中十分重要，但这并不是竞争力的唯一源泉，最为重要的是一国不断创新、改进和调动其生产要素的能力，而不是要素的初始禀赋。

2. 需求状况

国内需求是影响一国国际竞争力的另一重要要素。波特认为，国内需求状况的不同会导致各国竞争优势的差异。需求对企业构成经常性的压力，消费者的这种需求是企业所不能回避的，只能通过不断的技术创新来生产出适应消费者需求的产品。例如，正是由于国内对鲜花的强烈需求，才使得荷兰成为世界上最大的鲜花出口国，贸易额占世界花卉贸易总额的60%以上。

3. 相关与支持产业

所谓相关产业是指共用某些技术、共享同样的营销渠道和服务而联系在一起的产业或互补性产业，如计算机与计算机软件，空调和压缩机等；所谓支持产业是指某一产业的上游产业，它主要向其下游产业提供原材料或中间产品。相关产业和支持产业的健康发展能够促进企业的科技创新，形成良性互动的经济发展模式。例如，日本的机床生产是世界第一流的，其成功靠的就是日本国内第一流的数控系统、电动机和其他零部件供应商；瑞典的轴承、切割工具等钢制品在世界上处于领先地位，靠的是其特殊钢的优势。

4. 企业战略、结构与竞争

企业战略、结构与竞争是指资助或妨碍企业创造和保持竞争力的国内环境。波特认为，各个国家由于环境不同，需要采用的战略也是不同的，战略的选择要取决于时间、地点和企业的具体情况；一个国家内部市场的竞争结构也会对该国企业的国际竞争力产生重大影响，激烈的国内竞争是创造和保持竞争优势的最有力的刺激因素。国内竞争会迫使企业不断更新产品、提高劳动生产效率，使企业走出国门，参与国际市场竞争，以使企业能够取得持久、独特的优势地位。

除了上述四种主要要素外，还有两个重要因素可能对国家竞争优势产生重要影响，那就是机遇和政府。机遇包括重要的新发明、重大技术革新、投入成本的剧变（如石油危机等）、外汇汇率的突然变化、突发性的世界或地区需求、战争等。政府对国家竞争优势的作用主要在于对四种决定性要素的引导和促进。政府可以通过补贴、对资本市场的干预、制定教育方针等措施影响生产要素，通过制定地方产品标准、制定规则等措施影响买方需求。政府可以通过各种方式决定相关产业和支持产业的环境，并影响企业的竞争战略、结构和竞争状况等。因此，政府的作用也十分重要，但由于政府的影响主要是通过对四种基本决定要素施加影响来实现的，所以未被列入基本决定要素之列。

5.4.3　国家竞争优势的发展阶段

波特认为，一国国际经济地位上升的过程就是其竞争优势逐步形成的过程。一国竞争优势的发展要经历以下四个阶段：

1. 要素驱动（Factor-driven）阶段

在这个阶段，国际竞争力主要来自于一国在基本要素上所拥有的优势，如自然资源、廉价的劳动力、适合谷物生长的条件等。一国在基本要素上的优势虽然可以在一段时间内维持其竞争优势和经济增长，但是在基本要素推动下的竞争优势由于缺乏生产力持续提高的基础，不可能长久地保持下去。按波特的标准，几乎所有的发展中国家都处于这一阶段。

2. 投资驱动（Investment-driven）阶段

在这个阶段，竞争优势的取得主要来源于资本要素的投入，取决于企业是否愿意并有能力大量地投资于现代、高效、大规模的生产设施，而且使用国际上先进的技术，从而增强国际竞争力。波特认为，只有少数发展中国家进入这一阶段，例如，在投资驱动下，韩国经济曾一度取得过成功。

3. 创新驱动（Innovation-driven）阶段

在这个阶段，竞争优势主要来源于企业的创新。产业竞争依赖于国家和企业的技术创新愿望和能力，具有竞争优势的产业一般是技术密集型产业，如高新技术产业或被高科技改造过的传统产业。在这一阶段，企业能够在广泛的领域成功地进行市场竞争，并实现不断的技术升级；一些率先进入创新驱动阶段的产业，不断实现新的升级，并向其他产业扩散，进而形成一系列产业以及产业群的横向扩展能力，即通过建立企业或扩展业务形成新的产业发展领域；越来越多的企业进入高水平的服务业，高水平的服务业占据越来越高的国际地位。

4. 财富驱动（Wealth-driven）阶段

在这个阶段，经济发展主要由过去所积累的物质财富来推动。企业在创新活动、人员培训等方面的投资下降，企业的竞争意识和竞争能力也明显下降，国际竞争优势逐渐丧失。企业依赖于过去的物质积累丧失了继续创新和投资的动力，只着眼于维持自己的竞争地位。长期的产业投资不足是这个阶段的突出特征，因此，处于这个阶段的国家经济开始走向衰落。

5.4.4　对国家竞争优势理论的评价

波特提出的国家竞争优势理论超越了传统理论对国家优势地位的认识。该理论首先从多角度、多层次地阐明了国家竞争优势的确切内涵，指出国家竞争优势形成的根本点在于竞争，在于优势产业的确定，而这些是由四个主要要素和两个辅助因素协同作用的结果。这一理论对于解释第二次世界大战以后，特别是 20 世纪 80 年代以后的国际贸易新格局、新现象具有很大说服力，对于一国提高国际竞争力，取得和保持竞争优势有重大的借鉴意义。

但是，波特的理论也存在一定的局限性，它过于强调企业和市场的作用，而低估了政府的作用。在波特看来，一个国家要具备竞争优势，主要依赖于企业的创新，政府的作用只是创造公平竞争的环境，是辅助性的。

专栏 5-3 2009～2010 年全球竞争力报告

总部设在瑞士日内瓦的世界经济论坛（World Economic Forum，WEF）于 2009 年 9 月 8 日公布的《2009－2010 全球竞争力报告》（以下简称《报告》）显示，瑞士已超越美国成为全球最具竞争力的经济体。而中国在排行榜上由去年的第 30 位上升至第 29 位。

全球竞争力报告指标体系简介

目前 WEF 用于评估全球竞争力的框架，主要由两大指标合成。一个是"全球竞争力指标（Global Competitiveness Index，GCI）"，由 Sachs 与 McArthur 两位教授于 2001 年提出；另一个是"企业竞争力指标（Business Competitiveness Index，BCI）"，由迈克尔·波特（Michael Porter）于 2000 年提出。在全球竞争力报告的架构中，以 GCI 为主要指标，以 BCI 为辅助指标。GCI 又从三大层面来评估，包括：宏观经济环境的优劣、国家的政府公共部门的素质和科技的准备程度。

美国失守第一，中国前进一位

世界经济论坛 2009 年的报告共涵盖 133 个经济体，竞争力排行榜的前十名与 2008 年相同，只是顺序略有变化，依次是瑞士、美国、新加坡、瑞典、丹麦、芬兰、德国、日本、加拿大和荷兰。中国在 2008 年首次跻身前 30 位，而在 2009 年又前进一位，继续在"金砖四国（中国、印度、俄罗斯、巴西）"中遥遥领先。

《报告》说，美国的竞争力连续数年排名世界第一，而在 2009 年则降为第二，这与国际金融和经济危机背景下美国一些竞争力弱项迅速恶化有关。总体来看，美国的最大弱项仍是宏观经济的稳定性，该项指标的排名由 2008 年的第 66 位降到第 93 位。近年来，美国宏观经济不平衡状况不断加剧，财政赤字的累积导致政府负债迅速增多，特别是为应对经济危机实行大规模刺激性支出更加剧了这一问题。此外，美国金融市场成熟度排名从 2008 年的第 9 位降至第 20 位。

我国在 2009～2010 年全球竞争力指数排名中得分 4.74 分，名列第 29 位，持续上升一位。《报告》分析认为，我国在这一竞争力排名榜上的位置继续上升，得益于我国优良的商业环境和创新能力。而我国国内市场和出口市场的规模也为它带来了许多竞争优势。《报告》指出，自 20 世纪 70 年代后期以来，伴随着至少 8% 的年均经济增长率，我国在发展经济和促进经济多元化方面成就斐然，在减少贫困和改善人民生活水平方面取得了进步令人瞩目。我国巨大的 GDP 使其成为继美国、日本和德国之后的世界第四大经济体，并在全球经济中扮演日益重要的角色。鉴于我国在全球具有仅次于美国的巨大市场规模，可为在华企业获得规模收益与丰厚利润提供广阔空间。尤其是在全球金融危机背景下，我国经济继续保持良好的增长势头，显示出良好的竞争力。但此《报告》表示，我国仍然有一些需要进一步发展的领域，尤其是其金融市场成熟性、技术准备和高等教育方面。

（资料来源：凤凰网财经栏目，http：//finance.ifeng.com，2009.09.09）

本章小结

1. 产业内贸易是同种商品的双向贸易，即一个国家相同商品的进出口。一般用产业内贸易指数来测量某个产业或某一国家的产业内贸易程度。产业内贸易理论作为当代最新的国际贸易理论之一，从产品差异性、规模经济、偏好相似等方面考察了贸易形成机制，解决了传统贸易理论所不能解释的贸易现象。

2. 技术差距论强调由技术领先形成的比较优势，进而决定了技术领先国向技术落后国家出口的贸易模式。

3. 产品生命周期理论是战后解释工业制成品贸易的重要理论之一，该理论强调技术创新带来的比较优势。在产品的不同生命周期阶段，企业的比较优势会随着产品生命周期的阶段性发展而发生动态变化，从而比较优势会逐渐从创新国转移到模仿国中的发达国家，直至发展中国家。因此不同国家应该顺应产品生命周期，根据自身的资源禀赋和比较优势开展跨国生产和国际贸易。

4. 国家竞争优势理论认为一国兴衰的根本在于能否在国际竞争中赢得优势。国际竞争优势取得的关键在于国际竞争力，而国际竞争力的高低取决于其产业发展和企业创新能力的高低。

关键术语

产业内贸易理论　　产业内贸易指数　　内部规模经济　　外部规模经济

技术差距论　　产品生命周期理论　　国家竞争优势理论

课后习题

简答题

1. 根据波特的国家竞争优势理论，一个国家的竞争优势主要由哪些因素决定？

2. 产品生命周期理论的含义是什么？为创造技术发明的领先优势，一国应该如何制定产业政策？

3. 什么是差异产品？差异产品为什么会导致国际贸易的发生？

分析题

1. 我国的一些电器产品已经从以前的大量进口转为逐步扩大出口，请用相应的贸易理论来解释这一现象。

2. 试对产业内贸易理论进行评价。

计算题

某国 2007 年纺织服装出口 100 亿美元，同时进口纺织服装 40 亿美元，试计算该国该年度纺织服装业的产业内贸易程度。

第6章 国际贸易政策

学习目标：

1. 掌握国际贸易政策的性质、内容和类型。
2. 了解国际贸易政策的历史演变。
3. 了解当代发达国家对外贸易政策的发展趋势。
4. 了解发展中国家的对外贸易政策。
5. 掌握我国对外贸易政策。

从经济学角度看，自由贸易能够给开展贸易的国家带来好处。通过开展国际分工与合作，各国的资源利用效率都得到了提高，从而促进了各国经济发展水平的提高。但是，在现实世界中，大多数国家在推行贸易自由化的同时，又制定了许多贸易政策来限制自由贸易。为什么不同的国家对于自由贸易的态度不一样？同一个国家在不同时期采取的贸易政策为什么会不同？贸易保护的结果是什么？这是本章及后面几章将要介绍的内容。

6.1 国际贸易政策概述

6.1.1 国际贸易政策的含义

国际贸易政策（International Trade Policy）是世界各国贸易政策和措施的总和，体现了世界贸易体制和贸易政策系统。从特定的国家角度出发制定的贸易政策即对外贸易政策（Foreign Trade Policy），是一国政府在一定时期内为实现特定的政策目标，运用经济、法律或行政手段，对本国进出口贸易活动的方向、数量、规模、结构和效益所进行的一系列有组织的干预与调节行为。它从总体上规定了该国对外贸易活动的指导方针和原则。

6.1.2 国际贸易政策的内容与类型

1. 对外贸易总政策和对外贸易具体政策

国际贸易政策的内容一般包括对外贸易总政策和对外贸易具体政策。对外贸易总政策是指各国根据本国国民经济发展的需求，结合本国在世界经济中所处的地位、本国经济发展战略和本国产品在世界上的竞争能力以及本国的资源、市场和产业结构等情况，所制定的在一个较长的时期内发展对外贸易的基本方针和原则。它是各国发展对外经济关系的基本政策，是整个对外贸易政策的立足点。对外贸易具体政策是在一国对外贸易总政策的指导下制定的涉及对外贸易某一方面内容的政策，包括进出口商品政策、国际服务贸易政策和国别政策等。

进出口商品政策（Import and Export Commodity Policy）是各国在本国对外贸易总政策的基础上，根据国内经济结构和国外市场的供求状况等分别对进出口商品的生产、销售、采购等制定的政策。其基本原则是对不同的进出口商品实行不同的待遇，主要体现在关税的税率、计税价格和课税手续等方面的差异。例如，为了保护本国民族工业对某些外国同类商品实行进口限制，有时采用关税或非关税措施来限制其进口，有时则对其实施较宽松的做法，鼓励其进口。

国际服务贸易政策（Policy of International Trade in Services）是指各国为了规范货物的加工、装配、维修以及货币、人员、信息等生产要素为非本国居民提供服务并取得收入的活动而制定的一系列政策。

国别政策（Country Policy）是各国或地区根据对外贸易总政策，依据对外政治、经济关系的需要而制定的国别或地区政策。它在不违反国际规范的前提下，对不同国家采取不同的对外贸易策略和措施。各国国别政策的基本做法是对不同国家规定差别关税率和差别优惠待遇。

一般而言，一国对外贸易政策的具体内容主要包括一国的关税制度和政策、非关税壁垒的种类和做法、鼓励出口的体制和手段、管制出口的政策和手段等。上述三方面的含义在这些内容中都有所反映，因而构成国际贸易政策的基本内容。

2. 自由贸易政策和保护贸易政策

从一国对外贸易政策的实施结果和情况来看，对外贸易政策又可以分为两大基本类型，即自由贸易政策（Free Trade Policy）和保护贸易政策（Protective Trade Policy）。自由贸易政策是指国家不干涉、不限制进出口贸易，也不给予补贴和优惠，允许货物和服务自由进出口，使其在国内外市场上自由竞争的一种政策。保护贸易政策是指为保护本国产业和市场，国家对本国出口商给予各种补贴和优惠以鼓励出口，同时采取各种措施限制货物和服务进口的一种政策。

然而，自由贸易政策并不意味着完全的自由。从历史实践上看，标榜自由贸易的西方发达国家，往往或明或暗地对某些产业实施保护。同样，实行保护贸易政策也并不意味着完全闭关自守，不发展对外贸易，彻底排除国外的竞争，而是对某些领域的保护程度高一些，即将外部的竞争限制在本国经济实力能够承受的范围之内，即使采取保护贸易政策，也要在保护国内生产者的同时，维护同世界市场的联系。

6.1.3   国际贸易政策的性质

国际贸易政策作为国家经济政策的一个组成部分，为国家经济总政策服务。在制定贸易政策时，既要考虑贸易本身的需要，又要考虑国民经济其他组成部分的需要。贸易政策的制定与实施必须与国家其他经济政策密切配合，如产业政策、外汇政策以及外资政策等。一个国家的贸易政策是独立自主制定的，但由于它具有涉外性，因而在优先考虑本国利益的同时，还必须适当考虑有关国家的利益；除考虑国内政治经济环境外，还要考虑国际政治经济环境。

6.1.4   制定国际贸易政策的目的

1. 促进经济发展与稳定

（1）促进生产力发展。优化国内资源配置，提高生产要素效能，鼓励资本输入，鼓励国外先进知识及技术和管理经营方法的传入，获得规模效益。

（2）实现经济增长。通过对外贸易政策的调整提高国家经济福利，调整并优化产业结构，提升企业竞争力，实现利润最大化。

（3）达到外部均衡。通过对外贸易政策的调整，维持国际收支平衡。

（4）稳定经济，加强适应能力。

2. 完善经济体制

经济体制可分为市场经济与计划经济两类，代表了国民经济的运作方式。在目前的世界整体经济水平下，市场经济逐渐为世界绝大多数国家所认同。对外贸易政策的科学制定，可以促进一国积极参与经济全球化，同时也能加强并完善市场经济体制。

3. 获取良好的国际政治与经济环境

一国在制定贸易政策时必须考虑国际政治经济环境的影响、联合国各种决议的实施及同贸易伙伴方之间的关系。

6.1.5　制定国际贸易政策的主要依据

一国对外贸易实行自由贸易政策还是推行保护贸易政策，一般由以下几个因素决定：

1. 经济发展水平和经济结构

一国的经济发展水平高、技术先进、资金充裕、经济结构高度现代化、产品竞争力强，该国政府就会推行自由贸易政策，以期在国际市场上获取更大的经济利益。相反，一国的经济发展水平低、资金和技术要素处于劣势、现代化工业尚未真正建立、其产品在国际市场上缺乏竞争力，该国政府就会倾向采取保护贸易政策，以保护国内产业免受外国产业的竞争。

2. 经济发展战略

一般而言，采取外向型经济发展战略的国家，往往制定较为开放和自由的对外贸易政策。因为对外贸易在该国经济发展中的作用越发重要，该国越需要在世界范围内扩大产品出口，加强与世界各国和地区的经济合作。而采取内向型经济发展战略的国家则缺乏同各国发展对外经济贸易关系的紧迫感，为了保护本国产业的成长，还会采取较为强硬的保护贸易政策。

3. 国际分工中的地位

一国在国际分工中处于主导地位，国际市场扩张能力强，往往倾向自由贸易政策；而在国际分工中处于附属地位的国家，国际市场的开拓能力有限，面对国外产品、服务的大举进入，则倾向采取保护贸易政策。

4. 各种利益集团力量的对比

一国不同的贸易政策对本国不同利益集团产生不同的影响。自由贸易政策有利于出口厂商，但不利于进口竞争集团，而保护贸易政策使国内竞争性企业得到保护，但消费者利益受到损害。通常，代表出口厂商利益的政府推崇自由贸易，而那些同进口发生竞争关系的行业及其代表其利益的组织和政府则推行贸易保护主义。不同利益集团的力量对比会影响各国对外贸易政策的取向。

5. 政府决策者倡导的经济理论与贸易思想

各国对外贸易政策往往通过法律的形式表现出来，而法律的制定、修改要通过立法机构进行。政府决策者倡导的经济理论与贸易思想往往转变为政府的政策，并通过立法机关将政策转变为法律。

6. 本国与别国的政治经济关系

一国愿意同政治、外交关系友好的国家积极发展经济贸易关系，扩大货物与服务的进出口，而对政治上、经济上敌对的国家则采取保护贸易政策。

7. 国内的政治和社会因素

贸易政策的制定往往受到执政党支持者的影响。每个政党都代表某些特殊集团的利益，而这些利益集团也在竞选中积极支持能考虑他们利益的政党。例如，在美国的两大政党中，工会尤其是美国劳工联合会（简称劳联）和美国产业工会联合会（简称产联）一般支持民主党，大财团和企业主一般支持共和党。这些利益集团在国会和总统的竞选中鼎力支持各自党派当选，而这些党派的候选人一旦当选，就会在自己的职权范围内采取有利于这些利益集团的贸易政策。

总之，一国采取哪种对外贸易政策是由其经济发展水平、在国际经济中所处的地位及其经济实力决定的。一国在经济发展的初期，一般采取保护贸易政策，随着本国产业竞争实力的增强，保护贸易政策让位于自由贸易政策；而当其竞争地位受到威胁时，贸易保护主义又会抬头。

一国实行哪种对外贸易政策也要考虑该国所处的国际环境。在经济全球化的背景下，各国在制定对外贸易政策时，既要考虑积极参与国际分工，又要确保在分工中的利润最大化。

6.2 国际贸易政策的历史演变

与国际贸易政策理论主张的分歧相一致，在过去数百年的世界贸易发展中，现实的贸易政策演进也呈现出了两个倾向的冲突：一个倾向是减少贸易壁垒，朝着自由贸易的方向发展；另一个倾向是维持乃至加强贸易保护，与自由贸易目标背道而驰。

6.2.1 重商主义的贸易政策

重商主义的贸易理论在本书4.1小节中已有介绍，在这种理论的指导下，各国的贸易政策均倾向于鼓励出口、限制进口。

6.2.2 自由竞争时期的贸易政策

18世纪末到19世纪中叶，英国、法国等欧洲国家和美国相继完成了工业革命，建立了大机器工业，改善了交通运输通信工具，消灭了古老的民族工业，资本主义生产方式得以完全确立并占统治地位。此时，世界经济进入商品资本国际化阶段，所以，维护工业资产阶级利益的国际贸易政策产生了。各国的经济发展水平不同，在世界市场上的竞争地位也不同，因而就采取了不同的对外贸易政策。例如，美国、德国等实行贸易保护政策，而英国则推行自由贸易政策。

1870年开始的第二次产业革命打破了原有的世界经济秩序，美国与德国借助这次产业革命迅速崛起，对英国等欧洲老牌资本主义工业国构成威胁。英国则因不忍淘汰旧的产业及设备，加上巨额的海外资本输出，工业技术设备的更新和扩大受到了很大的限制，因而逐步丧失了在世界经济中的主宰地位，自由贸易政策越来越难以维持。第一次世界大战之后，英国的经济实力开始落后于美国，国际竞争力急剧下降，不得不废除维持了半个多世纪的自由贸易政策。

6.2.3 垄断资本主义时期超保护贸易政策的兴起

超保护贸易政策与自由竞争时期的保护贸易政策相比有着明显的区别：它不是防御性地保护国内幼稚工业，以增强其自由竞争能力，而是保护国内高度发达或出现衰落的垄断工业，以巩固对国内外市场的垄断，是一种侵略性的保护贸易政策；所保护的阶级从工业资产阶级转向垄断资产阶级；保护的手段不仅仅是高关税，还有其他各种奖出限入的措施。

英国在进入 20 世纪之后对许多商品规定了高额保护税率，20 世纪 30 年代的大危机，使其完全抛弃自由贸易政策，彻底走上保护贸易政策的道路。德国是实行超保护贸易政策最早的国家，19 世纪 70 年代末开始恢复 60 年代前的关税水平，80 年代末又大幅度提高，到了 20 世纪 30 年代，为备战需要，在普遍提高工业品关税的同时，一再提高农产品关税。法国继德国之后也实行超保护贸易政策，从 19 世纪 80 年代开始不断调整税则，工农业产品关税不断提高。

6.2.4 第二次世界大战后的贸易自由化

美国作为世界政治和经济的新领袖，是第二次世界大战后贸易自由化的积极倡导者。这一时期的贸易自由化具体表现在：①建立促进自由贸易的国际组织——关税与贸易总协定（GATT）。在关贸总协定的主持下，经过 1947～1962 年的五轮贸易谈判，使关税削减 35%。②欧洲经济共同体的一体化发展。欧洲经济共同体对内取消关税，对外通过谈判达成关税减让协议，导致关税大幅度下降。③实施普遍优惠制。第二次世界大战后，发展中国家为了改善贸易条件，增加外汇收入，要求发达国家对其出口商品给予关税优惠待遇。经过长期的斗争，终于在 1968 年的第二届联合国贸易和发展会议上通过了普惠制决议。自 1971 年 7 月 1 日起，发达国家对于来自发展中国家或地区的制成品和半制成品给予普遍、非歧视和非互惠的关税优惠待遇。④放宽或逐步取消了进口限额、外汇管制等非关税壁垒措施。

这一时期的贸易自由化倾向和资本主义自由竞争时期的自由贸易有很大差异。后者反映了英国工业资产阶级资本自由扩张的利益与要求，而前者是在国家垄断资本主义日益加强的条件下发展起来的，它主要反映了垄断资本的利益，是世界经济和生产力发展的内在要求。它在一定程度上和保护贸易政策相结合，是一种有选择的贸易自由化。在具体实行中，这种自由化政策形成了这样的趋势：工业制成品的贸易自由化程度超过农产品；机器设备一类的资本品超过工业消费品；区域性经济集团内部的超过其外部的；发达国家之间的超过发展中国家之间的。因此，这种贸易自由化倾向发展并不平衡，甚至是不稳定的。当本国的经济利益受到威胁时，保护贸易倾向必然重新抬头。

6.2.5 新贸易保护主义兴起

20 世纪 70 年代中期，以美国为首的国家所推行的贸易自由化运动逐渐停顿下来，国际贸易中非贸易自由化倾向加强，新贸易保护主义兴起。此时，由于工业国家发展不平衡，美国的贸易逆差迅速上升，其主要工业产品如钢铁、汽车、电器等不仅受到来自日本、西欧等国家的产品的竞争威胁，甚至面临一些新兴工业化国家以及其他出口国的产品的竞争威胁。

在这种情况下，美国一方面迫使拥有巨额贸易顺差的国家开放市场，另一方面则加强对进口的限制。因此，美国成为新贸易保护主义的发源地。美国率先采取保护贸易政策，而各国纷纷效仿，致使新贸易保护主义得以蔓延和扩张。

新贸易保护主义相对传统的贸易保护主义的突出特点体现在：①贸易保护措施以非关税壁垒为主。经过关贸总协定成员方的七轮多边贸易谈判，关税已被大幅度削减，关税的保护作用日益减小。而非关税壁垒具有更强的有效性、歧视性和隐蔽性，使用起来更灵活，因此被广泛使用。②保护的商品范围不断扩大。被保护的商品由传统产品、农产品扩大到服务贸易、知识产权以及高级工业品。③贸易政策转向更系统化的管理贸易制度。管理贸易是一种以协调为中心，以政府干预为主导，以磋商为手段，对进出口贸易和全球贸易关系进行干预、协调和管理的国际贸易体制，是一种介于纯粹的自由贸易和完全的保护贸易之间的贸易体制。④重点从限制进口转向鼓励出口，双边和多边谈判与协调成为扩展贸易的重要手段。

新贸易保护主义的出现，使贸易活动在政府的干预下，借助立法、磋商、双边和多边的协商管理等手段，在缓解国际贸易矛盾、改善国际收支状况和保护新兴产业方面，起到了积极作用。同时，这也产生了许多不利影响，例如，提高了贸易保护程度，延缓贸易自由化进程；扭曲贸易流向，妨碍资源最佳配置；增加价格上涨的压力，损害消费者的利益等。

6.2.6　新自由主义的贸易政策

20 世纪 60 年代末，在西方经济品尝到通货膨胀乃至停滞膨胀的涩果后求助于新保护贸易政策的同时，另一股思潮——新自由主义几乎同时兴起。新自由主义强调"竞争性秩序"，认为市场失灵是政府干预所致，所以要重新加强市场机制的作用。这种思潮在 20 世纪 60 年代开始渗入国际贸易理论和政策研究领域，使保护成本、贸易与经济增长、中性贸易体制、贸易扭曲、开放以及贸易自由化等方面的研究有了长足的进展，形成了一套以新自由主义为基础的贸易政策理论。

新自由主义贸易政策认为，只有完全的自由贸易才能在世界范围内实现资源的最有效配置，才能最大限度地增进各国的福利；反之，贸易保护会减少财富。这是新自由主义贸易政策同 20 世纪 50 年代所强调的"有选择的贸易自由化"的最大不同。虽然新自由主义对市场完美性的推崇没能击败新贸易保护主义，但是，这种思潮在后来也影响了拉丁美洲、东亚等地区的市场化改革，并且在 GATT/WTO 的管理之中也有所体现。

6.2.7　战略性贸易政策

战略性贸易政策产生于 20 世纪 70 年代以后。该政策的产生是因为人们对市场经济本质有了清楚的认识。其具体表现在以下两点：一是对市场结构中垄断竞争与寡头垄断的普遍接受，即承认市场是不完全竞争的市场；二是对外部经济有了较全面的理解，即承认市场失灵是客观存在的。同时，人们认为，既然市场经济中存在市场经济自身无法跨越的障碍，影响人类资源的有效配置，那么，利用政府的职权进行干预就显得顺理成章了。实行战略性贸易政策的政府有选择地对某些产业进行支持，其结果一方面改善了产业运行的经济环境，增强了国际竞争力；另一方面利用外部经济效应将先进性扩展到国民经济的各个领域，最终既增加了福利，又提高了综合国力，这是利用市场机制所无法达成的。

美国是目前实施战略性贸易政策最得力的国家。早在 20 世纪 80 年代初，美国政府就已将其积极倡导的"自由贸易"向"公平贸易"转化。在转化过程中，政府表现出的对某些产业的强调已经十分清楚地显露其实施战略性贸易政策的端倪。20 世纪 90 年代以后，美国政府明确表明了其运用贸易政策解决其国内外诸多经济问题的态度，进一步证实了美国政府全面实行战略性贸易政策的决心。其具体策略是：提出高技术战略和政策，并把建立"信息高速公路"放在突出地位，目的是提高本国主导产业尤其是信息产业及其他高技术产业的国际竞争力。美国经济在进入 20 世纪 90 年代后的持续增长，以及表现出的低通胀、低失业、低财政赤字的经济发展态势，证实了该项政策实践的有效性。此外，日本和欧盟在运用该项政策时也取得了很大的成功。

从对外贸易政策发展的各个历史阶段可以总结出：重商主义贸易保护、完全竞争基础上的自由贸易、幼稚工业保护贸易、凯恩斯主义贸易保护和战略性贸易政策是五种比较具有主导作用的贸易政策。自由贸易政策并没有在根本上被各种保护贸易政策彻底否定或代替，而是一个一直伴随国际贸易发展的政策。其他四种贸易政策出现在不同的历史时期：单纯的重商主义的贸易保护政策已经成为历史；幼稚工业保护论一直是作为发展中国家走上工业化道路的重要政策选择；凯恩斯主义的贸易保护政策在发达国家经济萧条时期还不断地被人们想起并启用；而战略性贸易政策也逐步被越来越多的国家所重视并应用于对外贸易政策。

6.3　当代西方国家对外贸易政策的发展趋势

20 世纪 90 年代以来，西方发达国家逐渐走出经济低谷，其对外贸易政策呈现出一些新的特点与趋势。

6.3.1　管理贸易日益成为对外贸易政策的主导内容

美国先后于 1974 年、1978 年和 1988 年制定了综合贸易法案，开始了其从自由贸易政策向管理贸易政策的转变。克林顿上台后提出了经济振兴计划，使对外贸易政策成为美国新经济政策的主要组成部分，这意味着美国将进入一个政府全面干预对外贸易活动的新时期。在美国的带动下，"管理贸易"逐渐成为西方发达国家基本的外贸制度，各国政府更加积极地介入对外贸易活动当中。由于对外贸易结构的不断升级，管理贸易所包括的商品种类逐渐增多。20 世纪 90 年代以后，管理的商品不仅包括劳动密集型产品和农产品，而且包括劳务产品、高科技产品和知识产品等。

6.3.2　对外贸易政策与对外关系相结合的趋势加强

世界各国的经济关系非常复杂，各国把对外贸易看成是处理国家关系越来越重要的手段。以美国为例，克林顿政府执政后很快把对外贸易提到"美国安全的首要因素"的高度，并通过调整对外贸易政策的方式来调节对外关系。其具体表现有：美国对社会主义国家不授予普惠制待遇；利用人权、民主、军事控制等问题干扰对外贸易的举措时有发生；对华永久性正常贸易关系（原称最惠国待遇）需年度审核等。这些做法都把对外贸易政策与其政治目标相结合。

6.3.3 "公平贸易"、"互惠主义"将代替发达国家的"自由贸易"和"多边主义"

第2次世界大战以后，尽管各国贸易摩擦不断，但自由贸易仍然是世界贸易体制的主要原则。近几年来，西方发达国家一方面反对贸易保护主义，另一方面又强调贸易的公平性。这种公平贸易是指在支持开放性的同时，以寻求"公平"的贸易机会为主旨，主张贸易互惠的"对等"与"公平"的原则。所以，这种公平贸易与高筑壁垒抑制外国竞争的保护主义或放任自留的自由主义政策有所不同，具体表现为：①进入市场机会均等，判定的标准为双边贸易平衡，而不仅仅以是否满足双方进入要求为标准；②贸易限制对等，即以优惠对优惠，以限制对限制；③竞赛规则公平。

6.3.4 以非关税壁垒为主要保护手段

由于经过关贸总协定的多轮谈判，发达国家的平均关税总体水平已经降至很低，正常关税已起不到应有的保护作用，因此，各国在对外贸易政策中纷纷采取非关税壁垒。例如，西方国家为抵制发展中国家劳动密集型产品的进口，主要措施是限制进口数量或金额。除此之外，"自动"出口配额制、进口许可证制和外汇管制等也是常用的直接非关税措施。但是，随着各种新型的更灵活和更隐蔽的间接非关税措施的出现，西方发达国家未来的对外贸易政策中，单纯的关税措施和直接的非关税措施都会相应减少，而间接的非关税措施将成为对外贸易政策的主体。

6.3.5 政府推动高科技产业发展和鼓励出口成为推动对外贸易活动的主导政策

二战后，许多国家把奖出限入的重点从限制进口转到鼓励出口。主要是因为随着国际分工的加深和自由贸易的发展，西方各国对国外市场的依赖性不断加强。进入20世纪90年代以后，这种对外贸易政策的发展步伐正在加快。日本高科技产业的发展与应用使欧美逐步丧失了在该领域的优势，从而激发了欧美的竞争意识。出于经济利益的驱使，各国政府都在竞相资助研究开发活动，大力鼓励发展高技术部门。可以预计，在未来西方国家为了给本国企业创造"公平"的竞争环境，可能会采取更积极的对外贸易政策。

6.3.6 建立经济一体化，实行共同的对外贸易政策

20世纪90年代以来，区域经济集团化发展迅猛，发达国家通过建立各种一体化形式加强成员方之间的贸易自由化，并以联合的经济实力和共同的对外贸易政策来对付外界的贸易攻势。随着区域经济集团化的发展，这种区域内采取更加统一的对外贸易政策的趋势将有增无减。

从今后的发展趋势看，西方发达国家的对外贸易政策不但不会背离贸易自由化这股世界潮流，甚至还会推动贸易自由化的进行。但是，由于各国经济、贸易发展的不平衡，以及追求自身利益的方式和策略的变化，发达国家极有可能采取一些保护色彩较浓的、更为隐蔽和巧妙的手段。换言之，发达国家极有可能推行的是一种有管理的、可调节的自由贸易政策。其中，在对外贸易政策协调的基础上实施某些保护措施，可能成为其对外贸易政策的一个特点。不完全的自由贸易政策和不断装饰的保护贸易政策仍将长期并存，不仅在不同的情况下

发挥着各自的作用，而且有时还会交汇融合，共同支配或影响着一个国家的对外贸易活动。

专栏 6-2　"质量安全"成一些国家实施贸易壁垒的手段

产品质量安全是所有国家都非常关注的问题，但近来国际贸易中日益增多的产品不合格指控，则凸显了该问题的复杂性。一些分析人士认为，随着某些国家贸易保护主义的抬头，以质量安全为由排斥某些进口商品，正成为这些国家实施贸易壁垒的手段。

这一点从美国近期对我国大量食品采取自动扣留并禁止入境就可见端倪。美国食品和药物管理局（FDA）日前就以我国鲶鱼、虾、鲮鱼和鳗鱼等几种水产品含有微量非法添加剂为由，暂停上述水产品的进口。

但我国的这几种水产品真有问题吗？美国食品和药物管理局的公告也承认，从上述水产品中检测出的非法添加剂含量非常少，接近于能被检测出的最低水平，因此，该管理局不会要求召回已销售的这些水产品，也不会建议消费者销毁或退回这些产品。

此外，美方的上述进口禁令并不只是针对肇事厂家的产品，而是适用于所有我国同类产品，这种"连坐"政策并不符合国际惯例。

南非前贸易官员布隆伯格曾表示，随着各国关税的逐步下降，国家间设立贸易壁垒的手段大为减少，但打着为消费者利益考虑的旗号实施质量壁垒则成为一个新的选择，"使用、滥用安全标准作为贸易壁垒的情况可能会越来越多"。

这一点在食品贸易领域尤其如此。由于各国质量标准存在差异，也由于食品中的一些指标具有非常敏感的高技术特征，用《华尔街日报》的话讲，这使得政府在操作上有很大的"自由空间"。

但某些发达国家随意地以质量安全为由采取限制进口措施，对发展中国家的出口商则非常不利。一些发展中国家就曾抱怨，发达国家频繁变动的技术标准，让发展中国家出口商无力应付。

（资料来源：新华网，http://news.xinhuanet.com/，2007.07.18）

6.4　发展中国家（或地区）的对外贸易政策

上述对外贸易政策的介绍，主要反映了发达国家的对外贸易政策。由于发达国家从国际贸易产生至今，在世界经济领域，包括国际贸易领域，一直居主导地位，因此，发达国家的对外贸易政策也就代表了国际贸易政策的总体情况。但是，第二次世界大战之后，随着原来的殖民地、半殖民地国家相继获得独立，发展中国家在世界经济领域，包括在国际贸易领域的地位日显重要，了解和研究发展中国家的对外贸易政策也是必要的。

纵观第二次世界大战后广大发展中国家的对外贸易政策，虽各有特点，无整齐划一的对外贸易政策可言，但从总体上仍可以分为下面几种形式。

6.4.1　资源导向型政策

在考虑发展中国家初期的工业化战略的时候，存在着一个不容忽视的前提条件。那就是有些国家长期处于西方发达国家殖民地的统治中，国民经济没有形成统一的经济体系，整个国家的经济多依存于单一的农副产品，工业制成品几乎完全依赖于从欧美等发达国家进口，表现出明显的殖民地经济特色。对于在这样一种初期条件下出发的发展中国家来说，对外贸易政策的唯一选择就是如何充分地利用本国、本地区的资源优势来实现工业化。具体说来，就是通过出口具有资源优势的一次产品来换取外汇，再用获得的外汇从发达国家进口技术、中间制品、资本物品，由此逐步地推进本国、本地区的工业化。这种对外贸易政策称为资源导向型对外贸易政策。后起的发达国家（如美国、加拿大）曾依靠资源导向型对外贸易政策，实现了向工业化国家的过渡。然而进入 20 世纪中叶，随着世界范围内的初级产品价格的下降及大量代替自然资源的工业原料的出现，发达国家对初级产品的需求急剧下降，再加上农副产品与工业制成品交易条件的不断恶化，试图通过以资源及农副产品等初级产品的出口来实现本国、本地区的工业化的战略梦想的现实性在 20 世纪 50 年代初期已变得十分渺茫。资源导向型对外贸易政策也从此被所有的发展中国家、地区排斥在本国、本地区的工业化战略之外。

6.4.2 进口替代政策

资源导向型对外贸易政策失败后，许多发展中国家在 20 世纪 50 年代开始探索新的对外贸易政策。多数国家纷纷采取高关税、配额等保护政策，将本国市场与世界市场隔离，以此来限制进口产品大量流入本国市场；然后，通过国内生产来代替这部分进口市场，以此达成本国、本地区的经济自立。这种试图依靠高关税、配额等保护手段来限制进口，以内销代替出口的对外贸易政策称为进口替代政策。该理论的奠基人赫希曼（Hirschman）认为，限制进口有助于腾出一部分国内市场的需要，通过保护这种需要，促进国内企业用国内生产来逐步填补这部分需要，最终有助于更快地诱发国内工业的发展。借助于理论上的支持，自 20 世纪 50 年代末到 60 年代初，许多发展中国家相继实行了进口替代政策。从各国实施的政策来看，由于经济水平和所具备的条件不同，大致可分为两类国家。第一类在战前就具有一定的工业基础，一般侧重于先建立耐用消费品工业来替代该类产品的进口；另一类国家由于原有的工业基础比较薄弱，其进口替代首先从非耐用消费品工业入手。

菲律宾是最早采用进口替代政策的国家。该国在 20 世纪 50 年代中期工业化比率只有 8%，但是借助国内丰富的资源和给予外国企业以国民企业待遇，其工业化比率在 60 年代初期迅速提升至 17%。而国民经济长期依赖于橡胶、锡等自然资源出口的马来西亚，通过以纺织、电子机械为中心的进口替代政策的实施，奠定了大规模工业化发展的基础。同样我国也通过实施进口替代政策，初步形成了一个完整的工业体系。

实行进口替代政策，对于缩短工业化进程起到了重要的作用。它推动了本国发展多样化经济，改变了单一的生产结构和经济结构，发展了制造业，提高了国内生产能力。同时，国内制造业的发展不但扩大了就业，增加了收入，而且能起到节约外汇的效应。进口替代政策的实施有助于减少对外依赖，从而能够缓和他国经济危机与世界市场价格波动对本国经济的影响。

但是，进口替代政策在发挥其优势的同时，也存在许多缺陷。例如，进口替代政策往往会使生产者缺乏竞争意识，导致生产的低效率，并且替代产业的扩张从最适宜的部门逐渐转向越来越不适宜的部门，获利机会和获利程度递减，甚至可能出现负效益；进口替代还会受国内市场规模的约束，从而使产业的发展难以形成经济规模；许多国家在实行进口替代政策的初期，虽然消费进口减少了，但发展替代产业所需的机械设备、原料和零部件等的进口扩大使外汇的支出在一段时期内反而有大幅度增加。

6.4.3　出口导向政策

进口替代政策在促进发展中国家工业化发展的同时，由于其本身的局限性，随着时间的推移，其副作用也越来越大。20 世纪 60 年代中期，韩国等国家和地区率先从进口替代政策向出口导向政策转换并取得了成功。借鉴它们的经验，在它们的示范影响下，其他国家和地区也相继仿效，纷纷从 20 世纪 70 年代开始实施出口导向政策。

所谓出口导向政策，是指一国采取各种措施手段来促进出口工业的发展，用工业制成品和半制成品的出口代替初级产品出口，促进出口产品的发展多样化，以增加外汇收入，并带动工业体系的建立和经济的持续增长。出口导向政策有以下特征：一是在对外贸易中更强调出口的作用；二是在政策上对出口部门给予明确的扶持；三是为了支持出口，进口限制较为松动；四是出口在国民经济中占有较高比重，并对经济增长有明显的带动作用。

但是，由于出口导向型贸易政策对国际市场的依赖性较强，因此存在一定的风险。首先是市场风险：国际市场的波动会迅速传递到国内，影响国民经济的稳定发展。其次是金融风险：一是来自于本国货币贬值引发的国内通货膨胀；二是由于引进资金可能产生的对外债务的增加导致的债务危机。第二次世界大战后，中南美洲国家就曾经历了这一痛苦阶段。

6.4.4　横向联合政策

发展中国家除了实施进口替代和出口替代政策外，还采取了经济集团化和加强横向联合的政策，即凝结广大发展中国家的力量，共同对抗实力雄厚的发达国家，以维护和扩大本国的正当经济利益，甚至可以通过集体力量来提高整个发展中国家在世界经济中的地位。

在发展中国家的实际应用中，联合行动已初见成效。但是，由于发达国家占有明显的优势，这种联合行动的实际成果还有很大的发展空间。特别是 20 世纪 90 年代以后，发展中国家内部两极分化日益显著，差距急剧拉大，这势必会削弱发展中国家整体的凝聚力，使得横向联合政策陷于停顿甚至倒退的境地。因此，发展中国家在确定对外贸易政策时也在关注如何加强广大发展中国家的团结和联合，争取其在国际经济贸易活动中的正当权益。

6.5　我国的对外贸易政策

6.5.1　我国对外贸易政策演变历史

1. 计划经济下的内向型保护贸易政策

从 20 世纪 50 年代到 1978 年，我国建立了集外贸经营与管理为一体、政企不分、统负盈亏的外贸管理体制，中央以指令性计划直接管理少数的专业性贸易公司进行出口，实行国家管制下的内向型的保护贸易政策，贸易目标主要是进出口贸易在总体上达到平衡。这种内向型的保护贸易政策对粉碎帝国主义的"禁运"和"封锁"，顶住外国的经济压力，密切配合外交斗争，促进社会主义经济建设，维持国际收支平衡起到了积极作用。

2. 在有计划的商品经济条件下实行对外贸易开放

1978 年 12 月的第十一届三中全会以后，我国开始实行改革开放的国家战略，进行经济体制改革。在外贸领域，1979～1991 年进行了以放开部分贸易经营权以及贸易公司自主化改革为主要内容的外贸体制改革，使外贸体制与外贸政策发生了较大的变化。

为了配合外贸企业改革，我国采取了放宽外汇管制、实行出口退税、下放原外经贸部的部分权利等一系列配套改革的措施，增强了运用经济杠杆调节宏观经济的能力，并为外贸企业利用市场机制、自主经营创造了外部环境。

通过对外贸企业的改革，我国的对外贸易体制开始初步摆脱了过去的不合理状况，朝着适应对外开放和建立有计划的商品经济的方向发展。全面推行外贸承包经营责任制，改变了过去完全由中央统负盈亏的局面，调动了中央和地方扩大出口的积极性，增强了企业内部机制，确保了国家的外汇收入。

3. 按照国际规范对对外贸易政策体系进行改革

1992 年，我国对外贸易政策体系的改革已经不限于贸易权和外贸企业等内容，伴随着 1986 年我国提出"复关"要求，我国的对外贸易政策改革开始以符合国际规则为导向，涉及国内管理的各个方面。我国按照关贸总协定与世界贸易组织的要求，进行了对外贸易政策的系统调整，包括进出口管理措施的调整，以国民待遇原则和非歧视原则开放外贸经营权，开放服务贸易，改革外汇管理体制等。

4. 实行有管理的贸易自由化政策

2001 年 12 月我国加入 WTO 之后，在市场准入、国内措施、外资待遇、服务贸易等各个领域均较好地履行了自身的承诺和义务，得到 WTO 和世界银行等国际组织的高度评价和赞扬。这一阶段的最明显的特征就是：我国的对外贸易政策体系已经与国际贸易体制接轨，符合国际规范。例如，2004 年 3 月修订了《中华人民共和国反倾销条例》、《中华人民共和国反补贴条例》和《中华人民共和国保障措施条例》，同年 4 月修改了《中华人民共和国对外贸易法》，进一步开放货物和服务贸易市场，积极推动自由贸易区的建设等。

6.5.2　改革开放后我国对外贸易政策的主要特点

1. 对外贸易政策调整与完善贯穿我国外贸体制改革的全过程

我国对外贸易政策是伴随着我国经济体制改革特别是外贸体制改革的进程而变化的，并反映了这些改革的积极成果。我国对外贸易体制与政策改革主要是根据改革开放的大思路，学习西方发达国家的先进经验。加入 WTO 后，履行加入承诺和 WTO 相关义务又使得外部压力成为对外贸易政策体系全面改革的重要动力。

2. 对外贸易政策的内容更加符合市场经济体制和 WTO 规则的要求

我国对外贸易制度和管理体制一直朝着市场经济的方向发展。政府对对外贸易的直接控制，如贸易计划、国内定价、出口限制、非关税措施、外资壁垒及待遇等，一直在逐步减少；与此同时，中央政府的宏观调控能力在逐步增强。例如，我国利用国际市场调整粮食、石油的进出口，较好地调节了国内市场需求并稳定了价格。

3. 对外贸易政策制定的程序更加民主化和规范化

我国政府在制定对外贸易政策时注意吸收发达国家立法的经验，广泛听取专家学者和企业的意见。例如，在修订《中华人民共和国对外贸易法》时，受全国人大财经委员会和法律工作委员会的委托，中国外商投资企业协会 2004 年初在北京举行座谈会，征求外商投资企业对《中华人民共和国对外贸易法（修订草案）》的意见和建议。50 多家跨国公司的近 70 名代表参加了会议，欧盟商会、德国工商总会、日本国际贸易促进协会等也派代表参加了座谈会。与会代表们就《中华人民共和国对外贸易法》如何与外资企业法衔接等问题进行了探讨。对外贸易政策制定的程序有一套科学的规则，使对外贸易政策的制定走向规范化。

4. 对外贸易政策实施从主要依靠行政手段向主要依靠法律手段转变

随着改革开放的深入，我国出台了一系列有关对外贸易的法律、法规，形成了符合 WTO 规则的对外贸易法律体系。我国对外贸易法律体系以对外贸易法为龙头，并与其他涉及对外贸易管理的法律、法规相配合，各级政府依法管理对外贸易。

本章小结

1. 国际贸易政策在各国经济增长和经济发展中起着重要的作用，它已成为国际贸易环境的重要组成部分。一国的对外贸易政策是该国在一定时期内对进口贸易和出口贸易所实行的政策。

2. 自世界意义上的国际贸易产生以来，国际贸易政策的主导基本上是以资本主义经济体系中的相互贸易关系为准则，同时也体现了自由贸易政策和保护贸易政策的相互交替。从世界范围看，国际贸易政策的演变大概经历了重商主义、自由竞争时期的贸易政策、超保护贸易政策、第二次世界大战后的贸易自由化、新贸易保护主义等阶段。

3. 当代西方发达国家在进入 20 世纪 90 年代以后，其对外贸易政策呈现了新的特点：管理贸易日益成为对外贸易政策的主导内容；对外贸易政策与对外关系相结合的趋势加强，"公平贸易"，"互惠主义"代替了"自由贸易"和"多边主义"；以非关税壁垒为主要手段；政府推动高科技产业发展和鼓励出口成为推动外贸活动的主导措施；建立经济一体化，实行共同的对外贸易政策。

4. 发展中国家采取的对外贸易政策主要有资源导向型政策、进口替代政策、出口导向政策和横向联合政策等。

5. 我国在总结历史经验教训以及借鉴西方发达国家先进经验的基础上，经历了从国家管制下的内向型保护贸易政策到国家管制下的开放型保护贸易政策的转变，并且与时俱进，使对外贸易政策趋向于科学化和规范化。

关键术语

对外贸易总政策　　对外贸易具体政策　　自由贸易政策　　保护贸易政策

贸易自由化　　新贸易保护主义　　超保护贸易政策　　资源导向型政策

进口替代政策　　出口导向政策　　横向联合政策

课后习题

简答题

1. 简述发达国家对外贸易政策的发展趋势。

2. 请分析发达国家为什么长时期对农产品贸易实行保护？

3. 改革开放后，我国对外贸易政策发生了哪些变化？

第7章 国际贸易措施：关税壁垒

学习目标：

1. 掌握关税的概念、特点、作用和分类，重点掌握反倾销税、反补贴税、最惠国待遇和普遍优惠制。
2. 了解关税征收标准、征收依据和征收程序，重点掌握海关税则。
3. 了解关税水平、名义保护率和有效保护率的计算方法，重点掌握有效保护率的意义。

7.1 关税概述

7.1.1 关税的含义

关税（Customs Duty；Tariff）是指进出口货物经过一国关境时，由政府设置的海关向其本国进出口商课征的一种税收。

关税的发展历史大致可以分为三个阶段。

第一阶段：使用费时代。因为使用了道路、桥梁、港口等设施得到了方便，货物和商人受到了保护，向领主交纳费用作为报偿。

第二阶段：国内关税时代。封建领主在各自的庄园或都市领域内征税，除了有使用费的意义外，也具有了强制性、无偿性的税收特征。关税的征收也从实物形式逐渐转变为货币形式。这时，在一国境内征收的关税与对进出其国境货品征收的关税并存。

第三阶段：国境关税或关境关税时代。近代国家出现后，不再征收内地关税。关税具有了自己的特性。它除了有财政收入的作用外，更重要的是成为执行国家经济政策的一种重要手段，用以调节、保护和发展本国的经济和生产。这一时期的关税仅以进出国境或关境的货品为课税对象。

关税的征收是通过海关来执行的。海关（Customs）是设在关境上的国家行政管理机构，对外代表国家行使国家主权。它的基本职责是根据有关对外贸易的政策、法令和规章对进出口货物、货币、金银、行李、邮件和运输工具等实行监督管理、征收关税、查禁走私、临时保管通关货物和统计进出口商品等。

海关对进出口货物实行监督和管理，需要规定一个地域界限，货物进入这个地域时作为进口，离开这个地域时作为出口，这个地域界限称为关境。所以，关境（Customs Territory）就是海关征收关税的领域。一般来说，关境和国境是一致的，但也有许多国家并不一致。例如，一些国家在国境内设立保税区、自由贸易区、出口加工区等经济特区，这时关境小于国境；有些国家组成关税同盟、共同市场等区域经济一体化组织，参加这些组织的国家的领土即成为统一的关境，这时关境大于各成员方的国境，例如欧盟成员方。

7.1.2 关税的特点

1. 与其他税收共有的特点

（1）强制性。关税由海关凭借国家权力依法强制征收，而不是一种自愿性的捐纳，纳税人必须按照法律规定无条件地履行其义务，否则就要受到国家法律的制裁。

（2）无偿性。关税由海关代表国家单方面地向纳税人征取，作为国库收入，而国家不需给予任何补偿。

（3）预定性。关税由海关根据国家预先制定的法令和规章加以征收，海关与纳税人均不得任意更改有关的法规。

2. 与其他税收不同的特点

（1）关税属于间接税。关税主要是对进出口商品征税，其税赋由进出口贸易商垫付税款，然后把税款作为成本的一部分加入在货价上，在货物出售给买方时收回垫款。这样，关税负担最终便转嫁给买方或者消费者。

（2）关税税收的主体和客体分别是进出口商和进出口货物。按纳税人与课税货物的标准，税收可以分为税收主体和税收客体。税收主体（Subject of Taxation）也称课税主体，是指在法律上根据税法规定，负担纳税的自然人或法人，也称纳税人（Taxpayer）。关税的税收主体是本国进出口贸易商，当商品进出国境或关境时，进出口商根据海关法的规定向当地海关缴纳关税。税收客体（Object of Taxation）也称课税客体或课税对象，是指被消费者和生产者消费或使用的物品等。关税的税收客体是进出口货物，海关对各种进出口商品制定不同税目和税率，征收不同的税收。

（3）关税具有涉外性。关税税则的制定、税率的高低会直接影响到国际贸易的发展，而关税政策、关税措施也是一国对外贸易政策的重要组成部分。

7.1.3　关税的作用

1. 增加财政收入

在进入资本主义社会以前和资本主义发展初期，由于各国工业不发达，税源有限，当时征收关税的主要目的是获取财政收入。这种以增加国家财政收入为主要目的而征收的关税，称为财政关税（Revenue Tariff）。随着资本主义的发展，财政关税的意义逐渐降低。这一方面是由于工商业的迅速发展和国民收入的提高使得生产领域征收个人所得税和公司所得税成为比较充足的税源，关税收入在国家财政收入中的比重相对下降；另一方面是由于关税已被世界各国普遍地作为限制外国商品进口，保护国内产业和市场的一种重要手段加以使用。但是，对于经济相对落后、生产不发达、国民收入低和税源有限的发展中国家和欠发达国家来说，财政关税仍然具有十分重要的意义，是国家财政收入的一个重要来源。

2. 保护本国的产业和市场

对进口货物征收关税，提高了进口货物的成本，削弱了其与本国国内同类商品的竞争能力，从而达到保护国内产业的目的。这种以保护国内生产和市场为主要目的而征收的关税就是保护关税（Protective Tariff）。在现代国际贸易中，各国设置的关税主要是保护关税。广大的发展中国家一般都很重视对保护关税的使用，往往利用关税来保护本国的幼稚工业，以促进民族产业的发展；而主要发达国家设置关税则更多地是为了保护本国的成熟工业和夕阳产业，以维护其既得利益。第二次世界大战后，通过多次关贸总协定和世界贸易组织支持的多边贸易谈判，各国的关税水平都有较大幅度的下降，利用关税来保护本国市场的作用相对减弱，但是关税仍不失为各国限制进口和实行贸易歧视的重要手段。

3. 调节进出口贸易

长期以来，关税一直是各国对外贸易政策的重要手段。一国可以通过制定和调整关税税率来调节进出口贸易。在出口方面，通过低税、免税和退税来鼓励商品出口；在进口方面，通过税率的高低、减免来调节商品的进口。例如，对于国内能大量生产或者暂时不能大量生产但将来可能发展的产品，规定较高的进口关税，以削弱进口商品的竞争能力，保护国内同类产品生产和发展；对于国内不能生产或生产不足的原料、半制成品、生活必需品或生产上的急需品，制定较低的税率或免税，鼓励进口以满足国内生产和生活的需要。此外，还可以通过关税来调整贸易差额。当贸易逆差过大时，可以调高某些产品的进口税率或征收进口附加税，以减少进口，缩小贸易逆差；当贸易顺差过大时，可以通过调低某些产品的进口税率来增加进口，缩小贸易顺差，以缓和与有关国家的贸易矛盾。

7.2　关税的种类

7.2.1　按照征收的对象或商品的流向分类

按照征收的对象或商品流向，关税可以分为进口关税、出口关税、过境关税。

1. 进口关税

进口关税（Import Duty）是指进口国家的海关在外国商品输入时，根据海关税则对本国进口商所征收的关税。这种进口关税在外国货物直接进入关境时征收，或者在外国货物从自由港、自由贸易区或海关保税仓库等地运往进口国内市场销售时，根据海关税则征收。进口关税又称为正常关税（Normal Tariff）或进口正税。

各国进口税率的制定须考虑多方面因素。一般来说，进口税税率随着进口商品加工程度的提高而提高，即工业制成品税率最高，半制成品次之，原料等初级产品税率最低甚至免税，这称为关税升级（Tariff Escalate）。进口国同样对不同商品实行差别税率，对于国内紧缺而又急需的生活必需品和机器设备予以低关税或免税，而对国内能大量生产的商品或奢侈品则征收高关税。同时，由于各国政治经济关系的需要，会对来自不同国家的同一种商品实行不同的税率。

一般来说，进口税税率可分为普通税率、最惠国税率和普惠制税率三种。

（1）普通税率（General Tariff Rate）。普通税率又称为一般税率，是指对与本国没有签署贸易或经济互惠等友好协定的国家原产的货物征收的非优惠性关税。普通税率是最高税率，一般比优惠税率高 1~5 倍，少数商品甚至高达 10 倍、20 倍。截至 2008 年年底，世界上的大多数国家（3/4 左右）都加入了世界贸易组织，或者签订了双边的贸易条约与协定，相互提供最惠国待遇，所以，正常进口关税率一般是指最惠国税率而非普通税率。目前世界上仅有个别国家对极少数国家（一般是非建交国）的出口商品实行普通税率，大多数只是将其作为其他优惠税率减税的基础。

（2）最惠国税率（Most-favored-nation Tariff Rate）。这是对签有最惠国待遇条款的贸易协定国家实行的税率。根据 GATT 的定义，所谓最惠国待遇（Most-favored-nation Treatment, MFNT）是指缔约方各方实行互惠，一成员方对于原产于或运往其他成员方的产品所给予的利益、优惠、特权或豁免都应当立即无条件地给予原产于或运往所有任一成员方的相同产品。换言之，一国（或地区）根据条约给予另一国（或地区）的利益、优惠、特权或豁免，无论在现在或将来，都不应低于其给予任何其他第三国（或地区）的各种优惠待遇。例如，日本、韩国、欧盟都是世贸组织的成员，则其相同排量的汽车出口到美国时，美国对这些国家的汽车进口要一视同仁，不能搞歧视待遇。如果美国的汽车进口关税是 5%，则这几个国家的汽车在正常贸易条件下，美国均只能征收 5% 的关税，不能对日本征收 5%，而对韩国、欧盟征收高于或低于 5% 的关税。最惠国税率是互惠的、且比普通税率低，有时甚至差别很大，例如，美国对进口玩具征税的普通税率为 70%，而最惠国税率仅为 6.8%。但是最惠国待遇往往不是最优惠的待遇，最惠国待遇关税也不是最优惠的关税，而只是一种非歧视性的关税待遇。各国在最惠国待遇的关税税率之外往往还有更低的优惠税率，如普惠制税率、特惠税率。

专题知识 7-1　最惠国待遇的特点和例外条款

最惠国待遇的特点：

1. 普遍性：最惠国待遇适用于一切符合规定的产品的贸易，适用于所有根据关贸总协定成为贸易伙伴的成员间的相同产品的贸易。

2. 互惠性：最惠国待遇是贸易条约成员方之间相互给予的，不是单方面提供或享受的。最惠国待遇通常是通过双边或多边国际条约相互给予彼此在一定范围内，如贸易、投资、航海、服务等领域的利益、优惠、特权或豁免，而不是单方面只承担义务即只为对方提供各种优惠而不享受相应的权利。

3. 优惠性：这种待遇的性质是以提供利益、优惠、特权或豁免为内容，得到最惠国待遇的国家或进出口产品可以为有关国家或企业带来利益。

4. 无条件性：关贸总协定最惠国待遇的提供应当不附加任何条件。关贸总协定的最惠国待遇原则强调无条件的最惠国待遇，即受惠国在享受各种优惠或特权时不需要提供"相应的补偿"，只要符合最惠国待遇原则的规定，就可以自动地得到有关优惠或特权。

最惠国待遇的例外条款：

1. 某发达国家给予发展中国家出口的工业品及半成品以更加优惠的差别的关税待遇，在非关税措施方面给予发展中国家更为优惠的差别的待遇，发展中国家之间实行的优惠关税，对最不发达国家的特殊优惠，可不给予其他发达国家成员。

2. 自由贸易区、关税同盟及边境贸易所规定的少数国家享受的待遇和经济一体化组织内部的待遇，可不给予其他世贸组织成员。

3. 一些成员为保障动、植物及人民的生命、健康、安全或出于其他特定目的对进出口采取的所有措施，不受最惠国待遇条款的约束。

4. 当一国的国家安全受到威胁时，可以不受最惠国待遇条款的约束。

5. 反补贴、反倾销及在争端解决机制下授权采取的报复措施，不受最惠国待遇条款的约束。

6. 货物贸易中的政府采购不受世贸组织管辖，所以不受最惠国待遇条款的约束。

7. 不属世贸组织管辖范围的诸边贸易协议中的义务。这主要是指在民用航空器贸易、奶制品及牛肉贸易等方面，世贸组织成员彼此间可以不给予最惠国待遇。在服务贸易中，根据最惠国待遇原则，WTO 规定在服务和服务的提供者方面，各成员应该立即和无条件地给予任何其他成员的服务及服务提供者相同的待遇。但鉴于服务贸易发展的水平参差不齐，WTO《服务贸易总协定》允许少数成员在 2005 年以前，存在与最惠国待遇不符的暂时性措施。在 2005 年之后，最惠国待遇原则上应是无条件地、永久地在所有成员间实施。在与贸易有关的知识产权方面，最惠国待遇原则要求除有关国际条约规定的外，某一成员提供给其他成员的任何利益、优惠、特权或豁免，均应立即无条件地给予全体世贸组织其他成员。

（资料来源：智库·百科，http：//wiki. mbalib. com/wiki）

（3）普惠制税率（GSP Tariff Rate）。这是发达国家向发展中国家提供的单向优惠税率，即不要求发展中国家对发达国家提供对等的优惠。普惠制税率是在最惠国税率的基础上实行减税或免税，通常按最惠国税率的一定百分比收税。

2. 出口关税

出口关税（Export Duty）是出口国家的海关在本国产品输往国外时，对本国出口商所征收的关税。对出口商品征收出口税会提高其成本和国外售价，削弱在国外市场的竞争力，不利于扩大出口，所以当今世界上的大多数国家对绝大部分出口商品都不征收出口税。但仍有少数国家（特别是经济落后的发展中国家）征收出口税。

征收出口税主要出于以下几方面的考虑：

（1）增加财政收入。征税的对象主要是本国资源丰富、出口量大的商品。一般说来，以财政收入为目的的出口税税率都比较低，例如，拉丁美洲一些国家的出口税一般为1%～5%左右。

（2）保障国内生产。征税的对象主要是原材料，通过征税，可以减少出口数量，以保障国内生产的需要，同时还增加了国外商品的生产成本，进而提高本国产品的竞争能力。出于此目的征收的出口关税的税率都比较高，极端情况下，甚至可以征收禁止性关税。例如，瑞典、挪威对于木材出口征税，以保护其纸浆及造纸工业。

（3）稳定市场价格。通过对某些商品征收出口关税，可以控制和调节这些商品的出口流量，以保持在国外市场的有利价格。如果国内生产要素增长过快使得出口产品迅速增加，就有可能产生贫困化增长。这种增长不但会恶化贸易条件，甚至会使一个国家的经济状况恶化。在这种情况下，通过出口税控制出口，有助于防止出口增长而效益下降的情况发生。如果出口国是一个出口大国，那么征收出口税以控制出口数量，就会迫使国际市场价格上涨，从而改善该国的贸易条件。

（4）防止跨国公司逃税。为了防止跨国公司利用"转移定价"的手段逃避或减少在所在国的纳税，通过向跨国公司出口产品征收高额出口税，可以有效维护本国的经济利益。

我国自改革开放以来一直采取鼓励出口的政策，但为了控制一些商品的出口流量，对极少数商品征收出口税。被征出口税的商品主要有生丝、有色金属、铝合金、绸缎等，出口税率从10%～100%不等。

3. 过境关税

过境关税（Transit Duty）又称通过关税，是指一国海关对通过其关境转运第三国的外国货物所征收的关税，征税的目的主要是增加国家财政收入。过境税在重商主义时期盛行于欧洲各国，随着资本主义的发展，交通运输方式日益发达，各国在货运方面的竞争日趋激烈，同时，过境货物对本国生产和市场没有影响，于是，到19世纪后半期，各国相继废除了过境税。第二次世界大战后，关贸总协定规定了"自由过境"的原则。目前，大多数国家对过境货物都不征收过境关税，而只征收少量的签证费、印花费、登记费及统计费等。

7.2.2　按照差别待遇和特定的实施情况分类

按照差别待遇和特定的实施情况，关税可分为进口附加税、差价税、特惠税和普遍优惠税。

1. 进口附加税

进口附加税（Import Surtax），又称特别关税，是指进口国海关为达到某种特定目的而对进口的外国商品除征收进口正税之外额外加征的关税。进口附加税不同于进口税：一国的海关税则中规定了进口税，但是没有规定进口附加税；而且进口税受到世界贸易组织的严格约束，只能降不能升，但是进口附加税可以视征收的具体目的确定税率高低。

进口附加税是一种临时性的特定措施。其征收的目的主要有：一是应付国际收支危机，维持进出口平衡，解决国际收支逆差问题；二是抵制外国产品低价倾销，防止对本国相关产业的不利影响；三是对某个国家实行歧视或报复等。

实施进口附加税可以分为两种情况。

一种是对所有的或大部分的进口商品加征进口附加税。例如，1971 年，美国出现了自 1893 年以来的首次贸易逆差，国际收支恶化，美国总统尼克松宣布在 1971 年 8 月 5 日起实行新经济政策，对外国商品的进口在一般进口税上再加征 10% 的进口附加税以限制进口，改善国际收支。我国也曾经征收过进口附加税，1985 年，一些国内外差价较大的商品进口量较大，为了改善进口商品结构，保持进出口平衡，国务院决定对小汽车、旅行车、工具车、越野车和其他机动小客车、8t 以下载重汽车、摩托车、合成纤维、32 位字长以下的微型计算机、中小规模集成电路、彩色投影电视机、电视显像管、录像机、复印机等 14 个税号的商品在征收进口关税的基础上，加征进口调节税，最低税率为 20%，最高为 80%。此项措施在 1992 年 4 月废止实施。

另一种情况是针对个别国家和个别商品加征的进口附加税。这种情况更为常见，主要形式有反倾销税、反补贴税、紧急关税、惩罚关税和报复关税等。

（1）反倾销税（Anti-dumping Duty）。这是指对实行倾销的进口货物所征收的一种临时性的进口附加税。征收反倾销税的目的在于抵制商品倾销对本国产品的冲击，保护国内市场。因此，反倾销税税额一般按倾销差额征收，由此抵消低价倾销商品价格与其正常价格之间的差额。

根据 WTO《反倾销协议》规定，倾销（Dumping）是指进口商品以低于正常价值的价格向另一国销售的行为。确定正常价格有三种方法：①采用国内价格，即相同产品在出口国用于国内消费时在正常情况下的可比价格。②采用第三国价格，即相同产品在正常贸易情况下向第三国出口的最高可比价格。③采用构成价格，即该产品在原产国的生产成本加合理的推销费用和利润的价格。这三种确定正常价格的方法是依次采用的，即若能确定国内价格就不使用第三国价格或构成价格，依次类推。另外，这三种正常价格的确定方法仅适用于来自市场经济国家的产品。对于来自非市场经济国家的产品，由于其价格并非由竞争状态下的供求关系所决定，因此，西方国家选用替代国价格，即以一个属于市场经济的第三国所生产的相似产品的成本或出售的价格作为基础，来确定其正常价格。

专栏 7-1　我国的市场经济地位问题

2001 年我国加入世界贸易组织（WTO）时，同意在 15 年内被认定为"非市场经济国家"，而在 2016 年后，包括欧盟在内的所有世贸组织成员都必须承认中国的市场经济地位。

从市场经济这个泛概念的意义而言，我国无需得到其他国家的承认。但在世界贸易组织框架下，市场经济地位问题是反倾销中一个技术性的条款和概念，关乎产品在反倾销调查中能否得到公平对待。承认我国的市场经济地位，就会减少贸易争端，我国的对外贸易就会得到公平的待遇。相反，如果一个国家未获得市场经济地位，进口其产品的国家就可以使用甚至滥用反倾销调查手段。

事实上，欧盟运用反倾销手段限制我国产品的举动十分频繁。根据欧洲学者的统计，2007 年和 2008 年，我国出口产品遭遇欧盟反倾销调查达到了"空前程度"。从 2002 年开始，欧盟还动用紧急临时限制进口措施以"保护"本地区工业。

经过改革开放 30 年的发展，中国经济的市场化水平不断提高，取得了巨大进步。目前，已有 97 个世界贸易组织成员承认了我国的市场经济地位。

2008 年 4 月，新西兰正式承认我国的市场经济地位，两国在此基础上签署了全面自由贸易协定。这是我国首次与发达国家达成此类协定。

部分国家迟迟不愿意承认我国的市场经济地位，既有经济上的打算也有政治上的考虑，总之是作为一项筹码。

（资料来源：新华网新华国际栏目，http：//news.xinhuanet.com/world/，2009.5.20）

按照 WTO《反倾销协议》的规定，对某进口商品征收反倾销税有三个必要条件：①倾销存在。②倾销对进口国国内已建立的某项工业造成重大损害或产生重大威胁，或者对某一国内工业的新建产业造成严重阻碍。③倾销进口商品与所称损害之间存在因果关系。进口国只有经过充分调查，确定某进口商品符合上述征收反倾销税的条件，方可征收反倾销税。

确定倾销对进口国国内工业的损害要从三方面来认定：①产品在进口国数量的相对和绝对增长。②产品价格对国内相似产品价格的影响。③对产业的潜在威胁和对建立新产业的阻碍。此外，还要确定上述损害是否是倾销所致。若由于其他因素（如需求萎缩或消费格局改变等）造成的损害则不应归咎于倾销性进口。

当进口国认为外国企业有倾销行为时，可以发起调查。反倾销调查可以由受倾销影响的国内企业申请，也可以由政府有关部门直接进行，但不管用什么方式开始，政府都必须有足够的证据，包括倾销证据、损害的证据和倾销与损害因果关系的证据，而一旦证据确凿，进口国政府就可以实施反倾销措施。

倾销成立是进口国政府实行反倾销的必要条件，但不是充分条件，因为作为价格歧视的倾销对进口国来说，并非一定是坏事，GATT 和 WTO 成员方真正要谴责和反对的是"对进口国境内已建立的某项产业造成重大损害或产生重大威胁，或对某一国内工业的新建产生严重阻碍"的倾销。因此，进口国是否应对倾销采取反击措施还要看倾销是否真正伤害了该国产业。

如果某进口商品最终确认符合被征收反倾销税的条件，则所征收的税额不得超过经调查确认的倾销差额，即正常价格与出口价格的差额。征收反倾销税的期限也不得超过为抵消倾销所造成的损害必需的期限。一旦损害得到弥补，进口国应立即停止征收反倾销税。另外，若被指控倾销其产品的出口商愿作出"价格承诺"（Price Undertaking），即愿意修改其产品的出口价格或停止低价出口倾销的做法，进口国有关部门在认为这种方法足以消除其倾销行为所造成的损害时，可以暂停或中止对该产品的反倾销调查，不采取临时反倾销措施或者不予以征收反倾销税。

WTO 制定了《反倾销协议》，但反倾销法的执行主要依赖各签字国的国内立法规定，因而具有很大的随意性。随着关税壁垒作用的降低，各国越来越趋向于利用反倾销手段，对进口产品进行旷日持久的倾销调查及征收高额反倾销税来限制商品进口。

（2）反补贴税（Countervailing Duty）。它又称为反津贴税、抵消税或补偿税，是指进口国为了抵消某种进口商品在生产、制造、加工、买卖及输出过程中接受的来自于政府或任何公共机构的直接或间接的奖金或补贴而征收的一种进口附加税。征收反补贴税的目的在于提高进口商品的价格，抵消其所享受的补贴金额，削弱其竞争能力，防止其在进口国的国内市场上进行低价竞争或倾销。

为了有效地约束和规范补贴的使用，防止补贴对国际贸易带来的扭曲作用，乌拉圭回合谈判达成了《补贴与反补贴措施协议》。该协议规定，征收反补贴税必须证明补贴的存在及这种补贴与损害之间的因果关系。如果出口国对某种出口产品实施补贴的行为对进口国国内某项已建的工业造成重大损害或产生重大威胁，或严重阻碍该国国内某一工业的新建时，进口国可以对该种产品征收反补贴税。反补贴税税额一般按奖金或补贴的数额征收，不得超过该产品接受补贴的净额，且征税期限不得超过五年。另外，对于接受补贴的倾销商品，不能同时既征收反倾销税又征收反补贴税。

专栏 7-2　双反调查

当进口产品以倾销价格或在接受出口国政府补贴的情况下低价进入一国国内市场，并对生产同类产品的该国国内产业造成实质损害或实质损害威胁的情况下，WTO 允许成员方使用反倾销和反补贴等贸易救济措施，恢复正常的进口秩序和公平的贸易环境，保护国内产业的合法利益。

通常所说的"双反"调查，是指对来自某一个（或几个）国家或地区的同一种产品同时进行反倾销和反补贴调查。"双反"调查的法律依据主要包括 WTO 相关协定和国内法。其中，WTO 相关协定主要包括《1994 年关贸总协定》第 6 条、第 16 条、《关于实施 1994 年关税和贸易总协定第 6 条的协定》（《反倾销协定》）和《补贴与反补贴措施协定》等。我国国内法主要包括《中华人民共和国对外贸易法》、《中华人民共和国反倾销条例》和配套的部门规章以及《中华人民共和国反补贴条例》和配套的部门规章。

自 2004 年加拿大首次对我国烧烤架产品发起"双反"调查以来，截至 2009 年 11 月，我国已先后遭受"双反"调查 37 起，连续 15 年成为全球遭受反倾销调查最多的国家，连续 4 年成为全球遭受反补贴调查最多的国家。其中，美国自 2006 年 11 月以来对我国发起"双反"调查共23 起，特别是金融危机爆发以来，仅在 2009 年美国就对我国发起 10 起"双反"调查，使得我国的出口企业不得不面对双重挑战和压力。

然而，需要指出的是，这种采取双重救济措施的做法事实上是完全违反 WTO 反倾销和反补贴规则的，是一些国家贸易保护主义的升级。不论是 GATT1947 还是 GATT1994 的第 6 条第 5 款，条文在对同一出口产品是否可以同时征收反倾销和反补贴税双重征税的问题上，都作出了明确的规定：在任何缔约方领土的产品进口至任何缔约方领土时，不得同时征收反倾销税和反补贴税，以弥补倾销或出口补贴所造成的相同情况。按照这一规则，如果某一进口产品同时存在倾销和补贴问题，那么对由于倾销或补贴造成的相同损害后果，进口成员方只能选择采取或征收反倾销税或征收反补贴税，而不得同时既征收反倾销税，又征收反补贴税。

现行 GATT 第 6 条 5 款是明确禁止成员方对同一进口产品采取反倾销和反补贴双重救济措施的。因此，当我国出口产品同时遭受反倾销和反补贴双重指控的时候，一方面，我国企业在应诉中应当运用这一规则，据理力争，拒绝同一出口产品就相同损害被双重征收反倾销税和反补贴税。另一方面，有关这个问题应当引起我国政府有关部门的充分注意，并应当就有关问题向对方当事方提出磋商和谈判，指出双重救济措施是违反 WTO 相关协议的，甚至在必要的情况下可以通过 WTO 争议解决机构来制止这种违反 WTO 规则的做法，以维护我国出口企业的正当权益和我国贸易利益。

（资料来源：中国商务部进出口公平贸易局网站，http：//gpj. mofcom. gov. cn/，2009. 12. 13）

专题知识 7-2   反补贴的特点

反补贴、反倾销和保障措施是 WTO 规定的三大贸易救济措施，属于合规性贸易壁垒。与反倾销和保障措施相比，反补贴作为新型贸易壁垒对一国外贸出口和经济发展具有更大的危害性，其特点如下：

（1）反补贴的应诉主体为政府。补贴是政府行为，反补贴的调查对象是政府的政策措施。反倾销和保障措施的威胁主要针对企业和特定行业，而反补贴则会影响被调查国的贸易和产业政策、宏观经济政策甚至总体经济战略。

（2）反补贴的调查范围更广泛。反倾销和保障措施仅涉及特定企业或产品，而反补贴的涉及面更加广泛，调查范围扩大到可能接受政府补贴对象的下游企业甚至整个产业链，危害更大。

（3）反补贴的影响时间较长。相对于反倾销和保障措施，反补贴对一国经济的影响更加广泛和持久。为应对反补贴调查，一国政府必须逐步调整相应的贸易和产业政策，这种调整将在长时间内对一国经济、政治、社会发展产生巨大影响。

（4）反补贴具有更强的连锁效应。在一成员方反补贴调查中被认定的补贴措施，可以直接被其他成员在反补贴调查中援引。在当前 WTO 的其他成员方对反补贴是否适用非市场经济国家这一原则模糊不清时，美国的判例可能会成产生很强的连锁效应。欧盟等其他 WTO 成员方可能会效仿美国，重新修订反补贴法，使之适用于我国出口的产品。

（资料来源：中顾网，http：//www. 9ask. cn/，2009. 7. 31）

（3）紧急关税。紧急关税（Emergency Tariff）是为消除外国商品在短期内大量进口对国内同类产品生产造成重大损害或重大威胁而临时征收的一种进口附加税。当短期内外国同类商品大量涌入时，正常的关税难以起到有效的保护作用，因此，征收税率较高的紧急关税可以限制进口，保护国内生产。当紧急情况缓解后，紧急关税必须撤除，否则会受到别国的关税报复。例如，日本政府在 2001 年宣布，自 8 月 1 日起对猪肉进口加征 20% 的紧急关税，以控制猪肉进口的迅速增长，保护日本国内猪肉生产者的利益，征收期限为 8 个月，到 2002 年 3 月 31 日结束。日本有关官员说，日本政府此举是符合国际公约的。美国、加拿大和欧盟是日本的主要猪肉进口地，在 2001 年第二季度，由于猪肉市场价格骤降，这些地区的猪肉大量涌入日本市场，对当地的猪肉生产造成很大冲击。2001 年，日本猪肉进口总量为 65.1 万 t，占日本全国猪肉消费总量的 40%，而根据世界贸易组织的规定，如果一个季度的商品进口量比去年同一季度的商品进口量高 19%，则进口国有权采取措施保护本国行业。

（4）惩罚关税。惩罚关税（Penalty Tariff）是指出口国某商品违反了与进口国之间的协议，或者未按进口国海关规定办理进口手续时，由进口国海关向该进口商品征收的一种临时性的进口附加税。这种特别关税具有惩罚或罚款性质。例如，1988 年日本半导体元件出口商因违反了与美国达成的自动出口限制协定，被美国征收了 100% 的惩罚关税。又如，若某进口商虚报成交价格，以低价假报进口手续，一经发现，进口国海关将对该进口商征收特别关税作为惩罚。另外，惩罚关税有时还被用作贸易谈判的手段。这一手段在一国经济政治势力鼎盛时期非常有效，但随着世界经济多极化、全球化等趋势的加强，这一手段日渐乏力，且易招致别国的报复。

（5）报复关税。报复关税（Retaliatory Tariff）是指一国为报复他国对本国商品、船舶、企业、投资或知识产权等方面的不公正待遇，对该国进口的商品所课征的进口附加税。通常在对方取消不公正待遇时，报复关税也会相应取消。然而，报复关税也像惩罚关税一样，易招致他国的反报复，最终导致关税战。例如，乌拉圭回合谈判期间，美国和欧洲联盟就农产品补贴问题发生了激烈的争执，美国提出一个"零点方案"，要求欧盟 10 年内将补贴降为零，否则除了向美国农产品增加补贴外，还要对欧盟进口商品增收 200% 的报复关税。欧盟也不甘示弱，扬言反报复。双方剑拔弩张，所幸最后双方相互妥协。

征收进口附加税的目的主要是弥补进口正税在财政收入和保护国内市场作用上的不足。由于进口附加税所受的国际社会约束相比正税要少，而且使用灵活，因而常常被用作限制进口、进行贸易斗争的武器。过去，我国因长期没有自己的反倾销、反补贴法规，不能利用反倾销税和反补贴税来保护我国同类产品的生产和市场，以抵制外国商品对我国低价倾销。直到 1997 年 3 月 25 日，我国颁布了《中华人民共和国反倾销和反补贴条例》，才使我国的反倾销和反补贴制度法制化、规范化。

2. 差价税

差价税（Variable Levy）又称差额税，是当本国生产的某种产品的国内价格高于同类进口商品的价格时，为削弱进口商品的竞争力，保护本国生产和国内市场，按国内价格与进口价格之间的差额征收的关税。征收差价税的目的是使该种进口商品的税后价格保持在一个预定的价格标准上，以稳定进口国国内该种商品的市场价格。

对于征收差价税的商品，有些是按价格差额征收，有些是在征收一般关税以外另行征收，这种差价税实际上属于进口附加税。差价税是随着国内外价格差额的变动而变动，因此没有固定的税率和税额，是一种滑动税（Sliding Duty）。

差价税的典型表现是欧盟对进口农畜产品的做法。欧盟为了保护其农畜产品免受非成员方低价农产品竞争，对进口的农产品征收差价税。首先，在共同市场内部以生产效率最低而价格最高的内地中心市场的价格为准，制定统一的目标价格（Target Price）；其次，从目标价格中扣除从进境地运到内地中心市场的运费、保险费、杂费和销售费用后，得到门槛价格（Threshold Price），或称闸门价格；最后，若外国农产品抵达欧盟进境地的 CIF 价格低于门槛价格，则按其间差额确定差价税率。实行差价税后，进口农产品的价格被抬至欧盟内部的最高价格，完全丧失了价格竞争优势。欧盟则借此有力地保护了其内部的农业生产。

3. 特惠税

特惠税（Preferential Duty）全称为特定优惠关税，又称优惠税，是进口国对来自特定国家或地区的进口商品给予特别优惠的低关税或免税待遇。使用特惠税的目的是为了增进与受惠国之间的友好贸易往来。特惠税有的是互惠的，有的是非互惠的。

（1）非互惠的特惠关税。目前，在国际上影响最大的非互惠特惠税来自"洛美协定"（Lome Convention）。它是1975年欧洲共同体（现为欧盟）与非洲、加勒比和太平洋地区的46个发展中国家（2000年增至86国）在多哥首都洛美签订的贸易和经济协定。洛美协定关于特惠税方面的规定主要有：欧洲共同市场国家将在免税、不限量的条件下，接受这些发展中国家全部工业品和96%农产品进入欧洲共同市场，而不要求这些发展中国家给予"反向优惠"（Reverse Preference），并放宽原产地限制以及其他部分非关税壁垒。这种优惠关税是世界上最优惠的一种关税：一是优惠范围广，除极少数农产品外，几乎所有工业产品和农产品都在优惠范围之列；二是优惠幅度大，列入优惠的产品全部免税进口。洛美协定有力地促进了欧盟和这些国家之间经济贸易关系的发展。又如，我国为扩大从非洲国家的进口，促进中非双边贸易的进一步发展，自2005年1月1日起，对贝宁、布隆迪、赞比亚等25个最不发达国家的部分产品给予特惠关税待遇，对涉及水产品、农产品、药材、石材石料、矿产品、皮革、钻石等十多个大类的190种商品免征关税，其中宝石或半宝石制品的关税由35%降至零。

（2）互惠的特惠税，但不一定是对等的相同税率。互惠的特惠关税主要是区域贸易协定或双边自由贸易协定成员间根据协定实行的特惠税，如欧盟成员之间、北美自由贸易协定成员之间、我国与东盟国家之间实行的特惠税。

4. 普遍优惠制

普遍优惠制（Generalized System of Preferences，GSP）简称普惠制，是发达国家给予发展中国家出口的制成品和半制成品（包括某些初级产品）普遍的、非歧视的、非互惠的一种关税优惠制度。普遍性、非歧视性和非互惠性是普惠制的三项基本原则。普遍性是指发达国家对所有发展中国家出口的制成品和半制成品给予普遍的关税优惠待遇；非歧视性是指应使所有发展中国家都无歧视、无例外地享受普惠制待遇；非互惠性即非对等性，是指发达国家单方面给予发展中国家特殊关税减让而不要求发展中国家给予对等待遇。

普惠制的目的是通过给惠国对受惠国的受惠商品给予减、免关税优惠待遇，使发展中的受惠国增加出口收益，促使其工业化水平的提高，加速国民经济的增长。普惠制是发展中国家在联合国贸易与发展会议上长期斗争的成果。从1968年联合国第二届贸易和发展会议（简称贸发会议）通过普惠制决议至今，普惠制已在世界上实施了30多年。截至2009年底，全世界已有190多个发展中国家和地区享受普惠制待遇，给惠国则达到39个。

普惠制的实施已经40多年，的确对发展中国家的出口起到了积极的促进作用。但由于各给惠国在提供关税优惠的同时，又制定了种种烦琐的规定和严厉的限制措施，使得建立普惠制的预期目标还没有真正达到，广大发展中国家尚需为此继续斗争。

专题知识 7-3　普惠制方案

普惠制方案是各给惠国为实施普惠制而制定的具体执行办法。各发达国家（即给惠国）分别制定了各自的普惠制实施方案，其中土耳其和欧盟（27个成员方）实施共同的普惠制方案，其余各国执行各自的普惠制方案。从具体内容看，各方案不尽一致，但大多包括了给惠产品范围、受惠国家和地区、关税削减幅度、保护措施、原产地规则及给惠方案有效期等六个方面。

1. 给惠产品范围

一般农产品的给惠商品较少，工业制成品或半制成品只有列入普惠制方案的给惠商品清单，才能享受普惠制待遇。一些敏感性商品如纺织品、服装、鞋类以及某些皮制品、石油制品等常被排除在给惠商品之外或受到一定限额的限制。例如，欧盟 2008 年 7 月 22 日公布了普惠制修订条例，从 2009 年 1 月 1 日至 2011 年 12 月 31 日实施新的普惠制方案。和以往方案相比，新方案扩大了非敏感产品和敏感产品减税幅度，非敏感产品全免。又如，美国的普惠制方案规定，纺织品协议下的纺织品和服装、手表、敏感性电子产品、敏感性玻璃制品或半制成品及鞋类不能享受普惠制待遇。

2. 受惠国家和地区

按照普惠制的原则，给惠国应该对所有发展中国家或地区都无条件、无例外地提供优惠待遇，但是实际上，发展中国家能否成为普惠制方案的受惠国是由给惠国单方面确定的。因此，各普惠制方案大都有违普惠制的三项基本原则。各给惠国从各自的政治、经济利益出发，制定了不同的标准要求，限制受惠国家和地区的范围。例如，美国公布的受惠国名单中，就不包括某些社会主义发展中国家和石油输出国成员等。欧盟在 2008 年公布的新方案中，就排除了智利的受惠国待遇。

3. 给惠国商品的关税削减幅度

给惠商品的减税幅度取决于最惠国税率与普惠制汇率之间的差额，即普惠制减税幅度＝最惠国税率－普惠制税率，并且减税幅度大，甚至免税。例如，日本对给惠国的农产品实行优惠关税，而对给惠国的工业品除其中的"选择性产品"给予最惠国税率的 50% 优惠外，其余全都免税。

4. 保护措施

各给惠国为了保护本国生产和国内市场，从自身利益出发，均在各自的普惠制方案中制定了程度不同的保护措施。保护措施主要表现在例外条款、预定限额及毕业条款三个方面。

所谓例外条款（Escape Clause），是指当给惠国认为从受惠国优惠进口的某项产品的数量增加到对其本国同类产品或有竞争关系的产品的生产者造成或将造成严重损害时，给惠国保留对该产品完全取消或部分取消关税优惠待遇的权利。很明显，例外条款表明，发达国家给予发展中国家普惠待遇的前提条件是其国内市场不会因给惠而受到干扰。例如，加拿大曾对橡胶鞋及彩色电视机的进口引用例外条款，对来自受惠国的这两种商品停止使用普惠制税率，而恢复按最惠国税率征收进口税。给惠国常常引用例外条款对农产品进行保护。

所谓预定限额（Prior Limitation），是指给惠国根据本国和受惠国的经济发展水平及贸易状况，预先规定一定时期内（通常为一年）某项产品的关税优惠进口限额，达到这个额度后，就停止或取消给予的关税优惠待遇，而按最惠国税率征税。给惠国通常引用预定限额对工业产品的进口进行控制。

所谓毕业条款（Graduation Clause），是指给惠国以某些发展中国家（或地区）由于经济发展，其产品已能适应国际竞争而不再需要给予优惠待遇和帮助为由，单方面取消这些国家（或地区）或产品的普惠制待遇。毕业标准可分为国家毕业和产品毕业两种，由各给惠国自行具体确定。例如，美国规定一国人均收入超过 8 850 美元或某项产品出口占美国进口的 50% 即为毕业。美国自 1981 年开始启用毕业条款，至 1988 年年底，终止了 16 个国家的受惠国地位，取消了来自 141 个发展中国家和地区约 3 000 多种进口商品的普惠制待遇。

　　欧盟在 2009 年 1 月 1 日起颁布实施的最新普惠制方案中，关于毕业条款的内容作了如下的变动：其一，关于国家（或地区）毕业。新方案规定国家（或地区）毕业的条件是：某受惠国（或地区）连续三年被世界银行列为高收入国家并且其出口至欧盟的最大五类受惠产品量占其出口至欧盟的全部受惠产品总量的比例低于 75%；其二，关于产品毕业。新方案规定产品毕业的条件是：根据 2007 年 9 月 1 日所能得到的数据，按平均值计，连续三年，某受惠国（或地区）出口至欧盟的某类受惠产品量超过所有欧盟进口的该类受惠产品总量的 15%，对于纺织类及其制品，这个限度是 12.5%。根据这个新方案，我国 2009 年 1 月 1 日至 2011 年 12 月 31 日能享受欧盟普惠制优惠待遇的产品只有 30 章左右，主要集中在农产品、矿产品、木浆和纸及纸制品等，大部分工业产品被排除在欧盟普惠制优惠待遇之外。在欧盟给予普惠制待遇的 19 类产品中，我国只有 6 类产品，而"毕业"产品则多达 13 类。

　　5. 原产地规则

　　为了确保惠普制待遇只给予发展中国家和地区生产和制造的产品，各给惠国制定了详细和严格的原产地规则。原产地规则是衡量受惠国出口产品能够享受给惠国给予减免关税待遇的标准。原产地规则一般包括三个部分：原产地标准、直接运输原则和书面证明书。所谓原产地标准（Origin Criteria）是指只有完全由受惠国生产或制造的产品，或者进口原料或部件在受惠国经过实质性改变而成为另一种不同性质的商品，才能作为受惠国的原产品享受普惠制待遇。所谓直接运输规则（Rule of Direct Consignment），是指受惠国原产品必须从出口受惠国直接运至进口给惠国。制定这项规则的主要目的是为了避免在运输途中可能进行的再加工或换包。但由于地理或运输等原因确实不可能直接运输时，允许货物经过他国领土转运，条件是货物必须始终处于过境国海关的监管下，未投入当地市场销售或再加工。所谓书面证明书（Documentary Evidence），是指受惠国必须向给惠国提供有出口受惠国政府授权的签证机构签发的普惠制原产地证书，作为享受普惠制减免关税优惠待遇的有效凭证。该证书的有效期一般为 10 个月。给惠国的海关一旦对证书内容产生怀疑时，可向给惠国签证机关或出口商退证查询，并要求在半年内答复核实结果。如核实结果表明不符合普惠制原产地的规定，证书完全失效，则可取消该产品的受惠资格，征收正常关税。

　　6. 普惠制的有效期

　　普惠制的实施期限为 10 年，经联合国贸易发展会议全面审议后可延长。目前欧盟已经就 2006 年至 2015 年的普惠制方案制定了总体的指导方针，现行普惠制方案的有效期为 2009 年 1 月 1 日到 2011 年 12 月 31 日。

　　（资料来源：陈宪，韦金鸾，《国际贸易理论与实务》，第 2 版，高等教育出版社；深圳出入境检验检疫局，http：//szciq. gov. cn，2008. 11. 11）

7.3　关税的征收

7.3.1　关税的征收方法

　　关税的征收方法又称征收标准，一般来说，可分为从量税、从价税和混合税三种。

　　1. 从量税

　　从量税（Specific Duty）是以进口货物的重量、数量、长度、容量、面积和体积等计量单位为标准计征的关税。例如，我国对进口的整只冻鸡，普通税率为每千克5.6元，最惠国税率为每千克1.6元。需要注意的是，关税征收时的计量单位与日常生活中的习惯用法可能会有区别，例如，木料一般用体积计算，但海关对有些木料使用重量单位；动物玩具通常用数量计量，海关则规定为"个/kg"；布料一般是以长度计算，但海关规定有些面料以面积或者重量计算。

从量税的计算公式为

$$从量税额＝货物计量单位数 × 从量税率$$

计算从量税额时，只要查明货物征税时的计量单位，就可以依据上述公式计算出应缴纳的关税税额。

在各种计量单位中，重量单位是最常用的从量税计量单位。需要注意的是，因重量又可分为毛重、净重和法定重量等，在实际应用中各国计算重量的标准有所差别。

采用从量税计征关税有以下特点：①手续简便。不需审定货物的规格、品质、价格，便于计算，如果对于数量众多、体积庞大、价值低廉的进口商品按从量税计征，可以节省大量征收费用。②税负不合理。同一税目的货物，不管质量好坏、价格高低，均按同一税率征税，税负相同，不利于低档商品的进口。③不能随价格变动作出调整。当国内物价上涨时，税额不能随之变动，使税收相对减少，保护作用削弱；国内物价回落时，税负又相对增高，不仅影响财政收入，而且影响关税的调控作用。④难以普遍采用。征收对象一般是谷物、棉花等大宗产品和标准产品，对某些商品如艺术品及贵重物品等不便使用。

第二次世界大战以前使用从量税的国家较多，而目前单纯使用从量税的国家已经很少。例如，美国约有33%税目栏是适用从量关税的。

2. 从价税

从价税（Advalorem Duty）是以货物价格作为征收标准的关税。从价税的税率表现为货物价格的百分比。例如，我国规定圆珠笔的进口普通税率为80%，优惠税率为15%。

从价税的计算公式为

$$从价税税额＝进口货物总值 × 从价税率$$

从公式中可以看出，在计算从价税税额时，确定进口商品的完税价格（Dutiable Value）是一个重要的问题。所谓完税价格，是指经海关审定的作为计征关税依据的货物价格，货物按此价格照章完税。目前世界上各个国家大致采用以下三种海关估价方法来确定进口货物的完税价格：出口国离岸价（FOB）、进口国到岸价格（CIF）和进口国的官方价格。例如，美国、加拿大等国家采用离岸价格来估价，而西欧国家等国采用到岸价格作为完税价格，甚至有个别国家故意抬高进口商品完税价格，以此增加进口商品成本，使海关估价成为一种阻碍进口的非关税壁垒措施。

为了弥补各国确定完税价格的差异且减少其作为非关税壁垒的消极作用，关贸总协定在东京回合达成了《海关估价守则》，而在乌拉圭回合中，对《海关估价守则》进行了修订和完善，达成了《海关估价协议》（Agreement on Customs Valuation）。该协议规定了六种海关估价的方法，并严格按照下列顺序使用：进口货物的成交价格、相同货物的成交价格、类似货物的成交价格、倒扣价格、计算价格（推算价格）和"回顾"方法（其他合理方法）。

专题知识7-4　中华人民共和国海关审定进出口货物完税价格办法（节选）

第二章　进口货物的完税价格

第一节　进口货物完税价格确定方法

第五条　进口货物的完税价格，由海关以该货物的成交价格为基础审查确定，并应当包括货物运抵中华人民共和国境内输入地点起卸前的运输及其相关费用、保险费。

第六条　进口货物的成交价格不符合本章第二节规定的，或者成交价格不能确定的，海关经了解有关情况，并与纳税义务人进行价格磋商后，依次以下列方法审查确定该货物的完税价格：

（一）相同货物成交价格估价方法。

（二）类似货物成交价格估价方法。

（三）倒扣价格估价方法。

（四）计算价格估价方法。

（五）合理方法。

纳税义务人向海关提供有关资料后，可以提出申请，颠倒前款第（三）项和第（四）项的适用次序。

第二节　成交价格估价方法

第七条　进口货物的成交价格，是指卖方向中华人民共和国境内销售该货物时买方为进口该货物向卖方实付、应付的，并且按照本章第三节的规定调整后的价款总额，包括直接支付的价款和间接支付的价款。

（资料来源：中华人民共和国海关总署第148号令）

征收从价税有以下特点：①税负合理。同类商品若质高价高，则税额高；若质次价低，则税额低。对于加工程度高的商品和奢侈品，因其价高，税额较高，所以相应的保护作用较大。②物价上涨时，税款相应增加，财政收入和保护作用均不受影响。但在商品价格下跌或者别国蓄意对进口国进行低价倾销时，财政收入就会减少，保护作用也会明显减弱。③适用性强。可普遍用于各种商品。④从价税率按照百分比表示，便于各国之间进行比较。⑤完税价格不易掌握，征税手续复杂，大大增加了海关的工作负荷。

由于从量税和从价税都存在一定的优缺点，因此，关税的征收方法在采用从量税或从价税的基础上，又产生了混合税和选择税，以弥补从量税和从价税的不足。目前，单一使用从价税的国家并不太多，主要有阿尔及利亚、埃及、巴西、墨西哥等发展中国家。

3. 混合税

混合税（Mixed Duty）是在税则的同一税目中有从量税和从价税两种税率，征税时混合使用两种税率计征。混合税又可分为复合税和选择税两种。

（1）复合税。复合税（Compound Duty）是指征税时同时使用从量、从价两种税率计征，以两种税额之和作为该种商品的关税税额。复合税按从量、从价的主次不同又可分为两种情况：一种是以从量税为主加征从价税，即在对每单位进口商品征税的基础上，再按其价格加征一定比例的从价税。另一种是以从价税为主加征从量税，即在按进口商品的价格征税的基础上，再按其数量单位加征一定数额的从量税。例如，我国海关总署在1997年6月9日颁文，对部分产品试行复合关税，其中对每台完税价格高于8 000美元的进口摄像机，优惠税率为每台税额为38 600元，再加上3%的从价税。

（2）选择税。选择税（Alternative Duty）是指对某种商品同时定有从量和从价两种税率，征税时由海关选择其中一种征税，作为该种商品的应征关税额。一般是选择税额较高的一种税率征收。有时，为了鼓励某种商品的进口，或给某出口国以优惠待遇，也有选择税额较低的一种税率征收关税的。

由于混合税结合使用了从量税和从价税，扬长避短，哪一种方法更有利，就使用哪一种方法或以其为主征收关税，因而无论进口商品价格高低、重量大小，都可起到一定的保护作用。目前世界上大多数国家和地区都使用混合税，如美国、欧盟、加拿大、澳大利亚、日本、印度、巴拿马等。

专题知识 7-5　滑准税

我国对进口商品关税的征收还有滑准税和关税配额两种标准。

滑准税（Sliding Duty）又称滑动税，是对进口税则中的同一种商品按其市场价格标准分别制定不同价格档次的税率而征收的一种进口关税。滑准税的税率与进口商品的价格成反向关系，即高档商品价格的税率低或不征税，低档商品价格的税率高。征收这种关税的目的是使该种进口商品，不论其进口价格高低，其税后价格均保持在一个预定的价格标准上，以稳定进口国国内该种商品的市场价格。

关税配额（Tariff Quota）的实行方法是，对配额内进口的商品免税或者征收（实行）低关税，对超过配额的进口商品征收较高的关税。我国对许多农产品的进口实行关税配额，例如，对配额内的进口小麦根据品种不同征收 1%～10% 的关税，但对配额外的进口小麦则征收高达 71%（最惠国税率）～180%（普通税率）的关税。

另外，对个别商品，还将滑准税和关税配额结合起来使用。例如，2008 年我国对配额外进口的一定数量棉花实行 5%～40% 的滑准税，对滑准税率低于 5% 的进口棉花按 0.57 元/kg 从量税计征。具体方案为：①当进口棉花完税价格高于或等于 11.397 元/kg 时，按 0.570 元/kg 计征从量税；②当进口棉花完税价格低于 11.397 元/kg 时，暂定关税税率按下列公式计算

$$Ri = 8.686/Pi + 2.526\% \times Pi - 1 \quad (Ri \leqslant 40\%)$$

式中，Ri 为暂定关税税率，当 Ri 按上式计算值高于 40% 时，取值 40%；Pi 为关税完税价格，单位为"元/kg"。对于上式计算结果四舍五入保留三位小数。

专栏 7-3　我国的关税政策

关税政策是一国（或地区）在某一时期的指导思想与行动准则。我国目前实行的是以财政关税政策服从于保护关税政策的复合型关税政策，即贯彻国家的对外开放政策，鼓励出口和扩大必需品的进口，保护和促进国民经济的发展，保证国家的财政收入。

这一关税政策通过如下原则具体表现出来：

（1）对进口国家建设和人民生活所必需的，而且国内不能生产或者供应不足的动植物良种、肥料、饲料、药剂、精密仪器、仪表、关键机械设备和粮食等，予以免税或低税。

（2）原材料的进口税率一般比半成品、成品要低，特别是受自然条件制约、国内生产短期内不能迅速发展的原材料，其税率应更低。

（3）对于国内不能生产的机械设备和仪器、仪表的零件、部件，其税率应比整机低。

（4）对国内已能生产的非国计民生所必需的物品，应制定较高的税率。

（5）对国内需要进行保护的产品和国内外价差大的产品，应制定更高的税率。

（6）为了鼓励出口，对绝大多数出口商品不征出口关税，但对在国际市场上容量有限而又竞争性强的商品，以及需要限制出口的极少数原料、材料和半制成品，必要时可征收适当的出口关税。

（资料来源：中华人民共和国海关总署网站，http：//www. customs. gov. cn. ）

7.3.2　关税的征收依据

征收关税的依据是海关税则。海关税则（Customs Tariff）又称关税税则，是一国对进出口商品计征关税的规章和对进出口应税与免税商品加以系统分类的一览表。海关税则是关税制度的重要内容，是国家关税政策的具体表现。

海关税则一般包括两个部分：一部分是海关课征关税的规章条例及说明，另一部分是关税税率表。其中，关税税率表主要包括税则号列（Tariff No. 或 Heading No. 或 Tariff Item）、商品分类目录（Description of Goods）及税率（Rate of Duty）三部分。商品分类目录将种类繁多的商品或按加工程度，或按自然属性、功能和用途等分为不同的类。随着经济的发展，商品种类日益繁多，各国海关税则的商品分类也越来越细，而且各国也逐渐开始利用海关税则更有针对性地限制某些商品的进口和更有效地进行贸易谈判，将其作为实行贸易歧视的手段。

1. 税则目录

（1）CCCN 和 SITC。为了减少各国海关在商品分类上的矛盾，1950 年，有关国家签署了《海关税则商品分类目录公约》，使用《海关合作理事会税则商品分类目录》（Customs Cooperation Council Nomenclature，CCCN），原称《布鲁塞尔税则目录》（Brussels Tariff Nomenclature，BTN）。该目录的分类原则是按商品的原料组成为主，结合商品的加工程度、制造阶段和商品的最终用途来划分。它把全部商品共分为 21 类（Section）、99 章（Chapter）、1 015 项税目号（Heading No. ）。前 4 类（1~24 章）为农畜产品，其余 17 类（25~99 章）为工业制成品。《海关合作理事会税则商品分类目录》在世界各国海关税则中得到了普遍使用。与此同时，出于贸易统计和研究的需要，联合国经济及社会理事会下设的统计委员会于 1950 年编制并公布了《国际贸易标准分类》（Standard International Trade Classification，SITC）。两种商品分类目录在国际上同时并存，虽然制定了相互对照表，但仍给很多工作带来了不便。

（2）HS。为了更进一步协调和统一这两种国际贸易分类体系，1983 年 6 月，海关合作理事会第 61 届会议上通过了《商品名称及编码协调制度国际公约》及其附件《商品名称及编码协调制度》（Harmonized System），简称《协调制度》（HS）。HS 编码涵盖了 CCCN 和 SITC 两大分类编码体系，于 1988 年 1 月 1 日正式实施。这样，世界各国在国际贸易领域中所采用的商品分类和编码体系有史以来第一次得到了统一。目前世界上已有 160 多个国家和地区在其税则中正式采用了《协调制度》目录。关贸总协定也按《协调制度》目录统计的数据作为关税减让谈判的基础。我国自 1992 年 1 月 1 日起也正式实施了以《协调制度》为基础编制的新的《中华人民共和国海关进出口税则》和《中华人民共和国海关统计商品目录》。

随着新产品的不断出现和国际贸易结构的变化，《协调制度》一般每隔若干年就要修订一次。自 1988 年生效以来，《协调制度》共进行了四次修订，形成了 1988 年、1992 年、

1996 年、2002 年和 2007 年共五个版本。

《协调制度》将国际贸易涉及的各种商品按照生产类别、自然属性和不同功能用途等分为 21 类 97 章，每一章由若干品目构成；品目项下又细分出若干一级子目和二级子目。为了避免各品目和子目所列商品发生交叉归类，在类、章下加有类注释、章注释和子目注释，为了使每一项商品的归类具有充分的依据，设立了归类总规则，作为整个《协调制度》商品归类的总原则。

《协调制度》是一部系统的国际贸易商品分类目录，所列商品名称的分类和编排是有一定规律的。从类来看，它基本上按社会生产的分工分类，例如，农业在第一、二类；化学工业在第六类；纺织工业在第十一类；冶金工业在第十五类；机电制造业在第十六类等。从章来看，基本上按商品的自然属性或功能、用途来划分。第 1 章至第 83 章（第 64 章至第 66 章除外）基本上是按商品的自然属性来分章，如第 1 章至第 5 章是活动物和动物产品；第 6 章至第 14 章是活植物和植物产品；第 25 章至第 27 章是矿产品。而第 64 章至第 66 章和第 84 章至第 97 章则是按货物的用途或功能来分章的，其中，第 64 章是鞋，第 65 章是帽，第 84 章是机械设备，第 85 章是电气设备，第 87 章是车辆，第 88 章是航空航天器，第 89 章是船舶等。从品目的排列看，一般也是原材料先于成品，加工程度低的产品先于加工程度高的产品，列名具体的品种先于列名一般的品种。例如，在第 39 章内，品目 3901 至 3914 是初级形状的塑料；品目 3915 是塑料的废碎料、下脚料；品目 3916 至 3921 是塑料半制成品；品目 3922 至 3926 是塑料制成品。

2. 税则种类

按照税率表的栏数，可将海关税则分为单式税则和复式税则两类。

（1）单式税则。单式税则（Single Tariff）又称一栏税则，是指一个税目只有一个税率，即对来自任何国家的商品均以同一税率征税，没有差别待遇。目前，世界上只有少数国家还有使用单式税则，如委内瑞拉、巴拿马、肯尼亚等发展中国家。

（2）复式税则。复式税则（Complex Tariff）又称多栏税则，是指同一税目下设有两个或两个以上的税率，即对来自不同国家的进口商品按不同的税率征税，实行差别待遇。其中，普通税率是最高税率，特惠税率是最低税率，在两者之间，还有最惠国税率、协定税率、普惠制税率等。目前大多数国家都采用复式税则。这种税则有二栏、三栏、四栏不等。我国自 2002 年开始采用四栏税则；美国、加拿大等国实行三栏税则；欧盟等国实行四栏税则。

在单式税则或复式税则中，依据制定税则的权限又可分为自主税则、国定税则和协定税则。前者是指一国立法机构根据关税自主原则单独制定而不受对外签订的贸易条约或协定约束的一种税率。后者则指一国与其他国家或地区通过贸易与关税谈判，以贸易条约或协定的方式确定的关税税率。协定税则是在本国原有的国定税则以外，通过与他国进行关税减让谈判而另行规定的一种税率，因此要比国定税率低。

此外，在单式税则或复式税则中，依据进出口商品流向的不同，还可分为进口货物税则和出口货物税则。

7.3.3　关税的征收程序

征收关税的程序即通关手续，又称报关手续，通常包括申报（Declaration）、查验（Inspection）、征税（Taxation）与放行（Release）四个基本环节。下面以我国一般贸易货物的进口报关手续为例加以说明。

1. 申报

货物的申报是指货物运抵进口国的港口、车站或机场时，进口商填写报关单，向海关提交有关单证申报进口。当进口商填写和提交有关单证后，海关按照海关法令与规定，审查核对有关单证。审核的具体要求是：应交验的单证必须齐全、有效；报关单填报的内容必须正确、全面；所报货物必须符合有关政策与法规的规定。

2. 查验

货物的查验是通过对进口货物的检查，核对单货是否相符，防止非法进口。查验货物一般在码头、车站、机场的仓库、场院等海关监管场所内进行。

3. 征税

海关在审核单证、查验货物后，照章办理，收缴税款等费用。进口税款用本国货币缴纳，如使用外币，则应按本国当时汇率折算缴纳。货物到达时，如发现货物有缺失，可扣除缺失部分的进口税。一般贸易货物的纳税义务人应自海关填发税款缴纳证的次日起七日内缴纳税款，逾期缴纳的，由海关征收滞纳金。一般贸易货物放行后，海关发现少征或漏征税款可以两年内追补，发现多征的，纳税人可在一年内要求海关退还。

4. 放行

当一切海关手续办妥之后，海关即在提单上盖上海关放行章以示放行，进口货物即可通关。货物到达后，通常进口商应在货物到达后所规定的工作日内办理通关手续。如果进口商想延期提货，则可在办理存栈报关手续后将货物存入保税仓库，暂时不缴纳进口税。在存放仓库期间，货物可再行出口仍不必缴纳进口税。如果运往国内市场销售，则应在提货前办理通关手续。货物达到后，进口商如果在规定的日期内未办理通关手续，海关有权将货物存入候领货物仓库，一切责任和费用均由进口商承担。如果存仓货物在规定期间内仍未办理通关手续，海关有权处理该批货物。

7.4　关税水平与保护程度

世界各国出于保护国内生产和市场的目的，对不同商品规定了不同的关税税率。因此，关税水平与保护程度的高低成了世界各国在缔结贸易条约或协定谈判时的主要内容。

7.4.1　关税水平

关税水平（Tariff Level）是指一个国家的平均进口税率。关税水平高低可以用来衡量或比较一个国家进口税的保护程度，也是一国参加国际贸易协定进行关税谈判时必须解决的问题之一。

关税水平的计算主要有两种：简单平均法和加权平均法。

简单平均法是根据一国税则中各个税目的税率简单相加后再除以税目数来计算的，即不管每个税目实际的进口数量，只按税则中的税目数求其税率的算术平均值。由于税则中很多高税率的税目是禁止性关税，有关商品很少或根本没有进口，而有些大量进口的商品是零税或免税的，因此，这种计算方法将贸易中的重要税目和次要税目均以同样的分量计算，显然是不合理的。简单平均法不能如实反映一国关税水平，因此很少被使用。

加权平均法是用进口商品的数量或价格作为权数计算平均进口税率。按照统计口径或比较范围的不同，又可分为全额加权平均法和取样加权平均法两种。

（1）全额加权平均法。用一个时期内所征收的进口关税总金额占所有进口商品价值总额（进口总值）的百分比计算。计算公式为

$$关税水平 = \frac{进口税款总额}{进口总值} \times 100\%$$

在这种计算方法中，如果一国税则中免税的项目较多，计算出来的数值就偏低，不易看出有税商品税率的高低。因此，另一种方法是按进口税额占有税商品进口总值的百分比计算。计算公式为

$$关税水平 = \frac{进口税款总额}{有税商品进口总值} \times 100\%$$

由于各国的税则各不相同，税则下的商品数目众多，也不尽相同，因而这种方法使各国关税水平的可比性相对减少。

（2）取样加权平均法。选取若干种有代表性的商品，按一定时期内这些商品的进口税总额占这些代表性商品进口总额的百分比计算。计算公式为

$$关税水平 = \frac{若干种有代表性的商品的进口税款总额}{若干种有代表性的商品的进口总值} \times 100\%$$

例如，假定选取 A、B、C 三种代表性商品计算，其计算数据及结果如表 7-1 所示。

表 7-1　三种代表性商品关税水平的计算

相关数据	A	B	C
进口值/万元	100	40	60
税率（%）	10	20	30
关税水平	$\frac{100 \times 10\% + 40 \times 20\% + 60 \times 30\%}{100 + 40 + 60} \times 100\% = 18\%$		

若各国选取同样的代表性商品进行加权平均，对各国的关税水平比较则成为可能。这种方法比全额加权平均法更为简单和实用。在关贸总协定肯尼迪回合的关税减让谈判中，各国就是使用联合国贸易与发展会议选取的 504 种有代表性的商品来计算和比较各国的关税水平的。

一般说来，上述计算公式计算出的百分比越大，说明该国的关税水平越高。关税水平的数字虽能比较各国关税的高低，但还不能完全表示该国的贸易保护程度。

7.4.2　保护程度

关税的保护程度除了与一国关税水平的高低相关之外，还与关税结构等其他因素有关。20 世纪 60 年代以后，西方经济学家对关税税率与保护程度进行了深入的研究，提出了名义保护率与有效保护率的概念。

1. 名义保护率

根据世界银行的定义，一商品的名义保护率（Nominal Rate of Protection，NRP）是指由于实行保护而引起的国内市场价格超过国际市场价格的部分占国际市场价格的百分比。用公式表示为

$$名义保护率 = \frac{进口货物国内市价 - 自国外进口价}{自国外进口价} \times 100\%$$

或

$$名义保护率 = \frac{进口货物国内市价 - 国际市场价格}{国际市场价格} \times 100\%$$

名义保护率与以关税水平衡量一国关税保护程度不同，名义保护率衡量的是一国对某一类商品的保护程度。在其他条件相同的情况下，名义保护率越高，对本国同类商品的保护程度就越强。由于在理论上，国内外商品的价格差与国外价格之比等于关税税率，因而在不考虑汇率的情况下，名义保护率在数值上和关税税率相同。但实际上名义保护率的计算一般是把国内外价格都折成本国货币价格进行比较，因此受外汇兑换率的影响较大。

名义保护率考察的是关税对某些进口商品制成品价格的影响。征收名义关税的目的是为了提高国外商品在本国国内的销售价格，以削弱其在本国国内市场的竞争能力，从而达到保护国内生产的目的。这对于保护完全用本国原材料生产的产品是适用的，但对于用进口原料生产的制成品则不能完全适用。因为名义关税率并没有将国内生产同类制成品所用进口原材料的进口税率包括在考察范围之内。

2. 有效保护率

有效保护率是 20 世纪 60 年代以后发展起来的概念。有效保护率的运用有效地弥补了名义保护率的缺点，被广泛应用于分析一整套关税结构对某一产业最终产品生产者的保护作用。

有效保护率（Effective Rate of Protection，ERP）又称实际保护率，是指各种保护措施对某类产品在生产过程中的净增值所产生的影响，即由于整个关税制度而引起的国内增值的提高部分与自由贸易条件下增值部分相比的百分比。由此，有效保护率是用征收关税所引起国内加工增加值同国外加工增加值的差额占国外加工增加值的百分比来表示的。计算公式为

$$有效保护率 = \frac{国内加工增值 - 国外加工增值}{国外加工增值} \times 100\%$$

或

$$ERP = \frac{V' - V}{V} \times 100\%$$

式中，ERP 为有效保护率；V' 为保护贸易条件下被保护产品生产过程的增值；V 为自由贸易条件下该生产过程的增值。

在实际生产中，由于一个产业部门的投入要素是多种多样的，因此，有效保护率也可用下列公式计算

$$ERP = \frac{t - a_i t_i}{1 - a_i}$$

式中，t 为进口最终商品的名义关税率；a_i 为进口要素投入系数，即进口投入要素在最终产品中所占的比重；t_i 为进口投入要素的名义关税率。

例如，在自由贸易条件下，1 000g 棉纱的到岸价格折成人民币为 20 元，其投入原棉价格为 15 元，占其成品（棉纱）价格的 75%，余下的 5 元是国外价格增值额，即 $V = 5$ 元。如果我国进口原棉在国内加工棉纱，原料投入系数同样是 75% 时，依据对原棉和棉纱征收关税而引起的有效保护率如下：

① 设对棉纱进口征税 10%，原棉进口免税，则国内棉纱市价应为 $20 \times 110\% = 22$。其中原棉费用仍为 15 元，则国内加工增值额为 $V' = 22$ 元 $- 15$ 元 $= 7$ 元。按上述公式计算，棉纱的有效保护率为 $ERP = (V' - V)/V \times 100\% = (7 \text{元} - 5 \text{元})/5 \text{元} \times 100\% = 40\%$。

② 对棉纱进口征税 10%，其原料原棉进口也征税 10%，那么，国内棉纱市价仍为 22 元，而其原料成本因原棉征税 10% 而增加为 16.5 元，国内加工增值 $V' = 22$ 元 $- 16.5$ 元 $= 5.5$ 元，则其有效保护率为：$ERP = (V' - V)/V \times 100\% = (5.5 \text{元} - 5 \text{元})/5 \text{元} \times 100\% = 10\%$。

③ 对棉纱进口征收 8% 的关税，而对原棉进口征税 10%，则 $V' = 20 \text{元} \times 108\% - 15 \text{元} \times 110\% = 5.1 \text{元}$，有效保护率为：$(V' - V)/V \times 100\% = (5.1 \text{元} - 5 \text{元})/5 \text{元} \times 100\% = 2\%$。

④ 若对棉纱免税，而对原料进口征税 10%，则 $V' = 20 \text{元} - 15 \text{元} \times 110\% = 3.5 \text{元}$，有效保护率为：$ERP = (V' - V)/V \times 100\% = (3.5 \text{元} - 5 \text{元})/5 \text{元} \times 100\% = -30\%$。

根据上面公式的推导及其计算结果，可以看出有效保护率和最终商品的名义关税税率之间存在着以下的关系：

当最终产品的名义关税税率高于原材料进口名义关税税率时，有效保护率高于名义关税税率；当最终产品的名义关税税率等于原材料进口名义关税税率时，有效保护率等于名义关税税率；当最终产品的名义关税税率小于原材料的进口名义关税税率时，最终产品的有效保护率小于对其征收的名义关税税率，甚至会出现负有效保护率。负有效保护的意义是指由于关税制度的作用，对原料征收的名义税率过高，使原料价格上涨的幅度超过最终产品征税后附加价值增加的部分，从而使国内加工增值低于国外加工增值。这意味着生产者虽然创造了价值，但由于不加区别地对进口成品和原材料征收关税，使这种价值减少，生产者无利可图，因而鼓励了成品的进口。

7.4.3　关税结构

关税结构又称为关税税率结构，是指一国关税税则中各类商品关税税率之间高低的相互关系。世界各国因其国内经济和进出口商品的差异，关税结构也各不相同，但一般都表现为：资本品税率较低，消费品税率较高；生活必需品税率较低，奢侈品税率较高；本国不能生产的商品税率较低，本国能够生产的商品税率较高。其中一个突出的特征是关税税率随产品加工程度的逐渐深化而不断提高，即制成品的关税税率高于中间产品的关税税率，中间产品的关税税率高于初级产品的关税税率。这种关税结构现象称为关税升级或阶梯式关税结构（Cascading Tariff Structure）。

考察一国对某商品的保护程度，不仅要考察该商品的关税税率，还要考察对其各种投入品的关税税率，即要考察整个关税结构。了解这一点，对于一国制定进口税率或进行关税谈判都有重要意义。例如，尽管发达国家的平均关税水平较低，但是，由于关税结构呈升级现象，关税的有效保护程度一般都大于名义保护程度，且对制成品的实际保护最强。在关税减让谈判中，发达国家对发展中国家初级产品提供的优惠，远大于对制成品提供的优惠，实质上是起到了更有效地限制发展中国家向其出口制成品的作用。

本章小结

1. 关税是一国对外贸易政策的重要手段。关税种类繁多，根据不同的标准可以分为不同的种类：按照征收的对象或商品流向，关税可以分为进口关税、出口关税、过境关税；按照差别待遇和特定的实施情况，关税可分为进口附加税、差价税、特惠税和普遍优惠税；按照关税的征收标准，关税可以分为从量税、从价税和混合税。

2. 一国的海关税则和国际统一税则目录是征收关税的基本依据。《海关合作理事会税则商品分类目录》、《国际贸易标准分类》和《商品名称及编码协调制度》的颁布和实行对于减少各国海关在商品分类上的矛盾，以及促进国际贸易的实证研究与比较研究都具有十分重要的意义。

3. 关税的保护程度不仅取决于关税水平，还取决于关税结构。世界各国关税结构的一个突出特征是关税税率随产品加工程度的逐渐深化而不断提高，这种关税结构现象称为关税升级或阶梯式关税结构。

关键术语

关税	海关	关境	财政关税	保护关税	进口关税	最惠国待遇
反倾销税	反补贴税	紧急关税	惩罚关税	报复关税		差价税
特惠税	普遍优惠制	例外条款	预定限额	毕业条款		原产地规则
直接运输规则	从量税	从价税	完税价格	混合税	复合税	选择税
海关税则	单式税则	复式税则	名义保护率	有效保护率		关税结构

课后习题

简答题

1. 简述最惠国待遇的特点。

2. 按 WTO《反倾销协议》的规定，对某进口商品征收反倾销税需要有哪些条件？

3. 简述 WTO 的《海关估价协议》对海关确定进口完税价格规定了哪些通用方法。

4. 在 WTO 的《反倾销协议》中，确定正常价格有哪些方法？

5. 简述反补贴的特点。

6. 简述普惠制方案一般包括哪些主要内容。

论述题

试用名义关税和保护关税理论解释目前世界上大多数国家在征收进口关税时实施关税升级的现象。

计算题

1. 假定某国对进口的外国手表征收复合税，该进口手表的从价税率为20%，从量税率为8美元/只，现在某进口商进口1 000只手表，单价为120美元，试计算该进口商需要缴纳多少关税？

2. 假定某国电视机整机的进口关税为其价格的10%，电视机的零附件进口关税为其价格的5%，某种电视机的进口零部件占整机价值的比例为65%。试计算这种电视机的有效保护率（计算结果保留两位小数）。

3. 假定一国某种商品的需求曲线为 $D = 40 - 2P$，供给曲线为 $S = 10 + 3P$，自由贸易时的世界市场价格为2，试问自由贸易下该国的进口量是多少？当该国对该种商品征收50%的从价关税时，试问该国的进口量是多少？

4. 瑞典某进口商拟从我国进口一批玩具，价值20万美元，若从日本进口只需19.5万美元，瑞典的玩具关税普通税率为30%，最惠国税率为15%，普惠制税率为0。该进口商最终从中国进口，计算这批玩具的最终进口成本减少了多少。

分析题

1. 请根据表7-2中给出的数据，判断哪个出口商出口的电视机在欧盟市场上构成倾销，并说明理由。

表7-2　A、B、C三公司产品的相关市场价格

市场价格	A公司	B公司	C公司
单位平均成本/欧元	150	150	150
电视机的在出口商国内的销售价格/欧元	150	180	130
电视机的出口价格/欧元	180	160	130
电视机运到美国的价格/欧元	200	180	150

2. 根据专栏7-2中的相关资料回答以下问题。

（1）什么是双反调查？它对我国的出口贸易有什么影响？

（2）我国的出口企业应该如何应对双反调查？

第8章 国际贸易措施：非关税壁垒

学习目标：

1. 了解非关税壁垒的含义、特点和作用。
2. 掌握传统的非关税壁垒形式，重点掌握进口配额制。
3. 掌握新型的非关税壁垒形式，重点掌握技术性贸易壁垒、绿色贸易壁垒和贸易救济措施。

8.1 非关税壁垒概述

8.1.1 非关税壁垒的含义及其发展历史

非关税壁垒（Non-tariff Barriers，NTB）是指除关税措施以外的一切限制进口的措施。它和关税壁垒一起充当政府干预贸易的政策工具。

非关税壁垒早在资本主义发展初期就已出现，但普遍建立起来却是在 20 世纪 30 年代。由于世界性经济危机的爆发，各资本主义国家为了缓和国内市场的矛盾，对进口的限制变本加厉，一方面高筑关税壁垒，另一方面采用各种非关税壁垒措施限制进口。第二次世界大战后，特别是 20 世纪 60 年代后期以来，在世界贸易组织（WTO）的前身——关税及贸易总协定（GATT）的努力下，关税总体水平大幅度下降，关税作为政府干预贸易的政策工具的作用越来越弱。于是发达国家为了转嫁经济危机，实现超额垄断利润，转而主要采用非关税壁垒措施来限制进口。到 20 世纪 70 年代中期，非关税壁垒已经成为贸易保护的主要手段，形成了新贸易保护主义。据 GATT 统计，非关税壁垒从 20 世纪 60 年代末的 850 多种增加到 90 年代末的 3 000 多种。进入 21 世纪，非关税壁垒更有不断加强的趋势。

非关税壁垒与关贸总协定和世界贸易组织促进贸易自由化的宗旨是相违背的。关贸总协定较早就意识到这个问题，并在第七轮东京回合谈判中第一次把谈判矛头指向了非关税壁垒，提出减少、消除非关税壁垒，减少、消除这类壁垒对贸易的限制及不良影响，以及将此类壁垒置于更有效的国际控制之下等条款。但这些条款和协议往往是有保留的，并且非关税壁垒花样繁多、层出不穷，关贸总协定也不可能对每一种非关税壁垒都用具体条款作出明确规定。因此，非关税壁垒越来越趋向采用处于关贸总协定法律原则和规定的边缘或之外的歧视性贸易措施（如自动出口限制等），从而成为"灰色区域措施"（Gray Area Measures），以绕开关贸总协定的直接约束。目前，越来越多的西方发达国家使用灰色区域措施，这在一定程度上构成了对国际贸易体系的威胁。

8.1.2 非关税壁垒的特点

非关税壁垒虽然与关税壁垒一样可以限制外国商品的进口，但与关税壁垒相比，有其自身显著的特点。

1. 灵活性

一般来说，各国关税税率的制定和调整在国内必须通过立法程序，并要求具有一定的连续性，在国际上直接受到世界贸易组织的约束（非成员方也会受到最惠国待遇条款约束），所以很难随意调整或更改关税税率，因此其灵活性很弱。而制定和实施非关税壁垒措施通常采用行政手段，可以迅速地制定、改变或执行，具有较大的伸缩性，所以在限制进口方面表现出更大的灵活性和时效性。

2. 有效性

关税壁垒主要依靠征收高额关税来提高进口商品的成本，进而限制商品进口，但这种限制是相对的。在面对国际贸易中越来越普遍的商品倾销和出口补贴等措施时，关税壁垒越来越乏力。同时，外国商品凭借生产成本的降低（如节省原材料、提高生产效率、降低利润等），也能冲破高关税的阻碍进入本国市场。但是，有些非关税壁垒对进口的限制是绝对的，例如进口配额、进口许可证等措施，在限制进口方面更直接、更严厉，因而也更加有效。

3. 隐蔽性

利用关税壁垒限制进口，唯一途径就是提高关税税率，而关税税率的提高既要受到本国海关税则的约束，同时还要受到 WTO 的严格管制，毫无隐蔽性可言。而非关税壁垒则完全不同，它可以巧妙地隐藏在合法的进口政策当中，避开公众的视线，具有很强的隐蔽性。因为 WTO 允许进口国从维护市场公平竞争的原则出发，对国际贸易中的不公平现象实施适当的保护措施。但是现在，越来越多的国家借"保护公平竞争"之名，行贸易保护主义之实，例如，发达国家往往使用环境标准、技术标准来限制外国产品的进口。

4. 歧视性

因为一国只有一部关税税则，因而关税壁垒像堤坝一样同等程度地限制了所有国家的进出口，而非关税壁垒可以针对某个国家或某种商品相应制定，因而更具歧视性。例如，1989年欧洲共同体（以下简称欧共体）宣布禁止进口含有荷尔蒙的牛肉，这一做法就是针对美国作出的，美国为此采取了相应的报复措施。又如，英国生产的糖果在法国市场上曾经长期有很好的销路，后来法国在食品卫生法中规定禁止进口含有红霉素的糖果，这一规定是专门针对英国糖果普遍使用红霉素染色而制定的，使得英国糖果大大失去了其在法国的市场。再如，2001 年日本限制大葱、鲜香菇、草席的进口，表面上这些措施是针对商品而不针对国家的，但由于这三种商品的进口主要来自我国，因此，其实质是针对我国的，理所当然遭到我国的强烈抗议。

综上所述，非关税壁垒在限制进口方面比关税壁垒更有效、更隐蔽、更灵活和更有歧视性，正是由于这些特点，非关税壁垒取代关税壁垒成为贸易保护主义的主要手段。

8.1.3　非关税壁垒的作用

就发达国家而言，越来越多的发达国家的贸易政策将非关税壁垒作为实现其政策目标的主要工具。非关税壁垒的作用主要表现在三个方面：一是作为防御性武器限制外国商品进口，用以保护国内陷入结构性危机的生产部门（如农业部门），或者保障国内垄断资产阶级能获得高额利润；二是作为国际贸易谈判中的筹码，逼迫对方妥协让步，争夺国际市场；三是用作对其他国家实行贸易歧视的手段，甚至作为实现政治利益的手段。总之，发达国家设置非关税壁垒是为了保持其经济优势地位，继续维持不平等交换的国际格局。

发展中国家同样也在越来越广泛地设置非关税壁垒，但其目的不同于发达国家，也表现在三个方面：①限制非必需品进口，节省外汇。②限制外国进口商品的强大竞争力，以保护民族工业和幼稚工业。③发展民族经济，以摆脱发达国家对本国经济的控制和剥削。发展中国家的经济发展水平与发达国家相距甚远，因而设置非关税壁垒有其合理性和正当性。为此，关贸总协定在肯尼迪回合中新增了"贸易和发展"部分，并陆续给予发展中国家以更大的灵活性，允许其为维持基本需求和谋求优先发展而采取贸易措施。乌拉圭回合达成的WTO 规则也对发展中国家使用非关税壁垒保护国内民族产业给予了一定的特殊安排。但总的来说，无论是过去的关贸总协定还是现在的世界贸易组织，对于发展中国家采取非关税措施保护国内民族产业都缺乏实际的保护条款。

8.1.4 非关税壁垒的分类

非关税壁垒可分为直接限制和间接限制两大类。直接限制是指进口国直接限制进口商品的数量或金额，或迫使出口国自己限定出口商品的数量或金额，如进口配额制、进口许可证制和自动出口配额制等；间接限制是指进口国未直接规定进口商品的数量或金额，而是对进口商品制定严格的条例，间接地影响和限制商品的进口，如进口押金制、最低限价制、海关估价制、复杂苛刻的技术标准、卫生检疫规定等。

8.2 传统的非关税壁垒形式

非关税壁垒措施名目繁多、内容复杂，联合国贸易与发展会议（UNCTAD）（以下简称贸发会）将非关税壁垒措施分成三种类型，每种类型分为 A、B 组，其中 A 组为数量限制，B 组为影响进口商品的成本。而根据美国、欧盟等 WTO 成员方贸易壁垒调查的实践，非关税壁垒主要表现为以下 13 种形式：通关环节壁垒、对进口产品歧视性的征收国内税费、进口禁令、进口许可、技术性贸易壁垒、动植物卫生检疫措施、贸易救济措施（即包括对进口产品实施的反倾销、反补贴、保障措施与特别保障措施）、政府采购对进口产品的歧视措施、出口限制、出口补贴、服务贸易方面的壁垒、与贸易有关的知识产权措施和其他形式壁垒。结合贸发会的分类以及非关税壁垒的实际使用情况，本节将重点介绍以下几种传统的非关税壁垒形式。

8.2.1 进口配额制

进口配额（Import Quotas）又称进口限额，是一国政府对一定时期内（通常为一年）进口的某些商品的数量或金额加以直接限制；在规定的期限内，配额以内的货物可以进口，超过配额不准进口，或者征收较高关税后才能进口。进口配额制主要有绝对配额和关税配额两种形式。

1. 绝对配额

绝对配额（Absolute Quotas），即在一定时期内，对某些商品的进口数量或金额规定一个最高限额，达到这个限额之后，便不准进口。绝对配额按照其实施方式的不同，又有全球配额、国别配额和进口商配额三种形式。

（1）全球配额。全球配额（Global Quotas；Unallocated Quotas），又称总配额，是指对某种商品的进口规定一个总的限额，对来自任何国家或地区的商品一律适用。主管当局通常按进口商的申请先后或过去某一时期内的进口实际额发放配额，直至总配额发完为止，超过总配额则不准进口。

（2）国别配额。国别配额（Country Quotas），即政府不仅规定了一定时期内的进口总配额，而且将总配额在各出口国家和地区之间进行分配。为了区分来自不同国家和地区的产品，在按国别配额进口时，进口商必须提供进口商品的原产地证明书。实行国别配额可以很方便地贯彻国别政策，具有很强的选择性和歧视性，进口国往往根据其与有关国家或地区的政治经济关系分别给予不同的额度。

一般来说，按照配额的分配由单边决定还是多边协商，国别配额可以进一步分为自主配额和协议配额。

自主配额（Autonomous Quotas），又称单方面配额（Unilateral Quotas），是由进口国自主地、单方面强制规定在一定时期内从某个国家或地区进口某种商品的配额，而不需征求输出国家的同意。

自主配额由进口国家自行制定，往往带有不公正性和歧视性。由于分配额度差异，容易引起某些出口国家或地区的不满或报复，因而更多的国家趋于采用协议配额，以缓和进出口国之间的矛盾。

协议配额（Agreement Quotas），又称双边配额（Bilateral Quotas），是由进口和出口两国政府或民间团体之间通过协议来确定配额。协议配额如果是通过双方政府协议达成，一般需将配额在进口商或出口商中进行分配；如果是双边的民间团体达成的，应事先获得政府许可，方可执行。由于协议配额是双方协商制定的，因而较易执行。

（3）进口商配额。进口商配额（Importer Quotas）是对某些商品进口实行的配额。进口国为了加强垄断资本在对外贸易中的垄断地位和进一步控制某些商品的进口，将某些商品的进口配额在少数进口厂商之间进行分配。例如，日本食用肉的进口配额就是在 29 家大商社间分配的。

2. 关税配额

关税配额（Tariff Quotas），即对商品进口的绝对数额不加限制，而对在一定时期内，在规定配额以内的进口商品，给予低税、减税或免税待遇，对超过配额的进口商品则征收较高的关税，或征收附加税甚至罚款。

关税配额按征收关税的优惠性质，可分为优惠性关税配额和非优惠性关税配额。优惠性关税配额是对关税配额内进口的商品给予较大幅度的关税减让，甚至免税，超过配额的进口商品即征收原来的最惠国税率。非优惠性关税配额是对关税配额内进口的商品征收原来正常的进口税，一般按最惠国税率征收，对超过关税配额的部分征收较高的进口附加税或罚款。

目前，如何使用配额是影响我国商品出口的一个大问题。一方面我国政府或民间团体要尽量争取更多的配额，并加强配额的管理和分配；另一方面也要用好、用足这些配额。所谓用足配额，有几个方面要考虑。首先，在规定的期限内把受限制的商品的配额用足。如果进口配额制中规定了留用额（上一年未用完留下的额度）、预用额（借用下一年度的额度）和挪用额（别国转让给我国的额度），我国也应加以充分利用，使配额的利用率达到最高水平。其次，也要做好商品的分类工作。由于有的国家对某些商品的分类并非十分明确、严格，既可归于有配额限制或配额较少的类别，也可归入无配额限制或配额较宽裕的类别，则应争取后者，获得更多的配额，以扩大出口。所谓用好配额，是指合理地使用配额，尽量使配额带来最大效益。例如，面对有金额限制的配额，则要在数量范围内尽量多出口档次高、附加值高的产品，实现利润最大化。

应该注意的是，进口配额只作为数量限制的一种运用形式，受到了 WTO 旗帜鲜明的反对。GATT 曾规定禁止数量限制条款，几乎把它放到与关税减让同等重要的地位，因而不少国家转而采取"灰色区域措施"，如自动出口配额制等。

8.2.2 自动出口配额制

自动出口配额（Voluntary Export Quotas），又称自动出口限制（Voluntary Export Restraints），是指出口国家或地区在进口国的要求和压力下，自动规定某一时期（一般为 3 ~ 5 年）某些商品对该国的出口限额，在该限额内自行控制出口，超过限额即禁止出口。

自动出口配额制和进口配额制虽然从实质上来说都是通过数量限制来限制进口，但仍有许多不同之处。这表现在：第一，从配额的控制方面看，进口配额制由进口国直接控制进口额来限制商品进口，而自动出口配额制则由出口国直接控制配额，限制一些商品对指定进口国家的出口，因此是一种由出口国家实施的为保护进口国生产者而设计的贸易政策措施。第二，从配额表现形式看，自动出口配额制表面上是出口国自愿采取措施控制出口，而实际上是在进口国的强大压力下才采取的措施，并非出于出口国自愿。第三，从配额的影响范围看，进口配额制通常应用于一国大多数供给者，而自动配额制仅应用于几个甚至一个特定的出口者，具有明显的选择性。那些未包括在自动配额制协定中的出口者，可以向该国继续增加出口。第四，从配额使用时限看，进口配额制使用时限相对较短，往往为一年，而自动出口配额制较长，往往为 3 ~ 5 年。

自动出口配额制主要有两种形式。

1. 非协定的自动出口配额

它是指出口国政府并未受到国际协定的约束，自动单方面规定对有关国家的出口限额，出口商必须向政府主管部门申请配额，在领取出口授权书或出口许可证后才能出口；也有的是出口厂商在政府的督导下，"自动"控制出口。例如，1975 年，在日本政府的行政指导下，日本六家大钢铁企业，将 1976 年对西欧的钢材出口量"自动"限制在 120 万 t 以内，1977 年又限制在 122 万 t 以内。

2. 协定的自动出口配额

它是指进出口双方通过谈判签订"自限协定"（Self-restriction Agreement）或"有秩序销售协定"（Orderly Marketing Agreement），规定一定时期内某些商品的出口配额。出口国据此配额发放出口许可证或实行出口配额签证（Export Visa），自动限制商品出口，进口国则根据海关统计进行监督检查。自动出口配额大多属于这一种。例如，1957 年，美国的纺织业因日本纺织品输入激增而受到损害，要求日本限制其对美国出口，否则即实行更为严厉的进口限制。在强大的压力下，日本和美国签订了一个为期五年的"自动限制协定"，"自动"地把对美国的棉纺织品出口限制在 2.55 亿 $yd^{2\ominus}$ 之内，从而由美国在关贸总协定之外，开创了第一个对纺织品出口进行限制的先例。

⊖ 平方码（yd^2），$1yd^2 = 0.836\,127m^2$。

8.2.3　进口许可证制

进口许可证制（Import License System）是指一国政府规定某些商品的进口必须申领许可证，否则一律不准进口的制度。它实际上是进口国管理其进口贸易和控制进口的一种行政管理措施与直接干预。

1. 按照其与进口配额的关系分类

（1）有定额的进口许可证。进口国预先规定有关商品的进口配额，然后在配额的限度内，根据进口商的申请对每笔进口货物发给一定数量或金额的进口许可证，配额用完即停止发放。可见，这是一种将进口配额与进口许可证相结合的管理进口的方法，通过进口许可证分配进口配额。若为自动出口限制，则由出口国颁发出口许可证来实施。例如，德国对纺织品的进口便是通过有定额的许可证进行管理的。德国有关当局每年分三期公布配额数量，然后据此配额数量发放许可证，直到进口配额用完为止。

（2）无定额的进口许可证。这种许可证不与进口配额相结合，即预先不公布进口配额，只是在个别考虑的基础上颁发有关商品的进口许可证。由于这种许可证的发放权完全由进口国掌握，没有公开的标准，因此更具有隐蔽性。

2. 按照进口商品的许可制度分类

（1）公开一般许可证。公开一般许可证（Open General License，OCL），又称公开进口许可证、一般许可证或自动进口许可证。它对进口国别或地区没有限制，凡列明属于公开一般许可证的商品，进口商只要填写公开一般许可证后，即可获准进口。因此，这一类商品实际上是可"自由进口"商品。填写许可证的目的不在于限制商品进口，而在于管理进口，例如海关凭许可证可直接对商品进行分类统计。

（2）特种商品进口许可证。特种商品进口许可证（Specific License，SL），又称非自动进口许可证，进口商必须向政府有关当局提出申请，经政府有关当局逐笔审查批准后方可进口。特种商品进口许可证往往都指定商品的进口国别或地区。

进口许可证的使用已经成为各国管理进口贸易的一种重要手段。它便于进口国政府直接控制进口，或者方便地实行贸易歧视，因而在国际贸易中越来越被广泛地用作非关税壁垒措施。有的国家为了进一步阻碍商品进口，故意制定烦琐复杂的申领程序和手续，使得进口许可证制度成为一种拖延或限制进口的措施。

鉴于国际贸易中许可证尚有存在的理由，例如，进行某种商品的统计，或在进口配额制下分配或控制某种商品的进口总量、确定商品的原产地、区别对待进口商品等。完全取消进口许可证是不现实的，但为了防止进口许可证被滥用而妨碍国际贸易的正常发展，WTO 制定了新的《进口许可程序协议》，规定签字方必须承担简化许可程序的义务，确保进口许可证本身不会构成对进口的限制，并保证进口许可证的实施具有透明性、公正性和平等性。该协议于 1995 年 1 月 1 日生效，对所有 WTO 成员都具有约束力。

8.2.4　外汇管制

外汇管制（Foreign Exchange Control）也称外汇管理，是指一国政府通过法令对国际结算和外汇买卖加以限制，以平衡国际收支和维持本国货币汇价的一种制度。由于进出口贸易与外汇有着密切关系（即出口收汇、进口付汇），所以，外汇管制必然直接影响一国的进出口贸易。

实行外汇管制的国家，大都规定出口商需将其出口所得外汇收入按官方汇率（Official Exchange Rate）结售给外汇管理机构，而进口商也必须向外汇管理机构申请进口用汇。此外，外汇在该国禁止自由买卖，本国货币的携出入境也受到严格的限制。这样，政府就可以通过确定官方汇率、集中外汇收入、控制外汇支出、实行外汇分配等办法来控制进口商品的数量、品种和国别。例如，日本在分配外汇时趋向于鼓励进口高精尖产品和发明技术，而不是鼓励进口消费品。

外汇管制的方式一般可以分为以下四种。

1. 数量性外汇管制

这是指国家外汇管理机构对外汇买卖的数量直接进行限制和分配。一些国家实行数量性外汇管制时，往往规定进口商必须获得进口许可证后，方可得到所需的外汇。

2. 成本性外汇管制

这是指国家外汇管理机构对外汇买卖实行复汇率制（System of Multiple Exchange Rates），利用外汇买卖成本的差异来间接影响不同商品的进出口，达到限制或鼓励某些商品进出口的目的。所谓复汇率，也称多重汇率，是指一国货币对外汇率有两个或两个以上，分别适用于不同的进出口商品。其作用是，根据出口商品在国际市场上的竞争力，为不同商品规定不同的汇率以加强出口；根据保护本国市场的需要为进口商品规定不同的汇率以限制进口等。

3. 混合性外汇管制

这是指同时采用数量性和成本性外汇管制，对外汇实行更为严格的控制，以影响商品的进出口。

4. 利润汇出限制

这是指国家对外国公司在本国经营获得的利润汇出加以管制。例如，德国曾对美国石油公司在德国赚钱后汇给其母公司的利润按累进税制征税，高达 60%；有些国家通过拖延批准利润汇出时间表来限制利润汇出。

近些年来，国际金融形势动荡不安，如墨西哥金融危机、亚洲金融危机以及 2007 年以来的全球性金融危机，一些国家出现了外汇不足，外汇管制又有逐步加强的趋势。

关贸总协定也涉及外汇管制问题。它规定，一国实施外汇管制应遵循适度、透明和公正的原则。

8.2.5   进口押金制

进口押金（Advanced Deposit）制又称进口存款制或进口担保金制，是指进口商在进口商品前，必须预先按进口金额的一定比率和规定的时间，在指定的银行无息存储一笔现金的制度。这种制度无疑加重了进口商的资金负担，起到了限制进口的作用。它同外汇管制类似，即通过控制或减少进口者手中的可用外汇来达到限制进口的目的。例如，意大利政府自 1974 年 5 月到 1975 年 3 月曾对 400 多种商品实行进口押金制度，规定无论进口商从什么国家进口商品，都必须预先向中央银行缴纳相当于货值一半的现款押金，无息冻结半年。据估计，这项措施相当于征收 5% 以上的进口附加税。

进口押金制对进口限制有很大的局限性。如果进口商以押款收据作担保，在货币市场上获得优惠利率贷款，或者国外出口商为了保证销路而愿意为进口商分担押金金额时，这种制度对进口的限制作用就微乎其微了。

8.2.6　最低限价制和禁止进口

最低限价（Minimum Price）制是指一国政府规定某种进口商品的最低价格，若进口商品的价格低于这个标准，就加征进口附加税或禁止进口。例如，1985 年智利对绸坯布进口规定了每千克 52 美元的最低限价，低于这个限价，将征收进口附加税。这样，一国便可有效地抵制低价商品进口或以此削弱进口商品的竞争力，保护本国市场。

欧共体为保护其农产品而制定的"闸门价"（Sluice Gate Price）是又一种形式的最低限价。它规定了外国农产品进入欧共体的最低限价，即闸门价。如果外国产品的进口价低于闸门价，就要征收附加税，使之不低于闸门价，然后在此基础上再征收调节税。我国农产品对欧洲出口就深受闸门价的影响。以冻猪肉为例，去骨分割冻猪肉是我国一项传统出口产品，在欧洲国家十分畅销，1983 年欧共体规定了其闸门价每吨1 800美元，调节税每吨 780 美元，而当时欧共体内的销售价只有2 500美元。由于进口成本远超出市场价格水平，我国冻猪肉于 1983 年全部退出欧共体市场，仅"闸门价"这一项农产品贸易壁垒措施，就使我国冻猪肉出口每年损失6 000万美元。

禁止进口（Prohibitive Import）是进口限制的极端措施。当一国政府认为一般的限制已不足以解救国内市场受冲击的困境时，便直接颁布法令，公开禁止某些商品进口。一般而言，在正常的经贸活动中，禁止进口的极端措施不宜贸然采用，因为这可能引发对方国家的相应报复，从而酿成愈演愈烈的贸易战，对双方的贸易发展都无好处。

8.2.7　国内税

国内税（Internal Taxes）是一国政府对本国境内生产、销售、使用或消费的产品所征收的各种捐税，如周转税、零售税、消费税、销售税、营业税等。

在征收国内税时，可以对国内外商品实行不同的征税方法和税率，以增加进口商品的纳税负担，削弱其竞争力。方法之一是对国内产品和进口产品征收差距很大的消费税。例如，俄罗斯对进口产品除征收关税外，还将征收 18% 的增值税，酒精、酒精饮料、烟草及制品、首饰、汽油、汽车等产品还将征收消费税。但是，俄罗斯对进口汽车和摩托车征收的国内消费税税率明显高于俄罗斯国内同类产品的税率。根据 2000 年《俄罗斯联邦税法典》规定，俄罗斯对国内小汽车统一征收 5% 的消费税，但是对进口汽车却根据排量的不同而征收金额不等的消费税，其中进口摩托车的消费税税率高达 20%。

国内税的制定和执行完全属于一国政府，有时甚至是地方政府的权限，通常不受贸易条约与协定的约束，因此会比关税更灵活和更隐蔽。

8.2.8　进出口的国家垄断

进出口的国家垄断（State Monopoly）也称国营贸易（State Trade），是指对外贸易中某些商品的进出口由国家直接经营，或者把这些商品的经营权给予某些垄断组织。

各国国家垄断的进出口商品通常有四大类。第一类是烟酒，由于可以从烟酒进出口垄断中取得巨大财政收入，各国一般都实行烟酒专卖。第二类是农产品，对农产品实行垄断经营，往往是一国农业政策的一部分，这在欧美国家最为突出。例如，美国农产品信贷公司，是世界上最大的农产品贸易垄断企业，对美国农产品国内市场价格能保持较高水平起到了重要作用：当农产品价格低于支持价格时，该公司就按支持价格大量收购农产品，以维持价格水平，然后，以低价向国外市场大量倾销，或者"援助"缺粮国家。第三类是武器，它关系到国家安全与世界和平，自然要受到国家专控。第四类是石油，它是一国的经济命脉，因此，不仅出口国家，而且主要的石油进口国都设立国营石油公司，对石油贸易进行垄断经营。

8.2.9　歧视性政府采购政策

歧视性政府采购政策（Discriminatory Government Procurement Policy）是指国家通过法令和政策明文规定政府机构在采购商品时必须优先购买本国产品。有的国家虽未明文规定，但优先采购本国产品已成惯例。这种政策，实际上是歧视外国产品，起到了限制进口的作用。

歧视性政府采购政策具体包括：

（1）优先购买本国产品与服务。例如，美国从 1933 年开始实行，并于 1954 年和 1962年两次修改的《购买美国产品法》（Buy American Act）是最为典型的政府采购政策。该法规定，联邦政府必须购买美国产品，除非该商品的价格超过国际市场同类商品的 6% 以上，对于国防部的采购，这一标准达到 12%，甚至一度达到 50%。许多国家规定公务员必须乘坐本国航班，有些国家虽然没有法令规定，但政府在财务或外汇制度上作了限制。

（2）强调产品与服务中的国产化程度。对于一些政府不得不使用外国产品或服务，有时会有一些其他的要求，如零部件国产化程度、当地产品含量或本国提供服务的比例等。

（3）偏向国内企业的招标。在政府出资的工程招标中采用偏向国内企业的标准或程序。一些国家虽然没有明文规定外国企业不能投标，但通过一些苛刻的歧视性标准和不透明的程序使得外国企业实际上不可能中标。

（4）直接授标。有的政府工程不通过招标而直接将标授予一家特定企业（一般都是本国企业）。

由于庞大的政府歧视性采购对贸易的影响，在 1979 年结束的关贸总协定东京回合上首次产生了《政府采购协议》（Agreement on Government Procurement，GPA）。1994 年结束的乌拉圭回合又对这一协议作了修改。但由于这一协议属于诸边协议（并非多边协议），是由世界贸易组织的成员方自愿参加的，只对签字的成员方具有约束力。因此在政府采购领域的贸易壁垒均系符合国内和国际法律规范的行为，不属于 WTO《协议》的管辖范围。

2009 年 2 月 17 日，美国总统奥巴马签署了 7 870 亿美元的经济刺激方案，即《2009 年美国复兴与再投资法案》，其中就包括著名的"购买美国货"条款。对此，美国方面解释说，该经济刺激法案中的"购买美国货"条款只限于政府采购，而且各国普遍都有类似的"政府采购法"。除美国外，阿根廷、日本、韩国、泰国、波兰、澳大利亚、马来西亚等许多国家都有类似的规定，购买国货原则已经成为多数国家所遵循的国际惯例。在全世界范围内，歧视性政府采购作为一种贸易保护政策都在被广泛使用。

8.2.10　海关程序

海关程序（Customs Procedures）是指进口货物通过海关的程序，一般包括申报、查验、征税及放行四个环节。海关程序本来是正常的进口货物通关程序，但通过滥用却可以起到歧视和限制进口的作用，从而成为一种有效的、隐蔽的非关税壁垒措施。这可以体现在以下几个方面。

1. 海关对申报表格和单证作出严格要求

例如，要求进口商出示商业发票、原产地证书、货运提单、保险单、进出口许可证、托运人报关清单等，缺少任何一种单证，或者任何一种单证不规范，都会使进口货物不能顺利通关。更有甚者，有些国家故意在表格、单证上做文章。

2. 通过商品归类提高税率

即海关无端地把进口商品归在税率高的税则项下，以增加进口商品关税负担，从而限制进口。例如，美国海关在对日本产载货汽车的驾驶室和底盘进行分类时，把它从"部件"归类到"装配车辆"类，其进口税率就相应地从 4% 提高到 25%。又如，美国对一般的打字机进口不征关税，但玩具打字机则要开征 35% 的进口关税。不过，大多数国家采用的《布鲁塞尔税则目录》比较完善，一般产品应该在哪个税则下都比较清楚，因此，利用产品分类来限制进口的作用毕竟有限。

3. 通过海关估价制度限制进口

海关估价制度（Customs Valuation System）原本是海关为了征收关税而确定进口商品价格的制度，但在实践中它经常被用作一种限制进口的非关税壁垒措施。进口商品的价格可以有许多种确定办法，不同计价方法得出的进口商品价格高低不同。海关可以采用高估的方法进行估价，然后用征收从价税的办法征收关税。这样一来，就可提高进口商品的应税税额，增加其关税负担，达到限制进口的目的。

在各国专断的海关估价制度中，以"美国售价制"最为典型，美国售价制（American Selling Price System）是指美国对与其本国商品竞争激烈的进口商品（如煤焦油产品、胶底鞋类、蛤肉罐头、毛手套等）按美国售价（即美国产品在国内自由上市时的批发价格）征收关税，使进口税率大幅度提高。由于受到其他国家的强烈反对，美国不得已在 1981 年废止了这种估价制度。为了消除各国海关估价制度的巨大差异，并减少其作为非关税壁垒措施的消极作用，关贸总协定在东京回合达成了《海关估价协议》，形成了一套统一的海关估价制度。它规定，海关估价的基础应为进口商品或相同商品的实际价格，而不得以本国产品价格或以武断、虚构的价格作为计征关税的依据，协议还明确规定六种应按顺序实施的估价方法，并对不得采用的估价作了限制。该协议的目的是要制定一个公正、统一和中性的海关估价制度，使之不能成为国际贸易发展的障碍。

我国的海关估价制度可以说相当程度上与《海关估价协议》基本一致，只是在执行过程中有偏差。不同口岸在估价标准上采取灵活的手段，以致同一产品从不同口岸进口时，需缴纳的关税相距甚远。例如，汽车、空调从南方口岸进口就比从北方口岸进口要便宜。

4. 从进口商品查验上限制进口

海关查验货物主要有两个目的：一是看单据是否相符，即报关单是否与合同批文、进口许可证、发票、装箱单等单证相符；二是看单货是否相符，即报关所报内容是否与实际进口货物相符。为了限制进口，检验的过程可以变得十分复杂。一些进口国家甚至改变进口关道，即让进口商品在海关人员少、仓库狭小、商品检验能力差的海关进口，拖长商品进关时间。例如，1982 年 10 月，为了限制日本等主要出口国向法国出口录像机，法国政府规定所有录像机进口必须到普瓦蒂埃海关接受检验，同时还规定了特别复杂的海关手续。原来只需半天就能完成的工作，在普瓦蒂埃却要花 2 ~ 3 个月，此举使得进入法国的日本录像机的进口量从原来的每月 6.4 万多台下降每月不足 1 万台。此外，有的国家对进口新鲜的农产品设置复杂的海关手续，故意拖延时间，致使出口国担心有些新鲜农产品因时间过长出现腐烂而不敢再出口。

8.3 新型的非关税壁垒形式

8.3.1 技术性贸易壁垒

技术性贸易壁垒（Technical Barriers to Trade，TBT）是指一国或区域组织为维护国家或区域安全、保障人类健康和安全、保护动植物健康和安全、保护环境、防止欺诈行为、保证产品质量等为理由而采取一些强制性的或自愿性的技术性措施，从而提高产品的技术要求，增加进口的难度，最终达到限制外国商品进入，保护市场的目的。狭义的技术壁垒主要是指世界贸易组织《技术性贸易壁垒协议》规定的技术法规（是指规定强制执行的产品特性或其相关工艺和生产方法，包括适用的管理规定的文件）、标准（是指经公认机构批准的、非强制执行的、供通用或重复使用的产品或相关工艺和生产方法的规则、指南或特性的文件）和合格评定程序（是指任何直接或间接用以确定是否满足技术法规或标准中相关要求的程序）；广义的技术壁垒还包括动植物及其产品的检验和检疫措施、包装和标签及标志要求、绿色壁垒、信息技术壁垒等，常以技术法规、标准和合格评定程序等形式出现。

1. 技术性贸易壁垒的主要表现形式

（1）严格繁杂的技术法规和技术标准。这一形式主要是用于工业制成品。发达国家凭借其在技术上的优势，制定较高的技术标准，而且这些标准经常变化，使得发展中国家的出口厂商要么无从知晓、无所适从，要么为迎合其标准需要付出较高的成本，从而失去产品在国际市场上的竞争力。

欧盟是目前世界上技术贸易壁垒最多、要求最严、保护程度最高的地区，其工业标准不下 10 万种。进入欧盟市场的产品至少应该满足以下三个条件之一：符合欧洲标准 EN，取得欧洲标准化委员会 CEN 认证标志；取得欧盟安全认证标志 CE；取得 ISO 9000 合格证书。不仅如此，欧盟各成员也有各自的标准，如德国就有自己的 1.5 万个标准，而日本也有 8 184 个工业标准和 397 个农产品标准。

（2）严格的卫生检疫制度。卫生检疫标准（Health and Sanitary Regulation）主要适用于农副产品及其制品。各国在卫生检疫方面的规定越来越严，对要求卫生检疫的商品也越来越多。例如，美国规定其他国家或地区输往美国的食品、饮料、药品及化妆品，必须符合美国《联邦食品、药品及化妆品法》（The Federal Food，Drug and Cosmetic Act）的规定。其条文还规定，进口货物通过海关时，均须经食品药物管理署（Food and Drug Administration，FDA）检验，如发现与规定不符，海关将予以扣留，有权进行销毁，或按规定日期装运再出口。又如，近几年日本对我国出口的大米进行检测的农药残留限量标准的个数迅速增加。1994 年的检测项目还只有 56 项，1995 年增至 64 项，1996 年 81 项，1998 年 104 项，到 2002 年则达到 122 项。

（3）严格的商品包装和标签的规定。商品包装和标签规定（Packing and Labeling Regulation）适用范围很广。许多国家对在本国市场销售的商品订立了种种包装和标签的条例，这些规定内容繁杂、手续麻烦，出口商为了符合这些规定，不得不按规定重新包装和改造标签，费时费工，增加商品的成本，削弱了商品的竞争力。以美国为例，美国规定从 2009 年 8 月 14 日起，所有儿童产品的制造商应在产品和包装上加贴溯源性标签或其他永久性的鉴别标签。完整标签的内容包括：产品生产的日期和地点；产品批次的相关信息，如批次号、检验号码、或其他类似号码（新增要求）；产品制造商的信息；产品符合相关认证的信息。又如，欧盟在 2008 年颁布的新《电池指令》中，对电池等产品的标签作了如下规定：所有电池、蓄电池及电池组均必须附有打上交叉的带轮垃圾桶标志，若电池、蓄电池及电池组小于若干尺寸，则可把标志印于包装上。再如，2009 年，加拿大政府对木制品包装材料又出台了新规定：自 2009 年 9 月 1 日起，对于来自我国的仅提供植物检疫证书的货物的木质包装将不再为加拿大所接受，只有加贴国际植物保护公约组织的（IPPC）标志才是唯一有效的认证方式。

2. 技术性贸易壁垒的特点

（1）双重性。技术性贸易壁垒的双重性是指其既有合法性，又有保护性。一方面，技术法规、标准及合格评定程序本身通过对贸易商品的质地、纯度、规格、尺寸、营养价值、用途、产地证书、包装和标签等作出规定，可起到提高生产效率、促进贸易发展的作用，达到驱除假冒伪劣商品、维护消费者合法权益、保护人类健康和安全及生态环境的目的；有时它还能迫使出口货物的发展中国家或地区加快技术进步、技术改造步伐，提高本身的生产、加工水平。这是其起积极作用的一面。另一方面，一些发达国家凭借自身技术和经济优势，制定比国际标准更为苛刻的技术标准、技术法规和技术认证制度等，且常常变动，使出口国的货物难以符合这些技术要求，造成妨碍贸易正常进行的严重后果。这是构成其贸易壁垒的一面。

（2）广泛性。从产品范围看，技术性贸易壁垒不仅涉及与资源环境和人类健康有关的初级产品，而且涉及所有的中间产品和工业制成品；产品的加工程度和技术水平越高，所受的制约和影响也就越显著。从产品过程来看，包括在研发、生产、加工、包装、运输、销售和消费整个产品的生命周期之中。从领域来看，已从有形商品扩展到金融、信息等服务贸易、投资、知识产权及环境保护等各个领域。

（3）针对性。由于技术性贸易壁垒制定的主动权主要掌握在各国政府手中，不需要通过国际组织的批准，世界贸易组织对它的限制也很少。进口国很容易灵活地针对某种产品、某个国家制定专门的技术标准，短期内即可达到限制进口、保护本国产业和市场的目的。

（4）隐蔽性。技术性贸易壁垒与其他非关税壁垒如进口配额、许可证制、自动出口限额等相比，不仅隐蔽地回避了分配不合理、限制等问题，而且各种技术标准极为复杂，往往使出口国难以应付。同时，技术性贸易壁垒是以建立在高科技基础上的技术标准为基础的，科技水平不高的发展中国家难以作出判断。此外，一些技术性贸易壁垒还把贸易保护的目标转移到人类安全和健康上，具有更大的隐蔽性和欺骗性。

8.3.2　绿色贸易壁垒

1. 绿色贸易壁垒的含义

绿色贸易壁垒，简称绿色壁垒，也称环境壁垒，产生于 20 世纪 80 年代后期，90 年代开始兴起于各国，是指在国际贸易中一些国家以保护生态资源、生物多样性、环境和人类健康为借口，设置一系列苛刻的高于国际公认或绝大多数国家不能接受的环保法规和标准，对进口商品采取的准入限制或禁止措施。例如，美国拒绝进口委内瑞拉的汽油，因为含铅（Pb）量超过了本国规定；欧盟禁止进口加拿大的皮革制品，因为加拿大猎人使用的捕猎器捕获了大量的野生动物；20世纪90年代开始，欧洲国家严禁进口含氟利昂的冰箱，导致我国的冰箱出口由此下降了59%等事例，这些都是由于绿色贸易壁垒而产生的一系列事件。由于在WTO的法律文本和相关的国际文献中没有绿色贸易壁垒一词，WTO的法律文本中，有关绿色贸易壁垒的规定都包括在技术性贸易壁垒的相关规定之中，因此严格地说，绿色贸易壁垒实际上是技术性贸易壁垒的一种形式，但是鉴于绿色贸易壁垒对我国对外贸易的影响日趋扩大，所以将其作为一种独立的非关税壁垒措施来学习。

2. 绿色贸易壁垒的基本特征

（1）名义上的合理性。绿色贸易壁垒是以保护世界资源、环境和人类健康为名，行贸易限制和制裁之实。现代社会人们对于那些可能对环境和健康带来危害的商品和服务表现出了高度敏感性。绿色贸易壁垒正是抓住了这一共同心理，使贸易保护在名义上和提法上有了合理性和巧妙性。

（2）形式的合法性。绿色贸易壁垒虽然属于非关税壁垒的范畴，但其不同之处在于绝大部分的非关税壁垒不是通过公开立法来加以规定和实施的，而绿色贸易壁垒措施则是以一系列国际国内公开立法作为依据和基础。GATT授予了各国"环保例外权"；WTO在《技术性贸易壁垒协议》的前言中也规定了"不能阻止任何成员方按其认为合适的水平采取诸如保护人类和动植物的生命与健康以及保护环境所必须的措施"。由此可见，发达国家采取的严格的绿色贸易壁垒措施，从法律的角度看，一般是无可非议的。

（3）保护内容的广泛性。绿色贸易壁垒保护的内容十分广泛，它不仅涉及与资源环境保护和人类健康有关的许多商品在生产和销售方面的规定和限制，而且对那些需达到一定的安全、卫生、防污等标准的工业制成品也有很多的限制，因此对发展中国家的对外贸易与经济发展具有极大的挑战性。

（4）保护方式的隐蔽性。与传统的非关税壁垒措施，如进口数量与配额等相比，绿色贸易壁垒具有更多的隐蔽性。首先，它不像配额和许可证管理措施那样，明显地带有分配上的不合理性和歧视性，不容易引起贸易摩擦。其次，建立在现代科学技术基础之上的各种检验标准不仅极为严格，而且烦琐复杂，使出口国难以应付和适应。

（5）较强的技术性。即对产品的生产、使用、消费和处理过程的鉴定都包括较多的技术性成分。

（6）技术要求的相对性。在发达国家之间，环保技术水平比较接近，它们之间的贸易因环保问题导致的纠纷较少。而在发达国家与发展中国家之间，发达国家较高的环境标准和相应的管理措施，对发展中国家来说，往往是一道道难以逾越的绿色贸易壁垒。

3. 绿色贸易壁垒的主要形式

（1）环境附加税。环境附加税是发达国家保护环境、限制进口最早采用的手段，即进口国以保护环境为由，对一些污染环境、影响生态的进口产品征收进口附加税，或者限制、禁止进口，甚至实行贸易制裁。例如，美国对原油和某些进口石油化工制品课征的进口附加税的税率比国内同类产品高出3.5美分/桶。1994年，美国环保署规定在美国九大城市出售的汽油中含有的硫、苯等有害物质必须低于一定水平，国内生产商可逐步达到有关标准，而进口汽油必须在 1995 年 1 月 1 日生效起立即达到，否则禁止进口。

（2）绿色环境标志制度。绿色环境标志制度是由政府部门或公共、私人团体依据一定的环境标准颁发的图形标签，印制或粘贴在合格的商品及包装上。取得了环境标志就意味着取得了进入实施环境标志制度国家市场的"通行证"，但由于认证程序复杂、手续烦琐、标准严格，增加了外国厂商的生产成本和交易成本，成为其他国家产品进入一国市场的环境壁垒。自德国于 1978 年第一个实施环境标志制度"蓝天使"计划以来，绿色环境标志制度发展极为迅速，目前世界上已有 50 多个国家和地区实施这一制度，如加拿大的"环保选择方案"、日本的"生态标志制度"、欧盟的"欧洲环保标志"，印度的"生态标志制度"、新加坡的"绿色标志制度"等。

（3）环保技术标准制度。发达国家往往拥有较高的技术水平，处于技术垄断地位，其以环境保护的名义，通过立法手段，制定严格、苛刻的强制性环保技术标准，限制国外商品的进口，有些国家甚至执行内外有别的环保技术标准。这些环保技术标准对于发展中国家而言，可能是短期内根本无法达到的，结果就导致了发展中国家的产品被排斥在发达国家市场之外。目前，被环保技术标准所涉及的产品越来越多，并且标准越来越高，标准的分类也越来越细。其主要有：①食品中的农药残留量及其化学物质含量；②陶瓷产品的含铅量；③皮革的 PCP 残留量；④烟草中的有机氯含量；⑤机电产品、玩具的安全性指标；⑥汽油的含铅量指标；⑦汽车尾气的排放标准；⑧包装材料的可回收性指数；⑨纺织品污染指数；⑩保护臭氧层的受控物质，如冰箱、空调、泡沫及发胶等。

（4）绿色包装和标签制度。绿色包装，也称环境包装，是指能节约能源、减少废弃物、用后易于回收或再生、易于自然分解、不污染环境的包装，即 4R 包装（Reduce——减少材料消耗量；Refill——大型容器再填充使用；Recycle——可循环使用；Recovery——可回收使用）。20 世纪 80 年代以来，在环境保护浪潮的推动下，很多发达国家制定了各种法规，以规范包装材料市场。例如，德国于 1992 年公布《德国包装废弃物处理法令》，美国也规定了废弃物处理的各项程序。这些"绿色包装"法规有利于环境保护，但同时大大增加了出口商的成本，也为这些国家制造"绿色贸易壁垒"提供了借口。

（5）绿色卫生检疫制度。发达国家往往把海关的卫生检疫制度作为控制从发展中国家进口的重要工具。它们对食品、药品的卫生指标十分敏感，如对食品的农药残留、放射性残留、重金属含量、细菌含量等指标的要求极为苛刻。

随着科学技术的进步，环境污染物也在逐渐发生变化，各国制定的相关检疫标准以及检疫对象也在发生变化。例如，早期残留物检验主要以六六六、滴滴涕（DDT）为主要对象，后来发展到放射性污染，现在则更多地要求测定多氯联苯（PCBS）和二噁英（PCDDS）。前者主要由变压器油造成污染，后者曾经在 20 世纪七八十年代造成极大的影响。因为除草剂、DDT 等光合成和有机氯废料的焚烧，可使人身患癌症、突发病，也可导致胎儿畸形，PCDDS 成了许多发达国家环境检测和一些食品检测的重大项目。近几年来，国际上发现鸡肉中残留 PCDDS，使 PCDDS 问题又重受世人关注。还有，谈"牛"色变的"疯牛病"，使各国加强了对进口牛肉的检验，甚至禁止进口病源国的牛肉等。

（6）绿色补贴制度。由于污染治理费用通常十分高昂，导致一些企业难以承受此类开支。当企业无力投资于新的环保技术、设备或无力开发清洁技术产品时，政府需要采用环境补贴来帮助筹资控制污染。这些方式包括转向补贴、使用环境保护基金、低息优惠贷款等。按 WTO 修改后的《补贴与反补贴措施协议》的规定，这类补贴是"为促进现有设施适应法律和规章所规定的新的环境需求而给予有关企业的资助"，它属于不可申诉补贴范围，因而为越来越多的国家和地区所采用。经济合作与发展组织（OECD）允许其成员政府可根据"污染者付费原则"提供环境补贴。但这类补贴行为也引起一些进口国以其造成价格扭曲因而违反 WTO 自由贸易原则为由提出申诉。例如，20 世纪 90 年代，美国就曾以环境补贴为由对来自巴西的人造胶鞋和来自加拿大的速冻猪肉提出了反补贴申诉。

（7）环境成本内在化制度。一些发达国家根据外部经济理论制定环境成本内在化制度，对来自于那些环保制度宽松国家的产品以"生态倾销"为名实行保护措施。由于"环境成本内在化"是绿色贸易壁垒的重要理论基础，故有必要在此对相关概念作以解释。商品在生产、使用过程中造成环境破坏和资源流失，由此形成的成本，即为环境成本。将环境成本纳入生产成本，即为环境成本内在化。环境成本内在化以后，国际贸易中有些产品（如资源型、绿色消费品）的比较优势就会发生变化。

发达国家的一些企业认为，别国（尤其是发展中国家）的产品未考虑环境成本，导致价格较低，产生不公平竞争，并对本国政府施加压力，要求本国政府征收"生态倾销税"，以抵消国外低成本产品的竞争优势，或者对国内工业进行补贴，使其在国内市场和国际市场可以低价竞争。广大发展中国家对此提出了异议，认为对环境管制差异造成的产品投入成本差异对市场竞争力产生的影响并没有发达国家鼓吹的那么严重。据统计，与环境有关的成本一般只占全部产品销售价格的 1% ~2%，只有部分污染密集型行业和自然资源部门的此项成本高于平均值，如化工、矿业、采掘业、造纸业等。

8.3.3　国际贸易救济措施

国际贸易救济措施主要是指进口国对国际贸易过程中出现某种特殊情势并对本国国内产业产生不利影响时实施的矫正或补救措施。当前，各国为保护本国产业经济安全和国内企业的利益所广泛采取的国际贸易救济措施主要包括反倾销、反补贴、保障措施和针对特定产品的特别保障措施。

反倾销（Anti-Dumping）是指对外国商品在本国市场上的倾销所采取的抵制措施。一般是对倾销的外国商品除征收一般进口税外，再增收附加税，使其不能廉价出售，此种附加税称为"反倾销税"。例如，美国政府规定：外国商品刚到岸价低于出厂价格时被认为商品倾销，应立即采取反倾销措施。虽然在关贸总协定中对反倾销问题作了明确规定，但实际上各国各行其事，仍把反倾销作为贸易战的主要手段之一。

反补贴（Anti-Subsidies）是指一国政府或国际社会为了保护本国经济健康发展，维护公平竞争的秩序，或者为了国际贸易的自由发展，针对补贴行为而采取必要的限制性措施，包括临时措施、承诺、征收反补贴税。

保障措施（Safeguard Measures）是指成员在进口激增并对其国内产业造成严重损害或严重损害威胁时，政府可以实行临时的进口限制措施以保护国内生产者。这一条保护措施是 WTO《保障措施协议》认可的。但是，在关税和非关税保护政策日益受到限制的情况下，许多发达国家利用这一措施对本国企业实行"紧急保护"。

特别保障措施（Product-specific Safeguard Measures）是世界贸易组织成员利用特定产品

过渡性保障机制（Transitional Product-specific Safeguard Mechanism）针对来自特定成员的进口产品采取的措施。我们通常所说的"特别保障措施"（也称"特保"），通常是指《中华人民共和国加入 WTO 议定书》第 16 条：中国产品在出口 WTO 成员时，如果数量增长幅度过大，以至于对这些成员的相关产业造成严重损害或构成严重威胁时，这些成员可单独针对中国产品采取保障措施。"特保"实施期限为 2001 年 12 月 11 日至 2013 年 12 月 11 日。

　　追求贸易自由化，反对不公平竞争和不公平贸易，是世界贸易组织最重要的目的和宗旨之一，有鉴于此，世界贸易组织允许各成员方采取有关的国际贸易救济措施。但遗憾的是，这些协议的许多条款由于其本身在很大程度上存在着模糊性，从而实际上赋予了各缔约方主管当局在实施贸易救济措施过程中过多的自由裁量权。直接导致了贸易救济措施被过度滥用的可能。虽然，WTO 有一套比较完善的争端解决机制可供遭到滥用贸易救济措施而受损害的其他成员方援用，但走这条路费时费力，往往得不偿失。"美国钢铁保障措施案"就是一例，欧盟、日本、我国等成员方在 WTO 争端解决机构提起对美国的指控后，虽然最后美国败诉，但裁定时已到了美国钢铁保障措施实施的中后期阶段了。可见，贸易救济措施作为追求贸易自由化和公平贸易的手段，完全有可能因为矫枉过正而背离主旨，走向贸易保护主义的歧途。

　　随着各国对贸易救济措施的援用日益频繁，一些 WTO 成员滥用反倾销、反补贴、保障措施和特保措施，我国许多以低价销售为主的出口产品市场也受到了越来越大的冲击。

专栏 8-1　我国贸易救济案件的特点

　　近些年我国贸易救济案件呈现五大特点：

　　特点一：反倾销措施仍是我国企业贸易救济的主要形式

　　1997 ~ 2008 年，我国共发起贸易救济调查 165 起，其中反倾销 164 起，占我国贸易救济案件总数的 99.4%；保障措施 1 起，占比 0.6%。

　　特点二：加入世界贸易组织后我国反倾销申诉案件明显上升，金融危机爆发后我国反倾销申诉案件有所反弹

　　1997 ~ 2008 年，我国反倾销立案数为 164 起，年均 13.7 起，最高峰值在 2002 年，达到 30 起。从 1997 ~ 2000 年的四年间，我国反倾销立案总数为 16 起，年均立案数为 4 起。但自 2001 年起，我国反倾销申诉案件明显上升。2001 ~ 2005 年的五年间，我国反倾销立案总数为 120 起，年均立案数为 24 起；2006 ~ 2008 年的三年间，我国反倾销立案数为 28 起，年均立案数为 9.3 起。

　　虽然加入世界贸易组织以来，我国 2006 ~ 2008 年反倾销年均案件数低于 2001 ~ 2005 年的年均水平，但金融危机爆发后的 2008 年出现了明显的反弹趋势。2006 年，我国反倾销案件数从 2005 年的 24 起明显降至 10 起，2007 年减至 4 起，但 2008 年又大幅增至 14 起。

　　特点三：日本、韩国和美国仍为我国申诉的主要对象国

　　1997 ~ 2008 年，我国共对 25 个国家（地区）发起反倾销调查。在我国启动的 164 起反倾销案件中，日本、韩国被列为申诉对象国的案件均为 31 起，并列第一，均占我国反倾销申诉案件总数的 18.9%；美国为 24 起，位居第三，占比 14.6%。

　　特点四：申诉企业所属省份集中于北京市、吉林省和山东省

　　1997 ~ 2008 年，北京企业发起 52 起反倾销案；吉林位居第二，为 42 起；山东居第三，为 41 起。

特点五：涉案产业以化工为主，并逐渐向医药、农产品、机械和电子扩展

1997~2008 年，我国发起的 164 起反倾销案件中，涉及化工产品的反倾销案件仍位居首位，为 126 起，占我国申诉反倾销案件总数的 76.8%。涉及行业共计 9 类：化工（126 起）、造纸（14 起）、冶金（8 起）、纺织（7 起）、电子（3 起）、机械（2 起）、轻工（食品添加剂）（2 起）、医药（1 起）、农产品（1 起），共涉及产品 50 种。

（资料来源：摘自商务部产业损害调查局《全球贸易摩擦研究报告（2009）》）

8.3.4 社会标准

由于各国经济发展水平的差异以及政治文化历史的不同，各国的劳工标准也不同。劳工标准（Labor Standards）是由国际劳工组织（International Labor Organization，ILO）的基本公约或核心标准构成，主要包括劳动者的权利（如结社自由权、罢工权、集体谈判权）、人格尊严（如禁止强迫劳动等）、禁止劳动歧视（如男女同工同酬、禁止就业和职业方面对不同种族、肤色、宗教等的歧视）、下一代成长（规定准许就业的最低年龄标准以及禁止童工劳动）、工人工作条件（如工作环境要符合健康安全的标准）等有关人权方面的问题，以及与贸易效益相关的社会福利待遇标准（如制定工人的最低工资标准、保障工人的合理收入、维持工人的基本生活等）。

一般说来，发达国家的劳工工资和福利待遇要高于发展中国家，因此，20 世纪 90 年代以来，一些发达国家开始将社会责任标准（Social Accountability 8000，SA8000）作为约束发展中国家出口的一种手段。1995 年以来，我国沿海地区已有至少 8 000 多家企业接受过跨国公司的社会责任审核，有些企业因达不到标准而被取消了供应商资格。

8.3.5 动物福利壁垒

所谓动物福利，通俗地讲，就是在动物饲养、运输、宰杀过程中要尽可能地减少痛苦，不得虐待。目前世界上已有 100 多个国家建立了完善的动物福利法规。例如，国际法规规定，猪在运输途中必须保持运输车的清洁，要按时喂食和供水，运输时间超过 8h 就要休息 24h。猪在宰杀时，应当使用高压电快速击中致命部位，使其在很短时间内失去知觉，以减少宰杀的痛苦，并且必须隔离屠宰，以防被其他猪看到而产生恐惧感。不少欧美国家要求供货方必须能提供畜禽或水产品在饲养、运输、宰杀过程中没有受到虐待的证明才准许进口。

动物福利的提出不仅是一种观念的进步，也有其科学道理。据科学研究表明，如果动物长期生活在痛苦、恐惧之中，体内会分泌出一种毒素，对食用者身体健康造成危害。据此，欧盟通过了在其成员方实施的指导条例，要求养猪者要照顾好猪的情绪，并规定，到 2013 年，欧盟各成员方要采用放养式养猪，停止圈养。

动物福利已不仅仅是一个观念问题，它已经影响到国际贸易。2003 年，乌克兰有一批生猪经过 60 多个小时的长途运输，抵达法国，却被法国拒之门外，理由是没有考虑到动物福利，生猪在长途运输过程中没有按规定时间休息。

动物福利潜在的贸易壁垒作用不可小视，各国（或地区）应当及时更新观念，否则必将在国际贸易中遭遇巨大障碍。

本章小结

1. 与关税壁垒相比，非关税壁垒具有很强的灵活性、有效性、隐蔽性和歧视性，因而日渐成为许多国家实施贸易保护主义的主要手段，成为各国尤其是发达国家干预对外贸易的重要政策工具。

2. 非关税壁垒种类繁多，根据不同的标准有不同的分类，传统的非关税壁垒形式主要有进口配额制、自动出口配额制、进口许可证制、外汇管制、进口押金制、最低限价制和禁止进口、国内税、进出口的国家垄断、歧视性政府采购政策、海关程序。

3. 随着世界经济和贸易情况的变化，非关税壁垒的形式也在逐步发生变化，产生了新型的非关税壁垒，主要包括技术性贸易壁垒、绿色贸易壁垒、贸易救济措施、社会标准和动物福利壁垒。

关键术语

非关税壁垒　　进口配额制　　绝对配额　　关税配额　　全球配额　　国别配额
自主配额　　协议配额　　自动出口配额　　进口许可证制　　外汇管制
进口押金制　　最低限价制　　技术性贸易壁垒　　绿色贸易壁垒　　贸易救济措施
保障措施　　特别保障措施

课后习题

简答题

1. 非关税壁垒有哪些特点？
2. 试述进口配额制与自动出口配额制的区别与联系。
3. 发展中国家设置非关税壁垒的目的是什么？
4. 简述绿色贸易壁垒的基本特征及主要形式。

论述题

1. 试述技术性贸易壁垒及其对发展中国家的影响。
2. 谈谈你对贸易救济措施的认识以及我国出口企业的应对措施。

分析题

1. 据巴西工业质量、标准和计量局（INMETRO）2009 年 12 月 31 日发布的第 371 号法令，自 2011 年 7 月 1 日起，87 类巴西国产或进口家电及相关产品（包括工业用电器产品）在市场上销售前应通过强制质量认证。该法令规定，自 2011 年 7 月 1 日起，禁止家电企业或进口商生产或进口未通过质量认证的产品；自 2012 月 7 月 1 日起，禁止家电企业和进口商向批发商或零售企业销售未通过质量认证的产品；自 2013 年 1 月 1 日起，禁止家电批发或零售企业销售未通过质量认证的产品。该法令将参照国际电子技术委员会（IEC）制定的有关家电及相关产品的国际技术标准，以提高家电消费者使用的安全性。涉及的产品主要包括：吸尘器、电熨斗、电烤炉、理发剃须用具、烘烤机、缝纫机、充电器、电热毯、电子手表、按摩器、吹风机、家用割草机、投影仪、水泵、烘干机、空气过滤器、热水器、灭虫器、压榨机、电烤肉架、电磁炉、电动牙刷等。(信息来源：中国贸易救济信息网)

（1）根据以上材料分析这属于哪一种非关税壁垒？

（2）该法令的实施将对我国出口贸易有什么影响？并浅谈我国出口企业应该如何采取何种应对措施？

2. 从 2002 年 1 月 1 日，欧盟要求各国起对零售的鱼类和水产品包装上加注品种、产地和捕捞区域等说明标志，并要求在说明标志上标明鱼类和水产品是远洋还是内河捕捞产品，或者人工养殖产品和加工产品，如果是远洋捕捞产品，还须标明捕捞海域。

（1）谈谈你对上述包装规定的理解。

（2）该规定对我国水产品的出口有什么影响？政府和企业应该如何应对这一规定？

3．欧盟自 2007 年 8 月正式实施有关能耗产品（Energy-using Products，简称 EuP）环保设计要求的框架指令后，2009 年又连续出台了四项该框架指令下的实施细则，对相关产品的能耗要求规定了较高的标准。根据 Eup 框架指令，不符合各项实施细则最低要求的产品不允许在欧盟市场上销售。这意味着欧盟进口相关能耗产品的门槛将进一步提高。

请根据以上信息回答下列问题：

（1）什么是绿色贸易壁垒？它有什么基本特征？

（2）这项规定对于我国对欧洲的出口贸易有什么影响？应该如何应对？

4．根据俄罗斯海关的规定，2008 年在"俄罗斯汽车质量认证中心"下设了一家机构专门检验我国进口载重汽车，该机构不仅可以在一般贸易和边境贸易的通关环节实施检查，而且还有权对已经进入俄罗斯国内经销环节的我国载重汽车实施检验，一旦检验出与俄罗斯质量标准不符，将对进口商和经销商征收高额罚款，并将涉及的进口商和经销商列入黑名单，在申请下一次认证时，俄罗斯还可拒绝批准。

根据以上信息，试述技术性贸易壁垒的特点。

第9章 国际贸易措施：其他国际贸易措施

学习目标：

1. 了解出口促进措施的含义以及各国常用的促进出口的措施，重点掌握出口信贷、经济特区。
2. 了解出口管制的含义、对象、形式及具体的出口管制措施。

　　各国除了利用关税和非关税措施限制进口外，还采取各种鼓励出口的措施扩大商品的出口。限制进口和鼓励出口是国际贸易政策相辅相成的两个方面，无论一国采取自由贸易政策还是保护贸易政策，都无例外地采用奖出限入的政策。此外，出于政治、经济或军事方面的原因，一些国家会对某些主要资源和战略物资实行出口管制、限制或禁止出口。

9.1 出口促进措施

　　出口促进（Export Promotion）措施是指出口国政府通过采取经济、行政和组织等方面的措施，以达到促进本国商品出口，开拓和扩大国外市场的目的。在一国的对外贸易中，促进出口比限制进口更为重要，因为促进出口可以占领更大的世界市场的份额，而限制进口却容易遭到其他国家的报复。各国促进出口的措施有很多，下面将介绍最主要的几种。

9.1.1 出口信贷

　　出口信贷（Export Credit）是一种由出口方提供的国际信贷方式，它是一国政府为支持和扩大本国大型设备等产品的出口，增强国际竞争力，对出口产品给予利息补贴、提供出口信用保险及信贷担保等优惠政策，鼓励本国的银行或非银行金融机构对本国的出口商或外国的进口商（或其银行）提供利率较低的贷款，以解决本国出口商资金周转的困难，或满足国外进口商对本国出口商支付货款需要的一种国际信贷方式。

　　出口信贷的特点是：①附有采购限制，只能用于购买贷款提供国的产品，而且都与具体的出口项目相联系；②贷款利率低于国际资本市场利率，利息差额由贷款国政府补贴；③属于中长期信贷，期限一般为 5～8.5 年，最长不超过 10 年；④由国家或其授权机构承担85%～100% 的出口项目的政治风险及商业风险。

　　出口信贷的方式包括卖方信贷、买方信贷和买单信贷，下面分述之。

1. 卖方信贷

　　卖方信贷（Supplier's Credit）是出口方银行向本国出口商提供的商业贷款，出口商（卖方）将此贷款作为垫付资金，允许进口商（买方）赊购自己的产品和设备，出口商（卖方）一般将与此贷款相关的利息等费用计入出口货价中，转嫁给进口商（买方）负担。

　　从卖方信贷的概念中不难发现其独特的优势，具体表现在：①相对于打包放款、出口押汇、票据贴现等其他贸易融资方式，卖方信贷主要用于解决本国出口商以延期付款方式销售大型设备或承包国外工程项目时所面临的资金周转困难，所以贷款金额较大，期限较长，属于中长期贷款。②卖方信贷的利率一般比较优惠，低于相同条件下资金贷放市场利率，利差由出口国政府补贴。利用政府资金进行利息补贴，可以改善本国出口信贷条件，扩大本国产品的出口，增强本国出口商在国际市场上的竞争力，进而带动本国经济增长。③卖方信贷的发放与出口信贷保险相结合。由于卖方信贷贷款期限长、金额大，发放银行面临着较大的风险，政府为了鼓励本国银行或其他金融机构开展卖方信贷业务，一般都通过国家信贷保险机构对银行发放的出口信贷给予担保，或对出口商履行合同所面临的商业风险和国家风险予以承保。在我国主要由中国出口信用保险公司承保此类风险。

2. 买方信贷

买方信贷（Buyer's Credit on Exports）是出口方银行直接向进口商或进口商银行提供信贷支持，使进口商能够即期支付本国出口商货款及相关费用。买方信贷一般由出口国的出口信用保险机构提供买方信贷保险。买方信贷主要有两种形式：一是出口商银行将贷款发放给进口商银行，再由进口商银行转贷给进口商；二是由出口商银行直接贷款给进口商，由进口商银行出具担保。贷款币种为美元或经银行同意的其他货币，贷款金额不超过贸易合同金额的80%~85%，贷款期限根据实际情况而定，一般不超过10年，贷款利率参照"经济合作与发展组织"（OECD）确定的利率水平而定。

3. 买单信贷

买单信贷（Forfaiting）是20世纪50年代产生于西欧，60年代获得较大发展的出口信贷业务，音译为福费廷，其基本含义是权利的转让。买单信贷是指出口商把经进口商承兑的、期限为3~5年左右的远期汇票无追索权地售予出口商所在地的银行或大金融公司，提前取得现款的一种资金融通方式。在付款承诺书上通常要有无条件、不可撤销、可以转让的银行担保。在这项业务中承担最终风险的是担保银行，通常采用固定利率，一般是每半年偿还一部分，使用西欧国家的主要货币。

9.1.2 出口信贷国家担保制

1. 出口信贷国家担保制的概念

出口信贷国家担保制（Export Credit Guarantee System）是一国政府设立专门机构，对本国出口商和商业银行向国外进口商或银行提供的延期付款商业信用或银行信贷进行担保，当国外债务人不能按期付款时，由该机构按承保金额给予补偿。这是国家用承担出口风险的方法，以鼓励商品出口和争夺海外市场的一种措施。

出口信贷国家担保的业务项目，一般都是商业保险公司所不承担的出口风险。其承保范围主要有两类：其一是政治风险，包括由于进口国国内发生的政变、战争、革命、暴乱以及出于政治原因而实行的禁运、冻结资金、限制对外支付等给出口商或出口国银行带来的损失。这种风险的承保金额一般是合同金额的85%~90%，有的国家，如美国甚至高达100%。其二是经济风险，包括由于进口商或进口国银行破产倒闭、无理拒付，或由于汇率变动异常及通货膨胀等给出口商或出口国银行造成的损失。经济风险赔偿率一般为合同金额的70%~85%。除上述两种之外，出口信贷保险可能还会包括一些专项保险险种。

出口信贷国家担保的期限分为短、中、长期。短期一般是6个月左右，中长期担保时限从2年到15年不等。短期承保适宜于出口厂商所有的短期信贷交易，为了简化手续，有些国家对短期信贷采用"综合担保"方式，出口厂商一年只需办理一次投保，即可承保这一年中对海外的一切短期信贷交易。中长期信贷担保适用于大型成套设备、船舶等资本型货物出口及工程技术承包服务输出等方面的中长期出口信贷。这种担保由于金额大、时间长，一般采用逐笔审批的特殊担保。

出口信贷国家担保制是一种国家出面担保海外风险的保险制度，收取费用一般不高。随着出口信贷业务的扩大，国家担保制也日益加强，如英国的出口信贷担保署、法国的对外贸易保险公司等都是这种专门机构。

2. 出口信贷国家担保制的特点

出口信贷国家担保制的特点有：①担保项目具有广泛性；②担保金额的不等性；③担保期限与出口信贷的对应性；④保险费率低；⑤各国或地区担保机构的性质具有多样性。

3. 出口信贷国家担保制的主要形式

出口信贷国家担保制的主要形式有两种：①对出口厂商的担保。出口厂商在出口业务中可以就其短期信贷或中、长期信贷向国家担保机构申请担保。担保机构并没有直接向出口厂商提供出口信贷，但它可以为出口厂商取得出口信贷提供有利条件。②对银行的直接担保。一般说来，只要出口国银行提供了出口信贷，都可以向国家担保机构申请担保。这种担保是担保机构直接对供款银行承担的一种责任。有些国家的担保待遇很优惠。

9.1.3　出口信用保险

1. 出口信用保险的概念

出口信用保险（Export Credit Insurance）也称出口信贷保险，是各国政府以国家财政为后盾，为企业在出口贸易、对外投资和对外工程承包等经济活动中提供风险保障的一项政策性支持措施，以此来提高本国产品的国际竞争力、推动本国的出口贸易、保障出口商的收汇安全和银行的信贷安全、促进经济发展。出口信用保险属于非营利性的保险业务，是政府对市场经济的一种间接调控手段和补充，是世界贸易组织补贴和反补贴协议原则上允许的支持出口的政策手段。

目前，全球贸易额的 12% ~ 15% 是在出口信用保险的支持下实现的，有的国家的出口信用保险机构提供的各种出口信用保险保额甚至超过该国当年出口总额的三分之一。

我国于 1988 年创办信用保险制度，由中国人民财产保险股份有限公司设立出口信用保险部，专门负责出口信用保险的推广和管理。1994 年，中国进出口银行成立，其业务中也包括了出口信用保险业务。2001 年，在我国加入 WTO 的大背景下，国务院批准成立了专门的国家信用保险机构——中国出口信用保险公司（简称中国信保），由中国人民财产保险股份有限公司和中国进出口银行各自代办的信用保险业务合并而成。

目前出口信用保险已经成为了国际贸易中不可缺少的工具。在我国，近几年来承保规模占出口的比重明显上升。2009 年以来，短期出口信用保险承保规模逐月扩大，1 至 6 月份，累计支持出口 242.1 亿美元，同比增长 31.5%，同时有越来越多的企业开始参与信用保险，其中以中小企业增加的数量最为显著。据中国信保的数据显示，2009 年 1 至 6 月累计新增客户 2 000 多家，同比增长 2.1 倍，超过 2007 年全年新增保户数量。短期出口信用保险的主要客户是中小企业，其中适保出口额在 1 500 万美元以下的中小企业占保户总数约为 80%。

2. 承保对象和承保风险

出口信用保险承保的对象是出口企业的应收账款，承保的风险主要是人为原因造成的商业信用风险和政治风险。商业信用风险主要包括：买方因破产而无力支付债务、买方拖欠货款、买方因自身原因而拒绝收货及付款等。政治风险主要包括因买方所在国禁止或限制汇兑、实施进口管制、撤销进口许可证、发生战争、暴乱等卖方、买方均无法控制的情况，导致买方无法支付货款。而以上这些风险，是无法预计、难以计算发生概率的，因此也是商业保险无法承受的。

9.1.4 出口补贴

1. 出口补贴的概念

出口补贴（Export Subsidies）又称出口津贴，是一国政府为出口厂商提供现金补贴或财政上的优惠待遇，以此来降低出口商品的价格，增强其在国外市场上的竞争能力。

2. 出口补贴的方式

出口补贴可以分为直接补贴（Direct Subsidy）和间接补贴（Indirect Subsidy）两类，直接补贴是指出口某种商品时，直接付给出口厂商的现金补贴。其目的是为了弥补出口商品的国际市场价格低于国内市场价格所带来的损失。有时候，补贴金额还可能大大超过实际的差价，更具有出口奖励的意味。这种补贴方式以欧盟对农产品的出口补贴最为典型。据统计，1994 年，欧盟对农民的补贴总计高达 800 亿美元。间接补贴是指政府对某些出口商品在财政上给予优惠待遇，如退还或减免出口商品所缴纳的销售税、消费税、增值税、所得税等国内税，对进口原料或半制成品加工再出口给予暂时免税或退还已缴纳的进口税、免征出口税，对出口商品实行延期付税、减低运费、提供低息贷款、实行优惠汇率以及对企业开拓出口市场提供补贴等。其目的也是为了降低商品成本，提高国际竞争力。

WTO 的《补贴与反补贴协议》（Agreement on Subsidies and Countervailing Measures，SCM Agreement）将出口补贴分为禁止性补贴（Prohibitive Subsidies）、可申诉补贴（Actionable Subsides）和不可申诉补贴（Non-actionable Subsidies）三种。禁止性补贴是不允许成员政府实施的补贴，即对进口替代品或出口品在生产、销售环节，直接或间接提供的补贴。它直接扭曲进出口贸易或严重损害别国经济利益。如果实施，有关利益方可以采取反补贴措施。可申诉补贴是允许使用，但可提出反对申诉的补贴措施。当一成员所使用的各种补贴如果对其他成员国内的工业造成损害，或者使其他成员利益受损时，受损的缔约方可以向实施补贴的缔约方提出反对，或提起申诉。不可申诉补贴因对国际贸易的影响不大，不可被诉诸争端解决，但需要及时通知成员。实施不可申诉补贴的主要目的是对某些地区的发展给予支持，或对研究与开发、环境保护及就业调整提供的援助等。它一般具有普遍适应性和发展经济的必要性，不会受到其他缔约方的反对或引起反措施。

专栏 9-1 世界主要 WTO 成员有关农产品出口补贴的具体法律规定

农产品补贴是世界各国支持和保护本国农业的一种基本政策手段，该政策实施的重要目的是维护农业的稳定发展，保障本国农产品安全和农民收入的稳步增长。

1. 美国

美国是世界上农业最发达的国家之一，在农业发展中，农业法律制度起到了举足轻重的作用。不仅维持了生态平衡、提高农产品质量、推动农产品出口，而且保障了国家粮食安全。美国的农业补贴政策开始于 20 世纪 30 年代。美国政府为维护农业生产者的收入，制定了一系列的农业支持政策，其中最主要的是制订目标价格，对农产品进行差额补贴。农产品补贴也是美国未来几年的政策支持重点。

美国通过输血式的农业产业政策，以保护农产品价格稳定为核心，给农业生产以各种补贴和优惠贷款。早期，美国有"宅地法案"保护农民。美国第一部系统的农业法产生于 1933 年，称为"农业调整法"，是美国在经济大萧条时期重振经济、加强政府对农业有效干预的具体措施之一。1996 年 3 月 28 日，美国国会通过了《1996 年联邦农业完善和改革法》，从而成为美国的正式法律。新农业法取消了原来的"农产品计划"及其为农场主提供的补贴。为各种主要农产品制订最低保护价格——目标价格，即对于按照政府计划削减生产的农场主收获的农产品实行价格保护，保证他们出售农产品所得的购买力保持在一定的水平上。新法律制订了一个"农业市场过渡计划"，向农场主提供补贴，最终在 2002 年以后实现无补贴。2002 年美国总统布什签署的《2002 年农业安全与农村投资法》正式生效，有效期至 2006 年。新农业法的核心内容是在 1996 年农业法的基础上，增加对农业的投入和补贴，且补贴范围更广，总计 6 年达到 1 185 亿美元。

2. 日本

日本始终以国家财政扶持本国农业发展，对主要农产品尤其是大米实行了极为严格的保护。不仅通过配额、关税等严格控制农产品的进口，对农产品的国内流通也进行了严格管理。日本的农业补贴自 20 世纪 60 年代开始，于 1999 年出台了新的农业基本法，即《食品、农业、农村基本法》，确立了日本农产品自给率目标。日本在粮食市场化方面的规定比 1961 年的旧基本法更趋于保守，日本将国内稻米的流通严格区分为"政府米"和"自主流通米"，表明了日本粮食市场化的边界。总之，从日本农产品的立法看，其实质仍是一个高度保护的过程。

3. 欧盟

欧盟各国农业补贴特别是价格补贴一直是欧盟成员共同农业政策的重要内容。欧盟农产品也实行出口补贴，其直接目的是处理日益过剩的谷物产品和乳制品。1992 年，欧盟对共同农业政策进行了全面的调整，降低价格支持水平，控制农业生产规模，实行休耕制度，冻结 15% 谷物耕种面积，实行收入支持政策，对实行休耕的农业生产者，根据不同地区平均单位面积产量为基础，给予相应补贴等。乌拉圭回合后，1998 年，欧盟又通过了欧盟《2000 年议程》，对农业政策进行了彻底的改革，减少市场价格支持，取消谷物出口补贴等，并于 2003 年进行了彻底改革，如削减直接生产补贴，促使农民以市场为导向进行生产决策。

（资料来源：摘自《WTO 体制下中国应对农产品出口补贴零承诺法律制度研究》，2008.09.30）

9.1.5 商品倾销

1. 商品倾销的概念

商品倾销（Dumping）是指出口商以低于正常价格的出口价格，集中或持续大量地向国外抛售商品，打击竞争者以占领或巩固市场。商品倾销通常由大企业进行，但随着国际贸易竞争的日益激烈，有些国家设立专门机构直接对外进行商品倾销。

实行商品倾销的具体目的在不同情况下有所不同。有时是为了打击或摧毁竞争对手，以扩大和垄断其产品销售；有时是为了建立新的销售市场；有时是为了阻碍当地同种产品或类似产品的生产和发展，以继续维持其在当地市场上的垄断地位；有时是为了推销过剩产品，转嫁国内的经济危机；有时是为了打击发展中国家的民族经济，以达到经济上和政治上双重控制的目的。

2. 商品倾销的分类

按照倾销的具体目的，商品倾销可以分为三种：

（1）偶然性倾销（Sporadic Dumping）。它是指当本国市场销售旺季已过，或公司为了售出其在国内市场上难以售出的积压库存时，以较低的价格在国外市场上进行抛售的行为。由于此类倾销持续时间短、数量小，对进口国的同类产业一般不会产生特别大的不利影响，进口国消费者反而受益，获得廉价商品，因此，进口国对这种偶发性倾销一般不会采取反倾销措施。

（2）间歇性倾销（Intermittent Dumping）。它又称掠夺性倾销（Predatory Dumping），是指以低于国内价格或低于成本价格在国外市场销售，以达到打击竞争对手、形成垄断为目的而进行的倾销行为。倾销者通常在击败所有或大部分竞争对手之后，再利用垄断力量抬高价格，以获取高额垄断利润。这种倾销违背公平竞争原则，破坏国际经贸秩序，故为各国反倾销法所限制。

（3）长期性倾销（Long-run Dumping）。它又称持续性倾销（Persistent Dumping），是指某一商品的生产商为了在实现其规模经济效益的同时，维持其国内价格的平衡，而将其中一部分商品持续以低于正常价值的价格向海外市场销售的行为。长期倾销尽管不以占领或掠夺外国市场为目的，但由于它持续时间长、在客观上进行了不公正的国际贸易行为，损害了进口国生产商的利益，因此通常受到进口国反倾销法的追究。

除以上三种倾销之外，间接倾销和社会倾销的现象也已引起国际社会的重视，要求对其施行制裁的呼声越来越高。

间接倾销（Indirect Dumping）通常也称第三国倾销，是指甲国的产品倾销至乙国，再由乙国销往丙国，并对丙国的相关产业造成损害。在这种情况下，虽然乙国的出口商并没有实施实际倾销行为，但丙国相似产品生产商可依反倾销法申请对乙国的生产商和出口商进行反倾销调查，也可要求乙国对甲国的产品采取反倾销措施。至于乙国当局是否会根据丙国的请求，对甲国的倾销产品实施反倾销措施，往往取决于乙国与丙国的政治与贸易关系。

社会倾销（Social Dumping）最初仅指利用犯人生产的廉价产品，以极低的出口价格在国际市场上进行销售，现在已扩大到计算生产成本时所必须考虑的其他因素。发展中国家由于廉价劳动力和生产环境的低标准等种种因素，使其出口商品在国际市场和国内市场上的价格都比较低，因此不能按现有的法律定义确定其倾销。但由于这些廉价出口商品对发达国家的市场带来冲击，因此近年来，发达国家，特别是欧盟的贸易保护主义者，一直在呼吁制止这种所谓的社会倾销。

3. 商品倾销的补偿途径

商品倾销由于实行低价策略，必然会使出口商的利润减少甚至亏损。这一损失一般可通过以下途径得到补偿：①采用关税壁垒和非关税壁垒措施控制外国商品进口，防止对外倾销商品倒流回国，以维持国内市场上的垄断高价。②出口国政府对倾销商品的出口商给予出口补贴，以补偿其在对外销售商品中的经济损失，保证外汇收入。③出口国政府设立专门机构，对内高价收购，对外低价倾销，由政府负担亏损。例如，美国政府设立的农产品信贷公司，在国内高价收购农产品，而按低于国内价格一般的价格长期向国外倾销。由此引起的农产品信贷公司的亏损则由政府财政给予差额补贴。④出口商在以倾销手段挤垮竞争对手，垄断国外市场后，再抬高价格，以获得的垄断利润来弥补之前商品倾销的损失。实际上，采取上述措施，不仅能够弥补损失，而且还会带来较高利润。

4. 商品倾销的危害

商品倾销是对外竞争和争夺国际市场的一个重要手段。由于商品倾销是通过出口价格明显低于国内价格，甚至低于成本价来销售产品，这样必然会带来市场竞争价格机制的失灵，也必会带来世界资源配置的低效率。不仅如此，外国产品的倾销还容易引起对进口国同类工业的损害或损害威胁，打击民族工业的发展。因此，关贸总协定在 20 世纪 60 年代中期就通过了《反倾销守则》，规定进口国可以用反倾销税加以抵制，并于乌拉圭回合又在此基础上作了进一步完善，形成了 WTO《反倾销协议》。

9.1.6　外汇倾销

1. 外汇倾销的概念

外汇倾销（Exchange Dumping）是指一国政府利用本国货币对外贬值的手段来达到提高出口商品的价格竞争能力和扩大出口的目的。这是向外倾销商品和争夺国外市场的一种特殊手段。外汇倾销同时具有扩大出口和限制进口的双重作用。这是因为本国货币贬值后，一方面，出口商品用外国货币表示的价格降低，提高了该国商品在国际市场上的竞争力，有利于扩大出口；另一方面，进口商品用本国货币表示的价格上涨，削弱了进口商品的价格竞争力，限制了进口。

2. 外汇倾销产生的效应

其一，外汇倾销的本币贬值会降低本国出口产品的价格水平，从而提高出口产品的国际竞争力，扩大出口。例如，1987 年 6 月至 1994 年 6 月，美元与日元的比价由 1 美元 = 150 日元下跌到 1 美元 = 100 日元，美元贬值了 33.3%。假定一件在美国售价为 100 美元的商品出口到日本，按过去汇率折算，在日本市场售价为 15 000 日元，而美元贬值后售价为 10 000 日元。这时候出口商有三种均对自身有利的选择：①把价格降至 10 000 日元，增强出口商品价格上的优势，在保持收益不变的情况下大大增加了出口额；②继续按 15 000 日元的价格在日本市场出售该商品，按新汇率计算，每件商品可多收入 5 000 日元（合 50 美元）的外汇倾销利润，出口额不变；③在 10 000 日元 ~ 15 000 日元间酌量减价，既有一定的倾销利润，又会扩大出口额。

其二，外汇倾销使外国货币升值，提高了外国商品的价格水平，从而降低进口产品的国内市场竞争力，有利于控制进口规模。仍以上述例子为证：如按过去 1 美元 = 150 日元的比价，一件在日本售价为 15 000 日元的商品出口到美国值 100 美元，而美元贬值后同一商品在美国的售价就为 150 美元，这必然给日本厂商带来不利。

3. 外汇倾销的条件

外汇倾销不能无限制和无条件地进行，只有在具备以下条件时，外汇倾销才可起到扩大出口的作用。①货币贬值的程度要大于国内物价上涨的程度。一国货币的对外贬值必然会引起货币对内也贬值，从而导致国内物价的上涨。当国内物价上涨的程度赶上或超过货币贬值的程度时，出口商品的外销价格就会回升到甚至超过贬值前的价格，因而使外汇倾销不能实行。②其他国家不同时实行同等程度的货币贬值。当一国货币对外实行贬值时，如果其他国家也实行同等程度的货币贬值，就会使两国货币之间的汇率保持不变，从而使出口商品的外销价格也保持不变，以致外汇倾销不能实现。③其他国家不同时采取另外的报复性措施。如果外国采取提高关税等报复性措施，那也会提高出口商品在国外市场的价格，从而抵消外汇倾销的作用。

9.1.7　出口促进的行政组织措施

1. 设立专门组织

这些专门的组织负责研究制定出口商品发展战略和具体的贸易政策，并协调政策的制定与落实的情况和有关部门之间的关系。例如，美国在 1960 年成立扩大出口全国委员会，其任务就是向美国总统和商务部长提供有关改进鼓励出口的各项措施的建议和资料。1973 年又成立了出口委员会和跨部门的出口扩张委员会，附属于总统国际政策委员会。为了进一步加强对外贸易机构的职能，集中统一领导，1979 年 5 月美国成立总统贸易委员会，负责领导美国对外贸易工作。此外，美国还成立了一个贸易政策委员会，定期讨论和制定对各国的对外贸易政策。欧洲国家和日本也成立了类似组织。

2. 建立商业情报网

许多国家都设立官方的商业情报机构，在海外设立商业情报网，负责向出口厂商提供所需的各种商业信息，以达到促进出口的目的。例如，英国在 1970 年设立出口情报服务处，装备有计算机情报收集与传递系统，情报由英国 200 个驻外商务机构提供，由计算机进行分析，分成近 5 000 种和 200 个地区或国别市场情况资料，供有关出口厂商使用，以促进商品出口。再如，日本的贸易振兴会，它是由日本政府出资建立的机构，主要从事海外市场调查、搜集情报、对外联络、举办展览、出版有关贸易的资料等活动。

3. 组织贸易中心和贸易展览会

在贸易中心内提供陈列展览场所、办公地点和咨询服务等为出口厂商提供服务。贸易展览会则是流动性的展出，利用展览会可以为本国的出口企业提供更多的展示机会和展示平台，因此，许多国家都十分重视这项工作，有些国家一年组织 15 到 20 次国外展出，费用由政府补贴。

4. 组织贸易代表团出访和接待来访

许多国家为了发展对外贸易，经常组织贸易代表团出访，其出国的费用大部分由政府负担。许多国家设立专门机构接待来访团体，例如，英国海外贸易委员会设有接待处，专门接待官方代表团和协助本国的公司、社会团体、接待来访的工商界，从事贸易活动。

5. 组织出口商的评奖活动

第二次世界大战后，在许多国家，对出口商给予精神奖励的做法日益盛行。对扩大出口成绩卓著的厂商，国家授予奖章、奖状，并通过授奖活动推广他们扩大出口的经验。例如，美国设计了总统"优良"勋章和"优良"星字勋章，得奖厂商可以把奖章式样印在其公司的文件、包装和广告上。日本政府把每年 6 月 28 日定为贸易纪念日，每年在贸易纪念日，由通商产业省大臣向出口贸易成绩卓著的出口厂商和出口商社颁发奖状。

9.2　出口管制措施

出口管制（Export Control）是指一国政府通过建立一系列审查、限制和控制机制，以直接或间接的方式防止本国限定的商品或技术通过各种途径流通或扩散至目标国家，从而实现本国的安全、外交和经济利益的行为。

9. 2. 1　出口管制的对象

实行出口管制的商品主要有以下几类：

1. 战略物资及其有关的尖端技术和先进技术资料

如军事设备、武器、军舰、飞机、先进的电子计算机和通信设备等，各国尤其是发达国家控制这类物资出口的措施十分严厉，主要是从所谓的"国家安全"和"军事防务"的需要出发，防止这类物资流入政治制度对立或政治关系紧张的国家。例如，美国对古巴实行禁运，给古巴经济造成了极为严厉的影响。此外，从保持科技领先地位和经济优势的角度看，对一些最先进的机器设备及其技术资料也必须严格控制出口。例如，2006 年 8 月，欧盟颁布《关于建立两用产品及技术出口控制体系的第（EC）1334/2000 号理事会规则》，加强对软件、技术等无形产品出口和以电子媒体、传真和电话等"非人工方式"进行传输、转让等出口行为的控制。2009 年 5 月 5 日，欧盟又对该规则进行了修改和更新，其主要目的是为了保障高科技和军用物资的出口安全，不对成员方造成损害。为控制两用产品的出口、转移、代理及运输，该规则新创立了一个欧共体制度，在对"两用产品"、"出口"、"代理服务"等基础概念重新明确定义后，其在附件中详尽的列明需要经过批准才得以出口的两用产品的清单，并对清单的及时更新作出要求。此外，该规则还对两用产品的出口和代理、海关程序、对出口商等的管理措施，以及成员之间的行政合作等问题给予了明确规定。该规则已于 2009 年 8 月正式生效。

2. 国内紧缺的物资

国内紧缺的物资即国内生产紧迫需要的原材料和半制成品，以及国内供应明显不足的商品，如西方各国往往对石油、煤炭等能源实行出口管制。这些商品在国内本来就比较稀缺，倘若允许自由流往国外，只能加剧国内的供给不足和市场失衡，严重阻碍国内的经济发展。

3. 历史文物和艺术珍品

各国出于保护本国文化艺术遗产和弘扬民族精神的需要，一般都禁止该类商品输出，即使可以输出的，也实行较严格的管理。

4. 需要自动限制出口的商品

这是为了缓和与进口国的贸易摩擦，在进口国的要求下或迫于对方的压力，不得不对某些具有很强国际竞争力的商品实行出口管制。如根据纺织品"自限协定"，出口国必须自行管理本国的纺织品出口。与上述几种情况不同，一旦对方的压力有所减缓或者基本放弃，出口国政府自然会相应地放松管制措施。

5. 本国在国际市场上占主导地位的重要商品和出口额大的商品

对这类商品实施出口管制，能有效地控制该商品的国际市场价格，增加出口收益。对发展中国家来讲，对这类商品实行出口管制尤为重要。因为发展中国家往往出口商品单一，出口市场集中，出口商品价格容易出现大起大落的波动。当国际市场价格下跌时，发展中国家应控制该商品的过多出口，从而促使这种商品国际市场价格提高，出口效益增加，以免加剧世界市场供大于求的不利形势，使本国遭受更大的经济损失。

如石油输出国组织（OPEC）对其成员的石油产量和出口量进行控制，以稳定石油价格。

6. 跨国公司的某些产品

跨国公司在发展中国家的大量投资，虽然会促进东道国经济的发展，但同时也能利用国际贸易活动损害后者的对外贸易的经济利益。例如，跨国公司实施"转移定价"策略，就是一个典型的例子。因此，发展中国家有必要利用出口管制手段来制约跨国公司的这类行为，以维护自己的正当权益。

9.2.2 出口管制形式

出口管制形式可以分为单边出口管制和多边出口管制两种。

1. 单边出口管制

单边出口管制是指一国根据本国的出口管制法案，设立专门的执行机构对本国某些商品出口进行审批和颁发出口许可证，实行出口管制。单边出口管制完全由一国自主决定，不对他国承担义务与责任。

2. 多边出口管制

多边出口管制是指几个国家政府通过一定的方式建立国际性的多边出口管制机构，商讨和编制多边出口管制货单和出口管制国别，规定出口管制的办法等，以协调彼此出口管制政策和措施，达到共同的政治和经济目的。

9.2.3 出口管制措施

1. 出口税

出口税是指出口国海关根据关税税则对出口商品所课征的关税。

征收出口税的目的主要是：①增加财政收入；②限制输出重要的原材料，保证国内生产的供应；③提高以使用该国原材料为主的国外加工产品的生产成本，削弱其竞争能力；④反对跨国公司在发展中国家低价收购初级产品。

在17、18世纪，征收出口关税曾是欧洲各国的重要财政来源。19世纪资本主义迅速发展后，各国认识到征收出口关税不利于本国的生产和经济发展，因为出口关税增加了出口商品的成本，会提高在国外的售价，从而降低了同外国产品的市场竞争能力，影响了本国产品的出口。因此，19世纪后期，各国相继取消了出口关税。目前，仍有些国家采用出口关税，其目的是为了限制本国有大量需求而供应不足的商品出口，或为了防止本国某些有限的自然资源耗竭，或利用出口税控制和调节某种商品的出口流量，防止盲目出口，以稳定国内外市场价格，争取在国外市场保持有利价格。例如，俄罗斯自2006年5月开始提高原木、未加工锯材的出口关税。提高原木、未加工锯材的出口关税之后，俄罗斯于2007年7月再次把原木的出口关税由6.5%但不低于每立方米4欧元的水平提高到20%但不低于每立方米10欧元的水平。2008年4月，俄政府进一步把原木出口关税提高到25%但不低于每立方米15欧元。原定于2009年再次提高原木出口关税，由于国际金融危机的影响，俄罗斯决定推迟实施。目前，我国只对少数商品征收出口关税。

专栏 9-2　我国出口关税的征收情况

海关总署公告 2009 年第 36 号（关于调整部分产品出口关税）

经国务院关税税则委员会第四次全体会议审议通过，并经国务院批准，自 2009 年 7 月 1 日起，对部分产品的出口关税（包括暂定关税和特别关税）进行调整，现将有关事项通知如下：

一、取消部分产品的出口暂定关税，主要包括小麦、大米、大豆及其制粉，硫酸，钢丝等，共计 31 项产品。

二、取消部分化肥及化肥原料的特别出口关税，主要包括黄磷、磷矿石、合成氨、磷酸、氯化铵、重过磷酸钙、二元复合肥等，共计 27 项产品。同时，对黄磷继续征收 20% 的出口关税，对其他磷、磷矿口继续征收 10%～35% 的出口暂定关税，对合成氨、磷酸、氯化铵、重过磷酸钙、二元复合肥等化肥产品（包括工业用化肥）统一征收 10% 的出口暂定关税。

三、调整尿素、磷酸一铵、磷酸二铵等 3 项化肥产品征收出口关税的淡、旺季时段，将尿素的淡季出口税率适用时间延长一个月，磷酸一铵、二铵的淡季出口税率适用时间延长一个半月。

四、降低部分产品的出口暂定关税，主要包括微细目滑石粉，中小型型钢，氟化工品，钨、钼、铟等有色金属及其中间品，共计 29 项产品。

（资料来源：中华人民共和国海关总署，2009.6.26）

2. 出口配额

出口配额是指出口国政府规定一定时期内某种商品出口的数量或金额，超过额度便禁止出口。我国对关系国计民生的大宗资源性出口商品以及在出口中占重要地位的大宗传统出口商品，实行计划配额管理。对于我国在国际市场或某一市场上占主导地位，外商要求我国主动限制的出口商品，实行主动配额管理。

3. 出口许可证

出口许可证是根据一国出口商品管制的法令规定，由有关当局签发的准许出口的证件。出口许可证制是一国对外出口货物实行管制的一项措施。一般而言，某些国家对国内生产所需的原料、半制成品以及国内供不应求的一些紧俏物资和商品实行出口许可证制。通过签发许可证进行控制，限制出口或禁止出口，以满足国内市场和消费者的需要，保护民族经济。例如，俄罗斯的出口管理制度规定部分渔产品、油籽、化肥、原木等产品的出口必须申请许可证。又如，墨西哥经济部对 16 个税号（8 位）项下的出口产品实施预先出口许可证管理，该出口许可证向经济部申请，涉及的产品主要包括原油及从沥青矿物中提取的原油、石油及从沥青矿物中提取的油类（原油除外）、石油气及其他烃类气、石蜡（按重量计含油量小于0.75%）、微晶石蜡、圣女果（樱桃番茄）等。

4. 出口禁运

出口禁运是出口管制中最为严厉的一种，实行出口禁运的商品一般都是国内供应紧缺的原材料或初级产品。例如，印度政府曾于 2007 年 10 月 8 日发布第 33 号公告，禁止小麦出口；2009 年 7 月 3 日发布第 115 号公告，有条件解除小麦出口禁令，允许三家国有企业出口总量不超过 30 万 t 的小麦；但是紧接着在 2009 年 7 月 13 日，又废除了第 115 号公告，重启小麦出口禁令。又如，2010 年俄罗斯受干旱少雨、气候炎热等天气因素的影响，导致国家三分之一的收成受损，因此，政府选择自 2010 年 8 月 15 日起开始执行临时粮食出口禁运措施，该项措施将执行到 2011 年 7 月 1 日。

本章小结

1. 出口促进措施是指出口国政府通过经济、行政和组织等方面的措施，促进本国商品的出口，开拓和扩大国外市场。各国采取的出口促进措施主要包括出口信贷、出口信贷国家担保制、出口信用保险、出口补贴、商品倾销、外汇倾销、各种行政组织措施等。

2. 出口管制是一国政府通过建立一系列审查、限制和控制机制，以直接或间接的方式防止本国限定的商品或技术通过各种途径流通或扩散至目标国家，从而实现本国的安全、外交和经济利益的行为。各国采取的出口管制措施主要包括出口税、出口配额、出口许可证及出口禁运等形式。

关键术语

出口促进措施   出口信贷   卖方信贷   买方信贷   出口信贷国家担保制
出口信用保险   出口补贴   商品倾销   偶然性倾销   间歇性倾销
长期性倾销   外汇倾销   出口管制

课后习题

简答题

1. 出口信贷有哪些形式？具体做法分别是什么？
2. 什么是商品倾销？有哪几种类型？倾销所致的损失可通过什么途径得以补偿？
3. 买方信贷和卖方信贷有什么不同？
4. 什么是出口管制？出口管制的商品主要有哪些？

论述题

出口促进的措施有哪些？试论述之。

第 10 章 区域经济一体化

学习目标：

1. 了解区域经济一体化及其产生与发展。
2. 掌握区域经济一体化的主要形式。
3. 了解区域经济一体化对国际贸易的影响。
4. 了解目前世界上三种主要的区域经济一体化组织：欧盟、北美自由贸易区和亚太经合组织。
5. 了解我国参与区域经济一体化的情况。

最近几年，世界各地区域经济一体化发展很快，势头迅猛，成为国际经济领域里十分突出的现象。据世界贸易组织统计，截至 2008 年 9 月，向该组织通报、仍然生效的区域经贸安排全球共有 223 个，其中 80% 左右是近 10 年来建立的。较之世界贸易组织目前 146 个成员，这一数字十分醒目。

区域经济一体化始于第二次世界大战后，20 世纪 50 年代和 60 年代出现了大批的经贸集团，70 年代到 80 年代初期处于停顿状态，80 年代后期又掀起世界范围经贸集团化的高潮。各种类型的区域经济一体化组织遍布世界各地，对世界政治经济格局产生了多方面、多层次的影响。区域性自由贸易与经济合作已成为当今国际贸易发展的趋势之一。

10.1 区域经济一体化概述

10.1.1 区域经济一体化的含义

区域经济一体化（Regional Economic Integration）是指两个或两个以上邻近国家实行经济联合或组成区域性经济组织，程度不同地采取共同的经济方针、政策和措施，促使各成员的经济活动逐步走向一体化，在一定范围内实施自由贸易。国际社会普遍认为，区域经济一体化是当今国际经济的主旋律。当代经济活动国际化程度的不断提高是区域经济一体化发展的客观基础和根本动力，经济全球化和世界经济发展的不平衡所导致的国际竞争日益加剧是推动区域经济一体化发展的外在压力，各国政府经济职能的日益加强成为推动区域经济一体化发展的内源动力。全球化和区域化相互促进又相互制约，共同形成对国际经济、政治及国际关系的巨大影响。

10.1.2 区域经济一体化的发展历程

作为一种世界经济发展中带有一定规律性的经济现象，区域经济一体化的历史可以追溯到二百多年以前。早在 18 世纪到 19 世纪期间，欧洲就已经出现过奥地利与其邻近的国家建立的五个关税同盟以及瑞典与挪威建立的关税同盟。20 纪初，比利时与卢森堡又建立了关税同盟。当然，这些都只是区域经济一体化组织的雏形。第二次世界大战以后，在世界经济与贸易发展的新形势下，区域经济一体化取得迅速发展，并成为了影响世界经济贸易发展的重要力量。战后区域经济一体化的发展，主要经历了三个阶段：

1. 高速发展时期（战后初期~20世纪60年代）

这一时期建立了一大批区域经济一体化组织。例如，1949年1月，前苏联和东欧国家成立了经济互助合作委员会；1951年4月，法国、联邦德国、意大利、比利时、荷兰、卢森堡六国签订了《欧洲煤钢联营条约》，决定建立煤钢共同体；1957年3月，上述六国又在罗马签订了《罗马条约》，并于1958年1月1日正式生效，成立了欧洲经济共同体；1960年1月英国、瑞典、丹麦等国签订了《建立欧洲自由贸易协会公约》，建立了欧洲自由贸易区。进入20世纪60年代以后，广大发展中国家在取得政治上的独立以后，也相继建立了二十多个区域经济一体化组织，希望借此推动对外经济合作，加快自身的经济发展，如亚洲的东盟、非洲的西非共同体、阿拉伯世界的海湾合作委员会、拉美地区的中美洲共同市场等。

2. 相对停滞时期（20世纪70年代中期~80年代中期）

这一时期世界经济的发展受到石油危机的强劲冲击，主要发达国家陷入经济滞胀，发展中国家的经济发展面临巨大困难，整个世界经济和国际贸易环境恶化，各国间的利益冲突加剧，因而极大地影响到区域经济一体化的进程。具体表现为欧洲经济共同体内部一体化进程放缓，发展中国家的区域经济一体化进展受挫，过去已经建立起来的一些区域经济一体化组织也中断了活动或归于解体。

3. 高速发展时期（20世纪80年代以后）

这一时期世界范围内共建立了三十多个区域经济一体化组织，其成员涵盖了世界上的130多个国家和地区。其中较为突出的有20世纪90年代初欧洲经济共同体过渡到欧盟且欧盟的成员不断增加；1988年1月，美国、加拿大签署了《美加自由贸易协定》，随后，美国、加拿大、墨西哥三国建立了北美自由贸易区；20世纪80年代末建立了亚太经济合作组织等。这一时期，发展中国家的区域经济一体化也进一步加强。从20世纪90年代开始，我国也积极地参与了区域经济一体化发展的进程，与有关各方通力合作，于2010年1月1日正式建立了中国—东盟自由贸易区，并努力探讨加强我国、日本、韩国经济合作以及我国、日本、韩国与东盟加强经济合作的机制。

在第二次世界大战以后，世界经济发展的新形势下，区域经济一体化获得了长足的发展，通过一系列政策措施，为区内各国（或地区）的经济发展创造了相对良好的条件，各主要区域经济一体化组织的经济实力大增，对世界经济和国际贸易产生着越来越重要的影响。

10.2 区域经济一体化的主要形式

目前全球所存在的区域经济一体化组织，无论从其内容还是层次来看差异都很大。从不同的角度考虑可以将其分为不同的类型。

10.2.1 按照贸易壁垒取消的程度划分

1. 优惠贸易安排（Preferential Trade Arrangement）

优惠贸易安排是指各成员方通过协议或其他方式，对全部或部分商品实行特别优惠的关税，但各成员方仍各自保留原有的关税制度与结构。优惠贸易安排是最低级、最松散的一种区域经济一体化形式，第二次世界大战后组成的东南亚联盟基本属于此类形式。

2. 自由贸易区（Free Trade Area）

自由贸易区是指各成员方取消了相互之间商品贸易的关税壁垒，使彼此的商品贸易不再被征收关税，但仍保持各自的关税结构，按照各自的标准向非成员方征收关税。为了防止出现贸易偏斜现象，即非成员方可能通过关税较低的成员方向关税较高的成员方出口货物，它们之间的边界还要设置海关检查。这是一种松散的经济一体化形式，其基本特点是用关税措施突出了成员方与非成员方之间的差别待遇。欧洲自由贸易联盟（EFTA）和北美自由贸易区（NAFTA）便属此类。

3. 关税同盟（Customs Union）

关税同盟是指两个或两个以上的国家通过签订条约或协定，取消区域内关税或其他进口限制，实行区域内的自由贸易，并对非成员方实行统一的关税壁垒而缔结的同盟。同自由贸易区相比，关税同盟的一体化程度较高，它不仅包括自由贸易区的基本内容，而且对外统一了关税税率；结盟的目的在于使成员方的商品在统一关税的保护下，在内部市场上排除非成员方商品的竞争。它开始带有超国家的性质。如东非共同市场（EAEC）、中美洲共同市场（CACM）、安第斯共同体等。

4. 共同市场（Common Market）

共同市场是在关税同盟基础上更进一步的经济一体化，是指除了废除各成员方之间的贸易障碍和建立共同的关税制度外，还取消了对生产要素流动的各自限制，允许劳动、资本等在成员方之间自由流动，甚至企业主可以享有投资开厂办企业的自由。这无疑给资金的合理流向、资源的配置、市场的扩大等带来好处。20 世纪 80 年代的欧洲经济共同体（EEC）已基本达到这一发展阶段。除此以外，目前世界其他地区还没有建立起成功的共同市场。

5. 经济联盟（Economic Union）

经济联盟是把成员方的经济组织形成一个整体，统一某些重大的经济政策，具有统一的货币、财政、社会福利等制度及其相应的机构（如统一的中央银行），并在一定程度上执行共同的对外经济政策。它和以上几种一体化形式的主要区别在于，经济联盟拥有新的超国家的权威机构，是现实生活中存在的最高级的区域经济一体化形式。目前的欧洲联盟是唯一达到这种一体化高度的区域一体化组织。

6. 完全经济一体化（Complete Economic Integration）

完全经济一体化是区域经济一体化的最高形式，它不仅包括经济联盟的所有特点，而且各成员方还统一所有重大的经济政策，如财政政策、货币政策、福利政策、农业政策以及有关贸易及生产要素流动的政策，并由其相应的机构（如统一的中央银行），执行共同的对外经济政策。这样，该集团相当于具备了完全的经济国家地位。完全经济一体化和以上几种一体化形式的主要区别在于：它拥有超国家的权威机构，实际上支配着各成员方的对外经济主权。目前国际上还未形成标准的完全经济一体化组织。

区域经济一体化的六种形式，也可以看成是一体化发展的六个阶段，但阶段之间不一定具有必然联系，例如，欧洲经济共同体是从关税同盟开始的，并未经过优惠贸易安排和自由贸易区阶段。区域经济一体化的六种形式的具体比较见表 10-1。

表 10-1　主要国际经济一体化组织特点的比较

	相互间关税减让	商品自由流动	统一的对外关税	生产要素自由流动	经济政策协调	经济政策完全统一
优惠贸易安排	▲					
自由贸易区	▲	▲				
关税同盟	▲	▲	▲			
共同市场	▲	▲	▲	▲		
经济联盟	▲	▲	▲	▲	▲	
完全经济一体化	▲	▲	▲	▲	▲	▲

10.2.2　按区域经济一体化的范围划分

1. 部门经济一体化（Sectional Economic Integration）

部门经济一体化是指区域内各成员方的一个部门或几个部门（或商品）因达成共同的经济联合协定而产生的区域经济一体化组织，如欧洲煤钢联营（EAEC）。

2. 全盘经济一体化（Overall Economic Integration）

全盘经济一体化就是将区域内各成员方的所有经济部门加以一体化的形态，欧洲经济共同体和已解体的经济互助委员会就属此类。

10.2.3　按参加方的经济发展水平划分

1. 水平经济一体化（Horizontal Economic Integration）

水平经济一体化又称横向经济一体化，它是由经济发展阶段相同或接近的国家（或地区）所形成的经济一体化形式。目前世界上大多数现有的区域经济一体化组织都属此类，如欧盟、东盟、阿拉伯国家共同市场等。

2. 垂直经济一体化（Vertical Economic Integration）

垂直经济一体化又称纵向经济一体化，它是由经济发展阶段不同的国家所形成的区域经济一体化，如北美自由贸易区、亚太经合组织等。

10.3　区域经济一体化对国际贸易的影响

区域经济一体化是世界经济和国际贸易发展的产物，它反映了社会生产力高度发展的要求，体现了通过国际经济合作，发展经济、维护区域经济利益和政治权益的愿望。因此，无论何种形式的区域经济一体化组织，都会对国际贸易产生一定的影响，而影响程度的大小则取决于不同组织本身的实力以及区域经济一体化的发展程度。

10.3.1　区域经济一体化对区域内部的影响

（1）促进了区域内部的贸易自由化，推动了区域内贸易量的迅速增长。无论哪种形式的区域经济一体化组织，都是以减免关税和减少贸易限制为基础的。在一体化程度高的组织内部甚至取消了关税和非关税壁垒，消除了区域内的关界，逐步实现以区域内的进口替代本国产品的趋势。这必然在不同程度上促进了区域内成员方之国贸易的自由化程度。

（2）促进了区域内部规模经济的发展，推动了区域内部国际分工的纵深发展。区域内妨碍生产要素自由流动的各种障碍逐步减弱或消除后，生产要素得到合理配置，各企业将充分利用和发挥自己的比较优势，扩大生产和经营规模。超越国界建立的大市场，不但解决了高度发展的生产力与狭小的国内市场之间的矛盾，而且通过企业间互相兼并和采取优化组合以及更为合理的专业化分工，增强了成员方之间经济上的互补性。因此，区域经济一体化的发展必然促使国际分工向纵深方向发展。

（3）促进了区域内成员方的产业结构调整。区域经济一体化形成后，市场范围更加广阔，但同时竞争也更加激烈，这将促使各成员方根据专业分工的需要去调整其产业结构。为了获得长期利益效果，在产业结构调整过程中，各成员方扬长避短，争取从市场上获取最大限度的经济利益，以促进经济长期稳定的发展。

（4）加强了企业的融合与竞争。区域经济一体化使区域内部的市场进一步统一，从而给企业提供了更多的商机。首先，市场开放度加大，产品更容易进入其他成员方的市场。其次，降低了交易费用，在区域内部市场，产品可以跨国界自由流动，产品标准的相互协调和税收制度的简化，使区域成员的企业能够将生产活动集中在成本要素和技能组合的最佳地点，从而节约了成本。另外，区域经济一体化在给企业带来商机的同时，也构成了挑战。区域经济一体化组织内部市场的竞争更加激烈，非区域内部成员的公司进入区域市场更加困难。

此外，区域经济一体化对于推动技术革新和技术合作、加快商品的更新换代、改革商品结构等，也将产生积极影响。由于政府采购市场扩大为整个区域市场，节省了预算开支，因而各国的财政收支困难情况将得到缓解。经济实力的提高和贸易量的增多又将提供更多的就业机会，缓解了失业的压力。总之，它将促进区域内经济的良性循环和整个区域内经济实力的提高。

10.3.2　区域经济一体化对区域外部贸易的影响

区域内部贸易作为国际贸易的重要组成部分，它本身的发展亦成为世界范围内贸易增长的一部分，并影响着整个国际贸易和世界经济的发展。

（1）促使世界范围内的贸易摩擦和贸易竞争的加剧。由于区域经济一体化的建立提高了区域经济的整体实力，区域之间、区域内外的贸易战也将更为激烈。同时它将成为一种推动力，使企业重组、产业结构调整步伐加快，特别是其促进了跨国公司的发展，以绕过贸易集团壁垒在集团国家（或地区）内投资建厂。

（2）促进各国（或地区）加快技术创新，在竞争中大规模夺取技术制高点。区域经济一体化增强了区域经济的竞争力，而在更为激烈的竞争中，各发达国家必然把高科技的发展放在首位，试图用先进的科学技术提高劳动生产率，以大规模的生产经营来获取竞争优势，加强竞争能力。

（3）减少了区域外部国家的贸易机会。多数区域经济一体化组织都带有明显的排他性，在区域内部成员方之间实行自由贸易的同时，为了维护区域集团的利益，对外奉行统一的关税政策，从而导致以区域内部贸易替代了区域外部贸易。例如，欧共体对美国的贸易占其贸易总额的比重 1985 年为 11.4%，1987 年下降为 8.6%；欧共体对发展中国家的贸易占其贸易总额的比重由 1985 年的 30.3% 下降到 1987 年的 20.4%。而且，由于区域集团的形成，贸易壁垒将更为隐蔽和强大，这无疑增加了一些非成员方，特别是一些发展中国家的贸易难度，从而加剧了国际间贸易的不平衡。

10.4　区域经济组织

目前，世界上最大的三个区域经济组织是欧洲联盟（European Union，EU）、北美自由贸易区（North American Free Trade Area，NAFTA）和亚太经济合作组织（Asia-Pacific Economic Cooperation，APEC）。

10.4.1　欧洲联盟

1. 欧盟成立的主要过程

欧洲联盟简称欧盟，是目前世界上最成熟的经济一体化组织，截至 2009 年年底共有 27 个成员。欧洲联盟是在欧洲共同体基础上发展而来的。欧洲共同体包括欧洲煤钢共同体、欧洲原子能共同体和欧洲经济共同体，其中以欧洲经济共同体最为重要。1951 年 4 月 18 日，法国、联邦德国、意大利、荷兰、比利时和卢森堡六国在巴黎签订了建立欧洲煤钢共同体条约，1952 年 7 月 25 日生效。1957 年 3 月 25 日，上述六国又在罗马签订了建立欧洲经济共同体条约和欧洲原子能共同体条约，统称《罗马条约》。1958 年 1 月 1 日，条约生效，上述两个共同体正式成立。1965 年 4 月 8 日，六国签订《布鲁塞尔条约》，决定将三个共同体的机构合并，统称欧洲共同体，但三个组织仍各自存在，以独立的名义活动。《布鲁塞尔条约》于 1967 年 7 月 1 日生效。为了推动欧洲一体化建设，1986 年 2 月 17 日，欧共体各成员方政府首脑在卢森堡签署了旨在建立欧洲统一大市场的《单一欧洲文件》。1991 年 12 月，欧共体政府间会议在荷兰的马斯特里赫特签订了旨在使欧洲一体化向纵深发展和成立政治及经济货币联盟的《欧洲联盟条约》，也称《马斯特里赫特条约》。1993 年 11 月 1 日，该条约获得所有成员方批准并生效，欧洲联盟正式成立。

2. 欧盟成立后的扩充及主要贡献

冷战结束后，欧洲一体化的深度和广度加快向前推进。欧盟在积极实施《马斯特里赫特条约》、不断提高经济一体化程度以实现"经济货币联盟"和"政治联盟"的同时，积极推行"东扩"战略，以形成西欧与东欧合璧的"大欧洲经济区"。欧盟除对人员流动略有限制外，商品、资本、劳务已实现在区内完全自由流通。欧盟不断向东、向南扩展，正向着"洲域一体化"方向发展。在欧盟统一的中央银行正式建立之后，1999 年 1 月 1 日，欧盟 15 个成员方中的 11 个成员（拥有 3 亿人口）率先引入欧元，这表明欧盟统一货币正式诞生。同时，遍及欧洲的货币、金融和股票市场的相应转换工作也已开始进行。2002 年 1 月 1 日欧元（纸币和硬币）已成为欧元使用区的唯一货币，这一变化将对欧洲一体化的深化起到极大的促进作用。

欧盟一体化的目标是立足西欧，"融化东欧"，建立欧洲经济区的"三个同心圆"，即以欧盟为同心圆的圆心（内圆）；以扩大的"欧洲经济区"为第二圆圈；再进一步东扩至东欧构成第三圆圈。这是前欧共体执委会主席德洛尔提出的"大欧洲经济区"构想。内圈欧盟的深化和扩大已取得重要进展，实现了经济联盟；第二圆圈的欧洲经济区已于 1994 年初步实现；第三圆圈的"东扩"计划已于 2007 年全部实现，马耳他、塞浦路斯、波兰、匈牙利、捷克、斯洛伐克、斯洛文尼亚、爱沙尼亚、拉脱维亚、立陶宛、罗马尼亚、保加利亚分别于 2004 年 5 月 1 日和 2007 年 1 月 1 日正式成为欧盟的一员，至此，建成"大欧洲经济区"的目标基本实现。

此外，欧盟与俄罗斯的经济关系也在进一步加强。1994 年 6 月，科学首脑会议签署了欧盟与俄罗斯"伙伴关系和使用协议"。1995 年 7 月，欧盟又与俄罗斯签署了双边贸易条约，确定了建立"欧俄自由贸易区"的目标。

欧盟在加紧实施"东扩"、推行"大欧洲"计划的同时，又积极制定和推行"新地中海战略"，考虑发展同地中海南岸周边国家的关系。1994 年 10 月，欧盟首次提出同地中海南岸国家建立更密切的伙伴关系的倡议，并得到地中海南岸国家的广泛响应。1995 年 11 月 27 日，由欧盟 15 个成员方和地中海南岸 12 国参加的第一次欧洲—地中海 27 国首脑会议在巴塞罗那召开。会议确定了双方在未来 10 年内建立和发展"总体伙伴关系"的方针，涉及未来双方经贸合作及政治和社会合作等广泛内容，确认于 2010 年建立欧洲—地中海自由贸易区的宏伟目标。未来的自由贸易区，将要求成员方进一步扩大开放度，相互拆除壁垒，最终实现区内贸易自由化。到 2010 年，欧洲—地中海自由贸易区一旦建成，它将在地域上包括东西欧及北非和中东大约 40 个国家（或地区）在内，拥有近 8 亿人口的世界上最大的南北"混合型"地区经济集团。

专栏 10-1

欧洲经济一体化大事记见表 10-2。

表 10-2　欧洲经济一体化大事记

时　间	事　件
1950 年 5 月 9 日	提出欧洲国家煤和钢的资源供应共同规划；确立了创立"欧洲联邦"的战略目标
1951 年 5 月	欧洲煤钢共同体（ECSC）成立
1951 年 5 月 27 日	签署《欧洲防御联盟条约》，该条约在法国未得通过
1957 年 3 月 25 日	签订了《欧洲经济共同体条约》和《欧洲原子能共同体条约》，统称为《罗马条约》
1958 年 1 月 1 日	欧洲经济共同体正式成立
1959 年 1 月 1 日	首次降低关税 10%
1962 年 1 月 30 日	共同农业政策生效
1967 年 7 月 1 日	欧洲煤钢联营、欧洲经济共同体和欧洲原子能会合为一体
1968 年 7 月 1 日	关税同盟生效，取消了欧盟内部工业产品流通关税，制定了共同对外关税税则
1968 年 7 月 29 日	欧盟内部劳务自由流通
1972 年 3 月	创立"洞中之蛇"汇率制度，使各国货币浮动幅度降至 2.25%
1973 年 1 月	丹麦、英国和爱尔兰加入欧洲经济共同体，使共同体扩为 9 个成员
1975 年 2 月 28 日	签署"洛美公约"，同 44 个非洲、加勒比和太平洋成员建立联系
1978 年 4 月 3 日	同中国签署"贸易协定"
1978 年	欧洲煤钢联营、欧洲经济共同体和欧洲原子能委员会合为欧洲共同体（EC）

（续）

时　间	事　件
1979 年 3 月 13 日	埃居体系取代货币蛇型浮动体系；欧洲货币单位（埃居）成为欧洲记账单位
1981 年 1 月 1 日	希腊加入欧共体
1986 年 1 月 1 日	西班牙和葡萄牙加入欧共体
1987 年 7 月 1 日	《单一欧洲法案》生效，规定在欧洲委员会中实行投票加权的表决规则，不再实行全体一致原则
1990 年 7 月 1 日	资本流动自由化，经济货币联盟第一阶段开始实施
1992 年 2 月 7 日	签订《马斯特里赫特条约》
1993 年 1 月	欧共体实现单一大市场
1993 年 11 月 1 日	《马斯特里赫特条约》正式生效，欧共体改称欧洲联盟（EU）
1994 年 1 月 1 日	经济货币联盟第二阶段开始实施；欧洲货币局建立
1995 年 1 月	奥地利、瑞典和芬兰加入欧盟
1995 年 12 月	确定欧洲单一货币第三阶段于 1999 年 1 月 1 日开始启动，货币名称为"欧元"（EURO）
1997 年 6 月	签署稳定与增长公约、第二汇率机制
1998 年 6 月	欧洲中央银行成立
1999 年 1 月	欧元诞生
2001 年 1 月 1 日	希腊成为欧元区的第 12 个成员
2002 年 1 月 1 日	欧元开始流通
2003 年 4 月 16 日	在希腊首都雅典举行的欧盟首脑会议上，马耳他、塞浦路斯等十个成员正式签署加入欧盟协议
2004 年 5 月 1 日	十个新成员正式加入欧盟
2004 年 10 月	签署《欧盟宪法条约》，旨在保证欧盟的有效运作以及欧洲一体化进程的顺利发展
2007 年 1 月 1 日	斯洛文尼亚成为欧元区的第 13 个成员
2007 年 1 月 1 日	罗马尼亚、保加利亚加入欧盟
2008 年 1 月 1 日	塞浦路斯和马耳他成为欧元区的第 14 和第 15 个成员
2009 年 1 月 1 日	斯洛伐克成为欧元区的第 16 个成员

10.4.2　北美自由贸易区

美洲是世界上第二个实现"洲域经济一体化"的地区。1989 年，在美国的积极活动下，美国和加拿大开始正式执行《美加自由贸易协定》。然后，美国、加拿大、墨西哥三国于 1992 年 8 月 21 日达成《北美自由贸易区协定》（North American Free Trade Agreement），它成为美洲经济一体化的一个重要里程碑。该协定涉及三国之间的商品、劳务贸易和投资自由化、知识产权保护、贸易争端解决的内容，后来应美方的要求又加上了有关环境和劳工保护的"平行协议"，其中心内容是经过 15 年的过渡期最终建成包括三国在内的"北美自由贸易区"。该协定已于 1994 年 1 月 1 日正式开始生效并执行。

1994 年 12 月，美洲 34 个成员方领导人在美国迈阿密举行 27 年来首次美洲国家首脑会议。根据会上达成的协议，美洲各国将于 2005 年前完成关于建立"美洲自由贸易区"的谈判。为此，各方首脑还签署了"原则宣言"和"行动计划"。拟议中的美洲自由贸易区，北起阿拉斯加，南到帕塔哥尼亚，有 8.5 亿人口和 13 万亿美元的国民生产总值。1998 年 6 月 17 日，34 个美洲国家的代表云集布宜诺斯艾利斯，9 个工作小组就市场准入、投资、服务贸易、政府采购、争端解决、农业、知识产权、补贴、反倾销和反倾销关税，以及竞争政策进行讨论，为美洲自由贸易区规划蓝图。然而，由于美国同阿根廷、巴西、巴拉圭和乌拉圭等国在农产品补贴、农产品市场准入等问题上存在严重分歧，美洲自由贸易区谈判进展缓慢，最终没能在 2005 年底达成协议，谈判陷入僵局。

1. 北美自由贸易区的宗旨与目标

《北美自由贸易协定》明确表示美国、加拿大、墨西哥三国将根据自由贸易的基本精神，秉承国民待遇、最惠国待遇和透明度的原则，建立自由贸易区。其宗旨是：取消贸易壁垒，创造公平竞争的条件，增加投资机会，对知识产权提供适当的保护，建立执行办公室和解决争端的有效程序，以及促进三边、地区和多边的合作；其目标是经过 15 年的过渡期，到 2008 年建成一个取消所有商品和贸易障碍的自由贸易区，实现生产要素在区内的完全自由流动。

2. 《北美自由贸易协定》的内容

《北美自由贸易协定》的内容包括：降低与取消关税（包括：汽车产品、纺织品和服装、能源和基本石化产品、农业产品等）；原产地规则；放宽对外资的限制；开放金融保险市场；公平招标；服务贸易；知识产权保护。除此之外，协定还就三国的海关管理、卫生和植物卫生检疫措施、紧急措施、技术标准、公共部门的采购、竞争垄断和国有企业、商务人员的临时入境、反倾销和补偿配额的争端解决、例外及保留条款等专门作了详细规定。

3. 北美自由贸易区的特点

（1）南北共存性。北美自由贸易区是由经济发展水平不同的国家所组成，其中既有当今世界上的第一经济大国美国和发达国家加拿大，也有发展中国家墨西哥。因此，在北美自由贸易区中即存在着美、加之间的"水平形态的经济合作与竞争"，又存在着美、墨与加、墨之间的"垂直形态的经济合作与竞争"，而且二者相互交织在一起。

（2）一国主导性。美国既是建立北美自由贸易区的积极倡导者，也是北美自由贸易区得以正常运行的主要支撑力量，可以说北美自由贸易区是以美国为核心的区域经济集团。

（3）经济互补性。美、加、墨的经济互补关系在三国的经济运行中随处可见，例如，三国在能源领域有很强的互补关系，墨西哥和加拿大拥有丰富的能源资源，而美国是世界上的能源消费大国，每年需要进口大量石油。又如，劳动力资源的互补，墨西哥作为一个人口大国，拥有大量的廉价劳动力，美国则有先进的技术设备和雄厚的资本实力，二者的结合，必将从总体上提高北美地区制造业竞争力。

10.4.3　亚太经济合作组织

相比较而言，亚洲在国际区域经济一体化方面落后于其他几个洲。亚太经济合作区的建立由于历史和现实的原因而进展缓慢，长期停留在论坛构想之中。不过，近几年它同样明显加快了前进步伐，这尤其体现在亚太经济合作组织的形成和发展上。1989 年，由澳大利亚倡议召开的首次部长级会议，1992 年 9 月，第四届曼谷部长级会议成立常设秘书处，拉开了亚太地区经济合作的序幕。如果说这种经济合作起初是以"亚太经济合作会议"的形式来展开的话，那么到 1994 年在印度尼西亚茂物举行的领导人非正式会议，则向全世界正式宣告"亚太经济合作组织"（APEC）的形成，并提出了贸易与投资自由化的目标，发达成员与发展中成员的最后期限分别是 2010 年和 2020 年。APEC 的成员数量目前为 21 个，即中国、中国台湾、中国香港、日本、马来西亚、菲律宾、印度尼西亚、韩国、泰国、新西兰、澳大利亚、美国、加拿大、墨西哥、智利、巴布亚新几内亚、文莱、新加坡、俄罗斯、秘鲁、越南。目前，APEC 正考虑接受朝鲜为其第 22 个成员。

必须指出，从严格的意义上讲来，APEC 并不是一种经济一体化的形式，充其量只能说它具有发展成为一种经济一体化组织的潜在趋势。但是，鉴于它对亚太经济的重要意义，加之我国又是其中重要的一员，故在此将它与一体化形式一并考虑。

APEC 成立十几年来取得的成就主要有：①确定亚太地区贸易和投资自由化目标和进程。在亚太地区实现"自由和开放"的贸易和投资是 APEC 的一项主要目标。1994 年通过《茂物宣言》，提出 APEC 发达成员不晚于 2010 年，发展中成员不晚于 2020 年实现亚太地区贸易和投资自由化"两个时间表"。②在促进亚太地区贸易和投资便利化上取得实质性进展。③在进行经济技术合作上取得共识，并在观念上有所创新。1996 年马尼拉会议成功地通过《APEC 加强经济合作与发展框架宣言》，确定了经济技术合作的指导原则和优先领域。④扩大成员，发展队伍，增强其开展国际合作的影响。APEC 已有 21 个成员，其国民生产总值占全球 55% 以上，对外贸易总额占世界 46% 以上。⑤吸引私营部门参与，"政府与民间"两条腿走路。APEC 虽是一个官方组织，但它的活动越来越多地向民间开放。⑥通过一系列制度创新，形成独特"APEC 模式"。亚太地区是全球多样性最突出的一个地区，为使成员达成共识，实现所定目标、APEC 实行了一系列制度创新，主要包括：强调灵活性、渐进性和开放性、实行协商一致原则、自主自愿与隐形压力双管齐下、软组织机制。⑦成为亚太地区政治、经济问题最高协商场所。

APEC 发展过程中存在着不少问题，主要表现在：①贸易和投资自由化的"大跃进"和"APEC 泡沫"现象。从 1993 年到东南亚金融危机爆发的 1997 年，APEC 在加快自由化进程方面，一年搞一次"大跃进"。②经济技术合作进展不大。与贸易和投资自由化的"大跃进"相反，APEC 经济技术合作（ECOTECH）进展缓慢，举步艰难。③APEC 政治化倾向越来越重。尽管由于 APEC 有独特的领导人会晤机制，在会外难免会谈及除经济以外的其他问题，但其经济性质不能因此而"变味"，否则很难保证其生存。④对金融危机反应迟缓，行动不力。虽然 1997 年温哥华会议和 1998 年吉隆坡会议都把金融危机列为主要议题，但 APEC 所做的也仅仅是"关注"、"呼吁"而已，几乎没有什么实质性行动。

10.5   我国与区域经济一体化

近年来，我国在参与区域经济合作方面取得了阶段性的进展。除了积极参与亚太经济合作组织、亚欧会议、上海合作组织、大湄公河次区域开发等区域经济组织的贸易投资便利化和经济技术合作进程，开展"10 +3"和中国、韩国、日本合作对话之外，又在参与双边贸易自由化方面取得了新的开端，启动并正式建立了中国—东盟自由贸易，签署了与中国香港、中国澳门更紧密经济关系安排、中国—巴基斯坦优惠贸易安排和中国—智利自由贸易协定，加入了《曼谷协定》。总体上看，我国顺应了全球范围内的区域经济合作迅猛发展的潮流，大力推进并参与了区域经济合作特别是双边自由贸易协定的进程。

10.5.1　中国—东盟自由贸易区

2002 年 11 月 4 日我国和东盟 10 个成员方签署了《中国东盟全面经济合作框架协议》。根据该协议，2003 年我国与东盟双方先后于 2 月、6 月、7 月和 11 月在桂林、雅加达、胡志明市和重庆举行了四次贸易谈判委员会（TNC）会议，成立了原产地规则、服务贸易、投资三个工作组，并就货物贸易、服务贸易和投资等问题广泛交换了意见。根据协议，从 2005 年 1 月 1 日起，开始实施正常产品的降税，到 2010 年，我国与东盟老成员建成自由贸易区，东盟新成员则可享受最多五年的过渡期，到 2015 年建成自由贸易区。2010 年 1 月 1 日中国—东盟自由贸易区正式启动，这是世界上人口最多的自由贸易区，是全球第三大自由贸易区，也是由发展中国家组成的最大自由贸易区。

中国—东盟自由贸易区由中国和东盟 10 个成员共同组成，拥有 19 亿消费者、近 6 万亿美元国内生产总值和 4.5 万亿美元贸易总额。自贸区启动后，我国和东盟六个成员文莱、菲律宾、印度尼西亚、马来西亚、泰国、新加坡之间，超过 90% 的产品将实行零关税。我国对东盟平均关税将从 9.8% 降到 0.1%，东盟六个成员对我国的平均关税将从 12.8% 降至 0.6%。东盟 4 个新成员越南、老挝、柬埔寨、缅甸，也将在 2015 年实现 90% 的产品零关税。关税壁垒的逐渐消除，为我国与东盟企业创建了更加便利的发展平台。

专栏 10-2　中国—东盟自由贸易区受惠行业

东盟 10 个成员与我国地缘相邻，是我国重要的贸易伙伴，建设自由贸易区将为双方带来巨大的经济利益。自由贸易区全面降税实施一年里，双边贸易出现了较快增长。2005 年 7 月至 2006 年 6 月，双边贸易额达到 1 434 亿美元。其中，我国从东盟进口达到 816 亿美元，同比增长 20%；我国向东盟出口达到 618 亿美元，增长 23%。

汽车

汽车工业是全球化程度最高的产业之一。已成为我国国民经济第四大支柱产业，年均增长率保持在 15%。东盟在地缘上与我国比邻，汽车市场发展空间广，产业合作契合点多，潜力较大。从我国自东盟进口汽车产品看，汽车零部件、底盘、车身和特种用途车将从自贸区降税中先期获益。

印度尼西亚：将燃汽油客车、牵引车、拖拉机、特种车、刹车片、驱动桥、转向器等未列为敏感产品。2010 年实现零关税，拖拉机、牵引车、刹车片、驱动桥、转向器关税从 15% 降至 8%，2012 年实现零关税。

马来西亚：将大部分汽车零部件、牵引车、雪地车、高尔夫球车未列为敏感产品。拖拉机、房车、高尔夫球车、特种车、底盘、发动机、刹车片、变速箱、驱动桥 2010 年实现零关税。

化工

目前已有 7 000 多种税目的商品已降税，2010 年基本实现免征关税。东盟已成为我国的第四大贸易伙伴。今年1～6月，双方贸易额超过中美、中日贸易增速，其中化工产品占较大份额。

东盟国家经济结构与我国有较强互补性，在化工等行业有很强的互补性和发展空间。

乙烯（290121）和丙烯（290122）最惠国税率为2%，自贸区税率已为零税率。

洗发水（330510）和发胶（330530）最惠国税率为17%，自贸区税率是 5%，2010 年降为零税率。

金属制品

我国的机械电子设备、精密仪器、钟表手表、金属产品具有潜在优势，1993～1994 年东盟大量增加了上述产品的进口，增长速度大大高于东盟同类产品的总进口增长率，在东盟市场上这些产品的份额将会继续增加。

不锈钢（7220）最惠国税率为 10%，自由贸易区税率是 5%，2010 年降为零税率。

铝合金（760120）最惠国税率为7%，自由贸易区税率已为零税率。

船舶

随着中国—同盟自由贸易区建设步伐的加快，我国与东盟相互投资不断扩大，船舶业的发展面临良好机遇。可以预见，自由贸易区的建成，船舶业将在未来继续快速发展。

游船（890110）最惠国税率为 5%，自由贸易区税率是 5%，2010 年降为零税率。

豪华游艇（890310）最惠国税率为 10%，自由贸易区税率是 5%，2010 年降为零税率。

机电

我国与东盟在机电产品的互补性更强，发展前景更为广大；机电产品互为我国和东盟的出口优势产品，既相互竞争，又相互合作，产业内贸易的特点十分突出。两国国内的一些物美价廉的传统机电产品，将会得到更多的贸易机会。

自动切割机床（8476）最惠国税率为20%，自由贸易区税率是 5%，2010 年降为零税率。

移动金属机床（8461）最惠国税率为12%～15%，自由贸易区税率是 5%，2010 年降为零税率。

收音机（8527）最惠国税率为20%，自由贸易区税率是 5%，2010 年降为零税率。

电动剃须刀（851010）最惠国税率为30%，自由贸易区税率是 5%，2012 年降为零税率。

咖啡壶（851671）最惠国税率为30%，自由贸易区税率是 5%，2012 年降为零税率。

电水壶（851679）最惠国税率为32%，自由贸易区税率是 5%，2012 年降为零税率。

（资料来源：中国国际电子商务网，http://www.ec.com.cn）

10.5.2 中国内地与中国香港特别行政区、中国内地与中国澳门特别行政区的 经贸关系安排

2002 年初，中国内地与中国香港特别行政区政府开始就"更紧密经贸关系的安排"进行磋商，并于 2003 年 6 月 29 日中央与中国香港特别行政区签署了《内地与香港关于建立更紧密经贸关系的安排》（简称 CEPA）。CEPA 文本共 23 条，包括货物贸易、服务贸易和贸易便利化三方面，总目标是贸易自由化。

为了促进中国澳门特别行政区经济发展，同时适当保持中国香港和中国澳门之间的平衡，中国内地与中国澳门特别行政区也于 2003 年 10 月 17 日签署了《内地与澳门关于建立更紧密经贸关系的安排》。从 2004 年到 2009 年，中国内地与中国香港相继签订了六个 CEPA 补充协议，与中国澳门签订了五个 CEPA 补充协议，逐步加大对中国香港、中国澳门的开放，其中涉及服务贸易、贸易投资便利化、金融合作等诸多方面，不断提高内地与港、澳的经贸交流与合作，促进经济的共同发展与繁荣。

本章小结

1. 区域经济一体化是指两个或两个以上邻近国家实行经济联合，程度不同地采取共同的经济方针、政策和措施，促使各成员方的经济活动逐步走向一体化，在一定范围内实行经济联合和政策协调。

2. 区域经济一体化有六种形式：优惠贸易安排、自由贸易区、关税同盟、共同市场、经济联盟和完全经济一体化，其中完全经济一体化是最高级的形式。

3. 区域经济一体化是世界经济和国际贸易发展的产物，无论何种形式的区域经济一体化组织，都会对区域内成员方的贸易和区域外的国际贸易产生一定的影响，而影响程度的大小则取决于不同组织本身的实力以及区域经济一体化的发展程度。

4. 世界上最大的三个区域经济组织是欧盟、北美自由贸易区和亚太经济合作组织，其中，欧盟是区域经济一体化发展最快、成效最显著的表率，在欧盟成功的示范下，世界各地区以各种形式的区域经济一体化活动蓬勃发展。

5. 在新的改革开放观的指导下，我国顺应了全球范围内的区域经济合作迅猛发展的潮流，大力推进并参与了区域经济合作特别是双边自由贸易协定的进程。

关键术语

区域经济一体化　　自由贸易区　　关税同盟　　共同市场　　经济联盟
完全经济一体化　　水平一体化　　垂直一体化　　欧洲联盟　　北美自由贸易区
亚太经济合作组织

课后习题

简答题

1. 简述区域经济一体化的发展历程。

2. 简述区域经济一体化的主要形式。

3. 简述区域经济一体化对其内部成员方的影响。

第 11 章　世界贸易组织

学习目标:

1. 学习和了解 WTO 的发展历程，以及 WTO 的宗旨与基本体制，重点掌握 WTO 的基本原则。
2. 学习和了解我国加入世界贸易组织的过程，重点掌握我国加入世界贸易组织承诺的履行。

11.1　世界贸易组织的发展历程

11.1.1　关税与贸易总协定的产生

世界贸易组织（WTO）的前身是关税与贸易总协定（General Agreement on Tariffs and Trade），简称关贸总协定，缩写为 GATT，是 1947 年 10 月 30 日由 23 个国家和地区在日内瓦签订的一项调整当时各国在国际贸易政策上相互权利与义务的多边条约，同时作为各缔约方贸易谈判的场所，也是调节贸易争议的机构。

关贸总协定的产生是有其深刻的历史背景的，是国际政治、经济发展的产物。第二次世界大战以后，除美国以外的其他发达资本主义国家都遭受战争的破坏，经济普遍衰退，纷纷采取了限制进口、实行高关税的保护贸易政策，并实行外汇管制，控制资本外流。这些限制性的措施引起了世界经济的一片混乱，这对战后经济实力最强的美国经济扩张极为不利。为了对外扩张和担当重建世界经济的领袖，美国提出建立一个以实现自由贸易为目标的"世界贸易组织"，以克服日益盛行的外贸与外汇管制和高关税保护政策所造成的障碍。

1946 年 2 月，在美国的提议下，召开了联合国经济及社会理事会第一次会议，通过了美国提出的召开"世界贸易和就业会议"的决议草案，着手筹建"国际贸易组织"。1947 年 4 月，美国、英国、法国、中国和印度等 23 个国家和地区参加了"世界贸易和就业会议"的第二次筹委会，谈判草拟国际贸易组织宪章，同时会议期间进行了首轮关税减让谈判，各参加方共达成了 100 多项有关关税减让的双边协议。为使关税减让的成果尽快履行，参加方将拟议中的国际贸易组织宪章中有关贸易政策的条款摘出，汇编为一个单一协定，并将各国达成的关税减让协定列为各国的关税减让表，构成该协定的不可分割的组成部分，这个协定就命名为《关税与贸易总协定》。1947 年 10 月 3 日，美国、英国、法国、比利时、荷兰、卢森堡、澳大利亚、加拿大八个国家签署了《关税与贸易总协定临时适用议定书》，于是在国际贸易组织宪章生效之前，关税与贸易总协定于 1948 年 1 月 1 日起开始生效。

关贸总协定的建立成为世界各有关国家进行多边贸易谈判和解决政府间贸易争端的重要场所，是国际经济关系中调整国际贸易政策，协调各国贸易关系的第一个准国际多边贸易组织。它的成立与国际货币基金组织（International Monetary Fund，IMF）和国际复兴开发银行（International Bank for Reconstruction and Development，IBRD，通称"世界银行"、"World Bank"）共同构成战后世界经济的三大支柱。

11.1.2　关贸总协定的作用及局限性

1. 关贸总协定的作用

关贸总协定建立后的主要成果是进行了一系列的贸易谈判。自 1947 年 4 月至 1944 年 4 月，关贸总协定先后主持完成了八个回合的多边贸易谈判，通过这些谈判，实现了世界各国贸易政策的逐步自由化，促使各国关税水平大幅度降低，推动了国际贸易的发展。尤其是最后一轮乌拉圭回合谈判，极大地推动了世界贸易自由化的进程，促进了世界贸易组织的诞生，具有重大的划时代意义。自关贸总协定生效起，它对国际贸易和世界经济的发展起了重要的促进作用。

（1）促进了战后贸易自由化的发展。关贸总协定自生效起，通过历次多边贸易谈判，一方面使缔约方的进口税率不断降低，另一方面使非关税壁垒受到抑制，有力地促进了国际贸易自由化的发展。

（2）形成了一套指导缔约方贸易行为的规则。关贸总协定所确定的各项基本原则，以及在历次多边贸易谈判中达成的一系列协议，形成了一套指导各缔约方贸易政策的行为准则，成为各缔约方处理贸易关系的依据。

（3）调节了各缔约方之间的贸易争端，维护了世界多边贸易体制。关贸总协定提供了各缔约方解决矛盾的场所，并规定了一整套调节各缔约方之间争端的程序和方法。关贸总协定自生效以来，受理了很多争端案例，对维护世界多边贸易体制、保证各缔约方的合法利益起到了积极的作用。

（4）发展中国家缔约方的地位提升。从 20 世纪 60 年代初起，随着日益增多的赢得独立的发展中国家加入关贸总协定，关贸总协定不得不开始重视发展中国家缔约方的经济利益和贸易利益，加上发展中国家缔约方的争取和斗争，关贸总协定修改补充了一些有利于发展中国家的条款和内容，这使发展中国家缔约方在关贸总协定中的地位发生了一定变化，促进了发展中国家缔约方经济与贸易的发展。

（5）促进了国际服务贸易、知识产权和投资的发展。在乌拉圭回合谈判中，服务贸易、知识产权和贸易有关的投资已列为新议题进行谈判，并就此达成一些协议，这就使关贸总协定协调的范围扩大到国际经济贸易关系的各个领域。

（6）增强了贸易透明度，推动了世界经济信息与人才的交流。

2. 关贸总协定的局限性

关贸总协定的产生及其后 40 余年的运作，对于战后贸易自由化的进程和发展起到了巨大的保证和促进作用，为世界经济贸易关系的顺利发展奠定了一定基础。但是，由于关贸总协定自身是一个临时性的产物，存在许多难以克服的内在缺陷，随着国际政治、经济等因素的不断变化，在日益加速的经济全球化潮流面前显示出越来越多的局限性。这些局限性主要表现在以下几方面：

（1）非正常地位的局限。从地位上讲，关贸总协定只是一个建立在"临时适用议定书"基础上的临时性的"君子协定"，不是一个正式的国际组织，不具有国际法主体资格。它的这一非正式地位，不仅妨碍了其正常活动的进行，限制了其功能的发挥，而且也使其作为管理和协调世界贸易机构的权威性大打折扣。

（2）管理范围过于狭窄的局限。在当代世界贸易和经济发展中，服务贸易发展迅猛，地位越来越重要。同时，世界经济的发展越来越具有知识经济的特征，如何在国际贸易活动中保护知识产权已经成为一个重要的课题。国际贸易和经济活动的日益复杂，需要有相应的国际规则来予以规范。但是，关贸总协定体制却难以适应国际贸易和经济发展的需要，因为关贸总协定的管理范围仅限于货物贸易，而且也不是所有的货物贸易。

（3）规则缺陷的局限。关贸总协定的规则很不严格，存在许多漏洞。第一，尽管关贸总协定从一开始就是一种多边贸易的制度安排，其规则对于所有的成员方都是适用的。但是，东京回合后，许多规则都具有了"诸边"的性质，既只适用于签署协议的成员方，这使得关贸总协定规则的普遍性大打折扣。第二，关贸总协定的许多规则内容模糊，缺乏明确的标准。第三，存在大量除外条款。按照关贸总协定的基本要求，所有的成员方必须遵守所达成的协议，但是，同时却规定了许多情况下成员方可以违背这些原则。第四，"灰色区域"措施泛滥。对于诸如自愿出口限制、有秩序的销售安排等明显违背关贸总协定原则的贸易保护措施，关贸总协定既不指责其非法，又不承认其合法，使其处于暧昧状态，对多边贸易体制造成强烈冲击。关贸总协定规则的上述缺陷严重影响了多边贸易体制的权威性和有效性。

（4）争端解决机制的局限。随着国际贸易规则的日益扩大和国际贸易结构越来越复杂，同时由于各国的贸易保护主义政策泛滥，国际贸易中的矛盾和争端不断发生，需要多边贸易体制建立有力的争端解决机制。但是，关贸总协定的争端解决机制却因为存在严重的缺陷而形同虚设。主要表现在：专家小组的权限很小、争端解决的时间太长、监督后续行动不力。尤其是关贸总协定的争端解决机制采取"全体一致同意"的原则，即决定对某个违反规则的成员方采取行动时必须征得所有成员方的同意，这使得关贸总协定的争端解决结果无法有效地得到实施。这样，成员方尤其是贸易规模和经济实力巨大的成员方在践踏多边贸易规则时得不到应有的惩罚，从而使整个多边贸易体制经常面临崩溃的危险。

关贸总协定的上述局限性决定了它已经无法适应新形势的需要。在新的历史条件下，关贸总协定必然要被新的更加完善的多边贸易体制所取代。

11.1.3 世界贸易组织的建立

世界贸易组织协议的形成是乌拉圭回合多边贸易谈判的一项重大成果。1990 年初，时任欧共体轮值主席国的意大利首先提出了建立多边贸易组织的倡议，同年 7 月，欧共体把这一倡议以 12 个成员方的名义向乌拉圭回合体制职能谈判小组正式提出来，得到了加拿大、美国的支持。1990 年 12 月乌拉圭回合布鲁塞尔部长会议正式作出决定，责成体制职能小组负责"多边贸易组织协定"的谈判。体制职能小组经过一年的紧张谈判，于 1991 年 12 月形成"关于建立多边贸易组织协议草案"，并成为同年底以当时关贸总协定总干事邓克尔的名义形成《邓克尔案文》的一个部分。后经两年的修改、完善和讨论，最终于 1993 年 11 月形成了"建立多边贸易组织协议"，并根据美国的动议，把多边贸易组织改名为"世界贸易组织（World Trade Organization，WTO）"，世界贸易组织协议于 1994 年 4 月 15 日在马拉喀什部长会议上获得通过，与其各附件协议和部长宣言与决定共同构成了乌拉圭回合多边贸易谈判的成果，并采取"单一整体"义务和无保留例外接受的形式，被 104 个参加方政府代表签署，其中包括中国政府代表的签署。

1995 年 1 月 1 日，世界贸易组织正式成立。关贸总协定在和世界贸易组织共同运行了 1

年后，于 1995 年 12 月 12 日彻底退出历史舞台。世界贸易组织的总部设在日内瓦，首任总干事是意大利人雷纳托·鲁杰罗，世界贸易组织的建立，可以说已经把其触角延伸到世界经济的每个角落。从参加成员上看，成立时共有创始成员 75 个，其中有 30 多个是发达国家或地区。此后，许多发展中国家和经济转型国家纷纷加入，到 2008 年年底，其成员已达到 153 个。其中，欧盟（前欧共体成员）作为一个独立的成员，我国于 2001 年 12 月 11 日也终于成为世界贸易组织的第 143 个成员。世界贸易组织的成立标志着一个新的多边贸易体制的诞生，从此，国际贸易进入了世界贸易组织时代。

11.2 世界贸易组织的宗旨与基本体制

11.2.1 世界贸易组织的宗旨

《建立世界贸易组织的马拉喀什协议》序言中指出，世界贸易组织的宗旨为：提高生活水平，保证充分就业，大幅度和稳定地增加实际收入和有效需求，扩大货物和服务的生产和贸易，按照持续发展的目的，最优运用世界资源，保护和维护环境，并以不同经济发展水平下各自需要的方式，加强采取各种相应的措施。积极努力确保发展中国家，尤其最不发达国家在国际贸易增长中的份额，与其经济发展需要相称。其目标是建立一个完整的、更具活力的和永久的多边贸易体系来巩固原来关税与贸易总协定以往为贸易自由化所做的努力和乌拉圭回合多边贸易谈判的所有成果。

在《建立世界贸易组织的马拉喀什协议》的序言中，明确指出实现其宗旨与目标的途径是通过互惠互利的安排，导致关税和其他贸易壁垒的大量减少和国际贸易关系中歧视性待遇的取消。

11.2.2 世界贸易组织的基本体制

1. 世界贸易组织的范围

根据《建立世界贸易组织的马拉喀什协议》，世界贸易组织涉及的范围为 GATT 乌拉圭回合多边贸易谈判达成的协议、协定以及历次谈判达成的协议。其具体包括：多边货物贸易协议、服务贸易总协定、与贸易有关的知识产权协定、争端解决规则和程序谅解、贸易政策评审机制、诸边贸易协议、马拉喀什会议上的部长决定和宣言、1994 年关贸总协定等。

2. 世界贸易组织的组织机构

图 11-1 为世界贸易组织机构图。

3. 世界贸易组织的决策机制

世界贸易组织的决策机制是指世界贸易组织对有关事项在通过决议、规章、规则或决定等法律文件时应遵循的程序规则。在部长会议和总理事会上，每个成员方均有且只有一票投票权，且任一成员方都没有否决权。这是世界贸易组织同联合国、国际货币基金组织和世界银行决策机制的根本区别之所在，这一机制保证了世界贸易组织的决策不受少数成员特别是大国意志的左右。

按照世界贸易组织的规定，世界贸易组织的决策首先考虑适用协商一致原则（即只要出席会议的成员方对拟通过的决议不正式提出反对意见就视为同意，包括保持沉默、弃权或

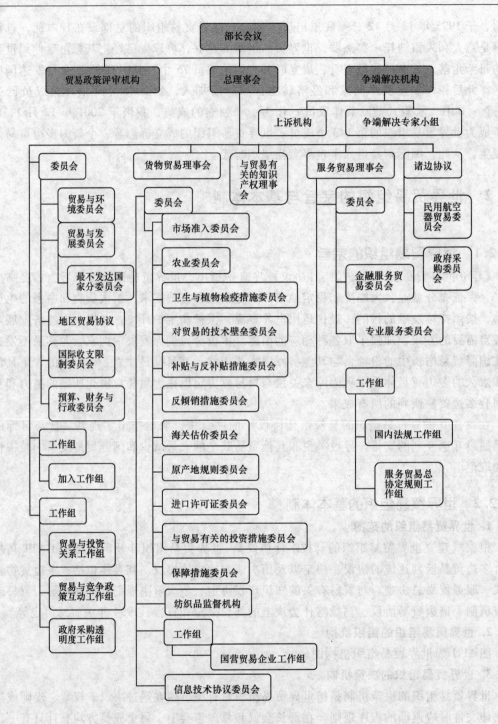

图 11-1　世界贸易组织机构图

进行一般的评论等均不能构成反对意见），不能达成协商一致的实行多数票规则，但某些决策必须实行协商一致规则。

4. 世界贸易组织的争端解决机制

世界贸易组织的争端解决机制主要内容集中在《关于争端解决规则与程序的谅解》中。

建立争端解决机制的目的在于维护成员方在有关协定中规定的权利和义务，达成能为各方接受的、与有关协定的规则相一致的解决方法。其主要程序包括：

（1）磋商。根据《争端解决规则与程序谅解》（以下简称《谅解》）规定，争端当事方应当首先采取磋商方式解决贸易纠纷。磋商要通知争端解决机构。磋商是秘密进行的，是给予争端各方能够自行解决问题的一个机会。

（2）成立专家小组。如果有关成员在 10 天内对磋商置之不理或在 60 天后未获解决，受损害的一方可要求争端解决机构成立专家小组。专家小组一般由三人组成，依当事人的请求，对争端案件进行审查，听取双方陈述，调查分析事实，提出调查结果，帮助争端解决机构作出建议或裁决。专家组成立后一般应在六个月内向争端各方提交终期报告，在紧急情况下，终期报告的时间将缩短为三个月。

（3）通过专家组报告。争端解决机构在接到专家组报告后 20 ~ 60 天内研究通过，除非当事方决定上诉，或经协商一致反对通过这一报告。

（4）上诉机构审议。专家小组的终期报告公布后，争端各方均有上诉的机会。上诉由争端解决机构设立的常设上诉机构受理。上诉机构可以维持、修正、撤销专家小组的裁决结论，并向争端解决机构提交审议报告。

（5）争端解决机构裁决。争端解决机构应在上诉机构的报告向世贸组织成员散发后的 30 天内通过该报告，一经采纳，则争端各方必须无条件接受。

（6）执行和监督。争端解决机构监督裁决和建议的执行情况。如果违背义务的一方未能履行建议并拒绝提供补偿时，受侵害的一方可以要求争端解决机构授权采取报复措施，中止协议项下的减让或其他义务。

11.2.3　世界贸易组织的基本原则

世界贸易组织继承了原来关贸总协定的基本原则，同时又对其进行了发展和完善。概括起来，世界贸易组织的基本原则主要有以下几类：

1. 非歧视原则

非歧视原则又称无差别待遇原则。这一原则是世贸组织的最基本原则，起着基石的作用，它是国家主权平等原则在国际经贸关系中的延伸。其基本含义为：一成员方在实施某种限制和制裁措施时，不得对其他成员方实施歧视待遇。非歧视原则主要通过最惠国待遇和国民待遇予以体现。

（1）最惠国待遇原则。最惠国待遇也是关税与贸易总协定的基石，其基本含义为：成员方现在和将来给予另一方的优惠、特权和豁免，都不应低于其给予任何第三方的优惠、特权和豁免。也就是说，如果一个成员方就任何一个产品或服务给予另一成员方关税或其他方面的好处，就必须立即和无条件地就这一优惠待遇扩展到所有其他成员方。

最惠国待遇原则是世界贸易组织成员方处理同其他不同成员方关系的基本准则。当然，在具体适用最惠国待遇时，世界贸易组织也作了一些例外规定。

（2）国民待遇原则。国民待遇是最惠国待遇的有益补充。国民待遇原则又称平等待遇原则，具体指缔约方双方相互承诺，保证对方的公民、企业和船舶在本国境内享有与本国公民、企业和船舶同等的待遇。其基本要点是缔约方根据条约的规定，应将本国公民、企业和船舶享有的权利和优惠扩及其他成员方在本国境内的公民、企业和船舶。从理论上讲，依照规定赋予外国人和本国人之间在民商事权利方面地位上的平等，可以防止对外国人实行不公平的歧视性做法，同时，也可避免如从自由资本主义进入帝国主义时期那样外国人获得不合理的各种特权，从而有利于使各国民间经济贸易方面的交往得以正常发展。

2. 贸易自由化原则

所谓贸易自由化原则，是指所有世界贸易组织成员方限制和取消一切关税和非关税壁垒，消除国际贸易中的歧视待遇，提高本国的市场准入程度。具体体现在以下几个方面：

（1）关税减让原则。关税透明度高，易衡量，对进出口商品价格有直接影响，特别是高关税，是制约货物在国际间自由流动的重要壁垒。因此，世贸组织在允许成员方使用关税手段的同时，要求成员方逐渐下调关税水平并加以约束，以不断推动贸易自由化进程。"关税约束"是指成员方承诺把进口商品的关税限定在某个水平，不再提高。如一成员因实际困难需要提高关税约束水平，须同其他成员方再行谈判。

（2）减少非关税贸易壁垒原则。非关税贸易壁垒通常是指除关税以外各种限制贸易的措施。随着关税水平逐步下调，非关税贸易壁垒增多，且形式不断变化，隐蔽性强，越来越成为国际贸易发展的主要障碍。世界贸易组织就一些可能限制贸易的措施制定了专门协议，以规范成员方的相关行为，减少非关税贸易壁垒，不断推动全球贸易自由化进程。

（3）服务贸易的市场准入原则。国际服务贸易的迅速发展，客观上要求各国相互开放服务领域。但各国为了保护本国服务业，对服务业的对外开放采取了诸多限制措施。《服务贸易总协定》要求，成员方为其他成员方的服务产品和服务提供者提供更多的投资与经营机会，分阶段逐步开放商务、金融、电信、分销、旅游、教育、运输、医疗保健、建筑、环境、娱乐等服务领域。

3. 透明度原则

透明度原则是指各成员方一切影响贸易活动的政策和措施都必须及时公开，以便于各成员方的政府和企业相互了解。透明度原则的目的是为了防止成员方之间进行不公开的贸易从而造成歧视。

4. 公平贸易原则

公平贸易原则是指为维护国际贸易中的公平竞争秩序，世贸组织成员方要承诺共同遵守国际贸易规则，并对违反规则的行为采取行动。为维护国际贸易中的的公平竞争，实现和保持多边贸易自由化，乌拉圭回合多边贸易谈判制定了一系列的公平贸易规则，要求世界贸易组织成员方必须遵照执行。公平贸易原则具体体现为互惠原则和公平竞争原则。

（1）互惠原则。互惠原则是指世界贸易组织成员方之间互相给予对方以贸易上的优惠待遇。互惠原则要求任一成员方在享受其他成员方优惠待遇时，必须给其他成员方以同样的优惠待遇。相应地，任一成员方在给予其他成员方以优惠待遇的同时，也享有其他成员给予的同样的优惠待遇。实行互惠原则的目的是维持成员方之间的利益平衡，谋求全球贸易自由化。

（2）公平竞争原则。在世贸组织框架下，公平竞争原则是指成员方应避免采取扭曲市场竞争的措施，纠正不公平贸易行为，在货物贸易、服务贸易和与贸易有关的知识产权领域，创造和维护公开、公平、公正的市场环境。

5. 发展中国家优惠待遇原则

优惠待遇原则又称非互惠待遇原则，是世贸组织关于发达成员方与发展中成员方之间货物贸易和服务贸易关系的一项基本原则，以此允许发展中成员方在相关的贸易领域在非对等的基础上承担义务，促进发展中成员方的出口贸易和经济发展。

发展中国家优惠待遇原则还有一个特殊体现，即给予最不发达国家以特别优惠。

6. 允许例外与免责原则

世界贸易组织尽管首先强调的是多边贸易规则的普遍适用性和非歧视性，但是考虑到各国不同的经济发展水平和利益的差别，允许成员方在考虑历史传统、安全和确有困难的情况下有所例外，可以免受多边贸易规则的约束。

11.3　我国加入世界贸易组织及其承诺履行

11.3.1　我国加入世界贸易组织的历程

我国是 GATT 的 23 个创始方之一，参与了拟定总协定的工作。1948 年 4 月 21 日，我国签署了关贸总协定《临时适用议定书》，文件签署的 31 天后，同年 5 月 21 日我国正式成为 GATT 创始缔约方之一。但在这之后，由于国际关系等复杂原因，我国长时间被排斥在 GATT 之外。在这段时间里，我国和 GATT 都发生了很大变化，这使我国恢复 GATT 地位的程序复杂化，GATT 成为我国在联合国的主要经济机构中唯一没有恢复合法席位的组织。1986 年 7 月，我国向关贸总协定总干事邓克尔，正式要求恢复在关贸总协定的缔约方地位。同年 9 月，我国全面取得了参加乌拉圭回合谈判的资格。1987 年，我国向关贸总协定正式递交了《中国对外贸易制度备忘录》（The Memorandum on China's Foreign Trade Regime）。同年 6 月，GATT 成立了职责为"审议中国的外贸制度，起草关于中国恢复地位议定书，提供进行关税减让谈判场合"的"中国的缔约方地位工作组"。我国与各缔约方开始了漫长的谈判。复关谈判从 1986 年 7 月 10 日开始，一直到 1995 年 11 月，我国复关问题仍没有解决。世界贸易组织正式运作后，我国在 GATT 与世界贸易组织共存在一年期间内也仍没有解决 GATT 原始缔约方的地位，因此没有以 GATT 缔约方身份自动成为世界贸易组织创始成员方。1995 年 11 月，我国的复关谈判就转为我国加入世界贸易组织的入世谈判。

1995 年 11 月，应我国政府要求，中国复关工作组更名为中国"入世"工作组，于相关各方进行长期而艰巨的谈判。1999 年 11 月，中美两国终于就我国加入世界贸易组织达成双边协议。

2000 年 5 月 15 日，我国与欧盟在北京举行"入世"谈判，经过五天的友好磋商，终于双方就我国加入世界贸易组织达成双边协议。中欧双边协议的签署，标志着我国加入世界贸易组织的进程又向前迈出了实质性一步。

在此前后，我国政府代表团先后与其他一些要求与我国进行一对一谈判的成员方完成了双边谈判，并进入了多边谈判拟定中国加入世界贸易组织议定书阶段。

2001 年 6 月至 7 月，世界贸易组织中国工作组举行了第 16、17 次会议，就多边谈判中遗留的一系列重要问题达成共识，基本完成了我国加入世界贸易组织的实质性谈判。2001 年 9 月 17 日，世界贸易组织中国工作组第 18 次会议圆满结束，最后通过了我国"入世"法律文件。2001 年 11 月，在卡塔尔的多哈部长理事会上正式通过我国加入世界贸易组织。我国于 2001 年 12 月 11 日正式成为世界贸易组织的成员方。

11.3.2　我国的入世承诺及履行

1. 我国对加入世界贸易组织的承诺主要有：

我国政府承诺在货物贸易方面（如非关税壁垒、关税减让、贸易权、交通、仓储、货运代理等领域）和在服务贸易方面（如通信和互联网、银行金融、保险、证券、教育等领域）将分时间段逐渐减小或取消限制。例如，进口许可证要求及招标要求将于 2005 年被取消，所有的进口配额在 2005 年以前逐步被取消等。

2. 我国对加入世界贸易组织承诺的履行

作为一个负责任的大国，我国忠实地履行了在加入世界贸易组织时所做出的承诺，不但根据世界贸易组织的规则调整了对外贸易政策，而且使我国的市场变得更加开放和规范。

在货物贸易领域，从 2004 年 7 月 1 日起，我国提前半年履行了放开外贸经营权的承诺，取消了实行 50 年的外贸经营权审批制度。2005 年 1 月 1 日，我国按照所承诺的时间表，全部取消了进口配额和进口许可证等非关税措施。我国自 2002 年起逐年调低进口关税，关税总水平由 15.3% 调整至 2009 年的 9.8%，农产品平均税率由 18.8% 调整至 15.2%，工业品平均税率由 14.7% 调整至 8.9%。其中，2002 年大幅调低了 5 300 多种商品的进口关税，关税总水平由 2001 年的 15.3% 降低至 12%，是"入世"后降税涉及商品最多、降税幅度最大的一年；2005 年降税涉及 900 多种商品，关税总水平由 2004 年的 10.4% 降低至 9.9%，是我国履行义务的最后一次大范围降税；此后的几次降税涉及商品范围有限，对关税总水平的影响均不大。2006 年 7 月 1 日，我国降低了小轿车等 42 个汽车及其零部件的进口关税税率，最终完成了汽车及其零部件的降税义务，我国汽车整车及其零部件税率分别由"入世"前的 70% ~80% 和 18% ~65% 降至 25% 和 10%。2010 年降低鲜草莓等 6 个税目商品进口关税后，我国加入世界贸易组织承诺的关税减让义务全部履行完毕。

在服务贸易领域，在按世界贸易组织规则分类的 160 多个服务贸易部门中，我国已经开放了 104 个，接近发达成员 108 个的平均水平。在银行、保险、电信、分销、会计、教育等重要的服务部门，我国严格地履行了加入世界贸易组织的承诺，提供了广阔的市场准入机会。在知识产权领域，我国对专利法、商标法、著作权法及其实施细则都进行了修改，知识产权国内立法已经完全符合世界贸易组织的要求。我国还不断加大对知识产权保护执法的力度，在全国范围内，多次组织开展了保护知识产权的专项行动。

我国政府在履行承诺方面所做的努力，已经得到了大多数世界贸易组织成员的肯定。2006 年 4 月，世界贸易组织对我国入世以来的贸易政策进行了首次审议，在两天的审议中，我国出色地回答了世界贸易组织其他成员提出的问题，其经济改革措施得到了世界贸易组织成员的充分肯定。

本章小结

1. 在世界经济全球化的进程中，一个更加公正、合理、互利和互信的多边贸易体制，有利于世界经济贸易的长期发展，对所有成员都是有利的。从关贸总协定到世界贸易组织，体现了这一历史进程。未来的世界贸易组织将会在为创造稳定的国际经济发展环境中越来越发挥独特和重要的作用。

2. 加入世界贸易组织，并在其中发挥本国的作用，是一个国家实现经济繁荣、参与世界主流的重要途径。面对加入世界贸易组织后给我国带来的经济与挑战，我国将会继续坚持改革开放的政策，不断提高竞争力。我国将对国际贸易、世界经济产生更加巨大的影响力。

关键术语

关贸总协定　世界贸易组织　多边贸易谈判　国民待遇原则

课后习题

简答题

1. 简述关贸总协定的作用及其局限性。
2. 世界贸易组织的宗旨是什么？
3. 世界贸易组织的基本原则有哪些？
4. 简述世界贸易组织的决策机制。

论述题

如果我国和日本在钢铁问题上发生了贸易冲突与争端，根据世界贸易组织的有关规则，你认为合理解决此类争端的具体方法及程序有哪些？

第 12 章　国际贸易术语

学习目标：

1. 理解和掌握在装运港交货和向承运人交货的六种常用贸易术语。
2. 了解《2000 年国际贸易术语解释通则》中的其他七种贸易述语。
3. 掌握六种常用贸易术语的买卖双方义务、风险转移界限和注意事项。
4. 学会正确选用贸易述语。
5. 掌握不同术语之间的换算以及佣金、折扣、盈亏率、换汇成本和外汇增值率的计算公式。

12.1　贸易术语及其国际惯例

贸易术语（Trade Term）又称价格术语，是国际贸易中用于商品报价的方式，是国际贸易与国内贸易相比最具有"国际"特色的贸易条件。贸易术语的具体条款内容由国际惯例规定。

12.1.1　贸易术语的概念

由于国际贸易具有线长、面广、环节多、风险大的特点，导致货物在运输途中遭遇自然灾害或意外事故的概率相对国内贸易要大许多。为了明确交易双方各自承担的责任和义务，当事人在订立合同时，必然要考虑以下几个重要问题：

① 卖方在什么地方，以什么方式交货？
② 货物发生损坏或灭失的风险何时由卖方转移给买方？
③ 由谁负责办理货物的运输、保险以及通关过境的手续？
④ 由谁承担办理上述手续时所需的各种费用？
⑤ 买卖双方需要交接哪些有关的单据？

在具体交易中，以上这些问题都是必须明确的。为了解决这些问题，在长期的国际贸易实践中逐渐产生和发展起来了贸易术语。在国际贸易中，确定一种商品的成交价，不仅取决于其本身的价值，还要考虑到商品从产地运到最终目的地的过程中，相关的手续由谁办理以及风险如何划分等一系列问题。由此可见，贸易术语具有双重性。一方面是用来确定交货条件，即说明买卖双方在交接货物时各自承担的风险、责任和费用；另一方面又用来表示该商品的价格构成因素，即成交价格中包含哪些从属费用（如运费、保险费、装卸费、关税等）。

综上所述，贸易术语是在长期的国际贸易实践中产生的，用来表明商品的价格构成，说明货物交接过程中有关的风险、责任和费用划分问题的专门用语。

12.1.2　关于贸易术语的国际惯例

国际上有关贸易术语的惯例主要有三个。

1.《1932 年华沙—牛津规则》（Warsaw-Oxford Rules 1932）

该规则是由国际法协会制定的，共 21 条，主要说明 CIF 买卖合同的性质。具体制定了买卖双方所承担的费用、风险和责任以及所有权转移的方式。

2.《1941 年美国对外贸易定义修订本》(Revised American Foreign Trade Definitions 1941)

该惯例是由美国九大商业团体制定的，并经美国商会、美国进口商协会和全国对外贸易协会组成的联合委员会通过和公布。修订本中解释的贸易术语共有六种，分别是：

Ex (Point of Origin) ——产地交货

FOB (Free on Board) ——在运输工具上交货

FAS (Free Along Side) ——在运输工具旁边交货

C&F (Cost and Freight) ——成本加运费

CIF (Cost, Insurance and Freight) ——成本加保险费、运费

Ex Dock (Named Port of Importation) ——目的港码头交货

该惯例主要在美洲一些国家采用，由于它对贸易术语的解释，特别是对第二种和第三种贸易术语的解释与《2000 年国际贸易术语解释通则》有较大的差异，所以，在同美国和加拿大等美洲国家进行交易时应该特别加以注意。

3.《2000 年国际贸易术语解释通则》(INCOTERMS 2000)

《国际贸易术语解释通则》原文为 International Rules for the Interpretation of Trade Terms，或简称 INCOTERMS，是由国际商会为了统一对各种贸易术语的解释而制定的。最早的《国际贸易术语解释通则》产生于 1936 年，后来进行过多次修改和补充，现行的《2000 年国际贸易术语解释通则》（以下简称《2000 通则》）于 2000 年 1 月 1 日生效。

《2000 通则》中共包含 13 种贸易术语，分为 E、F、C 和 D 四组，具体术语如表 12-1 所示。

表 12-1　《2000 通则》贸易术语分类表

E 组启运	EXW (Ex Works)	工厂交货
F 组 主要运费未付	FCA (Free Carrier) FAS (Free Alongside Ship) FOB (Free on Board)	货交承运人 装运港船边交货 装运港船边上交货
C 组 主要运费已付	CFR (Cost and Freight) CIF (Cost. Insurance and Freight) CPT (Carriage Paid To) CIP (Carriage and Insurance Paid To)	成本加运费 成本加保险费、运费 运费付至 运费、保险费付至
D 组 到达	DAF (Delivered At Frontier) DES (Delivered Ex Ship) DEQ (Delivered Ex Quay) DDU (Delivered Duty Unpaid) DDP (Delivered Duty Paid)	边境交货 目的港船上交货 目的港码头交货 未完税交货 完税后交货

12.1.3　国际贸易惯例的性质和作用

国际贸易惯例是国际组织或权威机构为了减少贸易争端，规范贸易行为，在长期、大量的贸易实践的基础上制定出来的。由此可见，贸易惯例有别于贸易上的习惯做法。国际贸易业务中反复实践的习惯做法经过权威机构加以总结、编纂与解释，最终形成了国际贸易惯

例。

国际贸易惯例的适用是以当事人的意思自治为基础的，因为，惯例本身不是法律，它对贸易双方不具有强制性约束力，买卖双方有权在合同中作出与某项惯例不符的规定。只要合同有效成立，双方均要履行合同规定的义务，一旦发生争议，法院和仲裁机构也要维护合同的有效性，因此，合同的具体条款优先于管理。但是，国际贸易惯例对贸易实践仍具有重要的规范作用。一方面，如果双方都同意采用某种惯例来约束该项交易，并在合同中作出明确规定时，那么这项约定的惯例就具有了强制性。国际商会在《2000 通则》的引言中指出，希望使用《2000 通则》的商人，应在合同中明确规定该合同受《2000 通则》的约束。许多大宗交易的合同中也都作出采用何种规则的规定，这有助于避免对贸易术语的不同解释而引起的争议。另一方面，如果双方在合同中既未排除，也未注明该合同适用某项惯例，在合同执行中如发生争议，受理该争议案的司法和仲裁机构往往也会引用某一国际贸易惯例进行判决或裁决。所以，国际贸易惯例虽然不具有强制性，但它对国际贸易实践的规范作用却不容忽视。

12.2   六种常用的贸易术语

在国际贸易中，FOB、CFR 和 CIF 是被广泛使用的三种传统的贸易术语。随着运输技术的发展，在这三种传统贸易术语的基础上又发展起来 FCA、CPT 和 CIP 三种术语。这三种贸易术语适用面广，可以广泛用于各种运输方式，在国际货物买卖中被采用的范围在不断扩大。了解这些常用术语的含义、买卖双方的义务及其在使用中的注意事项是极为重要的。

12.2.1   FOB 术语

FOB（Free on board … named port of shipment），装运港船上交货（……指定装运港），是指卖方负责在合同规定的日期或时间内，在指定的装运港把货物装到买方指定的船上，并负担货物装上船为止的一切费用和风险。在 FOB 下，卖方要承担货物在装运港越过船舷之前的风险，而货物越过船舷之后的风险由买方承担。FOB 术语适用于水上运输方式。

在 FOB 术语下，卖方要在合同规定的时间和装运港口，将合同规定的货物交到买方所指派的船上，并及时通知买方；承担货物在装运港越过船舷之前的一切费用和风险；自担风险和费用，办理货物出口的一切海关手续。买方负责签订从装运港口运输货物的合同，支付运费，并将船名、装货地点和要求交货的时间及时通知卖方；承担货物在装运港越过船舷之后的一切费用和风险；自担风险和费用，办理货物进口的海关手续。

以装运港船舷作为划分风险的界限是 FOB、CFR 和 CIF 三种术语同其他贸易术语的重要区别之一。"船舷为界"表明货物在装上船之前的风险，包括在装船时货物跌落码头或海中所造成的损失，均由卖方承担。货物装上船之后，包括在起航前和在运输过程中所发生的损坏或灭失，则由买方承担。严格地讲，"船舷为界"只是说明风险划分的界限，它并不表示买卖双方的责任和费用划分的界限，这是因为装船作业是一个连续过程，在卖方承担装船责任的情况下，其必须完成这一全过程。所以，在一般情况下，卖方要承担装船（包括可能产生的驳船费用）的主要费用，但不包括货物装上船之后的理舱费和平舱费。

根据《2000 通则》的解释，FOB 术语只适用于包括海运和内河运输在内的水上运输方式，如果采用其他运输方式时，船舷为界已无实际意义，则应采用 FCA 术语。

以上对 FOB 的各项解释都是按照《2000 通则》作出的，但其他惯例对 FOB 的解释并不完全统一。《1941 年美国对外贸易定义修订本》对 FOB 的定义、风险划分的界限，以及办理出口手续的问题上都不尽相同，所以在同美国、加拿大国家进行贸易时要格外注意。

12.2.2　CFR 术语

CFR（Cost and freight…named port of destination），成本加运费（……指定目的港），又称运费在内价，是指卖方负责租船订舱，在合同规定装运日期或时间内将货物装上船运往指定目的港，负担货物装上船为止的一切费用和风险，并支付运费。在 CFR 下，卖方承担的风险同 FOB，即"装运港船舷为界"。CFR 术语适用于水上运输方式。

在 CFR 术语下，卖方负责签订从指定装运港将货物运往约定目的港的合同，在合同规定的时间和港口，将合同要求的货物装上船并支付至目的港的运费，装船后及时通知买方；承担货物在装运港越过船舷之前的一切费用和风险；自担风险和费用，办理货物出口的一切海关手续。买方承担货物在装运港越过船舷之后的一切费用和风险；自担风险和费用，办理货物进口的海关手续。

按照 CFR 术语达成的交易，卖方需要特别注意的问题是，货物装船后必须及时向买方发送装船通知（Shipping Advice），以便买方办理投保手续。如果卖方未及时向买方发出装船通知，致使买方未能及时办理保险。那么，在运输途中货物遭受的损失或灭失，由卖方承担，卖方不能以风险在船舷转移为由免除责任。

12.2.3　CIF 术语

CIF（Cost, insurance and freight…named port of destination），成本加保险费、运费（……指定目的港），是指卖方在合同规定的装运港和规定的期限内将货物装上船，并负责租船订舱，支付从装运港到目的港的运费，同时，卖方还要负责办理货运保险，支付保险费。CIF 下，卖方承担的风险同 FOB 和 CFR，即"装运港船舷为界"。CIF 术语适用于水上运输方式。FOB、CFR 和 CIF 同为装运港交货的贸易术语，是国际贸易中最常用的三种贸易术语。

在在 CIF 术语下，卖方负责签订从指定装运港将货物运往约定目的港的合同，按照合同约定将货物装上船并支付至目的港的运费；负责办理货物运输保险并支付保险费；承担货物在装运港越过船舷之前的一切费用和风险；自担风险和费用，办理货物出口的一切海关手续。买方承担货物在装运港越过船舷之后的一切费用和风险；自担风险和费用，办理货物进口的海关手续。

在 CIF 术语下，卖方要负责办理货物保险。办理保险时必须明确险别，不同险别保险人承担的责任范围不同，收取的保险费率也不同，卖方应按照合同中保险条款的规定办理投保。通常情况下，最低保险金额应为合同金额的 110%，币种应与合同币种相同。如果合同中未就险别作出明确规定，卖方只需投保最低险别。

从交货方式看，CIF 是一种典型的象征性交货（Symbolic Delivery），此概念是针对实际交货（Physical Delivery）而言的。象征性交货是指卖方只要按期在约定地点完成装运，并向买方提交合同规定的包括物权凭证在内的有关单证，就算完成交货义务，而无须保证到货。而实际交货是指卖方要在规定的时间和地点，将符合合同规定的货物提交给买方或其指定人，而不能以交单代替交货。

在象征性交货方式下，卖方是凭单交货，买方是凭单付款。只要卖方如期向买方提交了合同规定的全套合格单据（名称、内容、份数相符的单据），即使货物在运输途中损坏或灭失，买方也必须履行付款义务。反之，如果卖方提交的单据不符合要求，即使货物完好无损地运达目的地，买方也有权拒绝付款。但是必须指出的是，按 CIF 术语成交，卖方履行交单义务，只是得到买方付款的前提条件，除此之外。他还必须履行交货义务，如果卖方提交的货物不符合要求，买方即使已经付款，仍可以根据合同规定向卖方提出索赔。

关于 CIF 术语，需要强调的一点是 CIF 价格并非到岸价，由于 CIF 术语下卖方的交货地点在装运港，风险在装运港越过船舷时转移给买方，运输途中的风险由买方承担，卖方并不保证把货物安全地送达目的港，因而称其为"到岸价"是不确切的。

案例分析 12-1　真假 CIF 合同争议案

案情介绍：

某年 H 进出口公司与英国 D 公司签订一份 CIF 合同，由 H 公司向 D 公司出口一批轻工产品。合同订有两项特殊条款：①当年 10 月由中国上海港运至英国某港口，D 公司须于当年 8 月底前将有关信用证开到 H 公司，H 公司则保证载运船只不迟于 12 月 1 日前抵达目的港；②如果载运船只迟于 12 月 1 日前抵达目的港，D 公司可以撤销合同，如届时货款已收妥，则须将所收货款如实退交 H 公司。合同签订后，H 公司再清理合同过程中对该合同 CIF 性质发生了异议，于是引起了争议。一种意见认为该合同虽订有两项特殊条件，但仍属 CIF 合同。因为：①该合同是按 CIF 贸易术语签订的，而且贸易术语通常表明合同性质；②D 公司的特殊要求只是为了保证自己的利益而已；③该合同规定以信用证方式付款，符合 CIF 贸易术语凭单付款的基本特征。而另一种意见认为，根据《2000 通则》的解释，CIF 是一种典型的象征性交货而不是实际交货。在 CIF 条件下，只要卖方按期在约定地点完成装运，并向买方提交了合同规定的，包括物权凭证在内的有关单据，就算完成了交货义务，而无需保证到货。该合同把实际交货作为履行合同的条件，这就改变了 CIF 合同的性质，成为一个假的 CIF 合同，与 H 公司的成交意图是不符的，应重新签订合同。经过 H 公司统一认识并与 D 公司协商，该合同最后修改了前述两项特殊条款，而且顺利履约。

案情分析：

上述合同虽然是以 CIF 术语的形式订立的，但并非真正的 CIF 合同，H 公司第二种意见的分析是正确的。该案例对说明 CIF 术语的适用范围有典型意义。原合同的两项特殊条款不仅与 CIF 合同的性质发生了严重抵触，而且与国际贸易司法与仲裁的实践也是抵触的。

（1）从限定到货时间来看，按原订合同，不仅限定了船只到达的期限，还明确规定如船舶未如期到达，买方有权撤销合同或索还已经付出的货款。可见这里限定的船只抵达期并非付款的时间，而是付款的条件，这种合同从法律的意义上讲，当事人已经把实际交货作为付款的条件，它不再是真正的 CIF 合同。

（2）从风险的转移来看，在 CIF 条件下，货物的风险在装运港越过船舷时起就由卖方转移于买方，货物在运输途中的一切风险应由买方承担。如果把风险的转移从装运港扩展至目的港，这就不是 CIF 合同。按原合同特殊条款的规定，如果该批货物在运输途中由于自然灾害或意外事故，不能按期抵达目的港，H 公司负有退还货款的义务，这足以说明卖方承担了运输途中的一切风险。

（3）从凭单付款的规定来看，在 CIF 条件下，卖方只要完成交货义务并向买方提交合同所规定的装运单据，买方必须凭单付款，而不必待货物运抵目的港时在付款。按原合同规定，H 公司最终能否收回货款取决于买方在目的港按期实际收到货物。虽然 H 公司也有可能按信用证方式事先得到货款，但这仅是形式上的。如果货物不能如期抵达目的港，这些货款还将被 D 公司收回，因为 D 公司可通过信用证条款（与合同特殊条款一致）的规定，使 H 公司根本无法收到货款，并难以以 CIF 合同惯例来主张自己的权利，因为这是一份"有名无实"的 CIF 合同。

此案给的启示是，当签订 CIF 合同加订某些限制条款时，要考虑是否扩大一方风险和更变合同性质；如因需要接受这些条款时，也不能误认为它就是 CIF 合同并按此履行义务，以避免因附加条件而带来意想不到的风险损失。

12.2.4　FCA 术语

FCA（Free carrier…named place），货交承运人（……指定地点），是指卖方在规定的时间、地点将货物交给买方指定的承运人或其他人，并办理完出口手续后，就完成交货义务。卖方承担的风险、责任以及费用均于货交承运人时转移。FCA 术语适用于各种运输方式，包括公路、铁路、江河、海洋、航空运输以及多式联运。

在 FCA 术语下，卖方要按照合同规定将货物置于买方指定的承运人控制之下，并及时通知买方；承担货交承运人控制之前的一切费用和风险；自担风险和费用，办理货物出口的一切海关手续。买方负责签订从指定地点承运货物的合同（运输合同），支付相关运费，并将承运人名称及有关情况及时通知卖方；承担货物被交由承运人监管之后的一切费用和风险；自担风险和费用，办理货物进口的海关手续。

FCA 术语下，买卖双方风险的划分以货交承运人为界。通常情况下，应该是由买方负责订立运输契约，并将承运人名称及有关运输事项及时通知卖方，卖方才能如约完成交货义务，实现风险的转移。如果买方没有及时给予卖方上述通知，或者其指定的承运人没有在约定的时间内接收货物，其后的风险由买方承担。

案例分析 12-2　从一则案例看出产品出口中贸易术语的选择

案情介绍：

2000 年 5 月，美国某贸易公司（以下简称进口方）与我国江西某进出口公司（以下简称出口方）签订合同购买一批日用瓷具，价格条件为 CIF LOS-ANGELES，支付条件为不可撤销的跟单信用证，出口方需要提供已装船提单等有效单证。出口方随后与宁波某运输公司（以下简称承运人）签订运输合同。8 月初，出口方将货物备妥，装上承运人派来的货车。途中由于驾驶员的过失发生了车祸，耽误了时间，错过了信用证规定的装船日期。得到发生车祸的通知后，出口方即刻与进口方洽商要求将信用证的有效期和装船期延展半个月，并本着诚信原则告知进口方两箱瓷具可能受损。美国进口方回电称同意延期，但要求货价应降 5%。出口方回电据理力争，同意受震荡的两箱瓷具降价 1%，但认为其余货物并未损坏，不能降价。但进口方坚持要求全部降价，最终出口方还是作出让步，受震荡的两箱降价 2.5%，其余降价 1.5%，为此受到货价、利息等有关损失共计达 15 万美元。

事后，出口方作为托运人又向承运人就有关损失提出索赔。对此，承运人同意承担有关仓储费用和两箱震荡货物的损失，利息损失只赔 50%，理由是自己只承担一部分责任，主要是由于出口方修改单证耽误时间，但对于货价损失不予理赔，认为这是由于出口方单方面与进口方的协定所致，与己无关。出口方却认为货物降价及利息损失的根本原因都在于承运人的过失，坚持要求其全部赔偿。三个月后经多方协商，承运人最终赔偿各方面损失共计 5.5 万美元，出口方实际损失 9.5 万美元。

案情分析：

在案例中，出口方耗费了时间和精力，损失也未能全部得到赔偿，这充分表明了 CIF 术语自身的缺陷使之在应用于内陆地区出口业务时显得"心有余而力不足"。

（1）两种合同项下交货义务的分离使风险转移严重滞后于货物实际控制权的转移。在采用 CIF 术语订立贸易合同时，出口方同时以托运人的身份与运输公司即承运人签订运输合同。在出口方向承运人交付货物，完成运输合同项下的交货义务后，却并不意味着其已经完成了贸易合同项下的交货义务。出口方仍要因货物越过船舷前的一切风险和损失向进口方承担责任。而在货物交由承运人掌管后，托运人（出口方）已经丧失了对货物的实际控制权。承运人对货物的保管、配载、装运等都由其自行操作，托运人只是对此进行监督。让出口方在其已经丧失了对货物的实际控制权的情况下继续承担责任和风险，这非常的不合理。尤其是从内陆地区装车到港口越过船舷，中间要经过一段较长的时间，会发生什么事情，谁都无法预料。也许有人认为，在此期间如果发生货损，出口方向进口方承担责任后可依据运输合同再向承运人索赔，转移其经济损失。但是对于涉及有关诉讼的费用、损失责任承担无法达成协议，再加上时间耗费，出口方很可能得不偿失。该案例中，在承运人掌管之下发生了车祸，其就应该对此导致的货物损失、延迟装船、仓储费用负责，但由此导致的货价损失、利息损失的承担双方却无法达成协议，使得出口方受到重大损失。

（2）运输单据规定有限制，致使内陆出口方无法在当地交单。根据《2000 通则》的规定，CIF 条件下出口方可转让提单、不可转让海运单或内河运输单据，这与其仅适用于水上运输方式相对应。在沿海地区这种要求易于得到满足，不会耽误结汇。货物在内陆地区交付承运人后，如果走的是河航运，也没有太大问题，但事实上一般是走陆路，这时承运人会签发陆运单或陆海联运提单而不是 CIF 条件要求的运输单据。这样，只有当货物运至装运港装船后出口方才能拿到提单或得到在联运提单上"已装船"的批注，然后再结汇。可见，这种对单据的限制会直接影响到出口方向银行交单结汇的时间，从而影响出口方的资金周转，增加了利息负担。该案中信用证要求出口方提交的是提单，而货物走的是陆路，因此其只能到港口换单结汇。如果可凭承运人内地接货后签发的单据当地交单结汇的话，出口方虽然需要就货损对进口方负责，但却可以避免货价损失和利息损失。

（3）内陆地区使用 CIF 术语还有一笔额外的运输成本。在 CIF 价格中包括的运费应该从装运港到目的港这一段的运费。但从内陆地区到装运港装船之前还有一部分运输成本，如从甘肃、青海、新疆等地区到装运港装船之前的费用一般要占出口货价的一定比例，有一些会达到 20% 左右。

从以上分析可以看出，CIF 术语在内陆地区出口中并不适用。事实上，对于更多采用陆海联运或陆路出口的内陆地区来说，CIP 比 CIF 更合适。

（资料来源：福步外贸论坛 http://bbs.fobshanghai.com）

12. 2. 5　CPT 术语

CPT（Carriage paid to …named place of destination），运费付至（……指定目的地），是指由卖方负责订立运输契约，并按合同规定的时间，将货物交给约定地点的承运人（多式联运情况下交给第一承运人）处理下，并支付运费后，即完成交货。卖方承担的风险，在承运人控制货物后转移给买方。CPT 术语适用于包括多式联运在内的各种运输方式。

在 CPT 术语下，卖方负责订立将货物运往指定目的地的运输合同，按照合同约定将货物交给第一承运人，并支付运费；承担货交承运人控制之前的一切费用和风险；自担风险和费用，办理货物出口的一切海关手续。买方承担货物被交由承运人监管之后的一切费用和风险；自担风险和费用，办理货物进口的海关手续。

CPT 与 CFR 既有相同点，也有不同点。相同点是：卖方承担的风险都是在交货地点随着交货义务的完成而转移，卖方都要负责安排自交货地点到目的地的运输事项，并承担其费用。按这两种术语成交的合同都属于装运合同，即卖方只需保证按时交货。不同点是：适用的运输方式不同，交货地点和风险划分界限也不相同。CFR 适用于水上运输方式，交货地点在装运港，风险划分以船舷为界；CPT 适用于各种运输方式，交货地点因运输方式的不同由双方约定，风险划分以货交承运人为界。

12. 2. 6　CIP 术语

CIP（Carriage and insurance paid to … named place of destination），运费、保险费付至（……指定目的地），是指由卖方负责订立运输契约并支付将货物运达指定目的地的运费，并办理货物运输保险，支付保险费，卖方在合同规定期限内将货物交给承运人或第一承运人处置之下，即完成交货义务。CIP 术语的风险划分界限同 CPT，即以货交承运人为界。CPT 适用于多种运输方式。

在 CIP 术语下，卖方订立将货物运往指定目的地的运输合同，按照合同约定将货物交给第一承运人，并支付运费；负责办理货物运输保险并支付保险费；承担货交承运人控制之前的一切费用和风险；自担风险和费用，办理货物出口的一切海关手续。买方承担货物被交由承运人监管之后的一切费用和风险；自担风险和费用，办理货物进口的海关手续。

CIP 和 CIF 有相同点，也有不同点。相同点在于价格构成中都包含运费和保险费，按这两种术语成交的合同都属于装运合同（Shipping Contract），并且进出口方报关手续负担方相同。不同点在于适用的运输方式、交货地点、风险划分界限以及投保的险种不同。CIF 术语适用于水上运输方式，交货地点在装运港，风险转移界限以装运港船舷为界，卖方办理的是水上运输险。而 CIP 术语适用于各种运输方式，交货地点可能在装运港或出口国内地，风险是在承运人控制货物时转移，卖方办理的保险包括各种运输险。

12.3 其他贸易术语

12.3.1 EXW 术语

EXW（Ex works…named place），工厂交货（……指定地点），是指卖方在规定的时间和约定的交货地点将合同规定的货物备好，由买方自己安排运输工具到交货地点接收货物，并且承担一切风险、责任和费用将货物从交货地点运到目的地。采用 EXW 术语时，卖方承担的风险、责任和费用是十三种术语中最小的。EXW 适用于各种运输方式。

在使用 EXW 术语成交时，应在术语的后面注明交货处所的具体地址，卖方在交货前应给予买方合理的通知，说明货物在核实可以置于买方的控制之下。由于该术语卖方不负责出口清关，如果买方不能直接或间接办理出口手续，则不应使用 EXW 术语，而应使用 FCA 术语。

12.3.2 FAS

FAS（Free alongside ship…named port of shipment），船边交货（……指定装运港），通常称作装运港船边交货，是指卖方要在约定的时间内将合同规定的货物交到指定的装运港买方所指派的船只的船边，并负担货物交到船边为止的一切费用和风险，在船边完成交货义务。买方必须自该时起，负担一切费用和货物灭失和损坏的一切风险。卖方自付费用办理货物的出口报关手续。

在 FAS 术语下，双方负担的风险和费用均以船边为界。如果买方所派的船只不能靠岸，卖方则要负责用驳船把货物运至船边，仍在船边交货，货物自码头至船边的风险由卖方承担，而装船的责任和费用则由买方承担。FAS 术语只适用于包括海运和内河在内的水上运输方式，交货地点只能是装运港。

12.3.3 DAF 术语

DAF（Delivered at frontier…named place），边境交货（……指定地点），是指卖方负责将货物运至合同约定的边境指定地或地点（进口国关境前），并负担在交货地点把货物置于买方处置之下为止的一切费用和风险。卖方负责办理货物的出口报关手续。买方负责在边境指定地点接货，办理进口手续和支付进口捐税，并承担货物在边境指定地点置于其处置之下起的一切费用和风险。

在 DAF 术语中尤为重要的是要确切地指定有关边境的交货地和地点。根据《2000 通则》的解释，"边境"一词可适用于任何边境，包括出口国边境。DAF 术语主要用于铁路或公路货物运输，也可适用于其他任何运输方式。

12.3.4 DES 术语

DES（Delivered ex ship…named port of destination），船上交货（……指定目的港），通常称作目的港船上交货，是指卖方须将合同规定的货物按通常的路线和惯常方式运到指定的目的港，并在合同规定的交货日期内，在目的港的船上将货物置于买方处置之下，即完成交货义务。卖方在交货期内，要将船名和船舶预计到港时间及时通知买方。卖方承担在目的港船上交货以前的风险。买方承担在目的港船上受领货物以后的一切风险、责任和费用。DES 只适用于海运或内河运输。

采用 DES 术语时，如果承运货物的船只能够直接靠岸，DES 则是名副其实的到岸价，因为卖方要负责将货物安全地运达目的港，在船上将货物实际交给买方才算是完成交货。在 DES 术语下，卖方不仅要负责正常的运费、保险费，还要负责诸如转船、绕航等产生的额外费用。由此可见，DES 和 CIF 在交货地点、风险划分界限、责任和费用的负担等问题上都有区别。

12.3.5 DEQ 术语

DEQ（Delivered ex Quay…named port of destination），码头交货（……指定目的港），通常称作目的港码头交货，是指卖方要负责将合同规定的货物按通常的路线和惯常方式运到指定的目的港，并负责将货物从船上卸到岸上。由买方办理进口清关手续，卖方在交货期内，在指定目的港码头将货物置于买方控制之下，即完成交货义务。卖方在目的港码头交货前，要将船名和船舶预计到港时间及时通知买方。买方要承担卖方在目的港码头交货后一切风险、责任和费用。DEQ 适用于海上和内河运输。

12.3.6 DDU 术语

DDU（Delivered duty unpaid…named place of destination），未完税交货（……指定目的地），是指卖方要以通常条件自费订立运输合同，将货物按通常的路线和惯常方式运达指定目的地约定地点。卖方在合同规定的交货期内，在目的地的约定地点将货物置于买方处置之下，即完成交货义务。

DDU 不同于 DEQ 术语，在 DEQ 条件下，卖方只能在目的港的指定码头交货，如果要将卖方的义务延伸到目的港码头之外，则不适用于 DEQ；而 DDU 则不受此限制，它可以在是否约定的目的地的任何地点，包括在进口国的内陆地点。

在 DDU 交货条件下，卖方要承担将货物运到进口国指定目的地的义务，实际交给买方。但是货物进口的清关手续和进口税却不是由卖方负担，而是由买方负担。这对于一些自由贸易区以及订有关税同盟的国家间的贸易是适宜的，而如果进口国是属于清关困难而且耗时的国家，买方有时不能及时顺利完成清关手续，这种情况下要卖方承担按时在目的地交货的义务将有一定的风险。

此外，按 DDU 术语成交，卖方并无订立保险合同的义务，因为 DDU 属于实际交货，交货前的风险由卖方承担，是否订立保险合同，与买方无关。

12.3.7 DDP 术语

DDP（Delivered duty paid…named place of destination），完税后交货（……指定目的地），是指卖方负责将货物运至合同规定的进口国指定目的地，并承担货物运至该地点为止的一切费用和风险，包括在进口地办理进口手续和支付关税。在 13 种贸易术语中，以 DDP 术语达成的交易卖方承担的风险、责任和费用是最大的。

在 DDP 交货条件下，卖方是在办理了进口清关手续后在指定目的地交货的，这实际上是卖方已将货物运进了进口方的国内市场。如果卖方办理直接进口手续困难，也可要求买方协助办理。如果双方当事人同意在卖方承担的义务中排除货物进口时应支付的某些费用（如增值税），应写明"Delivered Duty Paid，VAT Unpaid"，即"完税后交货，增值税未付"。

12.4　各组贸易术语的特点及其选用

12.4.1　各组贸易术语的不同特点

1. E 组贸易术语

E 组只有一种贸易术语——EXW，按这一术语达成的交易在性质上类似国内贸易。卖方是在本国的内地完成交货，其所承担的风险、责任和费用也都局限于出口国内，卖方不必过问货物出入境、运输、保险等事宜，由买方自行安排运输工具到约定的交货地点接运货物，所以买卖双方在合同中可不涉及运输和保险的问题。而且，除非合同中规定，卖方一般无义务提供出口包装，也不负责将货物装上买方安排的运输工具。如果签约时已明确货物是供出口的，并对包装的要求作出了规定，卖方则应按规定提供符合出口要求的包装。

2. F 组贸易术语

F 组中包括的三种贸易术语 FCA、FAS 和 FOB，它们在交货地点、风险划分界限以及适用的运输方式等方面并不完全相同，但是也有相同之处，其共同点是由卖方负责将货物按规定的时间运到双方约定的交货地点，并按约定的方式完成交货；从交货地点到目的地的运输事项由买方安排，运费由买方负担；卖方负责货物的出口报关手续和费用，买方负责货物进口报关的手续和费用。

由于按 F 组术语成交时，卖方负责在交货地点提交货物，而由买方安排运输工具到交货地点接运货物，所以，做好船货的衔接工作至关重要。为了避免因货等船或船等货而造成当事人的损失，卖方和买方之间应加强联系，将备货和派船的情况及时通知对方，遇到问题时双方应加强协商，妥善解决。

3. C 组贸易术语

C 组贸易术语中的 CFR 和 CIF 是在装运港交货，CPT 和 CIP 则是在约定地点向承运人交货。它们在风险划分界限以及适用的运输方式等方面并不完全相同，但也具有共同之处，即卖方的交货地点都在出口国（港口或内地），负责办理运输事宜和支付运输费用。在 CIF 和 CIP 术语下，卖方还要负责办理货运保险，支付保险费用。

C 组术语下，风险划分和费用划分是两个不同的概念，风险划分在装运港（地），而费用划分在目的港（地）。这意味着，卖方虽然承担从交货地至目的地的运输责任，并负担相关费用，但并不承担从交货地至目的地运输途中货物发生损坏、灭失及延误的风险。《2000通则》中指出按照 C 组术语成交的合同可称作装运合同（Shipping Contract）。在装运合同下，卖方只要按照合同规定的装运期或交货期，在约定的装运港或其他交货地点将货物按照惯常路线和习惯方式交付运输，即完成交货义务，并不保证所交货物能安全及时地到达目的地。

4. D 组贸易术语

在 E 组、F 组和 C 组术语中，卖方的交货地点均在出口国，而 D 组术语则有所不同，除了 DAF 术语是在两国边境指定地点交货外，其他四种术语都是在进口国的目的港（地）交货。所以，按 D 组术语成交的合同称作到货合同（Arrival Contract）。在到货合同下，卖方要负责将货物安全及时地运达指定地点，包括边境地点、目的港口以及进口国内地，实际交给买方处置，才算完成交货。卖方要承担货物运至该地点之前的一切风险和费用。

可见，D 组术语下，卖方承担的风险要大于前面各组，特别是 DDP 术语，卖方要负责将货物交到进口国内的约定地点，承担在此之前的一切风险、责任和费用，其中包括办理货物出口和进口的手续以及相关费用。所以，卖方在签约时，要认真考虑该项业务中可能会遇到的各种风险以及可以采取的防范措施。另外，在采用 DDP 术语时，卖方还要考虑办理进口手续有无困难，如果卖方不能直接或间接地取得进口相关文件或许可证，则不宜采用 DDP 术语成交。

12.4.2　选用贸易术语应考虑的主要因素

在国际贸易中，贸易术语是确定合同性质、决定交货条件的重要因素，选定适当的贸易术语对促进合同的订立和履行、提高企业的经济效益具有重要的意义。作为交易的当事人，在选择贸易术语时主要考虑以下因素：

1. 运输条件

买卖双方如何选择贸易术语，首先应考虑运输方式。由于不同类别的货物具有不同的特点，对运输各有不同要求，所以安排运输的难易不同，运费开支大小也各有差异。在本身有足够运输能力安排运输，而且经济上又合算的情况下，可争取采用由自己安排运输的术语成交（如出口贸易用 C 组术语成交，进口贸易按 F 组成交）。

2. 运费因素

运费是货物价格的一部分，在选用贸易术语时，应考虑货物经由路线的运费收取情况和运价变动趋势。一般来说，当运价看涨时，为了避免运价上涨带来的风险，可以选择由对方安排运输的术语成交，如按 C 组术语进口，按 F 组术语出口，如果因故不得不采用 C 组术语时，则应将运价上涨的风险考虑到货价中，以免遭受运价变动带来的损失。

3. 运输风险

在国际贸易中，由于商品需要经过长途运输，在运输过程中货物可能遭遇各种自然灾害、意外事故等。因此，在选择贸易术语时，应充分考虑到不同时期、不同地区、不同运输路线和运输方式所存在的风险，并结合实际购销意图进行恰当的选择。

4. 进出口货物清关手续

在国际贸易中，对于货物进出口的清关手续，有些国家规定只能由清关所在国的当事人安排或代为办理，有些国家则无此限制。如果某出口国政府规定，买方不能直接或间接办理出口报关手续时，则不宜采用 EXW 术语，而应选用 FCA 术语；若进口国政府规定，卖方不能直接或间接办理进口清关手续，此时则不宜采用 DDP，而应选用 D 组其他术语。

12.5　报价核算和价格条款

12.5.1　价格之间的换算

1. FOB、CFR 和 CIF 之间的换算

CFR 术语比 FOB 术语多了货物运输的费用，而 CIF 术语比 CFR 术语多了货物运输保险的费用，用公式表达如下。

$$CFR = FOB + 运费$$

$$CIF = FOB + 运费 + 保险费 = CFR + 保险费$$

$$CIF = \frac{CFR}{1 - (1 + 投保加成) \times 保险费率}$$

2. FCA、CPT 和 CIP 之间的换算

CPT 术语比 FCA 术语多了货物运输的费用，而 CIP 术语比 CPT 术语多了货物运输保险的费用，用公式表达如下。

$$CPT = FCA + 运费$$

$$CIP = FCA + 运费 + 保险费 = CPT + 保险费$$

$$CIP = \frac{CPT}{1 - (1 + 投保加成) \times 保险费率}$$

计算例题 12-1

1. 我国某出口商品的 CIF 价为 1 000 美元/t，该商品的保险加成率为 10%，保险费率为 1%，试计算该商品的 CFR 报价。

解　CFR = CIF − 保险费 = CIF × [1 − (1 + 投保加成) × 保险费率]

　　　　　　= 1 000 × (1 − 110% × 1%)（美元/t）

　　　　　　= 989（美元/t）

2. 我某外贸公司出口缝纫机单价 80.00 美元/台 CIF 迪拜，现外商要求改报 FOB 上海价。已知：上海至迪拜的海运费为 6.00 美元/台，一切险的保险费率为 0.7%，保险加成率为 10%，计算我方的 FOB 报价。

解　FOB = CIF − 保险费 − 国外运费

　　　　　= CIF × [1 − (1 + 投保加成) × 保险费率] − 国外运费

　　　　　= 80.00 × (1 − 110% × 0.7%) − 6.00（美元/台）

　　　　　= 73.38（美元/台）

12.5.2　佣金与折扣

1. 佣金和折扣的概念

佣金是中间商因介绍买卖而获得的报酬，具有劳务费的性质。在进出口业务中，如交易对象是中间商，就涉及佣金问题。佣金直接关系到商品的价格，货价中是否包含佣金以及佣金比例的大小都影响着商品的价格。折扣则是卖方按原价格给予买方一定比例的价格减让。从性质上看，折扣是一种价格上的优惠。

国际贸易中，佣金的支付一般是卖方收妥货款后，再另行支付给中间商，折扣一般可由买方在付款时直接予以扣除。

2. 佣金和折扣的表示方法

凡价格中包含佣金的价格称为含佣价，不含有佣金的价格称为净价。含佣价的表示方法主要有两种，即以文字说明或以英文字母加佣金率表示，如：

USD25 Per Meter CIF Hamburg including 5% commission

USD25 Per Meter CIFC5 Hamburg

折扣一般用文字说明，如：

USD25 Per Meter CIF Hamburg Less 1% Discount

3. 佣金和折扣的计算

含佣价和净价之间的换算公式如下：

$$佣金 = 含佣价 \times 佣金率$$

$$净价 = 含佣价 - 佣金 = 含佣价（1 - 佣金率）$$

$$含佣价 = 净价 /（1 - 佣金率）$$

$$FOB\ 含佣价 = \frac{FOB\ 净价}{1 - 佣金率} \quad CFR\ 含佣价 = \frac{CFR\ 净价}{1 - 佣金率} \quad CIF\ 含佣价 = \frac{CIF\ 净价}{1 - 佣金率}$$

除此之外，CIF 含佣价和 CFR 净价之间还有一个公式可以直接进行换算：

$$CIF\ 含佣价 = \frac{CFR\ 净价}{1 - 佣金率 -（1 + 投保加成）\times 保险费率}$$

折扣通常是以成交额或发票金额为基础计算而来的，折扣后的价格称为折实售价，和原价之间的换算公式为：

$$折扣额 = 原价（或含折扣价）\times 折扣率$$

$$折实售价 = 原价 - 折扣额 = 原价 \times（1 - 折扣率）$$

12.5.3　出口换汇成本、出口商品盈亏率和外汇增值率

1. 出口换汇成本

出口换汇成本是指某商品出口净收入一个单位的外汇所需要的人民币成本。其中出口外汇净收入是指出口外汇总收入扣除劳务费用等非贸易外汇后的外汇收入，如按 FOB 价格成交，成交价格就是外汇净收入；如按 CIF 价格成交，则扣除国外运费和保险费等劳务费用支出后，即为外汇净收入；如按含佣价成交，则还要扣除佣金。

$$出口换汇成本 = \frac{出口总成本（人民币）}{出口外汇净收入（外汇）} \times 100\%$$

计算例题 12-2

某公司出口商品 1 000 箱，每箱人民币收购价 100 元，国内费用为收购价的 15%，出口后每箱可退税 7 元人民币，外销价每箱 19 美元 CFR 曼谷，每箱货应付海运费 1.2 美元，计算该商品的换汇成本。（保留两位小数）

解　出口总成本 = [1 000 × 100 ×（1 + 15%）-（1000 × 7）] 元 = 108 000 元

出口销售外汇净收入 = 1 000 ×（19 - 1.2）美元 = 17 800 美元

换汇成本 = 108 000 元 / 17 800 美元 = 6.07（人民币/美元）

2. 出口商品盈亏率

出口商品盈亏率是指出口商品盈亏额与出口总成本的比率。出口商品盈亏额是指出口销售人民币净收入与出口总成本的差额。其中，出口销售人民币净收入是由该出口商品的 FOB 价格按当时外汇牌价折成人民币，出口总成本是指该商品的进货成本加上出口前的一切费用和税金。前者大于后者为盈利，反之为亏损。

$$出口商品盈亏额 = 出口销售人民币净收入 - 出口总成本$$

$$出口商品盈亏率 = \frac{出口商品盈亏额}{出口总成本} \times 100\% = \frac{出口销售人民币净收入 - 出口总成本}{出口总成本} \times 100\%$$

计算例题 12-3

某公司以 1 000 美元/t CIF 价格出口商品，已知该笔业务每吨需要支付国际运输费用 100 美元，保险费率为 0.1%，国内商品采购价格为 5 000 元，其他商品管理费为 500 元，试计算该笔业务的出口商品盈亏率。（汇率为 1:6.92）

解 出口总成本 = 5 000 元 + 500 元 = 5 500 元

出口净收入（FOB）= CIF − 运费 − 保险费 = CIF − 运费 − 110% × CIF × 保险费率

= 1 000 美元 − 100 美元 − 1.1 × 1 000 美元 × 0.001

= 898.9 美元

出口人民币净收入 = 898.9 美元 × 6.92 = 6 220.39 元

出口盈亏率 = 100% × （6 220.39 元 − 5 500 元）/5 500 元 = 13.1%

3. 外汇增值率

外汇增值率是指进口原料的外汇成本和出口成品的外汇净收入相比的比率，也称为创汇率。

$$外汇增值率 = \frac{出口成品外汇净收入 - 进口原料外汇成本}{进口原料外汇成本} \times 100\%$$

本章小结

1. 国际上关于贸易术语的惯例有三个，其中《2000 通则》中规定共有 13 种术语，分为 E、F、C、D 组。

2. 在 13 种贸易术语中，FOB、CFR 和 CIF 是最常用的三种术语，其次是 FCA、CPT 和 CIP，这两组贸易术语在价格构成上是一一对应的，即 CIF 和 CIP 都包括货物运输费和保险费，CFR 和 CPT 都包括货物运输费，但是在风险划分界限、运输方式和交货地点等方面存在区别。EXW 是所有贸易术语中卖方承担的风险、费用和责任最低的，而 DDP 是最高的。

3. 佣金和折扣都是市场经济的必然产物，佣金和折扣的大小直接关系到商品的价格，正确运用佣金和折扣有利于扩大出口贸易。

关键术语

贸易术语　FOB　CFR　CIF　象征性交货　装运合同　到达合同　佣金　折扣
出口换汇成本　出口商品盈亏率　外汇增值率

课后习题

简答题

1. 解释"船舷为界"的确切含义。

2. 为什么说 CIF 合同是装运合同？

3. 简述 F 组贸易术语的共同特点？

4. 简述 FCA、CPT 和 CIP 与传统的 FOB、CFR 和 CIF 三种术语的区别和各自的特点。

5. 简要分析不同贸易术语价格之间的换算关系。

计算题

1. 我国某出口商品的报价为：USD100 per set CFRC3% New York。试计算：CFR 净价和

佣金各为多少？如果对方要求将佣金增加到 5%，我方可同意，但是要求出口净收入不变。试问：CFRC5% 应如何报价？

2. 我国出口某商品对外报价为 480 欧元/t FOB 广州，现外商要求将价格改报 CIF 旧金山，试求：我方的报价应为多少才能使 FOB 净值不变？（假设运费为 FOB 价的 3%，保险费为 FOB 价的 0.8%）

3. 我国某公司出口某商品 1 000 箱，对外报价为每箱 22 欧元 FOB C3% 湛江，外商要求将价格改报为每箱 CIFC 5% 马赛。已知运费为每箱 1 欧元，保险费为 FOB 价的 0.8%，请问：（1）要维持出口销售外汇净收入不变，CIFC5% 应改报为多少？（2）已知进货成本为 120 元/箱，每箱的商品流通费为进货成本的 3%，出口退税为 25 元/箱，该商品的出口销售盈亏率及换汇成本是多少？（EUR100 = CNY1023.49）

案例分析题

1. 有一份出口服装的合同规定："……买卖各方的义务按照《2000 通则》中 FOB 的规定处理……装运港为中国大连口岸，目的港为日本横滨港……"。卖方按照合同的规定严格地履行了交货义务后，因该批货物在运输途中遇到风险，结果不能到达横滨港。买方以货物不能到达横滨港为理由拒绝付款，但卖方认为已经严格地按照合同规定的条件履行了交货义务，买方应该接受符合合同规定的单据并支付货款。试问：（1）《2000 通则》中 FOB 对于卖方履行合同的义务主要有哪些规定？（2）在该交易中卖方有无权利要求买方付款？为什么？（3）你认为买方应该如何处理该义务才能确保不会发生损失或能够尽量减少损失？理由是什么？

2. 某出口公司按照 CIF London 向英国客户出售一批核桃仁。由于该商品的季节性较强，因此，双方在合同中规定：买方须于 9 月底前将信用证开到卖方并保证货运船只不得迟于 12 月 2 日驶抵目的港。如果货轮迟于 12 月 2 日抵达目的港，则买方有权取消合同。如果货款已收，则卖方须将货款退还买方。试分析这一合同的性质和特点。

3. 我国某公司同印度客户的进口业务用空运方式运输。我方公司要求使用 CIP 条款，银行方面也坚持按国际惯例空运必须使用"CIP"，而客户却坚持使用 CIF 条款，理由是 CIP 比 CIF 费用多。请分析"空运方式"到底该使用 CIF 还是 CIP？如果我方公司同意印度客户的要求使用 CIF 条款，那么在合同条款中应补充哪些关键内容才能避免漏洞？

第 13 章　商品的品质、数量和包装

学习目标：

1. 理解和掌握商品品质的表示方法和品质条款的规定。
2. 了解商品数量的计量方法，理解数量条款的内容，重点掌握溢短装条款的规定。
3. 了解包装的种类和运输包装的标志，掌握运输标志和中性包装的概念。

13.1　商品的品质

13.1.1　品名和品质的含义

1. 品名

品名，（Commodity & Specification；Name of Commodity；Description）即双方交易商品的名称。在进出口合同中，品名条款并无统一格式，通常是在"商品名称"或"货物描述"标题下列明买卖双方成交商品的名称，也有的只在合同的开头部分载明交易双方同意买卖某种商品的文句。

品名条款的内容，一般取决于成交商品的品种和特点。对一般商品而言，只列商品具体名称即可，但有些商品，往往具有不同的品种、等级或型号，所以为了避免交易中出现麻烦，需要把商品的具体品种、等级、型号等概括性描述也要包括进去，以便作进一步的限定。此外，有的品名条款甚至将品质规格也包括进去。在此情况下，它就不单是品名条款，而实质上是品名与品质条款的综合表述。

在约定商品的品名时，应注意以下几点：一般应尽可能使用国际上通用的名称；在一个合同中，或同一个商号的几个合同中，同一种商品要使用相同的名称；对于某些新商品的品名及其译名，应力求准确易懂，并符合国际上通用的称呼。

2. 品质

商品的品质（Quality）是商品的内在素质和外观形态的结合。内在素质是商品的物理性能、机械性能、化学成分和生物特征等自然属性，而外观形态包括商品的外形、款式、颜色、透明度等。

进出口商品品质条款在国际贸易中具有十分重要的意义。由于品质的优劣直接影响商品的使用价值和价格，是影响商品市场价格的重要因素。在当前国际市场竞争日趋激烈的形势下，许多国家和地区都改变了传统的价格竞争手段，转而采取以质取胜等非价格竞争方式，加强在国际市场上的竞争能力。因此，在进出口贸易中，提高出口商品品质，不仅可以增强出口市场竞争能力、扩大市场销路、提高市场售价、为国家和企业创造更多的外汇收入，而且还可以提高出口商品在国际市场的声誉，并反映出口国的科学技术和经济发展水平。在进口贸易中，更要严格把好进口商品品质关，使进口商品在品种上能够适应国内生产建设、科学研究和人民生活的需要。

合同中的品质条款不仅是构成商品说明的重要组成部分，也是买卖双方交接货物的主要依据。按照《联合国国际货物销售合同公约》的有关规定，卖方交付的货物必须与合同规

定的品质、规格相符。如果卖方交货品质、规格与合同规定不符，不论价款是否已付，买方都有权要求卖方减价、赔偿损失，甚至可以拒收货物或撤销合同。

13.1.2　表示品质的方法

1. 以实物表示

（1）看货买卖（Sale by Actual Quality）。即以商品的实际品质进行交易，一般是由买方或其代理人进行实地验货，达成交易后，卖方就应按查验过的商品交换货物，买方不得再对交货品质提出异议。在国际货物贸易中，由于交易双方相距遥远，买方到卖方所在地验看货物有诸多不便，故采取看货成交的情况较少。看货成交的做法，多在寄售（Consignment）、拍卖（Auction）和展卖（Fairs and Sales）方式中采用。

（2）凭样品买卖（Sale by Sample）。样品通常是指从一批商品中随机抽取出的或由生产、使用部门设计、加工出来的，足以代表整批商品质量的少量实物。凡以样品表示品质并以此作为交货依据的，即为凭样品买卖。

在国际货物贸易中，按样品提供者的不同，样品可以分为下列几种：

卖方样品（Seller's Sample）：凡凭卖方提供的样品作为交货的品质依据，即为"凭卖方样品买卖"。在此情况下，在买卖合同中应订明"品质以卖方样品为准。"日后，卖方所交整批货（Bulk）的品质，必须与其提供的样品相同。

买方样品（Buyer's Sample）：买方为了订购更加符合自身要求的商品，有时也提供样品交由卖方依样承制，如卖方同意按买方提供的样品成交，即为"凭买方样品买卖"。在此情况下，合同中应订明"品质以买方样品为准"。日后，卖方所交整批货的品质，必须与买方样品相符。因为在大多数情况下，卖方很难能交付与样品品质一模一样的整批货，所以此种成交方式尽量不要采用。

对等样品（Counter Sample）：在国际货物贸易中，卖方如不愿意采用凭买方样品交易，卖方可根据买方提供的样品，加工复制出一个类似样品交买方确认，经确认后的样品，称为对等样品，也叫回样或确认样品（Confirming Sample）。由于对等样品是经买方确认了的，所以日后卖方所交货物品质必须以对等样品为准。

在采用凭样品买卖方式时，应注意以下几个问题。其一，凡采用凭样品买卖的交易，卖方交货品质必须要与样品完全一致，如有不符，买方有权拒收或提出赔偿要求。其二，以样品表示品质的方法只能酌情采用。凡是能用科学指标（如文字、数字）表示清楚商品的品质时，就不宜采用此法，但对难以用科学指标表示的（如商品的造型、色、香、味等）就必须采用凭样品买卖。其三，采用凭样品成交但是对品质无绝对把握时，可以在合同条款中相应作出灵活的规定，使用诸如 about、nearly 等词语，以使最后交货品质留有一定的余地。

2. 凭说明表示

凡以文字、图表、照片等方式来说明品质时，均属凭说明表示品质的范畴。具体可细分为下列几种：

（1）凭规格买卖（Sale by Specification）。商品规格是指一些足以反映商品品质的主要指标，如化学成分、含量、纯度、性能、容量、程度、粗细等。买卖双方洽谈交易时，对于适于凭规格买卖的商品，应提供具体规格说明商品的基本品质状况，并在合同中订明。凭规格买卖时，商品品质的指标因商品不同而各有差异，即使是同一商品，因用途不同，对规格的要求也会有差异。

（2）凭等级买卖（Sale by Grade）。商品的等级是指同一类商品，按其规格上的差异，分为品质优劣各不相同的若干等级。由于不同等级的商品具有不同的规格，为便于履行合同和避免产生争议，在品质条款列明等级的同时，最好一并规定每一等级的具体规格。

（3）凭标准买卖（Sale by Standard）。商品的标准是指将商品的规格和等级予以标准化。商品的标准，有些由国家或有关政府主管部门规定，也有的由同业公会、交易所或国际性的工商组织规定。这些标准中，有些具有法律上的约束力，凡品质不符合标准要求的商品，不许进口或出口，但也有些不具有法律上的约束力，仅供交易双方参考使用。

在国际货物贸易中，对于某些品质变化较大而难以规定统一标准的农副产品，往往采用"良好平均品质"（Fair Average Quality，FAQ）来表示其品质。在我国出口的农副产品中，也有用"FAQ"来说明品质的。但是一般所说的"FAQ"是指大路货，是和"精选货"（Selected）相对而言的。

（4）凭说明书和图样买卖（Sale by Description & Illustration）。对于机器、电器、仪表等技术密集型产品，因其结构复杂，用以说明其性能的数据较多，很难用几个简单的指标来表示其品质的全貌，因此，对这类商品的品质，通常用说明书并附以图样、照片、设计图样、分析表及各种数据来说明其具体性能和结构特点。按此方式进行交易，称为凭说明书和图样买卖。

在凭说明书和图样买卖时，卖方所交的货物，必须符合说明书所规定的各项指标。但是由于这类产品的技术要求比较高，品质与说明书和图样相符合的产品，有时在使用时并不一定能达到设计的要求，所以在合同中，除列入说明书的具体内容外，一般还需要订立卖方品质保证条款和技术服务条款。

（5）凭商标或品牌买卖（Sale by Trade Mark or Brand）。商标（Trade Mark）是指生产者或商号用来说明其所生产或出售的商品的标志，它可由一个或几个具有特色的单词、字母、数字、图形或图片等组成。品牌（Brand Name）是指工商企业给其制造或销售的商品所冠的名称，以便与其他企业的同类产品区别开来，一个品牌可用于一种产品，也可用于一个企业的所有产品。

商标或品牌本身实际上是一种品质象征。人们在交易中对于一些在国际上久负盛名的商品可以只凭商标或品牌进行买卖，毋需对品质提出详细要求。但是，如果一种品牌的商品同时有多种不同型号或规格，为了明确起见，在规定品牌的同时，还必须标明其型号或规格。

凭商标或品牌买卖一般只适用于一些品质稳定的工业制成品或经过科学加工的初级产品。需要注意的是如果我国企业接受国外客户订货，并约定刷印外商提供的品牌时，则应注意该项品牌是否合法，以免出口商品运往国外时触犯进口国家的商标法而引起纠纷。

（6）凭产地名称买卖（Sale by Name of Origin）。在国际货物买卖中，有些产品因受产地自然条件、传统加工工艺等因素影响，在品质方面具有其他地区所不具有的独特风格和特色，对于这类产品可用产地名称来表示其品质。

13.1.3　关于品质条款的规定

1. 品质机动幅度

为了保证进出口合同的顺利履行，对质量指标容易出现差错的某些制成品，可在品质条款中采取下列灵活变通的规定方法：

（1）品质公差。品质公差（Quality Tolerance）是指国际同行业对工业制成品的质量指标所公认的品质的误差，即使合同不作规定，只要交货品质在公差范围内，也不能算作违约。但为了避免争议的发生，最好还是在合同中约定一定幅度的品质公差。

（2）品质机动幅度。品质机动幅度是指允许卖方交付货物的品质标准在一定幅度内有灵活性。使用方法通常有两种：一种是约定一定的浮动范围，如面料门幅 47/48ft（英寸）；另一种是规定上下极限。卖方交货只要在规定的差异范围内或未超出约定的极限，买方就无权拒收货物。

在品质机动幅度或品质公差范围内，交货如有差异，一般都不另计算增减价格，即按合同价格计收货款。但有的商品，也可以按比例计算增减价格，在合同中订立"增减价条款"。

2. 正确运用各种表示品质的方法

表示品质的方法有很多，究竟采用何种品质表示方法，主要取决于商品的特性。一般而言，适用于文字、图样、相片、数据等方法来表示品质时，应视具体商品采用不同的说明表示方法，而不宜采用看货成交或凭样品成交的方法。当无法用科学的指标来表示品质时，则可以采用凭样品成交。需要特别注意的是，当对某种商品同时采用几种表示品质的方法时应当谨慎。凡能用一种方法表示品质的，一般不宜同时采用两种或两种以上的表示方法，特别是同时采用凭规格和凭样品成交时，会给卖方的履约造成困难。

3. 品质条款要有科学性和合理性

首先，在规定品质条款时，要根据需要和可能，实事求是地确定品质条件，防止品质条件偏高或偏低，给卖方履约造成困难；其次，要合理规定影响品质的各项重要指标，对于影响品质的重要指标，应当具体订明，避免出现遗漏，对于相对次要的质量指标，则可少订，对于一些无关紧要的指标，应避免订入；再次，要注意各指标之间的内在联系和相互关系，防止出现前后相互矛盾的指标条款；最后，品质条款要力求具体、明确，尽量避免使用"大约"、"类似"、"左右"之类的模糊性字眼，以免在交货品质问题上引发争议。

案例分析 13-1　关于凭样品买卖还是凭规格买卖

案情介绍：

我国某出口公司与德国一公司签订出口某商品的合同，数量为 100 长吨[⊖]，单价为每长吨 CIF 不来梅 80 英镑，品质规格为：水分最高 15%、杂质不超过 3%，交货品质以中国商品检验局品质检验证书为最后依据。但在成交前我国公司曾向对方寄送样品，合同签订后又致电对方，确认成交货物与样品相似。货物装运前由中国商品检验局检验签发了品质规格合格证书。出口货物运抵德国后，该外国公司提出，虽有商检局出具的品质合格证书，但货物的品质却比样品低，卖

　⊖　1 长吨 = 1.0160t。

方应有责任交付与样品一致的货物，因此要求每长吨减价 6 英镑。我国某公司以合同中并未规定凭样交货，而仅规定了凭规格交货为理由，认为所交货物符合合同规定，因此不同意减价。于是，德国公司请德国某检验公司进行检验，出具了所交货物平均品质比样品低 7% 的检验证明，并据此向我方公司提出索赔 600 英镑的请求。我方出口公司则仍坚持原来理由而拒赔。德国公司拟提请国外仲裁机构仲裁，但因合同中未规定仲裁条款，争议发生后双方就仲裁又达不成协议，德国公司遂请求中国国际贸易促进委员会对外贸易仲裁委员会协助解决此案。此时，我国出口公司进一步陈述说，这笔交易在交货时商品是经过挑选的，因该商品系农产品，不可能做到与样品完全相符，但不至于比样品低 7%。由于我国出口公司留存的样品已遗失，对自己的陈述无法加以证明。我国仲裁机构也难以管理，最后只好赔付了一笔品质差价而结案。

案情分析：

1. 本案双方争执的主要焦点

焦点有：①此笔交易究竟是凭规格买卖，还是凭样品买卖，或者是既凭规格又凭样品的买卖；②若既凭规格又凭样品的买卖，卖方是否尚需负品质与样品不符的责任。

凭样品买卖是指交易双方约定以样品作为交货的品质依据的买卖。双方的这种约定，既可以是明示的（Expressed），也可以是默示的（Implied）。前者是指以样品为交货依据，并在合同中明确加以规定；后者是指根据交易的情况判断当事人有以样品为交货依据的意思。在本笔交易中，从合同的条款来看，只规定了品质规格条款，并未规定凭样品交货。但是在签约前曾寄交了样品，在签约后卖方又电报确认了货物品质规格款的补充。因此，从整个交易过程来判断，这个电报可以理解为：交货与样品相似是合同中品质规格条款的补充，这笔交易不是仅仅凭规格买卖，而是既凭规格又凭样品的买卖。根据国际贸易有关法律规定："凡是既凭样品又凭规格达成的交易，卖方所交货物必须既与样品一致，又要符合规格的要求。否则，买方有权拒收货物并可提出索赔要求。"由此可见，我国出口公司提出本合同不是凭样品买卖的合同，因此只需交付合同所规定的品质的货物，不承担交货品质与样品不符的责任。

按样品确定品质的方法，一般来说，货、样做到完全一致是较困难的，因此往往容易引起双方的争执。有些卖方为了避免交货品质与样品不一致，减轻自己的责任，常在合同中明确规定："交货品质和样品大体相符（Quality to be considered as being about equal to the sample）"。但是，无论合同中规定品质与样品相符或相似，通常都应允许买方有合理机会对所交货物品质与样品进行比较，并有向卖方提出异议索赔的权利，本案正是如此，卖方的确认电虽然确认的是成交货物品质与样品相似，而不是相符，仍应允许买方进行货物与样品的比较并保留其异议索赔的权利。如果比较结果证明品质相差较大，不论卖方交货时曾否对货物进行过挑选。都要负品质不符样品的责任。因而，我国出口公司进一步陈述的理由也是不充分的，尤其是自己留存的复样已遗失，不能拿出证物证明自己的陈述理由，从法律上来说是无效的。

2. 通过对本案的分析，应当吸取的主要教训

（1）有关人员对凭样买卖的性质以及国际贸易业务中的通常做法不够熟悉和了解。在已经签约的情况下，却又去电确认交货与样品相似，这完全是多余的。这样做，把一般凭规格的买卖，变成了既凭规格又凭样品的买卖，使自己多承担了责任。因此，如果交易货物的品质能够以规格确定，就不需要再寄送样品，更不能轻易地确认交货品质与样品相似。为了进行商品宣传也可以寄送样品，但应明确表示该样品仅供参考，即参考样品（reference sample）。

（2）如果是以凭样品成交的合同，应该妥善保存复样，一旦发生争议，可对复样进行重新检验，以便对比，从而分清责任。

13.2 商品的数量

13.2.1 计量单位

在国际货物贸易中，确定买卖货物的数量时，必须明确采用何种计量单位。由于货物的特性不同及各国采用的度量衡制度也有所差异，采用的计量单位往往也不相同。常用的计量单位有以下六种：

（1）重量（Weight）。这是国际货物贸易中广泛使用的一种计量方法，许多农副产品、矿产品和工业制成品都按重量计算。其常用单位有克（Gram）、千克（Kilogram）、盎司（Ounce）、磅（Pound）、公吨（Metric Ton）、长吨（Long Ton）、短吨（Short Ton）等。对黄金、白银等贵重商品，通常采用克或盎司来计量，钻石之类的商品，则采用克拉（Crat）作为计量单位。

（2）个数（Number）。大多数工业制成品，尤其是日用消费品、轻工业品、机械产品等，均习惯按数量进行买卖。其常用单位有件（Piece）、双（Pair）、套（Set）、打（Dozen）、卷（Roll）、令（Ream）、罗（Gross）、袋（Bag）和包（Bale）等。

（3）长度（Length）。多用于金属绳索、面料等商品的交易。常用单位有米（Meter）、英尺（Foot）、码（Yard）等。

（4）面积（Area）。在玻璃板、地毯、皮革等商品的交易中，一般习惯按面积交易。常见的有平方米（Square Meter）、平方英尺（Square Foot）、平方码（Square Yard）等。

（5）体积（Volume）。按体积成交的商品不多，主要有木材、天然气和化学气体等。常见的单位有立方米（Cubic Meter）、立方英尺（Cubic Foot）、立方码（Cubic Yard）等。

（6）容积（Capacity）。部分谷物（小麦、玉米）和流体货物（汽油、酒类）等一般采用容积计量，常见单位有公升（Litre）、加仑（Gallon）、品脱（Pint）、夸脱（Quart）和蒲式耳（Bushel）等。

目前国际贸易中通常使用的有公制（The Metric System）、英制（The British System）、美制（The U. S. System）和国际单位制（The International System of Units，SI）。目前我国采用的是国际单位制。除个别特殊领域外，一般不许使用非法定计量单位。我国出口商品，除照顾对方国家贸易习惯约定采用公制、英制或美制计量单位外，应使用我国法定计量单位。

13.2.2 计算重量的方法

在国际货物贸易中，以重量为单位计量较为广泛，采用重量计量的方法有下列几种：

1. 毛重（Gross Weight）

即商品本身重量加包装的重量，这种方法适用于低值商品。

2. 净重（Net Weight）

即商品本身重量，是不包括包装中重量在内的货物实际重量，这是国际贸易中最常见的计重方法。不过，有些价值较低的农产品也采用"以毛作净"（Gross for Net）的办法计重。

3. 公量（Conditioned Weight）

有些商品如棉花、羊毛、生丝等具有吸湿性强的特点，导致其所含的水分容易受客观环境的影响，重量很不稳定。为了准确计量这些商品的重量，国际上通常采用按公量计重的方法，即以商品的干净重（烘去水分后的重量）加上国际公定回潮率与干净重的乘积所得出的重量，即为公量。

4. 理论重量（Theoretical Weight）

对于某些有固定和统一规格的货物，只要规格一致，其重量大致相同，根据件数即可求出重量，这种方法称为理论重量。但是这种计重方法是建立在每件货物重量相同的基础上的，重量如有变化，其实际重量也会产生差异，因此，只能作为计重时的参考。

5. 法定重量（Legal Weight）

按照一些国家海关法的规定，在按从量税征收关税时，商品的重量是以法定重量计算的。所谓法定重量是商品重量加上直接接触商品的包装物料，如销售包装等的重量。

13.2.3　数量条款的内容及注意事项

1. 数量条款的内容

数量条款的基本内容包括成交数量、计量单位和计量方法。由于商品种类繁多，性质和特点各异，加之各国度量衡制度不同，致使计量单位和计量方法也多种多样，因此，数量条款内容的繁简，主要取决于商品的种类和特性。

在某些大宗商品（如农副产品、工矿产品等）的交易中，因受产品本身特性、自然条件以及包装、运输工具等方面的影响，实际交货数量往往不易符合原定交货数量。为了避免争议，买卖双方可以在合同数量条款中订明交货数量的机动幅度，即溢短装条款（More or less Clause）。例如，10 000m，卖方可选择溢短装5%（10 000 meters 5% more or less at Seller's option），有此条款卖方可以在9 500m 和 10 500m 范围内选择交货数量。溢短装条款也可以用"±"符号来代替。

2. 约定数量条款的注意事项

（1）正确掌握成交数量。按照合同规定的数量交付货物是卖方的义务。《联合国国际货物销售合同公约》规定，买方可以收取也可以拒绝收取多交部分货物的一部分或全部，但如卖方短交，可允许卖方在规定的交货期届满之前补交，但不得使买方遭受不合理的不便或承担不合理的开支。由此可见，在进行对外贸易时，要合理地确定成交数量，综合考虑国外供求状况、国内货源的供应情况、国际市场的价格动态以及外商的资信情况和经营能力等因素。同时，还必须掌握《跟单信用证统一惯例》关于溢短装条款的规定："'约'或'大约'用于信用证规定金额、数量或单价时，应解释为允许有关金额、数量或单价不超过10%的增减幅度"；"只要信用证未注明货物以包装单位或个数计数，并且总支付金额不超过信用证金额，货物数量准许有5%的增减幅度。"

（2）合理约定数量机动幅度。数量机动幅度的选择应视成交条件和双方当事人的意愿而定。例如，在FOB 合同中，数量机动幅度一般由负责派船接货的买方来决定，而CFR 或CIF 合同则应由卖方来决定。

（3）合理确定溢短装数量的计价方法。在通常情况下，对溢短装数量按合同价格计算，但为了防止合同当事人利用市场行情的变化，故意多装或少装，以获取额外收入，也可在合同中规定，溢短装数量按装船时或到货时的市场价格计价，以体现公平合理的原则。

（4）数量条款的规定要明确具体。在数量条款中，对成交商品的具体数量、计量单位和计量方法、溢短装数量及其作价方法等内容，都应一一订明。此外，成交数量一般不宜采用"大约"、"近似"、"左右"等模糊性词语，以免引起分歧给履行造成困难。

案例分析 13-2　商品数量严重溢装受损案

案情简介：

某年，某粮油食品进出口公司出口一批驴肉到日本共 25t，合同规定，该批货物应装于 1 500 个箱子，每箱净重 16.6kg。如按规定装货，则总重量应为 24.9t，余下 100kg 可以不再补交。当货物运抵日本港口后，日本海关人员在抽查该批货物时，发现每箱净重不是 16.6kg 而是 20kg，即每箱多装了 3.4kg。因此，此批货物实际装了 30t。但在所有单据上都注明装了 24.9t。议付货款时亦按 24.9t 计算，白送 5 100kg 驴肉给客户。此外，由于货物单据上的净重与实际重量不符，日本海关还认为我国公司少报重量有帮助客户偷税嫌疑，向我方提出意见。经我方解释，才未予深究。但多装 5 100t 驴肉，不再退还，也不补付货款，造成我国公司损失。

案情分析：

世界上许多国家的海关一般对进口货物都实行严格的监管，如进口商申报进口货物的数量与到货数量不符，进口商必然受到询查，如属到货数量超过报关数量，就有走私舞弊之嫌，海关不仅可以扣留或没收货物，还可追究进口商的刑事责任。上例中由于我国公司的失误，不仅给自己造成损失还给进口商带来麻烦。究其原因，主要由于工作中各个环节没有衔接好。首先，业务人员成交这笔业务后，给加工部门下达的加工通知单中，没有明确规定每箱只装 16.6kg，加工部门收到加工通知单后，仍按常规每箱装了 20kg 驴肉。其次，在出口货物报关、装船时，有关环节没有将每箱净重和箱数相乘，仅凭申报的重量 24.9t 办理有关手续，而不知实际上已经装出了 30t 货物，多装的驴肉白白送给了对方。出口公司在履约过程中应加强单证、单货的复核工作。凡是装货要求特殊时，应该重点提出，以引起有关部门注意，杜绝差错产生。

13.3　商品的包装

13.3.1　包装的重要性

商品包装是生产过程的继续，追加在包装上的费用也属于生产费用。凡需要包装的商品只有完成包装，才算真正完成了生产过程，商品才能进入流通领域和消费领域，实现其使用价值和价值。因此，在国际货物贸易中，除少数商品难以保证、不知的保障或者根本没有必要包装而采用裸装（Nude Pack）或散装（In Bulk）外，其他绝大多数商品都需要有适当的包装。商品经过适当的包装，不仅能保护商品在流通过程中品质完好、数量完整，便于商品的储存、保管、运输和装卸环节的操作，而且还能起到美化商品、促进销售的作用。

此外，在当前世界各国强调环境保护和推行绿色营销的情况下，采用绿色包装，就显得尤为重要。

根据包装在流通过程中所起作用的不同，可分为运输包装（外包装）和销售包装（内包装）两种类型，前者的主要作用在于保护商品、防止出现货损货差、便于运输和存储；后者除起保护商品的作用外，还有促销的功能。

13.3.2 运输包装

1. 运输包装的分类

运输包装按照包装方法的不同，可分为单件运输包装和集合运输包装两大类。

（1）单件运输包装。单件运输包装是指货物在运输过程中作为一个计件单位的包装。单件运输包装按包装造型可以分为箱（Case）、桶（Drum）、袋（Bag）、包（Bale）、捆（Bundle）罐（Can）等，按使用材料的不同，则箱有纸箱（Carton）和木箱（Wooden Case），桶有铁桶（Iron Drum）和塑料桶（Plastic Drum），袋有纸袋（Paper Bag）、麻袋（Gunny Bag）和塑料袋（Plastic Bag）等。

（2）集合运输包装（也称成组化包装）。集合运输包装是指在单件运输包装的基础上，为了适应运输和装卸作业的现代化要求，将若干单件包装组合成一件大包装。目前常见的组合包装有集装包或集装袋（Flexible Container）、托盘（Pallet）、集装箱（Container）。

2. 运输包装标志

为了装卸、运输、仓储、检验和交接工作的顺利进行，防止发生错发、错运和损坏货物，以保证货物安全、迅速、准确地运交收货人，就需要在运输包装上书写、压印、刷制一定的图形、文字和数字，便于相关当事人区分，并提醒操作人员注意。运输包装上的标志，按其用途可分为运输标志（Shipping Mark）、指示性标志（Indicative Mark）和警告性标志（Warning Mark）三种。

（1）运输标志。运输标志通常也称作唛头，是由一个简单的几何图形和一些字母、数字及简单的文字组成。运输标志的内容繁简不一，由买卖双方根据商品特点和具体要求商议决定。鉴于运输标志的内容差异较大，联合国制定了一套运输标志向各国推荐使用，该标准运输标志包括：收货人或买方名称的英文缩写字母或简称；参考号（如订单号、发票号、合同号）；目的地；件号。图 13-1 为运输标志示例。

图 13-1 运输标志示例

（2）指示性标志。指示性标志又名操作标志，是针对一些易碎、易损、易变质货物的特点，用图形或简单文字提示有关人员在装卸、搬运和存储时应注意的标志。图 13-2 为指示性标志示例。

（3）警告性标志。警告性标志又称危险货物包装标志，是指在易燃品、易爆品、有毒物品、腐蚀性物品、放射性物品等危险品的运输包装上清楚、明显地标明危险性质的文字说明和图形。图 13-3 为警告性标志示例。

HANDLE WITH CARE   USE NO HOOK   THIS SIDE UP   KEEP DRY   KEEP IN DARD PLACE

图 13-2 指示性标志示例

EXPLOSIVES　　　　POISON　　　　RADIOACTIVES　　　FLAMMABLE

图 13-3　警告性标志示例

13.3.3　销售包装

销售包装又称内包装，又可分为两类：中包装和小包装。中包装又称批发包装，主要是便于储存、保管和批售，包装单位视国外市场的需要而定，以打、磅，或以若干小包为单位；另一类则为小包装，通常称为零售包装，这种包装直接与消费者见面，要求便于陈列展售，便于消费者选购。

销售包装的形式根据不同要求可以分为以下几种：便于陈列类，如挂式、堆叠式、可展开式；便于识别类，如透明式、开窗式、习惯包装等；便于使用类，如易开式、喷雾式；其他类，如复用包装、礼品包装、配套包装等。

销售包装上一般都附有装潢画面。装潢画面要求美观大方，富有艺术上的吸引力，能够突出商品特点，画面的图案和颜色，应适应有关国家的民族习惯、消费习惯和宗教信仰。

销售包装上应有必要的文字说明。文字说明要同装潢画面紧密结合、互相衬托、彼此补充，以达到宣传和促销的目的。在使用文字说明或制作标签时，还应注意有关国家的标签管理条例的规定。

13.3.4　中性包装和定牌生产

1. 中性包装（Neutral Packing）

中性包装是指在商品包装上不注明生产国别和原产地的商品包装。外国市场常见的中性包装有两种：①无牌中性包装，即包装标志上既无商标品牌，又无生产国别、地名和厂名；②定牌中性包装，即包装上有买方指定的商标或品牌，但无生产地名和出口厂商的名称。

采用中性包装是为了打破某些进口国家或地区的关税和非关税壁垒以及适应交易的特殊需要（如转口销售等），它是出口国家厂商对外竞销和扩大出口的一种手段。

2. 定牌生产

定牌生产是指卖方按买方的要求，在出口的商品或包装上标明买方指定的商标或品牌的做法。定牌生产的习惯做法有以下两种：①在定牌生产的商品或包装上，只用外商指定的商标或品牌，而不标明生产国别和厂商名称，即定牌中性包装；②在定牌生产的商品或包装上，标明生产国别，如"中国制造"字样等。

13.3.5　包装条款的内容和注意事项

1. 包装条款的内容

国际货物买卖合同中的包装条款，一般包括包装方式、包装材料、包装规格、包装标志和包装费用等内容。其中包装费用的负担问题主要有三种规定方法：①包含在货价之内，不再另行收费；②不包含在货价之内，由买方另行支付，这主要是针对国外客户对商品包装提出特殊要求时采用的一种方法；③包装费用按货物价格计算，在货物数量采取"以毛作净"的情况下，货物的包装费用与货物本身的价格一样。

2. 注意事项

（1）包装条款应力求明确具体。买卖双方在议定包装条款时必须在合同中作明确具体的规定，不能含糊不清，避免使用诸如"适于海运的包装（Seaworthy Packing）"、"习惯包装（Customary Packing）"、"卖方习惯包装（Seller's Usual Packing）"和"出口包装（Export Packing）"等。这种笼统的规定，很可能由于买卖双方的理解不一致而导致履约时产生纠纷。

（2）考虑商品特性和运输方式。不同的运输方式、不同的商品，其包装条款的规定也不相同，应根据商品的特点和不同运输方式对包装的不同要求选择合适的包装材料、包装方式和包装规格等内容。

（3）考虑有关国家和地区的法律规定。许多国家和地区对市场上销售的商品规定了有关包装和标签的管理条例，否则不许进口或禁止在市场上销售，如有的国家不得使用麻袋、木质材料、稻草等作为包装材料、包装衬垫物，因为其认为这些材料不宜处理或容易传染动植物疾病。

案例分析 13-3　包装与合同不符致赔案

案情简介：

某年我国某出口公司出口到加拿大一批货物，计值人民币 128 万元。合同规定用塑料袋包装，每件要使用英、法两种文字的唛头。但我国某公司实际交货改用其他包装代替，并仍使用只有英文的唛头，国外商人为了适应当地市场的销售要求，不得不雇人重新更换包装和唛头，后向我国出口公司提出索赔，我国出口公司理亏只好认赔。

案情分析：

许多国家对于在市场上销售的商品规定了有关包装和标签管理条例，近年来这方面的要求越来越严。有的内容规定十分繁杂，不仅容量或净重要标明公制或英制，还要注明配方、来源国、使用说明、保证期限等，甚至罐型、瓶型也有统一标准。进口商品必须符合这些规定，否则不准进口或禁止在市场上出售。这些管理条例一方面用来作为限制外国产品进口的手段，另一方面也是方便消费者的需要。从本案例来看卖方未严格按照合同规定的包装条件履行交货义务，应视为违反合同。根据《联合国国际货物销售合同公约》第 35 条规定："卖方交付的货物必须与合同规定的数量、质量和规格相符，并须按照合同所规定的方式装箱或包装。"我国出口公司的错误有二，一是擅自更换包装材料，虽然对货物本身的质量未造成影响；二是未按合同规定使用唛头，由于加拿大部分地区原是法国殖民地，为此，销售产品除英文外常还要求加注法文。加拿大当局对有些商品已在其制定的法令中加以规定。本例中买卖双方已订明用英、法两种文字唛头，更应照办。总之为了顺利出口，出口方必须了解和适应不同国家规定的特殊要求，否则会造成索赔、退货等经济损失，并带来其他不良的影响。

本章小结

1. 在国际货物买卖中，品质条件是一项不可缺少的重要交易条件，商品的品质可以采用实物或文字说明来表达，具体采用哪一种方式来表示商品的品质，应视商品性质而定。

2. 商品的数量条件也是国际货物买卖合同中的重要交易条件，卖方必须按照约定数量交货，否则，买方有权要求赔偿损失，甚至拒收货物。数量条款通常包括成交数量、计量单位和计量方法等内容，具体条款内容的繁简，主要取决于商品的种类和特性，有时需要在合同中规定溢短装条款，以利于卖方顺利地履行合同。

3. 在国际货物买卖中，大多数商品都需要有一定的包装，以保护商品在流通和销售过程中质量完好、数量完整。包装按功能可分为运输包装和销售包装两种。运输包装主要在于保护商品，销售包装除保护商品外，主要是具有促销的功能。

关键术语

品质公差　　品质机动幅度　　对等样品　　公量　　运输标志　　中性包装

课后习题

简答题

1. 在采用样品规定商品品质时，应注意哪些问题？
2. 何谓溢短装条款？溢短装的选择权由谁掌握比较合适？
3. 在约定合同的数量条款时，应注意哪些问题？
4. 在运输包装上刷制的标志有哪几种？它们各有什么作用？

案例分析题

1. 我国某外贸公司出口电扇 5 000 台，采用纸箱包装，合同与信用证都规定不允许分批装运。装船时，有 50 台因包装破损导致底座有裂痕而不能出口。发货员认为，根据《跟单信用证统一惯例》的规定，即使不允许分批装运，只要货款不超过信用证的总金额，货物的数量可以有 5% 的增减。该发货员发了 960 台电扇。但是，在凭有关单据要求银行付款时，遭到了银行的拒付。请问：银行有无拒付的权利？为什么？

2. 我国某公司向国外客户出口榨油大豆一批，合同中规定大豆的具体规格为含水分 14%、含油量 18%、含杂质 1%。国外客户收到货物不久，我国公司便收到对方来电称，我国公司的货物品质与合同规定相差较远，具体规格为含水分 18%、含油量 10%、含杂质 4%，并要求我方给予合同金额 40% 的损害赔偿。请问：对方的索赔要求是否合理？合同中就这一类商品的品质条款应如何规定为宜？

3. 我国某公司从韩国某公司进口一批液体化工原料。到货时，我国公司发现有少数包装因存在缺陷而发生轻微泄露现象，但我国公司并没有及时采取补救措施以防止损失扩大。结果，泄露日益严重以致引起自燃火灾。事后，我国公司向韩国公司提出赔偿全部损失的要求，但遭到拒绝。请问：我国公司是否有权利要求韩国公司赔偿全部损失？为什么？

第 14 章　国际货物运输与保险

学习目标:

1. 根据业务实践的要求正确选择国际货物运输方式。
2. 能合理而准确地制定合同中的装运条款。
3. 掌握海上风险与海损、外来风险与外来风险损失的基本内涵。
4. 掌握保险条款的主要内容。

国际货物运输与保险是履行国际贸易合同的关键环节。在国际贸易中,国际货物运输往往需要经历一个较为漫长的过程,在这一过程中,货物有可能因为遭遇自然灾害或意外风险而受到损失。因此,投保国际货物运输保险是规避未来不确定风险的最好选择。

14.1　运输方式

国际货物的运输方式有很多,其中包括海洋运输、铁路运输、航空运输、集装箱运输、国际多式联运以及邮政运输、内河运输、公路运输、管道运输、大陆桥运输等。

14.1.1　海洋运输

海洋运输是指利用船舶在两个不同国家或地区的港口之间通过一定航线和航区来进行的运输。在国际货物运输中,海洋运输是最主要的运输方式,其运量占国际货物运输总量的80%以上。海洋运输具有载运量大、所需动力和燃料消耗较低、运费低廉等优点,但不足之处是易受气候和自然条件的影响,航期不易准确而且风险较大,运输的速度也相对较慢。

按海洋运输船舶的经营方式的不同,国际海洋货物运输可分为班轮运输和租船运输。

1. 班轮运输

班轮运输又称"定期船运输",是指船舶按照固定的船期表(Sailing Schedule),沿着固定的航线和港口来往运输,并按相对固定的运费率收取运费。

班轮运输有以下四个特点:①"四固定"的特点,即固定航线、固定费率、固定停靠港口、固定航行日期;②由船方负责配载装卸,装卸费包括在运费中,发货方不再另付装卸费,船货双方也不再计算滞期费和速遣费,即所谓的"两管";③船货双方的权利、义务与责任豁免,以船方签发的提单条款为依据;④班轮承运货物的品种、数量比较灵活,货运质量较有保证,而且一般采取在码头船舱交接货物,故为货主提供了较便利的条件。

班轮运费是班轮公司运输货物所收取的运送费用,是按照班轮公司运价表的规定计收的。不同的班轮公司有不同的班轮运价表,它一般包括货物分级表、各航线费率表、附加费率表、冷藏货及活牲畜费率表。目前,我国海洋班轮运输公司使用的是"等级运价表",即将承运的货物分成若干等级(一般为20个等级),每一个等级的货物有一个基本费率。

班轮运费一般包括基本运费和附加运费两部分。基本运费是指货物运往班轮航线上固定停靠的港口,按照运价表内货物划分的等级所收取的运费,是构成全程运费的主要部分。附加运费是指班轮公司除收取的基本运费之外收取的运费，主要有超重附加费、超长附加费、直航附加费、转船附加费、港口拥挤费、港口附加费、燃油附加费、选港附加费和绕航附加费等。

基本运费按班轮运价表规定的计收标准收取。在班轮运价表中，不同的商品采取不同的运费计收标准。常用的有以下几种：

① 按货物的毛重计收，又称重量吨（Weight Ton），在班轮运价表中用"W"表示，单位是吨。

② 按货物的体积计收，又称尺码吨（Measurement Ton），在班轮运价表中用"M"表示，单位是立方米。

③ 按货物的价格计收，又称从价运费，即按 FOB 价格的一定百分比收取，用"A. V"或"Ad. Val."表示。

④ 按货物的毛重或体积二者择高而收，在班轮运价表中用"W/M"表示。

⑤ 按货物的重量、体积或价值三者择高而收，用"W/M or Ad. Val."表示。

⑥ 按货物的重量或体积二者择高而收，再加上一定百分比的从价运费，用"W/M plus Ad. Val."表示。

⑦ 按货物的个数计收，如活牲畜按"头"、车按"辆"计算运费。

⑧ 对粮食、矿产品、煤炭等运量较大、货值较低、装卸容易、装卸速度快的大宗货物，也可由船、货双方临时议定运价。在班轮运价表中用"OPEN"表示。

在实际业务中，基本运费的计算标准选择"W/M"的方式居多。计算运费的重量吨和尺码吨统称为运费吨，又称计费吨。班轮运费的具体计算方法是：先根据货物的名称从货物分级表中查出有关货物的计费等级和计算标准，然后再从航线费率表中查出有关货物的基本费率，最后加上各种必须支付的附加费率，所得的总和就是有关货物的单位运费（每重量吨或尺码吨的运费），再乘以计费重量吨或尺码吨，即得该批货物的运费总额。如果是从价运费，则按规定的百分率乘上 FOB 货值即可。

$$班轮运费 = 总货运量 \times 基本运费率（1 + 附加费率）$$

计算例题 14-1

从我国广东黄埔港运往国外某港口的一批货物，运费计收标准为 W/M，共 300 箱，每箱毛重 25kg，每箱箱长 50cm，宽 30cm，高 20cm，基本运费率为每运费吨 60 美元；特殊燃油附加费为 5%；港口拥挤费为 10%。试计算这 300 箱的运费为多少？

解　W = 25kg = 0.025 运费吨

M = 50cm × 30cm × 20cm = 30 000cm³ = 0.03 运费吨

由于 M > W，所以应采用 M 计算运费。

运费 = 总货运量 × 基本运费率（1 + 附加费率）

= 300 × 0.03 运费吨 × 60 美元/运费吨（1 + 5% + 10%）

= 621 美元

2. 租船运输

租船运输又称不定期运输，它与班轮运输有很大区别。在租船运输业务中，没有预定的船期表，船舶经由航线和停靠的港口也不固定，须按租船双方签订的租船合同来安排，有关船舶的航线和停靠的港口、运输货物的种类以及航程等，都按承租人的要求，由船舶所有人确认而定，运费也由双方根据市场行情在租船合同中加以约定。租船运输通常适用于大宗货物的运输。

租船运输可以分为定程租船和定期租船。

定程租船又称航次租船，是指由船舶所有人负责提供船舶，在指定港口之间进行一个或数个航次承运指定货物的租船运输。定程租船就其租赁方式可分为：单航次租船、来回航次租船、连续航次租船、包运合同等。

定期租船是指由船舶所有人将船舶出租给承租人，供其使用一定时期的租船运输。

此外，还有一种特殊的租船形式，即光船租船。近年来，国际上发展起一种介于航次租船和定期租船之间的租船方式，即航次租期，这是以完成一个航次运输为目的，按完成航次所花的时间，按约定的租金率计算租金的方式。

定程租船与定期租船的主要区别如表 14-1 所示。

表 14-1　定程租船与定期租船的主要区别

比较项目	定程租船	定期租船
基础	以航程为基础	以期限为基础
经营管理	由船方负责船舶的经营管理	由租船方负责船舶的经营管理
租船合同	程租船合同	期租船合同
是否须规定装卸时间和装卸率	由租船方负责，装卸时须规定装卸时间和装卸率，以计算滞期费和速遣费	船方和租船方之间不规定，实际上由租船方负责装卸，费用完全由租船方负担
费用计算	按装运货物的数量计算，或规定航次租金总额	按每月每载重吨若干金额，或整船天若干金额
舱位	船舶的全部或部分舱位	船舶的全部舱位
装运的货物	在程租船合同中列明	在期租船合同中一般不列明
租船方	一般为外贸企业	一般为船运公司

14.1.2　铁路运输

铁路运输是国际货物运输中仅次于海洋运输的一种主要运输方式。它具有运量大、不受气候条件的影响、安全可靠、运输准确、风险较小以及连续性强等优点，而且发货人和收货人可以在就近的始发站和目的站办理托运和提货手续。

1. 国际铁路货物联运

国际铁路货物联运是指两个或两个以上不同国家铁路当局联合起来完成一票货物的铁路运送。它使用一份统一的国际联运票据，由铁路部门经过两国或两个以上国家铁路的全程运输，并由一国铁路向另一国铁路移交货物时不需发货人、收货人参与的一种运输方式。国际铁路货物联运通常根据"国际货约"和"国际货协"进行。

"国际货约"是《国际铁路货物运送公约》的简称，又称《伯尔尼货运公约》，1938 年10 月 1 日开始实行。参加该公约的成员有：德国、奥地利、比利时、丹麦、西班牙等。前苏联没有参加该公约，但与芬兰订有铁路货物联运协定。

"国际货协"是《国际铁路货物联运协定》的简称。我国与前苏联签订了中苏铁路联运协定，决定自 1951 年起开办联运。同年 11 月，前苏联与东欧七国签订并实行《国际铁路货物联运协定》。我国于 1954 年 1 月起也参加了该协定，接着蒙古、朝鲜、越南也参加了这一协定。当时参加"国际货协"的国家中，除了以上国家外，还有欧洲的罗马尼亚、保加利亚、匈牙利、原民主德国、波兰、阿尔巴尼亚、原捷克斯洛伐克等 12 个国家。

按照"国际货协"的有关规定，参加"国际货协"的国家之间的货物运送，发货人使用一张运单在发货站向铁路托运，即可由铁路以连带责任办理货物的全程运输，在最终到达站将货物交付收货人。与未参加"国际货协"国家之间的国际铁路货物运输，一般是使用国际货协运单办理至参加"国际货协"的最后一个过境国的出口站，由该站站长办理转发至未参加"国际货协"国家的最后到达站；反向运输也可。通过参加"国际货协"国家的港口向其他国家运送货物，使用"国际货协"运单将货物运至"国际货协"国家港口，由港口收转人办理转发至目的地的手续。

2. 对我国香港的铁路运输

对我国香港铁路运输是由中国内地段运输和中国香港段运输两部分构成。它是一种特殊的租车方式的两票运输，具体做法是：从发货地至深圳北站的运输，由发货人或发货地外运机构按照对香港运输计划的安排，填写内地铁路运单，先行运至深圳北站，收货人为中国对外贸易运输公司深圳分公司。中国对外贸易运输公司深圳分公司作为各外贸企业的代理，负责在深圳与铁路局办理货物运输单据的交接，并向深圳铁路局租车，然后向海关申报出口，经查验放行后，将货物运输至香港九龙港。火车过轨后，由深圳外运分公司在香港的代理人——香港中国旅行社，向香港九广铁路公司办理香港段铁路运输的托运、报关等工作，货车到达九龙目的站后，由香港中国旅行社将货物卸交给香港收货人。

对中国香港铁路的两段运输，分别由内地铁路部门和中国香港九龙铁路局签发内地铁路运单和九广铁路运单。上述运单是铁路部门承运货物的依据，也是发货人或外运机构与铁路部门之间的运输契约。

14.1.3　航空运输

航空运输是指利用飞机运送进出口货物。航空运输的特点是交货速度快，时间短，安全性能高，货物破损小，节省包装费、保险费等；航行便利，不受地面条件限制，可以通往世界各地。它适合于运送急需货物、鲜活商品、精密仪器及贵重商品等。

1. 航空运输的分类

航空运输有班机运输、包机运输、集中托运和航空急件传送方式等。

班机运输。班机是指在固定时间、固定航线、固定始发站和目的站运输的飞机。一般航空公司都使用客货混合型飞机，一些大的航空公司也开辟定期全货机航班。班机运输因有定时、定航线、定站等特点，因此适用于运送急需的货物、鲜活商品以及季节性商品等。

包机运输是指包租整架飞机或由几个发货人（或航空货运代理公司）联合包租一架飞机来运送货物。因此，包机运输又分为整包机运输和部分包机运输两种形式，前者适用于运送数量较大的商品；后者适用于多个发货人，但货物到达站又是同一地点的货物运输。

集中托运是指航空货运代理公司把若干批单独发运的货物组成一批向航空公司办理托运，填写一份总运单将货物发运到同一目的站，由航空货运代理公司在目的站的代理人负责收货、报关，并将货物分别交予各收货人的一种运输方式。这种托运方式可争取到较低的运价，因此在航空运输中使用较为普遍。

航空急件是目前国际航空运输中最快捷的运输方式。它不同于航空邮寄和航空货运，而是由一个专门经营此业务的机构与航空公司密切合作，设专人用最快的速度在货主、机场、收件人之间传送急件，特别适用于急需的药品、医疗器械、贵重物品、图样、货样及单证的传送，被称为"桌到桌运输"。

2. 航空运输的承运人

航空运输的承运人可以是航空运输公司，也可以是航空货运代理公司。其中，航空运输公司是航空货物运输中的实际承运人，负责办理从起运机场至到达机场的运输，并对全程运输负责；而航空货运代理公司既可以是货主的代理，负责办理航空货物运输的订舱、在起运机场和到达机场的交接货，以及进出口报关等事项，也可以是航空公司的代理，办理接货并以航空承运人的身份签发航空运单，对运输过程负责。

3. 航空运价

航空运价是指从起运机场至到达机场的运价，不包括提货、报关、仓储等其他费用。航空运价仅适用于单一方向。航空运价一般是按照货物的实际重量（kg）和体积（以6 000 cm³ 或 366in³ 体积折合 1 kg）两者之间较高者为准。针对航空运输货物的不同性质与种类，航空公司规定有特种货物运价、货物的等级运价和一般货物运价等。

14.1.4　集装箱运输和国际多式联运

1. 集装箱运输

（1）集装箱及集装箱运输的含义。集装箱（Container）是一种容器，而且能够反复使用的运输辅助设备。其外形像一个箱子，又可将货物装入箱内，又称"货柜"或"货箱"。集装箱运输是以集装箱作为运输单位进行货物运输的一种现代化运输方式，它可用于海洋运输、铁路运输以及国际多式联运等。

国际标准化组织为统一集装箱的规格，推荐了三个系列13种规格的集装箱，而在国际航运上运用的主要为20ft 和40ft（1ft = 0.3048m）两种，及1A型、1AA型、1C型。为适应各类货物的需要，集装箱除了通用的干货集装箱外，还有罐式集装箱、冷藏集装箱、柜架集装箱、平台集装箱、通风集装箱、牲畜集装箱、散装集装箱、挂式集装箱等类型。

（2）集装箱运输的优点。集装箱运输有以下优点：有利于提高装卸效率和加速船舶的周转；有利于提高运输质量和减少货损货差；有利于节省各项费用和降低货运成本；有利于简化货运手续和便利货物运输；把传统单一运输串联为连贯的成组运输，从而促进了国际多式联运的发展。

（3）集装箱运输的费用。集装箱运输的费用构成和计算方法与传统的运输方式不同，它包括内陆或装运港市内运输费、拼箱服务费、堆场服务费、海运运费、集装箱以及设备使用费等。

2. 国际多式联运

国际多式联运是在集装箱运输的基础上产生和发展起来的。它一般是以集装箱为媒介，把各种单一的运输方式有机地结合起来，组成一种国际性的连贯运输。根据《联合国国际货物多式联运公约》所下的定义，国际多式联运是指按照多式联运合同，以至少两种不同的运输方式，由多式联运经营人将货物从一国境内接管货物的地点运至另一国境内指定交付货物的地点的一种运输方式。据此，构成国际多式联运应具备下列条件：

① 必须有一个多式联运合同，合同中明确规定多式联运经营人和托运人之间的权利、

义务、责任和豁免。

② 必须使用一份包括全程的多式联运单据。

③ 必须至少有两种不同运输方式的连贯运输。

④ 必须是国际间的货物联运。

⑤ 由一个多式联运经营人对全程运输负责。

⑥ 按全程单一运费率计收运费。

开展国际多式联运是实现门到门运输的有效途径，它有简化手续、加快货运速度、方便运输费用计算、缩短发货人收回货款时间等优点，而且还有助于货运质量的提高。货物的交接地点也可以做到门到门、门到港站、港站到港站，港站到门等。

14.1.5　大陆桥运输

大陆桥运输是指以陆地上铁路或公路运输系统为中间桥梁，把大陆两端的海洋连接起来的运输方式，从形式上看，是海—陆—海的连贯运输，一般以集装箱为中介。它具有集装箱运输和国际多式联运的优点，并且更能体现利用成熟的海、陆运输条件，形成合理的运输路线，大大缩短营运时间，降低运营成本。世界上现有的大陆桥有西伯利亚大陆桥、欧亚大陆桥、北美大陆桥等。

14.1.6　其他运输方式

1. 公路运输

公路运输是一种现代化的运输方式，它与铁路运输同为陆上运输的基本运输方式。它不仅可以直接运进或运出对外贸易货物，而且也是车站、港口和机场集散进出口货物的重要手段。

公路运输的优点在于机动灵活、简捷方便，可以深入到可通公路的各个地方，尤其是在门到门运输中，更离不开公路运输。但公路运输也有一定的缺陷，如载货量有限、运输成本较高、运输风险较大等。

2. 内河运输

内河运输是水上运输的一个组成部分，它是连接内陆腹地和沿海地区的纽带，也是边疆地区与邻国边境河流的连接线，在进出口货物的运输和集散中起着重要的作用。

内河运输具有投资少、运量大、成本低的特点。

3. 邮政运输

邮政运输是一种较简便的运输方式。国际上邮政部门之间签订有协定和公约，通过这些协定和公约，邮件的递送可互相以最快的方式传送，从而形成一个全球性的邮政运输网。

国际邮政运输具有国际多式联运和门到门运输的性质。托运人只需按邮政部门章程办理一次托运、一次付清足额邮资，取得邮政包裹收据，交货手续即告完成。邮件在国际间的传递由各国的邮政部门负责办理，邮件到达目的地后，收件人可凭邮局到件通知单向邮局提取货物。邮政运输手续简便，费用相对较低，适用于重量轻、体积小的货物的传递。

4. 管道运输

管道运输是一种特殊的运输方式，它是货物在管道内借助于高压气泵的压力输往目的地的一种运输方式，主要适用于运输液体和气体货物。它具有固定投资大、建成后运输成本低的特点。

14.2 装运条款

在进出口货物买卖合同中，装运条款是必不可少的，装运时间、装运地点与目的地、能否分批装运和转船、转运等事项的规定是装运条款的主要内容。

14.2.1 装运时间

装运时间又称装运期。从目前国际上各类贸易合同来看，装运时间的规定大致有以下几种方法：

1. 明确规定具体的装运时间或装运期限

这种方法简单明了，不容易发生误解和争议，在国际贸易中使用最为广泛。在实际操作中，一般有三种具体规定方法：

（1）明确规定具体装运日期。如"于 2009 年 10 月 16 日装运（Shipment on october 16th，2009）"。这种规定对于卖方来说有明显的不利，因为卖方不仅不能提前装运，更不能延期装运，只要不是在规定的装运日（10 月 16 日）装运即构成违约。所以卖方一般不愿意接受这种规定方法。

（2）规定装运期限。如"九月份装船（Shipment during september）"。这种规定方法给卖方装运提供了很大的灵活性，在国际贸易中较为常见。

（3）规定最迟装运日期。如"不迟于 6 月 15 日装运（Shipment not later than june 15th）"。这种规定方法使卖方拥有安排具体装运日期的灵活性，是国际贸易中常见的规定方法。

2. 规定以某一特定的事件作为装运日期确定的依据

这种规定方法最常见的是以卖方收到信用证后若干天确定装运日期。这是卖方为防止出现收汇风险而采取的重要对策，一般适用于一些规格比较特殊或专为买方的需要加工制造且不容易转售的商品。如"买方必须不迟于 9 月 15 日前将信用证开到卖方，卖方收到信用证后 45 天内装运（The relevant L/C must reach the seller not later than september 15th，shipment within 45 days after receipt of L/C）"。不过这种规定方法对卖方来说也有不利的方面，因为在这种方法下，卖方实际装运期的确定取决于买方的实际开证日期，多少有些被动。

3. 规定近期术语作为装运时间

在买方急需而卖方又备有现货的情况下，国际上习惯采用近期术语作为装运时间。目前，常用的近期术语有"尽速装运（Shipment as soon as possible）"、"立即装运（Immediate shipment）"、"即刻装运（Prompt shipment）"等。但是，由于上述术语没有确定的含义，各个国家、各个行业乃至不同的商人有不同的理解，因此容易引起争议。除非双方事先有约定（共识），或在以往的交易中已经确立了习惯做法，一般不宜使用上述术语来规定装运期。

装运时间是合同中的重要制约因素。卖方必须按照合同规定的装运时间履行自己的装运义务。如果卖方不能做到这一点，将承担违约责任。从国际贸易的实际来看，由于商品的生产、收购和运输涉及很多方面的因素，有些因素是难以预料和克服的，卖方在不少情况下往往难以按合同的规定装运出口。为了解决这个问题，现在国际上一般的做法是，卖方在得到买方允许的情况下可以适当延迟装运时间。这种行为可以看成是买卖双方对原合同中装运时间的协议更改。因此，更改后的装运时间即成为新的具有约束力的合同条款。习惯上，买方可以要求卖方赔偿因延迟交货而给自己造成的损失。如果买方未提出类似要求，一般就作为放弃权利处理。

另外，要弄清装运时间与交货时间的关系。在国际贸易中，交货有两种做法：一是装运地点（装运港）交货，如在 FAS、FOB、CFR、CIF、FCA 等术语中，装运期和交货期重叠在一起，装运就交货；二是目的地（目的港）交货，装运期早于交货期，如在 DES（目的港船上交货）条件下。确定了装运期也可大概推算出交货期。

14.2.2　装运地点和目的地

从法律上说，如果合同规定了装运地点，那么该地点便成为货物说明的一个组成部分，同时构成合同的主要交易条件。如果出口方违反规定，必须承担违约责任，轻者可以被索赔，重者可以被拒收。因此，出口方一定要谨慎订立合同的装运地点。

装运地点既可以是装运港口也可以是内陆的任何地点。在实际操作中，装运地点往往由卖方提出，经买方确认。

目的地的确定也非常重要。尽管不是每一种合同都规定一个目的地，但对于按 C 组和 D 组术语成交的合同来说，它不仅是绝对必要的，而且十分重要。因为在这些合同中，目的地的确定直接关系到运费水平，甚至影响到保险险别和保险费率，从而影响到合同价格水平。同时，目的地的选择是否适合也直接关系到合同本身的履行是否顺利的问题。即使在用 FOB、FAS 等术语成交的合同中，有时卖方为了限制货物输往别国或禁止转口到某些地区，也可能用规定目的港的办法约束买方的行为。

在采用海洋或内河运输的情况下，装运地点为装运港，目的地为目的港。装运港是指货物起始装运的港口。目的港是指最终卸货的港口。由于国际贸易中海洋运输的比重最大、最常用，所以本书着重介绍装运条款中确定装运港和目的港应注意的几个问题。

1. 装运港和目的港的规定方法

一般来说，装运港都是卖方提出来，经买方同意后确定的；而目的港则是由买方提出，经卖方同意后确定的。在买卖合同中，装运港和目的港的规定方法有以下几种：

（1）在一般情况下，装运港和目的港分别规定为一个。如 Port of Shipment：Shanghai；Port of Destination：New York。

（2）有时按实际业务需要，也可分别规定两个或两个以上。如 Port of Shipment：Shanghai/Qingdao；Port of Destination：London/Liverpool。

（3）采用选择港办法。规定选择港有两种方式：一种是在两个或两个以上港口中选择一个，如 CIF London/Hamburg/Rotterdam；另一种是笼统地规定某一航区为装运港或目的港，如"地中海主要港口"、"西欧主要港口"、"中国口岸"等。

2. 确定国外目的港应当注意的问题

（1）要根据我国对外政策的需要来考虑，不能接受我国政策不允许往来的港口为装卸港。

（2）对国外装卸港的规定应力求具体明确。一般不要使用"欧洲主要港口"、"非洲主要港口"等笼统的规定办法。因为欧洲或非洲港口众多，究竟哪些港口为主要港口并无统一解释，且各港口距离远近不同，港口条件也有区别，运费和附加费相差很大。

但在实际业务中，有时也可允许在同一航区规定两个或两个以上的临近港口为装运港或目的港。例如，在卖方尚未确定货源所在地时或买方为中间商时。

（3）货物运往没有直达船只或虽有直达船只而航次很少的港口，合同中应规定"允许转船"的条款，以利装运。

（4）不能接受内陆城市为装卸港的条件，因为若接受这一条件，我国企业必须承担从港口到内陆城市这段路程的运费和风险。

（5）要注意装卸港的具体条件，如必须是船舶可以安全停泊的港口等。

（6）应注意国外港口有无重名问题。凡有重名的港口，应注意国家和地区名称，以防发生差错。

此外，在采用"选择港"的办法时，须按运费最高的港口为基础进行报价。这些港口还应在同一条航线上，且有班轮停靠才能接受，并明确选择附加费由买方负担。此外，规定"选择港"的港口数目一般不应超过三个。

3. 规定国内装运港或目的港应注意的问题

出口业务中，对国内装运港的规定，一般以接近货源地的对外贸易港口为宜，同时应考虑港口和国内运输的条件和费用水平。进口业务中，对国内目的港的规定原则上应选择以接近用货单位或消费地区的对外贸易港口为宜。

14.2.3　分批装运和转运

分批装运是指成交数量较大的货物可以分若干批次于不同的航次、车次、班次装运的做法。由于运输工具的限制，或是市场销售的需要，抑或是交货分批的限制，分批装运是国际贸易中常见的做法。但当事人也可以不允许分批装运。因此，合同双方应就是否允许分批装运达成一致。

转运是指货物从装运港或发货地到目的港或目的地的运输过程中，从一种运输工具卸下，再装上同一运输方式的另一运输工具，或在不同运输方式情况下，从一种方式的运输工具卸下，再装上另一种方式的运输工具的行为。为了明确责任和便于安排装运，买卖双方是否同意转运以及有关转运的办法和转运费的负担等问题，应在买卖合同中明确规定。

《跟单信用证统一惯例》规定，除非信用证另有规定，可准许分批装运和转运。

14.2.4　装运通知

装运通知是装运条款中不可缺少的一项重要内容。不论按哪种贸易术语成交，交易双方都要承担相互通知的义务。规定装运通知的目的在于明确买卖双方的责任，促使买卖双方互相配合，共同做好车、船、货的衔接，并便于办理货运保险。因此，及时发出装运通知，有利于合同的履行。

应当特别强调的是，买卖双方按 CFR 条件成交时，装运通知具有特别重要的意义，卖方应在货物装船后，立即向买主发出装运通知。

14.2.5　滞期和速遣条款

买卖双方成交的大宗商品，一般采用租船运输，负责租船的一方在签订买卖合同之后，还要负责签订租船合同，而租船合同通常都需要订立装卸时间、装卸率、滞期和速遣费条款。为了明确买卖双方的装卸责任，并使买卖合同与租船合同的内容相互衔接和吻合，在签订大宗商品的买卖合同时，应结合商品特点和港口装卸条件、装卸时间、装卸率和滞期、速遣费的计算与支付办法作具体规定。

1. 装卸时间

装卸时间是指允许完成装卸任务所约定的时间，它一般以天数或小时数来表示。装卸时间的规定方法有很多，其中使用最普遍的是按连续 24 小时计算。这种计算方法用于昼夜作业的港口，它是指在好天气条件下，作业 24 小时算作 1 个工作日来表示装卸时间的办法。如中间有几小时坏天气不能作业，则应予以扣除，此外，星期日和节假日也应除外。关于利用星期日和节假日作业是否计入装卸时间，国际上有不同的规定。因此，在工作日条款之后应补充订明："星期日和节假日除外"、"不用不算，用了要算"或"不用不算，即使用了也不算"等。

此外，也有以按照港口习惯速度装卸来表示装卸时间的做法。这种方法只能适用于装卸条件好、装卸效率高和装卸速度稳定的港口，采用这种方法时，星期日、节假日以及因坏天气而不能进行装卸作业的时间应不除外。

上述装卸时间的起算和止算，应当在合同中订明。关于装卸时间的起算，一般规定在收到船长递交的"装卸准备就绪书"，经过一定的规定时间后开始起算。关于装卸货物的止算时间，通常是指货物实际装卸完毕的时间。

2. 装卸率

买卖大宗商品时，交易双方在约定装卸时间的同时，还应约定装卸率，即每日装卸货物的数量。装卸率的高低，关系到运费水平，从而在一定程度上影响货价，所以装卸率规定偏高或偏低都不合适，装卸率应根据货物品种和有关港口的装卸速度来确定。

3. 滞期费和速遣费

在规定的装卸期限内，如果承租人未能按时完成装卸任务，致使船舶连续在港内停泊，为了补偿由此而对出租人造成的船舶开航的损失，自许可装卸时间终了时起，直到全部货物装卸完毕为止的滞期时间，承租人应向出租人支付一定金额的赔偿，此项金额称为"滞期费"。相反，在规定的装卸期内，如果承租人能提前完成装卸作业，那么出租人应按其节省的时间向承租人支付一定的金额，即"速遣费"。滞期费的数额一般低于船舶租金，速遣费通常为滞期费的一半。

14.3　运输单据

运输单据是承运人收到承运货物签发给出口商的证明文件，它是交接货物、处理索赔与理赔以及向银行结算货款或进行议付的重要单据。在国际货物运输中，运输单据的种类很多，其中包括海运提单、铁路运输单据、航空运单和邮包收据等。

14.3.1　海运提单

海运提单是船方或其代理人在收到其承运的货物时签发给托运人的货物收据，也是承运人与托运人之间运输契约的证明。它具有物权证书的法律效用。收货人在目的港提取货物时，必须提交正本海运提单。

1. 提单的性质和作用

提单的性质和作用主要体现在以下三个方面：

（1）它是承运人或其代理人签发给托运人的货物收据，证实已按提单记载的事项收到货物。承运人应凭提单所列内容向收货人交货。

（2）它是代表货物所有权的凭证。提单是提取货物的凭证，能起到代替货物本身的作用。因此，提单可以用来向银行议付货款和向承运人提取货物，也可以用来抵押或转让。

（3）它是承运人和托运人双方之间运输契约的证明。运输契约虽然是在装货前商定的，但是是在装货后才签发的，因此，提单本身并不是运输契约，而只是运输契约的证明。

2. 提单的分类

在国际贸易中使用的提单种类较多，从不同的角度可以有不同的分类方法。

（1）根据货物是否已装船，可以分为备运提单（Received for Shipment B/L）和已装船提单（On Board B/L）。前者也称为收讫代运提单，是指承运人已收到托运货物等待装运期间所签发的提单；后者提单上必须以文字注明货物已装上某船只，并注明装船日期，同时还应有船长或其代理人签字。

（2）按提单对货物外部包装有无不良批注可以分为清洁提单（Clean B/L）和不清洁提单（Unclean B/L）。前者是指交运货物的外表状况良好，承运人未加有关货损或包装不良之类批注的提单。后者是指承运人在提单上对货物表面状况或包装加有不良或存在缺陷等批注的提单。例如，在提单上写有"×件损坏"或"铁条松动"等批注。

（3）按提单收货人抬头可以分为记名提单（Straight B/L）、不记名提单（Bearer B/L）和指示提单（Order B/L）。记名提单是指记载收货人具体姓名的提单。不记名提单是不记载收货人的具体姓名而仅记载交付给提单持有人的提单。指示提单是在记载收货人的姓名时，记载为"凭指示"或"凭××指示"的提单。

（4）按运输方式可以分为直达提单（Direct B/L）、联运提单（Trough B/L）和转船提单（Transhipment B/L）。直达提单是指轮船从装运港装货后，中途不经过换船而直接驶往目的港卸货的情况下所签发的提单。联运提单是指经过两种或两种以上的运输方式联运的货物，由第一程海运承运人所签发的，包括运输全程并在目的港或目的地凭以提货的提单。转船提单是指从装运港装货的轮船，不直接驶往目的地，需要在中途港换装另一只船运往目的地的情况下所签发的提单。

（5）根据提单内容繁简分为全式提单（Long Form B/L）和略式提单（Short Form B/L）。前者是指提单背面列有承运人和托运人权利、义务的详细条款的提单。后者是指提单上略去背面条款，只列出正面内容的提单。

3. 提单的内容

提单的内容很广泛，包括正面的记载和背面的条款。各国国内法和有关的国际公约一般都认为，提单必须能够说明货物的托运人、承运人和收货人各自的职责，以及货物的外表、性质、数量或重量等具体事项。一般来说，提单正面的记录可概括为三部分内容：

① 托运人填写的部分内容，包括船名、航次、装运港、目的港、托运人及收货人名称、被通知人名称及地址、货物名称、包装、标志、件数、重量或体积等。

② 承运人或其代理人填写的运费金额，注明运费是预付还是货到目的地后支付。

③ 由承运人或其代理人签署的印刷体的契约文字，作为收到货物的凭证。同时，注明提单签发地点、签发提单正本的份数和签发日期等内容。

提单背面一般是印就的运输条款，作为明确承运人和托运人、承运人和收货人以及承运人与提单持有人之间的权利和义务的主要依据。提单中的运输条款，起初由各轮船公司自行规定，所以其内容并不一致。目前，西方国家的提单条款一般以《统一提单的若干法律规定的国际公约》为依据，故各国提单上记载的条款大体相同。中国远洋运输（集团）公司为了适应我国发展远洋运输业务的需要，采用了自制的提单，在提单背面统一印就运输条款。

4. 提单的签发和转让

签发提单的正常顺序是：由托运人在托运货物时提出书面托运单证，经承运人或其代理人同意后凭以装船。货物装船后取得收货单，由船长或其代理人凭收货单签发提单。通常正本提单签发一式多份，凭其中一份完成收货任务后，其余的均作废。

提单可以买卖转让。但是，提单的转让必须具备下列两个条件：首先，转让的提单必须是指示提单或不记名提单，指明收货人的记名提单则不能转让；其次，转让提单必须用背书或交付的方式表明提单持有人转让货物所有权的意图。指示提单可以通过记名背书或空白背书转让，提单的背书转让无需通知承运人。不记名提单可以仅以交付提单的方式进行转让。

14.3.2　其他运输单据

1. 航空运单

它是承运人与托运人之间签订的运输契约，也是承运人或其代理人签发的货物收据。航空运单还可作为核收运费的依据和海关查验放行的基本单据。但航空运单不是航空公司的提货须通知单，收货人提货须凭航空公司发出的通知单。航空运单不具有物权凭证的性质，不能转让。航空运单正本一般为一式三份，一份交托运人、一份承运人自己留存，一份随货同行，在目的地交收货人。副本至少六份，有需要还应增加份数，分别发给代理人、目的港以及第一、二、三承运人和用作提货收据。在航空运单的"收货人"栏内，必须详细填写收货人的全称和地址，而不能做成指示性抬头。

2. 铁路运输单据

它是铁路和货主之间缔结的运输契约。铁路运输可分为国际铁路联运和国内铁路运输两种方式，国内铁路货物运输和国际铁路货物联运使用的运单，其格式和内容有所不同。国际铁路货物联运使用国际铁路联运单，国内铁路货物运输使用国内铁路运单。

3. 邮包收据

它是邮包运输的主要单据，既是邮局收到寄件人的邮包后所签发的凭证，也是收件人凭以提取邮件的凭证。当邮包发生损坏或丢失时，它还可以作为索赔和理赔的依据。但邮包收据不是物权凭证。

4. 多式联运单据

它是由多式联运经营人签发，用以证明多式联运合同以及证明多式联运经营人接管货物并负责按合同条款交付货物的单据。多式联运经营人必须对运输全过程负责，无论货物在何种运输方式下发生属于承运人责任范围内的灭失或损害，多式联运经营人都必须对托运人负赔偿责任。多式联运单据与海运中的联运提单有相似之处，但其性质与联运提单有别。多式联运单据既可用于海运与其他运输方式的联运，也可用于不包括海运的其他运输方式的联运；而海运联运提单仅限于在由海运与其他运输方式所组成的联合运输时使用。

专题知识 14-1　正确区分各种货运单据

托运单（Booking Note）俗称"下货纸"，是托运人根据贸易合同和信用证条款内容填制的，向承运人或其代理办理货物托运的单证。承运人根据托运单内容，并结合船舶的航线、挂靠港、船期和舱位等条件考虑，认为合适后，即接受托运。

装货单（Shipping Order）是接受了托运人提出装运申请的船公司，签发给托运人，凭以命令船长将承运的货物装船的单据。装货单既可用作装船依据，又是货主凭以向海关办理出口货物申报手续的主要单据之一，所以装货单又称"关单"，对托运人而言，装货单是办妥货物托运的证明。对船公司或其代理而言，装货单是通知船方接受装运该批货物的指示文件。

收货单（Mates Receipt）又称大副收据，是船舶收到货物的收据及货物已经装船的凭证。船上大副根据理货人员在理货单上所签注的日期、件数及舱位，并与装货单进行核对后，签署大副收据。托运人凭大副签署过的大副收据，向承运人或其代理人换取已装船提单。

海运提单（Bill of Lading）是一种货物所有权凭证。海运提单持有人可据以提取货物，也可凭此向银行押汇，还可在载货船舶到达目的港交货之前进行转让。

装货清单（Loading List）是承运人根据装货单留底，将全船待装货物按目的港和货物性质归类，依航次、靠港顺序排列编制的装货单汇总清单，其内容包括装货单编号、货名、件数、包装形式、毛重、估计尺码及特种货物对装运的要求或注意事项的说明等。装货清单是船上大副编制配载计划的主要依据，又是供现场理货人员进行理货、港方安排驳运、进出库场以及承运人掌握情况的业务单据。

舱单（Manifest）是按照货港逐票罗列全船载运货物的汇总清单。它是在货物装船完毕之后，由船公司根据收货单或提单编制的。其主要内容包括货物详细情况、装卸港、提单号、船名、托运人和收货人姓名、标记号码等。此单作为船舶运载所列货物的证明。

货物积载图（Cargo Plan）是按货物实际装舱情况编制的舱图。它是船方进行货物运输、保管和卸货工作的参考资料，也是卸港据以理货、安排泊位、货物进舱的文件。

提货单（Delivery Order）是收货人凭正本提单或副本提单随同有效的担保向承运人或其代理人换取的、可向港口装卸部门提取货物的凭证。

14.4　国际货物运输保险

国际货物运输保险是以运输过程中的各种货物作为保险标的，被保险人向保险人按一定金额投保一定的险别，并交纳保险费，保险人承保后，如果保险标的在运输过程中发生承保责任范围内的损失，应按规定给予被保险人经济补偿的一种财产保险。

国际货物运输保险因运输方式不同可分为海洋运输货物保险、陆上运输货物保险、航空运输货物保险和邮包运输货物保险。在各种运输货物保险中，起源最早的是海洋运输货物保险。

14.4.1　海洋运输货物保险

1. 海洋运输货物保险承保的范围

海运货物保险承保的范围包括海上风险、海上损失、海上费用和外来原因所引起的风险损失。国际保险市场对上述各种风险与损失都有特定的解释。正确理解海运货物承保的范围和各种风险与损失的含义，对合理选择投保险别和正确处理保险索赔具有重要意义。

（1）海上风险。海上风险又叫海难，一般是指船舶或货物在海上航行中发生的或附随海上运输所发生的风险。海上货物运输保险中的风险分为一般海上风险和外来风险两大类。

1）一般海上风险。一般海上风险包括自然灾害和意外事故。自然灾害是指由于自然界的变化产生的破坏力量所造成的灾害及其他人力不可抗拒的灾害，包括恶劣气候、雷电、海啸、洪水、火山爆发等。意外事故一般是指人或物体遭受到外来的、突然的、非意料之中的事故，包括火灾、爆炸、搁浅、触礁、沉没、碰撞、倾覆等造成货物的损失。需要指出的是，按照国际保险市场的一般解释，海上风险并不局限于海上发生的灾害和事故，那些与海上航行有关的发生在陆上或海陆、海河或与驳船相连接之处的灾害和事故，如地震、洪水、水灾、爆炸、海轮与驳船或码头碰撞，也属于海上风险。

2）外来风险。它是指海上风险以外的其他原因所造成的风险。类似货物的自然损耗和本质缺陷等属于必然发生的损失，不包括在外来风险之内，即外来风险必须是意外的，事先难以预料的而不是必然发生的外来因素。外来风险可分为一般外来风险和特殊外来风险。前者是指偷窃、短少和提货不着、渗漏、短量、碰损、破碎、钩损、淡水雨淋、锈损、玷污、受潮受热、串味等造成的风险。后者是指军事、政治、国家政策法令以及行政措施等外来风险，包括战争、罢工、敌对行动、交货不到、拒收等。

（2）海上损失。海上损失是指被保险货物在海运过程中，由于海上风险所造成的损失或灭失，简称海损。就货物损失的程度而言，海损可分为全部损失和部分损失。

1）全部损失。全部损失简称"全损"，是指运输过程中的整批货物或不可分割的一批货物全部损失。全损分为实际全损和推定全损。前者又称绝对损失，是指保险货物完全灭失；或者完全丧失商业价值，失去原有用途；或者因丧失无法挽回，如船舶失踪（两个月以上）或船舶被海盗劫持等。后者是指被保险的货物的实际全损已经不可避免，或者恢复、修复受损货物以及运送货物到原定目的地所花费的费用超过该货物运往目的地的价值。

有下列情况之一者即为推定全损：被保险货物遭受严重损害，完全灭失已不可避免；被保险货物受损后，修理费用估计要超过货物修复后的价值；被保险货物遭受严重损害后，继续运抵目的地的运费已经超过残存货物的价值；被保险货物遭受保险责任范围内的事故，使被保险人失去被保险货物所有权，而收回这一所有权所需花费的费用，将超过收回后被保险货物的价值。

2）部分损失。部分损失又称分损，是指被保险货物的损失没有达到全部损失的程度。按照损失的性质，部分损失可以分为共同海损和单独海损。共同海损是指载货的船舶在航行中遭遇自然灾害或意外事故，威胁到船、货等各方的共同安全，船方为了解除共同危险或使航程得以继续进行，有意识地采取合理措施所做出的一些特殊牺牲和支出的额外费用。例如，载货船舶因狂风巨浪搁浅在暗礁上，船长为了使船、货摆脱威胁，指挥将船上一部分货物抛入海中，以减轻船的负荷，从而转危为安，这种货物损失就是共同海损。此外，还有一些特殊情况，例如，船舶在逆风恶浪中航行，原备用燃料消耗殆尽，或者大部分船员传染疾病而无法工作，致使船舶无法继续航行等，也属于共同海损。单独海损是指在海运中，由于保单承保风险直接导致的船舶或货物本身的损失。也就是说，单独海损是仅涉及船舶或货物所有人单方面的利益的损失。

构成共同海损需要具备以下条件：

① 船方在采取紧急措施时，必须确有危及船货共同安全的危险存在。如果判断失误，采取了某些措施，或因可以预测的常见事故造成的损失，就不能构成共同海损。

② 船方采取的措施，必须是为了解除船、货共同危险，有意而合理采取的措施。所谓"有意"，是指共同海损的发生必须是人为的、有意识行为的结果，而不是一种意外的损失。例如，船长明知抛货或雇佣拖船会对货物造成损失或支付额外费用，但为了船货的共同安全仍然决定这样做。所谓"合理"，是指措施必须符合当时情况，既是有效的，又是节约的，因而符合船、货等利害双方的利益。例如，抛货时，通常先抛重量大、价值低而又容易抛弃的货物。

③ 共同海损的牺牲是特殊性质的，支出的费用是额外支付。也就是说，共同海损的牺牲不是海上危险直接导致的损失，而是人为造成的特殊损失，其支付的费用应是船舶正常运营支出以外的费用。

共同海损和单独海损的主要区别是：

① 造成海损的原因不同。单独海损是承保风险所直接导致的船、货损失。共同海损则不是承保风险所直接导致的损失，而是为了解除或减轻共同危险人为地造成的一种损失。

② 承担损失的责任不同。单独海损的损失一般由受损方自行承担；而共同海损的损失则应由受益的各方按照受益大小的比例共同分摊，即在发生共同海损后，凡属于共同海损范围内的牺牲和费用，均可通过共同海损理算，由有关获救受益方根据获救价值按比例分摊。这种分摊，称为共同海损分摊。

（3）海上费用。海上费用是指海上风险所造成的费用损失，包括施救费用和救助费用。

施救费用又称单独海损费用，是指被保险货物遭受保险责任范围内达到自然灾害和意外事故时，被保险人或其代理人或其受雇人为抢救被保险货物，防止损失继续扩大所支付的费用。保险人对这种费用予以赔偿。一般而言，施救费用不包括共同海损及由保险人和被保险人以外的第三者救助而产生的费用。

救助费用是指被保险货物遭受承保责任范围内的灾害事故时，除保险人和被保险人以外的第三者采取救助措施，获救成功，而向救助的第三者支付的报酬。保险人赔偿时，必须要求救助成功。在国际上一般称为"无效果—无报酬"。

2. 我国海运货物保险条款

为了适应国际货物海运保险的需要，中国人民财产保险股份有限公司根据我国保险的实际情况并参照国际保险市场的习惯做法，分别制定了各种保险条款，总称为"中国保险条款"（CIC），其中包括"海洋运输货物保险条款"、"海洋运输货物战争险条款"以及其他专门条款。投保人可根据货物特点和航线与港口的实际情况自行选择投保适当的险别。

（1）保险险别。保险险别分为基本险和附加险两大类。

1）基本险又称主险，是可以单独投保的险别，它包括平安险、水渍险和一切险。

平安险的原意是"单独海损不赔"，但从经过修订的保险公司对平安险的责任范围来看，这一表述已不确切。保险公司在平安险项下应当承担的主要责任有：被保险的货物在运输途中由于自然灾害造成的实际全损或推定全损；由于运输工具发生意外事故而造成的全部损失或部分损失；在运输工具发生搁浅、触礁、沉没、焚毁等意外事故之前或之后又在海上遭受恶劣气候、雷电、海啸等自然灾害而使货物造成部分损失；在装卸或转运过程中一件或数件货物落海所造成的全部或部分损失；被保险人对遭受承保责任内危险的货物采取抢救、防止或减少货损措施支付的合理费用，但以不超过该批货物的保险金额为限；运输工具遭遇自然灾害或者意外事故，需要在中途港口或者在避难港口停靠，因而引起的装卸、仓储以及运送货物所产生的特别费用；发生共同海损所引起的牺牲、分摊费和救助费用；运输契约中订有"船舶互撞条款"，按该条款规定应由货方偿还船方的损失。

上述责任范围表明，在投保平安险的情况下，保险人对由于自然灾害所造成的单独海损不负赔偿责任，而对于因意外事故所造成的单独海损则要负赔偿责任。此外，如在运输过程中运输工具发生搁浅、触礁、沉没、焚毁等意外事故，则不论在事故发生之前或发生之后由于自然灾害所造成的单独海损，保险人也要负赔偿责任。

水渍险的原意是"负单独海损责任"。这一表述也不够确切。因为在水渍险项下，保险公司的责任范围既包括平安险的各项责任，也负责被保险货物由于恶劣气候、雷电、海啸、地震、洪水等自然灾害所造成的部分损失。显然，水渍险不只负单独海损责任。

一切险的责任范围除包括平安险、水渍险的各项保险责任外，还对被保险货物在运输过程中由于外来原因造成偷窃、提货不着、淡水雨淋、短量、包装破损、混杂，玷污、渗漏、碰损、破碎、串味、受潮受热、钩损、锈损等全部或部分损失负赔偿责任。因此，一切险是平安险、水渍险加一般附加险的总和。需要指出的是，一切险并非保险人对一切风险损失均负赔偿责任，它只对水渍险和一般外来原因引起的可能发生的风险损失负责，而对货物的内在缺陷、自然损耗以及由于特殊外来原因引起的风险损失不负赔偿责任。

2）附加险。附加险是不能单独投保的险别，必须依附于主险项下，即只有投保基本险中的一种之后，才可加保附加险。附加险分为一般附加险、特殊附加险和其他特殊附加险。在海运保险业务中，进出口商除了投保货物的基本险外，还可以根据货物的特点和实际需要，再选择若干适当的附加险别。

如加保所有的一般附加险，就称为投保一切险。可见，一般附加险被包括在一切险的承保责任范围内。因此，在投保一切险时，不需要再加保一般附加险。一般附加险共有 11 种：偷窃、提货不着险，淡水雨淋险，渗漏险，短量险，钩损险，玷污险，破碎险，碰损险，锈损险，串味险和受潮受热险。

特殊附加险主要是指战争险和罢工险。凡是加保战争险，保险人则按战争险条款的责任范围，对由于战争和其他各种敌对行为所造成的损失负赔偿责任。按 CIC 的规定，战争险不能作为一个单独的项目投保，而只能在投保基本险后加保。战争险的保险责任起讫和货物运输险不同，它不采取"仓至仓"条款，而是从货物装上海轮开始至货物运抵目的港卸离海轮为止，即只负责水面风险。

根据国际保险市场的习惯做法，一般将罢工险与战争险同时承保。如果投保了战争险又需加保罢工险，仅需在保单中附上罢工险条款即可，保险人不再另行收费。

其他特殊附加险包括交货不到险、进口关税险、舱面险、拒收险、黄曲霉素险等。

（2）除外责任。除外责任是指保险人明确规定不予赔偿的损失和费用范围。根据中国人民财产保险股份有限公司《海洋运输货物保险》的规定，对以下损失和费用概不负赔偿责任：被保险人的故意行为或过失所造成的损失；发货人的责任所引起的损失；保险责任开始，保险货物已存在的品质不良或数量短差；保险货物的自然损耗、本质缺陷、市价跌落以及运输延迟所引起的损失和费用；战争险和罢工险条款承保的责任范围和除外责任。

（3）责任起讫。责任起讫又称保险期间或保险期限，是指保险人承担责任的起讫时限。基本险（即平安险、水渍险和一切险）的责任起讫采用的是国际保险业惯用的"仓至仓"条款。它规定保险责任自被保险货物运离保险单位所载明的启运地发货人仓库时开始生效，包括正常运输过程中的海上运输和陆上运输，直至该项货物到达保险单位所载明的目的地收货人仓库为止。如果被保险货物从海轮卸下后存放在码头仓库、露天或海关仓库，而没有运到收货人仓库，保险责任继续有效，但最长负责至卸离海轮 60 天为限。被保险货物在目的地以前的某仓库发生分配、分派的情况，则该仓库就作为被保险人的最后仓库，保险责任也以该货物运抵该仓库时终止。被保险人可以要求扩展保险期限，需加收一定的保险费。战争险的责任起讫不采用"仓至仓"条款，而是以"水面危险"为限。即自保险单载明的启运港装上海轮或驳船时开始生效，直至到达保险单所载明的目的港卸离海轮或驳船时为止。如果货物不卸离海轮或驳船，则保险责任最长延迟至货物到达目的港之当日午夜起 15 天为止。

3. 伦敦保险协会海运货物保险条款

在国际保险业务中，英国所制定的保险法、保险条款、保险单等对世界各国影响很大。目前世界上有很多国家在海上保险业务中直接采用经英国国会确认的、由英国伦敦保险业协会制定的《伦敦保险业协会货物保险条款》（ICC），或者在制定本国保险条款时参考或部分采用了上述条款。在我国按 CIF 或 CIP 条件成交的出口交易中，国外商人有时要求按 ICC 投保，我国出口企业和保险公司一般均可接受。

《伦敦保险业协会货物保险条款》最早制定于 1912 年。为了适应不同时期国际贸易、航运、法律等方面的变化和发展，该条款已先后多次补充和修改。最近的一次修改于 1982 年 1 月 1 日完成，并于 1983 年 4 月 1 日起正式实行。

《伦敦保险业协会货物保险条款》包括协会货物条款（A）（ICC（A））、协会货物条款（B）（ICC（B））、协会货物条款（C）（ICC（C））、协会战争险条款（货物）、协会罢工险条款（货物）和恶意损害险条款。ICC（A）、ICC（B）、ICC（C）三种险别都有完整的结构，对承保风险即除外责任均有明确的规定，因而都可以单独投保。战争险和罢工险也具有独立完整的结构，如征得保险公司同意，必要时也可作为独立的险别投保。唯独上述恶意损害险属于附加险别。

（1）ICC（A）的责任范围和除外责任。ICC（A）的承保责任范围为"一切风险减除外责任"，即保险人对除外责任的风险不予负责外，对其他风险均予负责。

ICC（A）的除外责任如下：

一般除外责任是指被保险人故意的不法行为所造成的损失或费用，包括：保险标的的自然渗漏、自然损耗、自然磨损、包装不当或准备不足造成的损失或费用；保险标的的内在缺陷或特性所造成的损失或费用；直接由于延迟所引起的损失或费用；船舶所有人、经营人、租船人的经营破产或不履行债务所造成的损失或费用；由于使用任何原子或热核武器所造成的损失或费用。

不适航和不适货除外责任是指被保险人在保险标的装船时，如已经知道船舶不适航以及船舶、装运工具、集装箱等不适货，保险人不负赔偿责任。

战争险除外责任是指由于战争、内战、敌对行为等所造成的损失或费用，包括：由于搜获、拘留、扣留等（海盗行为除外）所造成的损失或费用，由于漂流水雷、鱼雷等所造成的损失或费用。

罢工险除外责任是指由于罢工、被迫停工所造成的损失或费用，包括：由于罢工者、被迫停工工人等造成的损失或费用；任何由于恐怖主义者或出于政治动机的人所致的损失或费用。

但 ICC（A）的除外责任中不包括"海盗行为"和"恶意损害险"。

（2）ICC（B）的责任范围和除外责任。根据 ICC 条款的规定，ICC（B）和 ICC（C）的承保责任范围采用"列明风险"的方法，即在条款的首部把保险人所承保的风险一一列出。凡属于列出的就是承保的，没有列出的，不论何种情况均不负责。ICC（B）的承保风险范围包括：火灾、爆炸；船舶或驳船触礁、搁浅、沉没或者倾覆；陆上运输工具倾覆或出轨；船舶、驳船或运输工具同水以外的任何外界物体碰撞；在避难港卸货；地震、火山爆发、雷电；共同海损牺牲；抛货；浪击落海；海水、湖水或河水进入船舶、驳船、运输工具、集装箱、大型海运箱或存储处所；货物在装卸时落海或跌落造成的整件全损。

ICC（B）的除外责任是 ICC（A）的除外责任再加上"恶意损害险"和"海盗行为"。

（3）ICC（C）的责任范围和除外责任。ICC（C）的承保责任范围比 ICC（A）和 ICC（B）的要小得多，它只承保"重大意外事故"，而不承保"自然灾害及非重大意外事故"。ICC（C）的承保责任范围是：火灾、爆炸；船舶或驳船触礁、搁浅、沉没或者倾覆；陆上运输工具倾覆或出轨；船舶、驳船或运输工具同水以外的任何外界物体碰撞；在避难港卸货；共同海损牺牲；抛货。

ICC（C）的除外责任与 ICC（B）完全相同。

恶意损害险是新增加的附加险别，承保被保险人以外的其他人（如船长、船员等）的故意破坏行为所致被保险货物的灭失或损害。但是，如果是出于政治动机的人的行为，不属于恶意损害险承保范围，而应属于罢工险的承保范围。

ICC 条款的三种险别的责任起讫均采用"仓至仓"条款。

14.4.2 陆上运输货物保险

货物在陆运过程中，可能遭受各种自然灾害和意外事故。常见的陆运风险有：车辆碰撞、倾覆和出轨，路基坍塌、桥梁折断和道路损坏，以及水灾和爆炸等意外事故；雷电、洪水、地震、火山爆发、暴风雨以及霜雪冰雹等自然灾害；战争、罢工、偷窃、货物残损或短少、渗漏等外来原因所造成的风险。

根据中国人民财产保险股份有限公司制定的《陆上运输货物保险条款》的规定，陆运货物保险的基本险别有陆运险和陆运一切险两种。此外，陆上运输冷藏货物险也具有基本险性质。

陆运险的承保责任范围同海运水渍险相似。陆运一切险的承保责任范围同海运一切险相似。上述责任范围，均适用于铁路和公路运输，并以此为限。陆运险与陆运一切险的责任起讫，也采用"仓至仓"责任条款。

陆运货物在投保上述基本险之一的基础上可以加保附加险。如投保陆运险，则可酌情加保一般附加险和战争险等特殊附加险；如投保陆运一切险，就只能加保战争险，而不能再加保一般附加险。陆运货物在加保战争险的前提下，再加保罢工险，不另收保险费。陆运货物战争险的责任起讫，是以货物置于运输工具时为限。

14.4.3　航空运输货物保险

货物在空运过程中，有可能因自然灾害、意外事故和各种外来风险而导致货物全部或部分损失。常见的空运货物风险有：雷电、火灾、爆炸、飞机遭受碰撞、倾覆、坠落、失踪、战争破坏以及被保险物由于飞机遇到恶劣气候或其他危险事故而被抛弃等。

空运货物保险的基本险别有航空运输险和航空运输一切险。这两种基本险都可以单独投保，在投保其中之一的基础上，可加保战争险等附加险，加保时须另付保险费。在加保战争险前提下，再加保罢工险，则不另收保险费。

航空运输险和航空运输一切险的责任起讫也采用"仓至仓"条款。航空运输货物战争险的责任期限，是自货物装上飞机时开始至卸离保险单所载明的目的地的飞机时为止。

14.4.4　邮包运输货物保险

邮包运输通常须经海、陆、空辗转运送，实际上属于"门到门"运输，在长途运送过程中易遭受自然灾害、意外事故及各种外来风险。办理了邮包运输风险，可以转嫁邮包在运送当中的风险损失，在发生损失时能从保险公司得到承保范围内的经济补偿。

根据中国人民财产保险股份有限公司制定的《邮政包裹运输保险条款》的规定，有邮包险和邮包一切险两种基本险，其责任起讫是，自被保险邮包离开保险单所载起运地点寄件人的处所运往邮局时开始生效，直至被保险邮包运达保险单所载明的目的地邮局发出通知书给收件人当日的午夜为止。但在此期限内，邮包一经递交至收件人处所时，保险责任即告终止。

在投保这两种基本险之一的基础上，经投保人与保险公司协商可以加保邮包战争险等附加险。加保时，也须另加保险费。在加保战争险的基础上，如加保罢工险，则不另收费。邮包战争险承保责任的起讫，是自被保险邮包经邮政机构收讫后自储存处所开始运送时生效，直至该项邮包运达保险单所载明的目的地邮政机构送交收件人为止。

14.4.5　买卖合同中的保险条款及货物运输保险做法

1. 合同中的保险条款

进出口合同中的保险条款的内容，应视合同中所使用的贸易术语而定。在 FOB、CFR 等术语中，由买方承担货物在运输途中的风险，并负责办理保险和支付保险费，不涉及卖方利益，因此合同中的保险条款只要明确由买方办理即可。例如，订明"保险由买方自理（Insurance to Be Covered by the Buyers）"。

凡以 CIF、CIP 条件成交的出口合同，均需向中国人民财产保险股份有限公司按保险金额、险别和适用的条款投保，并订明由卖方负责办理保险。

进出口合同中的保险条款一般应包括以下三方面：

（1）保险金额。保险金额即保险人所应承担的最高赔偿金，也是计算保险费的基础。保险金额由买卖双方协商确定，一般为商业发票金额加成 10%，即按 CIF 或 CIP 货价的 110% 投保。"加成"是作为国外买方的经营费用和预期利润。

（2）保险险别。凡我国出口以 CIF 或 CIP 条件成交的，通常按照中国人民财产保险股份有限公司现行的货物运输的保险险别并根据商品的特点及海上风险的程度，由双方约定投保的险别。

（3）保险条款。目前，我国通常采用以中国人民财产保险股份有限公司1981年1月1日生效的货物运输保险条款为依据。但有时国外客户要求按照英国伦敦保险业协会的《协会货物条款》（ICC Clause）为准，我国企业也可以融通接受。

2. 进出口业务中的保险做法

（1）出口货物的投保手续。凡是按 CIF 和 CIP 条件成交的出口货物，由出口企业向当地中国人民财产保险股份有限公司办理投保手续。具体做法是：根据出口合同或信用证规定，在备妥货物并确定了装运日期和运输工具后，先填写投保单，具体列明被保险人名称、保险货物项目、数量、包装及标志、保险金额、起止地点、运输工具名称、起止日期和投保险别，再送保险公司投保，缴纳保险费，并向保险公司领取保险单证，作为承保证明。

保险公司向出口企业收取保险费的计算公式如下

$$保险费 = 保险金额 \times 保险费率$$

其中，保险金额一般都是按 CIF 价或 CIP 价加成计算，即按发票金额再加一定的百分率。此项保险加成率，主要是作为买方的预期利润。按照国际贸易惯例，预期利润一般按 CIF 价的10%估算，因此，买卖合同中未规定保险金额时，习惯上是按 CIF 价或 CIP 价的110%投保。而保险费率是按照不同货物、不同目的地、不同运输工具和投保险别等制定的。

计算例题 14-2

某外贸公司出口货物一批，数量为 200t，价格为 USD1200 Per Metric Ton CIF Rotterdam，合同规定卖方应按发票金额加成10%投保水渍险和短量险，保险费率分别为0.2%和0.3%，试计算该外贸公司应该支付的保险费。

解 保险金额 = CIF（CIP）价 × （1 + 投保加成率）

$$= 1\,200\,美元/t \times 200t \times （1 + 10\%）$$

$$= 264\,000\,美元$$

保险费 = 保险金额 × 保险费率

$$= 264\,000\,美元 \times （0.2\% + 0.3\%）$$

$$= 1\,320\,美元$$

（2）进口货物的保险。我国的进口贸易大多以 FOB、CFR、CPT 条件成交，故均应由我国企业办理保险。为了简化投保手续和防止出现漏保等情况，一般采用预约保险的办法。即各外贸公司与中国人民财产保险股份有限公司事先签有进口预约保险合同，合同规定各进出口公司从国外进口的货物，凡贸易术语规定由各外贸公司办理保险，都属预约保险合同范围之内，保险公司对此负有自动承保的责任。进口货物在国外装船并由国外卖方发出装船通知后，各外贸公司将装船通知副本或进口货物结算凭证副本交给保险公司，即作为办理了投保手续。

进口货物运输保险金额仍以 CIF 货价加成计算。保险费率按"特约费率表"规定的平均费率计算。

（3）保险单据。保险单据是保险人对被保险人的承保证明，是双方之间权利和义务的契约，是办理索赔和理赔的主要依据，也是卖方向银行议付货款的重要单据之一，可以背书转让。在国际贸易实践中，常用的保险单据主要有以下几种：

1）保险单（Insurance Policy）。保险单俗称大保单或正式保险单。这种保险单是保险人根据投保人逐笔投保，逐笔签发的。货物安全抵达目的地后，保险单的效力即告终止。保险单的正面载有保险人与被保险人的名称、货物名称、数量及标志、运输工具险别、起讫地点、保险期限、保险金额等内容。背面印有保险条款，条款详细规定了保险人与被保险人之间的权利与义务。

2）保险凭证（Insurance Certificate）。保险凭证俗称小保单，是一种简化的保险单，它与正式的保险单的区别在于背面没有印上保险条款，仅声明承保货物按照正式保险单所载全部条款及本承保凭证所特定的条款办理，两者若有冲突，以本承保凭证的特定条款为准。保险凭证与保险单具有同等效力，一般信用证都规定保险单与保险凭证银行均可接受。

3）预约保险单（Open Policy/Open Cover）。预约保险单是指保险人承保被保险人在一定时期内发运的全部货物所出立的一种保险单。它载有保险货物的范围、险别、费率，每批货物的最高保险金额以及保险费的结算办法等。凡是预约保险合同内的进出口货物，一经起运，即按预约保险单所列条件承保。但被保险人在获悉每批货物起运时，应立即以起运通知书将该批货物的名称、数量、包装、保险金额、船名、起运日期、起讫港等通知保险公司，凭以签发保险凭证，以便将来根据所签凭证结算保险费用。目前，这种保险单在我国仅适用于 FOB 或 CFR 等条件成交的进口货物的保险。

4）联合凭证（Combined Certificate）。联合凭证是比保险凭证更为简化的一种保险单据。它是保险公司将保险险别、保险金额、保险和理赔代理人的名称和地址以及保险编号加注在我国外贸公司的发票上，并经保险人签章，其他项目以发票上所列为准。这是一种把发票和保险单结合起来的联合凭证，与保险单具有同等效力。

本章小结

1. 国际货物运输方式包括海洋运输、铁路运输、航空运输、邮包运输、管道运输和联合运输等。在实际业务中，应根据进出口货物的特点、货运量大小、距离远近、运费高低、风险程度、自然条件和装卸港口的具体情况等因素，选择合理的运输方式。

2. 在进出口买卖合同中，装运条款是必不可少的，装运时间、装运地点与目的地、能否分批装运和转船、转运等事项的规定是装运条款的主要内容。

3. 运输单据是指出口人将货物交给承运人办理装运时，或在装运完毕后，由承运人签发给出口商的证明文件。它是交接货物、处理索赔与理赔以及向银行议付、结算货物的重要单据。

4. 国际货物运输保险因运输方式不同可分为海洋运输货物保险、陆上运输货物保险、航空运输货物保险和邮包运输货物保险。海上货物运输保险承保的范围包括海上风险、损失和费用。保险险别分为基本险别和附加险别两大类。

5. 在国际贸易实践中，常用的保险单据主要有保险单、保险凭证、预约保险单和联合凭证。

关键术语

国际货物运输　　运输方式　　海洋运输　　班轮运输　　租船运输　　国际多式联运

装运条款　　分批装运　　装船通知　　滞期费　　速遣费　　运输单据　　海运提单

清洁提单　　　多式联运运单　　　全部海损　　　部分海损　　　基本险　　　附加险

平安险　　水渍险　　一切险　　保险金额　　预约保险单　　保险单据

课后习题

简答题

1. 国际货物运输方式有哪些？在选择运输方式时应注意哪些因素？

2. 海运提单有什么作用？有哪些种类？

3. 在海运货物保险中，保险公司承保哪些风险、损失和费用？

计算题

1. 某公司出口货物共 200 箱，对外报价为每箱 438 美元 CFR 马尼拉，菲律宾商人要求将价格改报为 FOB 价，试求每箱货物应付的运费及应改报的 FOB 价为多少？（已知该批货物每箱的体积为 45cm×35cm×25cm，毛重为 30kg，商品计费标准为 W/M，每运费吨基本运费为 100 美元，到马尼拉港需加收燃油附加费 20%，货币附加费 10%，港口拥挤费 20%）

2. 我方按 CFR 迪拜价格出口洗衣粉 100 箱，该商品内包装为塑料袋，每袋 0.5kg，外包装为纸箱，每箱 100 袋，箱的尺寸为长 47cm、宽 30cm、高 20cm，基本运费为每尺码吨 HK＄367，另加收燃油附加费 33%，港口附加费 5%，转船附加费 15%，计费标准为 M，试计算：该批商品的运费为多少？

案例分析题

1. 我国某食品进出口公司向意大利出口 3 000t 冷冻食品，合同规定 2000 年 4～7 月份交货，即期信用证支付。来证规定：Shipment during April/July，April Shipment 800M/T，May Shipment 800M/T，June Shipment 800M/T，July Shipment 600M/T。我国公司实际出口情况是：4、5 月份交货正常，并顺利结汇，6 月份因船期延误，拖延到 7 月 12 日才实际装运出口。7 月 15 日我国企业在同轮又装了 600M/T，付款行收到单据后来电表示拒绝支付这两批货的款项，问：我国企业有何失误？付款行拒付有何依据？

2. 我国某公司与美国某客商以 FOB 条件出口大枣 5 000 箱，5 月份装运，合同和信用证均规定不允许分批装运。我国企业于 5 月 10 日将 3 000 箱货物装上"喜庆"轮，并取得 5 月 10 日的海运提单；又于 5 月 15 日将 2 000 箱装上"飞雁"号轮，取得 5 月 15 日的海运提单，两轮的货物在新加坡转船，均由"顺风"号轮运往旧金山港。试分析：我国企业的做法是否合适？将导致什么结果？为什么？

3. 一份 CIF 合同，出售大米 50t，卖方在装船前投保了一切险加战争险，自南美内陆仓库起，直至英国伦敦的买方仓库为止。货物从卖方仓库运往码头装运途中，发生了承保范围内的货物损失。当卖方凭保险单向保险公司提出索赔时，保险公司以货物未装运，货物损失不在承包范围内为由，拒绝给予赔偿。请问：在上述情况下，卖方有无权利向保险公司索赔？为什么？

4. 我国某进出口企业按 CIF 纽约出口冷冻羊肉一批，合同规定投保一切险加战争险、罢工险。货到纽约后适逢码头工人罢工，货物因港口无法作业不能卸载。第二天货轮因无法补充燃料，以致冷冻设备停机。等到第五天罢工结束，该批冷冻羊肉已变质。请问：进口商向保险公司索赔是否有理？

第 15 章　国际货款的收付

学习目标：

1. 掌握汇票、支票和本票的概念、种类及其使用，重点掌握汇票的种类及其缮制。
2. 掌握汇款、托收的定义和流程。
3. 掌握信用证的主要内容、性质、特点、流程及其分类，熟悉《跟单信用证统一惯例》（UCP600）的有关内容。
4. 了解保函和备用信用证的概念和基本内容。

在国际贸易中，货物和货款的相对给付通常不是由买卖双方当面完成的。卖方交货寄单，买方凭单付款，以银行为中介，以票据为工具进行结算，是当代国际结算的基本特征。结算过程中买卖双方所承受的手续费用、风险和资金负担，则是双方选择结算方式所考虑的主要因素。

15.1　支付工具

国际货款的收付，按现金结算的比较少，大多数都是使用非现金结算，即用金融票据来进行结算。金融票据是国际通行的结算和信贷工具，是可以流通转让的债权凭证。

国际货物贸易中使用的金融票据主要包括汇票（Bill of Exchange，Draft）、本票（Promissory Note）和支票（Cheque，Check），其中汇票最常使用。

15.1.1　汇票

1. 汇票的含义和内容

按照《中华人民共和国票据法》（以下简称《票据法》）的规定：汇票是由出票人签发的，委托付款人在见票时或者在指定日期，无条件支付确定金额给收款人或持票人的票据。从以上定义中可以看出，汇票是一种无条件的支付命令，有三个基本当事人：出票人、付款人和收款人。

汇票的内容主要包括：①出票人（Drawer），即签发汇票的人，通常是出口商或银行；②受票人（Drawee），又称付款人（Payer），即接受支付命令支付货款的人，通常是进口商或其指定的银行；③受款人（Payee），即受领汇票规定金额的人，通常是进口商或其指定的银行；④确定的金额；⑤付款的期限；⑥出票日期与地点；⑦付款地点；⑧出票人签字。

上述汇票的主要内容，一般称为汇票的要项。按照各国票据法的规定，汇票的要项必须齐全，否则，受票人有权拒付。根据我国《票据法》的规定，汇票必须记载下列事项：表明"汇票"的字样、无条件支付命令、确定的金额、付款人名称、收款人名称、出票日期、出票人签章。汇票上未记载以上规定事项之一的，该汇票无效。

2. 汇票的缮制

图 15-1 为汇票的缮制示例，下面用图中相关号码进行替代说明。

```
┌─────────────────────────────────────────────────────────────────┐
│     凭                      不可撤销信用证                          │
│  DRAWN UNDER _____①_____ IRREVOCALBE L/C NO. _____     │
│                                                                   │
│     日期                    支取                                   │
│  DATED_____ PAYABLE WITH INTEREST ___% ___按___息___付款  │
│                                                                   │
│     号码                    汇票金额③              上海            │
│  NO.      ②      EXCHANGE FOR     ④     SHANGHAI,2010    ⑤        │
│                                                                   │
│     见票         日后                    (本汇票之副本未付)⑦       │
│  AT    ⑥    SIGHT OF THIS FIRST OF EXCHANGE (SECOND OF EXCHANGE    │
│                                                                   │
│         付交⑧                                                     │
│  BEING UNPAID) PAY TO THE ORDER OF _____⑨____ THE SUM OF _____ │
│                              ⑩                                    │
│                                                                   │
│  TO _____⑪_____                                                   │
│                                                                   │
│                                              SIGNATURE⑫           │
└─────────────────────────────────────────────────────────────────┘
```

图 15-1　汇票的缮制示例

① 应填写出票依据，即一个表明汇票的出票原由的文句；一般写开证行名称、信用证号码和开证日期，在托收项下，此处填写 For collection。

② "NO."一般写发票号或留空不填。

③ "EXCHANGE"表明该票据是汇票，不是支票或本票。

④ "EXCHANGE FOR ____"表示汇票金额填小写数字。

⑤ "SHANGHAI, 2010 ____"表明汇票的出票日期和地点。

⑥ "AT _ SIGHT"表示付款期限（Tenor），也叫付款到期日（Maturity），是付款人履行付款义务的期限。

⑦ "FIRST OF EXCHANGE（THE SECOND OF EXCHANGE BEING UNPAID）"表明汇票为第一份。汇票一般出立一式两份，上面记载"付一不付二"或"付二不付一"字样。

⑧ "PAY TO"是无条件的支付命令，表明支付不能受到任何限制，也不能附带任何条件。

⑨ "THE ORDER OF"指示汇票的受款人，也称汇票的抬头，目前，在我国出口合同履行中，均以托收行或议付行作为汇票的受款人。

⑩ "THE SUM OF ____"处应填写汇票大写金额，大小写金额必须一致，否则汇票无效，后面还要加上 ONLY。

⑪ "TO ____"处应填写付款人（即受票人）的名称和地址，L/C 方式下，填写付款行名称和地址，托收方式下，填写合同中的买方。

⑫ 应签盖出票人的签章

3. 汇票的种类

（1）按出票人不同，可分为银行汇票和商业汇票。银行汇票（Banker's Draft）的出票人是银行，付款人也是银行；商业汇票（Commercial Draft）的出票人是企业或个人，付款人可以是企业、个人或银行。在国际贸易结算中，商业汇票使用较多，托收和信用证支付方式都使用商业汇票，只有汇付有时使用银行汇票。

（2）按有无随附商业票据，可分为光票和跟单汇票。光票（Clean Bill）是不附带商业单据的汇票，银行汇票多是光票；跟单汇票（Documentary Bill）是附带有商业单据的汇票，商业汇票一般多是跟单汇票。

（3）按付款时间不同，可分为即期汇票和远期汇票。即期汇票（Sight Draft）是在提示或见票时立即付款的汇票；远期汇票（Time Draft）是在一定期限或特定日期付款的汇票，常见的付款时间规定方法有：见票后若干天付款（At … days after sight）、出票后若干天付款（At … days after date）、提单签发后若干天付款（At … days after date of Bill of Lading）、指定日期付款（Fixed date）。

4. 汇票的使用

汇票不仅是一种支付命令，而且也是一种可转让的流通证券，其使用的流程包括出票（Issue）、提示（Presentation）、承兑（Acceptance）和付款（Payment）。如需要转让，通常应经过背书（Endorsement）行为。如汇票遭到拒付（Dishonour），还需作出拒绝证书以行使追索权。

（1）出票。出票是出票人签发汇票并交付给收款人的行为。出票后，出票人即承担保证汇票得到承兑和付款的责任。如汇票遭到拒付，出票人应接受持票人的追索，清偿汇票金额、利息和有关费用。收款人取得汇票，成为汇票的债权人，拥有付款请求权和追索权。

（2）提示。提示是持票人将汇票提交付款人要求承兑或付款的行为，是持票人要求实现票据权利的必要程序。提示又分为付款提示和承兑提示。即期汇票只有付款提示；远期汇票还可能有承兑提示，然后在汇票到期再作付款提示。

（3）承兑。承兑是指付款人在持票人向其提示远期汇票时，在汇票上签名，承诺于汇票到期时付款的行为。具体做法是付款人在汇票正面写明"承兑（Accepted）"字样，注明承兑日期，于签章后交还持票人。付款人一旦对汇票作出承兑，即成为承兑人，以主债务人的地位承担汇票到期时付款的法律责任。

（4）付款。付款是付款人在汇票到期日，向提示汇票的合法持票人足额付款。持票人将汇票注销后交给付款人作为收款证明，汇票所代表的债务债权关系即告终止。

（5）背书。背书是转让汇票权利的一种手续，即由汇票持有人在汇票背面签上自己的名字，或再加上受让人即被背书人（Endorsee）的名字，并把汇票交给受让人的行为。经背书后，汇票的收款权利便转移给受让人。汇票可以经过背书不断转让下去。对于受让人来说，所有在他以前的背书人（Endorser）以及原出票人，都是他的"前手"；而对出让人来说，所有在他让与以后的受让人，都是他的"后手"。前手对后手负有担保汇票必然会被承兑或付款的责任。

在金融市场上，最常见的背书转让为汇票贴现（Discount），即远期汇票经承兑后，尚未到期，持票人背书后，由银行或贴现公司作为受让人，从票面金额中扣减按贴现率计算的贴现息后，将余款付给持票人。

（6）拒付。持票人提示汇票要求承兑时遭到拒绝承兑（Dishonour by Non-acceptance），或持票人提示汇票要求付款时遭到拒绝付款（Dishonour by Non-payment），均称拒付，也称退票。此外，付款人拒不见票、死亡或宣告破产以致付款事实上已不可能时，也称拒付。当汇票被拒付时，最后的持票人有权向所有的"前手"直至出票人追索。我国《票据法》规定，持票人行使（Right of Recourse）时，应当提供被拒绝承兑或者被拒绝付款的有关证明。该法还规定，持票人提示承兑或提示付款被拒绝的，承兑人或付款人必须出具拒绝证明，或者出具退票证明书，否则，应当承担由此产生的民事责任，持票人可以依法取得其他有关证明。此外，汇票的出票人或背书人为了避免承担被追索的责任，可在出票时或背书时加注"不受追索（Without Recourse）"字样，带有这种字样的汇票，在市场上是较难流通的。

15.1.2　本票

1. 本票的含义

本票是一个人向另一个人签发的，保证于见票时或定期或在可以确定的将来的时间，对某人或其指定人或持票人支付一定金额的无条件的书面承诺。简言之，本票是出票人对受款人承诺无条件支付一定金额的票据。

2. 本票的内容

各国票据法对本票内容的规定各不相同。我国《票据法》规定，本票必须记载下列事项：表明"本票"的字样、无条件支付的承诺、确定的金额、收款人名称、出票日期、出票人签章。本票人未记载上述规定事项之一的，本票无效。

3. 本票的种类

本票可分为商品本票与银行本票两种。由工商企业或个人签发的本票为商品本票或一般本票，由银行签发的本票为银行本票。商业本票有即期与远期之分，银行本票都是即期的。在国际货款结算中使用的本票，大都是银行本票。我国《票据法》规定，银行本票仅限于由中国人民银行审定的银行或其他金融机构签发。

4. 本票与汇票的区别

本票与汇票虽同属金融票据的范畴，但二者却有如下区别：①本票的票面有两个当事人，即出票人和收款人；而汇票有三个当事人，即出票人，付款人和收款人。②本票的出票人即是付款人，远期本票无须办理承兑手续；而远期汇票要办理承兑手续。③本票在任何情况下，出票人都是绝对的主债务人，一旦拒付，持票人可以立即要求法院裁定，命令出票人付款；而汇票的出票人在承兑前是主债务人，在承兑后，承兑人是主债务人，出票人则处于从债务人地位。

15.1.3　支票

1. 支票的含义

支票是出票人签发的，委托办理支票存款业务的银行或者金融机构在见票时无条件支付确定金额给收款人或持票人的票据。由于支票是无条件支付一定金额的书面命令，是即期票据，因此，收到支票的存款银行不得随意拒付，必须立即凭票付款。

出票人在签发支票后应负票据上的责任和法律上的责任。前者是指出票人对收款人担保支票的付款；后者是指出票人签发支票时应在付款银行存有不低于票面金额的存款，如存款不足，支票持有人在向付款银行出示支票要求付款时就会遭到拒付，这种支票就是空头支票，开出空头支票的出票人要负法律上的责任。

2. 支票的内容

各国票据法对支票内容都有具体规定。按我国《票据法》的规定，支票必须记载下列事项：表明"支票"的字样、无条件支付的委托、确定的金额、付款人名称、出票日期、出票人签章。支票上未记载上述规定事项之一的，支票无效。

3. 支票的种类

支票可以从不同的角度分类，按我国《票据法》的规定，支票可分为现金支票与转账支票两种。不论是用以支取现金或是转账，均应分别在支票正面注明。现金支票只能用于支取现金；转账支票只能用于通过银行或其他金融机构转账结算。但是，在其他许多国家，支取现金或是转账通常可由持票人或收款人自主选择，但一经划线只能通过银行转账，而不能直接支取现金。因此，就有"划线支票"和"未划线支票"之分。划线支票通常都是在支票左上角划上两道平行线，可由出票人、收款人或代收银行划线，一经划线，收款人只能通过往来银行代为收款入账；对于未划线支票，收款人既可通过往来银行向付款银行收款，也可径自到付款银行提取现款。

15.2　汇付和托收

15.2.1　汇付

1. 汇付业务的一般做法

汇付（Remittance）是指付款人通过银行将款项汇交收款人。在国际贸易中如采用汇付，通常是由买方按合同规定的条件和时间（如预付货款、货到付款或凭单付款），通过银行将货款汇交卖方。

汇付有四个当事人，即汇款人、汇出行、汇入行（又称解付行）和收款人。其流程如图 15-2 所示。

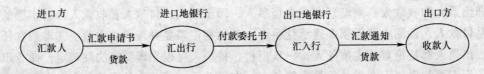

图 15-2　汇付流程简图

汇付的方式包括信汇（Mail Transfer，M/T）、电汇（Telegraphic Transfer，T/T）和票汇（Remittance by Banker's Demand Draft，D/D）三种。信汇，即汇出行应汇款人的申请，将信汇委托书寄给汇入行，授权解付一定金额给收款人的汇款方式。电汇是指汇出行应汇款人的申请，拍发加押电报或电传给汇入行，指示解付一定金额为收款人的汇款方式。票汇是指汇出行应汇款人的申请，代汇款人开立以其分行或代理行为付款人的银行即期汇票，支付一定金额给收款人的付款方式。上述三种方式，就付款速度而言，电汇最快，信汇次之，票汇最慢，故电汇最受卖方欢迎，成为汇付的主要方式；就收费而言，信汇的收费比较低廉，电汇收取的费用较高。

2. 汇付的应用

买卖双方是否按汇付方式收付货款，都应根据汇付的利弊，并结合自己的经营意图而定。

汇付有预付货款（Payment in Advance）和货到付款（Payment after Arrival）之分。这两种做法，对交易双方的利害得失的影响不同，交易双方都应从安全角度、租金周转速度和利息与费用的负担等方面审慎考虑。

就卖方而言，当采用汇付方式时，预付货款于己有利，为了不影响资金周转和避免收不回货款的风险，一般不宜轻易接受货到付款的做法，如果使用，也只限对资信可靠的客户，而且成交金额不宜太大。

但就买方而言，为了付款安全起见，通常总希望选择对其有利的支付条件，如先出后结、托收或货到付款，而一般不轻易采用预付货款的做法。当买方为了抢购某些急需商品或争购市场上紧俏的商品而采取预付货款时，也应根据卖方的资信情况审慎处理，并严格控制预付货款的额度，以免吃亏上当。

在我国外贸实践中，汇付一般用来支付定金、货款尾数和佣金等项费用，不是一种主要的结算方式。在发达国家之间，由于大量的贸易是跨国公司的内部交易，而且外贸企业在国外有可靠的贸易伙伴和销售网络，因此，汇付是主要的结算方式。

15.2.2　托收

1. 托收的基本含义

托收（Collection）是债权人（出口商）委托银行向债务人（进口商）收取货款的一种结算方式。托收方式一般都通过银行办理，所以，又叫银行托收。其基本做法是：由出口商先行发货，然后备妥包括运输单据在内的货运单据并开出以进口商为付款人的汇票，向出口地银行提出托收申请，委托出口地银行（托收行）通过它在进口地的分行或代理行（代收行）向进口商收取货款。可见，在托收方式下由于银行只提供代收货款代为交单的服务，出口商能否收回货款，完全取决于进口商的信用，银行不负责任。故托收和汇付一样，其性质属于商业信用。

托收业务中的主要当事人有：

（1）委托人（Principal）。这是指委托银行办理托收业务的客户，通常是出口商。

（2）托收行（Remitting Bank）。它是指接受委托人的委托办理托收业务的银行，一般是出口地银行。

（3）代收行（Collecting Bank）。它是指接受托收行的委托向付款人收取票款的进口地银行，代收行通常是托收银行的国外分行或代理行。

（4）提示行（Presenting Bank）。它是指向付款人作出提示汇票和单据的银行，提示行可以是代收行委托与付款人有往来关系账户的银行，也可以由代收行自己兼任提示行。

（5）付款人（Drawee）。付款人即汇票的受票人，根据托收指示向其提示单据的人，通常为进口商。需要注意的是付款人与托收行之间并无任何合同关系，如果其拒绝赎单或付款，代收行是不能强求的，但付款人与委托人之间有贸易合同的约束，其应按合同规定付款赎单。

（6）需要时的代理（Customer's Representative in Case-of-need）。在托收业务中，如发生拒付，委托人可指定付款地的代理人代为料理货物存仓、转售、运回等事宜，这个代理人叫做"需要时的代理"，委托人如指定需要时的代理，必须在托收委托书上写明此代理人的权限。

2. 托收种类

托收可分为光票托收和跟单托收两种。光票托收是指金融单据不附有商业单据的托收，即提交金融单据委托银行代为收款。光票托收如以汇票作为收款凭证，则使用光票。在国际贸易中，光票托收主要用于小额交易、预付货款、分期付款以及收取贸易从属费用等。凡金融单据附有商业单据的托收，称为跟单托收，国际货款通过银行托收，一般都采用跟单托收。根据交单条件的不同，跟单托收又可分为付款交单和承兑交单。

（1）付款交单。付款交单（Documents against Payment，D/P）是指出口商的交单是以进口商的付款为条件。按支付时间的不同，付款交单又可分为即期付款交单（Documents against Payment at sight，D/P at sight）和远期付款交单（Documents against Payment after sight，D/P after sight）。前者是指银行提示即期汇票和单据，进口商见票时即应付款，并在付清货款后取得单据。后者是指银行提示远期汇票，进口商审核无误后在汇票上进行承兑，于汇票到期日付清货款后再领取货运单据。

在远期付款交单条件下，对于资信较好的进口商，代收行允许其凭信托收据（Trust Receipt，T/R）借取货运单据，先行提货。所谓信托收据，就是进口商借单时提供的一种书面信用担保，用来表示愿意以代收行的受托人身份代为提货、报关、存仓、保险、出售，并承认货物所有权仍归银行。货物售出后所得的货款，应于汇票到期时交银行。这是代收行自己向进口商提高的信用便利，而与出口商无关。因此，如代收行借出单据后，汇票到期不能收回货款，则代收行应对委托人负全部责任。但是，如

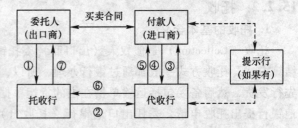

图 15-3　即期付款交单流程图

系出口商指示代收行借单，即出口商主动授权银行凭信托收据借单给进口商，即所谓付款交单凭信托收据借单（D/P·T/R），日后，如进口商在汇票到期时拒付，则与银行无关，由出口商自己承担风险。

即期付款交单的一般业务程序如图 15-3 所示。

① 出口商发运货物后，填写托收申请书，开立即期汇票（或不开立汇票），连同货运单据，交托收行委托代收货款。

② 托收行根据托收申请书缮制托收委托书，连同汇票（或没有汇票）、货运单据寄交进口地代收行委托代收。

③ 代收行按托收书的指示向进口商提示汇票与单据。

④ 进口商审单无误后付款。

⑤ 代收行向进口商交付单据。

⑥ 代收行办理转账并通知托收行款已收妥。

⑦ 托收行向出口商交付货款。

远期付款交单的一般业务程序如图 15-4 所示。

① 出口商发运货物后，填写托收申请书，开立远期汇票，连同货运单据，交托收行委托代收货款。

② 托收行根据托收申请书缮制托收

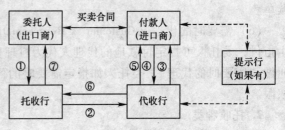

图 15-4　远期付款交单流程图

委托书，连同汇票、货运单据寄交进口地代收行委托代收。

③ 代收行按托收书的指示向进口商提示汇票与单据，进口商经审核无误后在汇票上承兑，代收行收回汇票与单据。

④ 进口商到期付款。

⑤ 代收行向进口商交付单据。

⑥ 代收行办理转账并通知托收行款已收妥。

⑦ 托收行向出口商交付货款。

（2）承兑交单。承兑交单（Documents against Acceptance，D/A）是指出口商的交单以进口商在汇票上承兑为条件，进口商在汇票到期时方履行付款义务。承兑交单方式只适用于远期汇票的托收。由于承兑交单是进口商只要在汇票上承兑之后，即可取得货运单据，凭以提取货物，出口商已交出了物权凭证，故其收款的保障依赖于进口商的信用。一旦进口商到期不付款，出口商便会遭到货物与货款全部落空的损失。因此，出口商对这种方式一般都持谨慎态度。

关于承兑交单的一般业务程序如图 15-5 所示。

① 出口商发运货物后，填写托收申请书，开立远期汇票，连同货运单据交托收行委托代收货款。

② 托收行根据托收申请书缮制托收委托书，连同汇票、货运单据寄交进口地代收行委托代收。

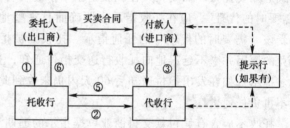

图 15-5　承兑交单流程图

③ 代收行按托收书的指示向进口商提示汇票与单据，进口商经审核无误后在汇票上承兑，代收行在收回汇票与单据的同时，将货运单据交给进口商。

④ 进口商到期付款。

⑤ 代收行办理转账并通知托收行款已收妥。

⑥ 托收行向出口商交付货款。

3. 托收项下的押汇业务

在跟单托收方式下，交易双方均可通过押汇向银行获取资金融通，以加速企业的资金周转。押汇又可分为出口押汇和进口押汇两种。

（1）出口押汇。出口押汇是指托收行以买入出口商的跟单汇票及其所附单据的方式为出口商提供资金融通。其具体做法是：出口商发运货物后，开出以进口商为付款人的汇票，连同全套货运单据交托收行收取货款时，托收行按汇票金额扣除从付款日（即买入汇票日）至预计收到票款日的利息及手续费，先将货物付给出口商。这实际上是托收行对出口商的一种垫付，也是以汇票与单据作为抵押品的一种放款。当托收行作为汇票与单据的善意持有人，将汇票与单据寄给代收行收回货款后，即归还托收行原先的垫款。由于托收行承做出口押汇存在较大风险，在进口商资信不佳的情况下，其一般不愿承做或有限制地承做。有些承做此项业务的托收行，大都仅限于付款交单，并酌情发放汇票部分金额的贷款。

（2）进口押汇。进口押汇是代收行给予进口商凭信托收据借单提货的一种向进口商融通资金的方式。在付款交单条件下，有时进口商为了不占用或减少占用资金的时间或为了尽早提货，而提前付款赎单有困难，希望在汇票到期前先行提货，便要求代收行允许凭其出具的信托收据借单提货，待汇票到期日偿还银行，收回信托收据。这种做法，纯属代收行向进口商提供信用便利，与出口商即托收行无关，可见代收行承做此项业务有一定的风险。因此，代收行一般不轻易承做进口押汇业务。

4.《托收统一规则》

国际商会《托收统一规则》（URC522）自 1996 年 1 月 1 日公布实施以来，已被世界各国广泛采纳和使用，我国银行在办理托收业务中，一般都参照该规则的解释办理。凡在托收指示书中明确表示按 URC522 办理托收业务，除非另有明文规定或与一国法律、法规相抵触，则该规则对各有关当事方均具有约束力。

银行受理托收指示书后，应妥善合理地按 URC522 办理托收业务，若银行不受理所收到的托收或其相关指示，应以最快的方式及时通知发出托收指示的一方。银行必须核实其所收到的单据与托收指示所列的内容是否相符，若发现单据缺少，银行有义务用电信或其他快捷方式通知委托人。如委托人在托收指示中指定一名代表，在遭到拒绝付款或拒绝承兑时作为"需要时的代理"，应在托收指示中明确而且完整地注明此项代理的权限，否则，银行将不接受该"需要时的代理"的任何指示。托收如被拒付，提示行应尽力确定拒绝付款或拒绝承兑的原因并毫不延误地向托收行送交拒付通知，托收行必须对单据如何处理给予相应的指示。提示行如在发出拒付通知后 60 天内仍未收到此项指示，则提示行可将单据退回托收行，而不再负任何责任。

托收不应含有凭付款交付商业单据指示的远期汇票。若托收含有远期汇票，在托收指示书中，应注明商业单据是凭承兑交付（D/A）还是凭付款交付（D/P）。若无此项注明，则商业单据仅能凭付款交付，代收行对因迟交单而产生的任何后果不负责任。此外，URC522还对托收的提示方式、托收的有关通知以及拒绝证书等事项都分别作了具体规定，这就有利于托收项下各有关当事人在办理托收业务中有所遵循，从而促进了国际贸易的发展。

15.3 信用证

15.3.1 信用证的性质与特点

按《跟单信用证统一惯例》（UCP600）的规定，信用证是一项不可撤销的安排，无论其名称或描述如何，该项安排构成开证行对相符交单予以承付的确定承诺。简言之，信用证（Letter of Credit）是由银行开立的有条件承诺付款的书面文件。在国际贸易中，由于银行资金雄厚，信誉度较高，故银行开出的信用证容易被接受。在信用证付款方式下，只要受益人履行了信用证规定的义务或满足其条件，开证银行就保证付款，承担首先付款的责任，由此可见，信用证付款的性质属于银行信用。

根据 UCP600，采用信用证付款方式，具有下列特点：

第一，开证银行承担第一性付款责任。在信用证付款方式下，付款人通常为开证银行，它承担第一性付款责任，即只要受益人提交了符合信用证要求的单据，开证银行就必须付款，即使开证申请人在开证后失去偿付能力，开证银行也必须付款。当然，开证银行也可授权另一家银行议付。由此可见，信用证付款方式中，因付款人是银行，故比较安全可靠。

第二，信用证是独立于买卖合同之外的一种自足的文件。信用证是依据开证申请的开证申请书开立的，而开证申请书又是开证申请人依据买卖合同开出的，可见开证银行开立的信用证，是以买卖合同为基础的。但是，信用证一经开出，就成为独立于买卖合同之外的另一种契约。开证银行只对信用证负责并受其约束，而与买卖合同无关，银行只看信用证，不管买卖合同。

第三，信用证业务是一种单据的买卖。凭信用证付款的业务，实际上是从事处理单据的买卖。UCP600 规定："在信用证业务中，有关各方所处理的是单据，而不是与单据有关的货物、服务或其他服务的行为"。在信用证业务中，只要受益人按信用证要求提交了表面上看来构成相符交单的有关单据，开证银行就承担付款责任，作为开证申请人的进口商也应接受单据，并向开证银行付款赎单。进口商付款后，如发现货物有缺陷，则可凭单据向有关责任方提出索赔，而与银行无关。

15.3.2　信用证的当事人

信用证一般是开证行应开证申请人的请求开给受益人，也可以由开证行为其自身业务需要而主动开立，前者包括开证申请人、开证行和受益人三个基本当事人，后者则只有开证行和受益人两个基本当事人。此外，信用证业务中还涉及通知行、付款行、议付行，以及保兑行、偿付行等。

1. 开证申请人

开证申请人（Applicant）通常为进口商，当交易双方约定采用信用证方式付款后，买方有义务按合同规定向其当地银行申请开立信用证。

2. 开证行

开证行（Opening Bank，Issuing Bank）是信用证项下的基本当事人之一，它必须按开展申请书的要求开立信用证并向受益人承担凭单付款的保证责任。开证行的付款通常是终局性付款，一经付出，不得追索。

3. 受益人

受益人（Beneficiary）是指信用证所指定的有权使用该证的人，通常是出口商。受益人收到信用证后，应仔细审核信用证内容是否与合同条款相符，如不相符，受益人有权要求开证申请人指示开证行修改信用证，或者拒绝接受信用证。只要受益人在信用证有效期内提交符合信用证要求的单据，即能凭单收取货款。受益人交单后，若遇开证行倒闭，受益人有权向进口商提出付款要求，进口商仍应承担合同项下的付款责任。

4. 通知行

通知行（Advising Bank）一般是出口商所在地银行，通常是开证行的代理行。通知行的责任主要是通知信用证，核实通知的表面真实性，它并不承担付款等责任。

5. 议付行

根据 UCP600 规定，议付（Negotiation）是指指定银行在其应获偿付的银行工作日当天或之前，通过对受益人预付款或者表示同意向受益人提前付款的方式购买相符提示项下的汇票和/或单据。议付行（Negotiation Bank）是指根据开证行的授权买入或贴现受益人开立和提交的符合信用证要求的汇票与单据的银行。信用证可以明确指定议付行，也可规定由任何银行自由议付。在一般情况下，议付行由通知行兼任，或是由受益人在当地的往来银行充当。如因单证不符而遭开证行拒付时，议付行可以向受益人追索。

6. 保兑行

保兑行（Confirming Bank）是指根据开证行的授权或要求对信用证加具保证兑付的银行，它一般为出口地信誉良好的银行，通常就是通知行。保兑行在信用证上加具保兑后，即对信用证独立负责，承担必须付款的责任。

7. 偿付行

偿付行（Reimbursement Bank）是指信用证指定的代开证行向议付行、承兑行或付款行清偿垫款的银行，偿付费用应由开证行承担。由于偿付行并不审查单证，故其偿付具有追索权。

8. 受让人

受让人（Transferee）是指接受第一受益人转让有权使用信用证的人（一般为出口商的实际供货商）。在使用可转让信用证时，受益人有权将信用证的全部或一部分转让给第三者，则该第三者为信用证的受让人。

15.3.3 信用证的基本内容

信用证的内容，视交易双方的实际需要和信用证当事人的意愿而定。一般包括下列内容。

1. 说明信用证本身的有关条款

① 信用证的编号、开证日期、信用证的有效期和到期地点等。

② 信用证的当事人与关系人。

③ 有关汇票的条款，包括汇票的种类、出票人与受票人、付款期限等。

④ 承付方式，包括即期付款、延期付款、承兑或议付。

⑤ 信用证的种类，如是否保兑，是否可转让等。

⑥ 信用证的金额与支付的币种等。

2. 买卖合同的有关条款

① 与货物相关的条款，包括货物名称、数量、包装和价格等。

② 装运条款，包括装卸港口、装运期限、运输方式、分批和转让条款等。

③ 保险条款，包括保险金额和投保险别等。

④ 单据条款，通常都要求出口商提交商业发票、装箱单、运输单据、保险单据以及商检证书、产地证等。

3. 特殊条款

根据具体交易需要，有时需增加一些特殊条款，常见的有：限制由某银行议付、限制某船或不准装某船、要求通知行加保兑等。

15.3.4 信用证的业务流程

信用证的操作流程如图 15-6 所示，以即期跟单议付信用证为例。

1. 订立合同

交易双方订立买卖合同，在合同支付条款中，约定采用信用证支付方式。在合同中一般

约定信用证的种类、金额、开证行、开证日
期、信用证送达卖方的时间等内容。

2. 申请开证

买方应在合同规定的期限内，向其所在
地银行申请开立信用证。买方申请开证时，
填写银行印就的开证申请书，并向银行交付
一定比率的保证金，保证金的数额一般视开
证申请人的资信情况而定。

3. 开立信用证

开证行接受开证申请后，即采用信开或
电开方式，开立信用证并通知出口地通知行

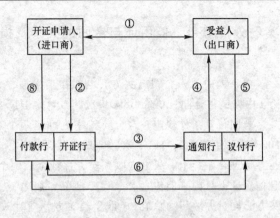

图 15-6　即期跟单议付信用证流程图

通知受益人。信开本通过邮寄方式将信用证正本传递到通知行、电开本则通过电报、电传或
SWIFT 等通信手段通知受益人所在地的代理行，即通知行。

4. 通知信用证

通知行收到信用证后，对开证行的签字与密押核对无误后，将信用证转交给受益人。如
通知行不愿通知，则必须毫不迟延地告知开证行。若通知行无法鉴别信用证的表面真实性，
其必须毫不迟延地向开证行说明其无法鉴别，若通知行仍决定通知受益人，则必须告知受益
人，其未能鉴别该证的真实性。

5. 交单议付

受益人收到通知行转来的信用证并审核其中所列条款与买卖合同条款相符后，即可安排
发运货物，然后缮制信用证要求的所有单据，并开立汇票，连同信用证正本在信用证规定的
交单期和有效期内，递交有权议付的银行办理议付。

6. 寄单索偿

议付行办理议付后，取得了信用证规定的全套单据，即可凭单向开证行或者指定的付款
行或偿付行请求偿付，此为索偿。如果开证行未在信用证中指定付款行，则议付行应将单据
寄交开证行；若开证行指定了付款行，则议付行应将单据寄交指定付款行；若信用证指定了
偿付行，则议付行除向开证行寄单外，还应向偿付行发出索偿书，以便偿付行凭以向议付行
偿付。

7. 偿付

信用证的开证行及其指定付款行或偿付行向议付行付款的行为称为偿付。开证行或付款
行收到议付行寄来的汇票和单据后，经审核与信用证规定相符，即将票款偿付议付行。如信
用证指定偿付行，则偿付行收到索偿书后，只要索偿金额不超过授权书金额，就立即根据索
偿书的指示向议付行偿付。

如果开证行在审核单据时发现与信用证规定不符（即存在不符点），可以拒付，但应在
不迟于收到单据的次日起五个银行工作日内发出拒付通知。

8. 付款赎单

当开证行履行付款责任后，即向开证申请人提示单据，如单据经核验无误后，即可办理付
款赎单手续。若开证时，申请人交付了开证保证金，则付款时可予扣减。申请人付款后，可从
开证行取得全套单据。至此，申请人与开证行之间因开立信用证构成的契约关系即告结束。

案例分析 15-1　信用证与合同的关系及损害赔偿

案情介绍

申请人中国 A 公司（买方）与被申请人加拿大 B 公司（卖方）于 1995 年 1 月 15 日签订了 5 万 t 白糖销售合同，单价 USD311/MT CIF 中国广西防城港，总额 1 555 万美元。

合同付款条件规定：自合同签字之日起两个工作日内，买方银行向卖方银行开出货物价值 100%的不可撤销、可转一次的即期信用证副本。卖方在五天内按总金额 2%电汇到买方中国银行某保证金账户上。买方在收到卖方保证金后两个工作日内开出即期信用证正本。如果卖方在收到信用证七日内未能传真"装运单据"、"船名"、"起运港"、"目的港""数量"、"重量"等到买方，则卖方按货物总值 2%赔偿给买方，同时 L/C 撤证失效。

合同中仲裁条款规定，凡因执行该合同或与该合同有关的一切争议均提交中国国际经济贸易仲裁委员会，按照该会申请仲裁时有效的仲裁规则进行仲裁，仲裁裁决是终局的，对双方均有约束力。

合同签订的第二天，申请人即按合同开具了信用证，而被申请人却未能在五天内将 2%保证金汇到中方银行。1995 年 1 月 21 日，被申请人称申请人开出的信用证不能接受，要求按被申请人的"信用证和合同样本"进行交易，否则，被申请人收到申请人开出的信用证后，没有正式致函申请人具体指出该信用证的哪些内容与合同规定不符，而是提出超过合同约定的额外要求，这些要求包括：

① 申请人应按照被申请提出的信用证样本重新开立信用证。

② 被申请人将保证金交给加拿大银行的信托户口（而非电汇到中国某银行账户上）。

③ 双方按照被申请人草拟的"补充合同协议书"另签协议，提高糖价，将每吨糖的价格由 311 美元提高到 325 美元。

申请人不同意被申请人的要求，双方几次协商未能解决争议，被申请人遂不再履行合同。

申请人认为其已根据合同开立了信用证副本并为此投入 1 000 万元人民币做开证保证金，而被申请人置签订的合同于不顾，不履行合同，已构成根本违约。因此申请人要求被申请人：

① 承担开证保证金 1 000 万元人民币的利息损失，计人民币 57 万元。

② 根据合同第 13 条，按货物总值 2%计，赔偿申请人 31.1 万美元。

仲裁结果如下：

① 被申请人应向申请人支付违约金 31.1 万美元。

② 驳回申请人要求被申请人支付利息的请求。

案例评析

（1）信用证受益人不能在合同之外要求修改信用证。信用证独立于合同，但除非双方存在新协议，信用证必须根据合同开立和接受信用证是当事人的合同义务。申请人与被申请人于 1995 年 1 月 15 日签订的合同经双方代表签字盖章，依法有效，对双方当事人均有约束力。双方当事人均应按照合同规定履行合同的义务并享有各自的权利。

合同签订之后，申请人已依约履行了开证义务，被申请人应当将合同约定的保证金汇到指定的银行账户上。但被申请人不仅没有汇付保证金，而且提出了合同约定范围以外的不利于申请人的不合理要求，这是故意的违约行为。被申请人就其违约行为向申请人承担违约赔偿责任。

（2）违约金与实际损失不能重复计算

关于卖方违约的赔偿责任，合同第13条"付款条件"已有明确的规定。根据该条款，在卖方（即被申请人）违约导致信用证失效的情况下，被申请人应当承担相当于合同总金额 2% 的赔偿责任。既然合同总金额为 1 555 万美元，被申请人应就其违约行为向申请人支付赔偿金 31.1 万美元。

　　申请人还要求被申请人承担为开立信用证而向银行汇付保证金人民币 1 000 万元的利息损失计人民币 57 万元。申请人此笔损失，系其实际损失。与合同约定的违约金相比，该实际损失的数额并不高于约定的违约金数额。在被申请人应向申请人支付约定违约金的情况下，申请人提出的还应由被申请人支付保证金利息人民币 57 万元的请求不应得到支持。

　　（资料来源：锦程物流网，http://www.jctrans.com）

15.3.5　信用证的种类

1. 跟单信用证和光票信用证

　　跟单信用证（Documentary Credit）是开证行凭跟单汇票或单纯凭单据付款的信用证，其中包括代表货物所有权或证明货物已装运的运输单据、商业发票、保险单以及商检证书、海关发票、产地证书、装箱单等。国际贸易中一般使用跟单信用证。

　　光票信用证（Clean Credit）是指开证行仅凭受益人开具的汇票而无须附带单据付款的信用证，它主要被用于贸易总公司与各地分公司间的货款清偿和贸易从属费用与非贸易费用的结算。

2. 不可撤销信用证

　　不可撤销信用证（Irrevocable Credit）是指信用证开具后，在有效期内，非经信用证各有关当事人同意，不得修改或撤销的信用证。这种信用证为受益人提供了可靠的保证，只要受益人提交了符合信用证规定的单据，开证行就必须履行其确定的付款责任。

3. 付款信用证

　　凡指定某一银行付款的信用证，称为付款信用证（Payment Credit）。按付款期限的不同，它又可分为即期付款信用证（Sight Payment Credit）与延期付款信用证（Deferred Payment Credit）。即期付款信用证是指注明"即期付款兑现"字样的信用证，它一般不需要汇票，也不需要领款收据，付款行或开证行只凭货运单据付款。在这种信用证中一般列有"当受益人提交规定单据时，即行付款"的保证文句。其到期日，一般也是以受益人向付款行交单时要求付款的日期。

　　延期付款信用证是指注明"延期付款兑现"的信用证。采用此种信用证时，不要求受益人出具远期汇票，因此必须在证中明确付款时间。由于此种信用证不使用远期汇票，故出口商不能利用贴现市场资金，而只能垫款或向银行借款。

4. 承兑信用证

　　承兑信用证（Acceptance Credit）是指由某一指定银行承兑的信用证，当受益人向指定的银行开具远期汇票并提示时，指定的银行能够给予承兑，并于汇票到期日付款。根据 UCP600 的规定，信用证付款人仅限于开证行或被指定的其他银行。因此，这种信用证又称为银行承兑信用证。在此需要指出的是，尽管承兑信用证一般用于远期付款的交易，但有时买方为了便于融资或利用银行承兑汇票以取得比银行放款利率低的优惠贴现率，在与卖方订立即期付款的合同后，要求开立银行承兑信用证，证中规定"远期汇票即期付款、所有贴现和承兑费用由买方负担"。此种做法对受益人来说，虽然其开出的是远期汇票，但却能即期收到全部货款。

5. 议付信用证

议付信用证（Negotiation Credit）是指开证行在信用证中指定议付行的信用证，即允许受益人向某一指定银行或任何银行交单议付的信用证。通常在单据符合信用证条款的条件下，议付银行扣除利息和手续费后将票款付给受益人。议付信用证可分为公开议付信用证（Open/Freely Negotiation Credit）和限制议付信用证（Restricted Negotiation Credit）两种。公开议付信用证和限制议付信用证的到期地点都在议付行所在地。这种信用证经议付后，如因故不能向开证行索得票款，议付行有权对受益人行使追索权，但是保兑行的议付没有追索权。

6. 保兑信用证和非保兑信用证

保兑信用证（Confirmed Credit）是指开证行开出的信用证由另一银行保证对符合信用证条款规定的单据履行付款义务。不可撤销的保兑信用证，意味着该信用证不仅有开证行不可撤销的付款保证，而且还有保兑行的兑付保证，两者同时承担第一性的付款责任，这种有双重保证的信用证对出口商安全收汇有保证。保兑行通常是通知行，有时也可以是出口地其他银行或第三方银行。

非保兑信用证（Unconfirmed Credit）是指未经另一家银行加具保兑的信用证。若开证行资信好或成交金额不大时，一般都使用这种非保兑的信用证，以减少开证费用。

7. 可转让信用证

按受益人对信用证的权利可否转让，信用证可分为可转让信用证（Transferable Credit）和不可转让信用证。UCP600 规定，只有明确指明"可转让"的信用证方可转让，如使用"可分割"、"可分开"、"可让渡"和"可转移"之类的词语，并不能使信用证成为可转让信用证。可转让信用证通常适用于有中间商存在的交易。要求开立可转让信用证的出口商（即第一受益人）通常是中间商，他们为了赚取差额利润，便将可转让信用证项下执行权转让给实际供货商（即第二受益人），由其装运出口和交单取款。

使用可转让信用证时需要注意下列事项：

（1）可转让信用证只能转让一次，故第二受益人不得将其收到的信用证转让给第三受益人，但转回给第一受益人不属于第二次转让；若可转让信用证不禁止分批装运/分批支款，则可转让信用证可分为若干部分，在总和不超过信用证金额的情况下，可分别转让给多个第二受益人，其转让总额被视为一次转让。

（2）转让行是指有开证行特别授权并实际办理转让信用证的银行。UCP600 还规定，开证行也可担任转让行。

（3）信用证转让必须按原证条款办理，但下列内容除外：信用证金额和单价（可以降低）；保险加成比例（可以增加）；信用证有效期、交单期和装运期（可以缩短）；第一受益人的名称替换原信用证中申请人的名称。

（4）关于可转让信用证的修改，由于第二受益人可能意见不同，其处理方法是：同意修改的第二受益人，修改对其生效；不同意修改的第二受益人，修改对其无效，仍以原证为准。

（5）第二受益人不能绕过第一受益人直接向开证行交单，而必须向转让行交单。

（6）信用证的转让，不等于买卖合同的转让，如第二受益人未能按时交货或单据有问题，第一受益人仍应按买卖合同承担卖方的责任。

8. 背对背信用证

背对背信用证（Back to Back Credit），也称转开信用证，是指受益人要求原证的通知行或其他银行以原证为基础，另开一张内容相似的新信用证。背对背信用证的开立，通常是中间商转售他人货物，从中获利，或两国不能直接办理进出口贸易时，通过第三方以此种方法来进行交易。背对背信用证的受益人可以是国外的，也可以是国内的。背对背信用证的内容除开证人、受益人、金额、单价、装运期限、交单期和有效期等可有变动外，其他条款一般与原证相同。背对背信用证在使用方式上与可转让信用证相似，所不同的是原证开证行并未授权受益人开立背对背信用证，因而不对背对背信用证负责，也就是说，可转让信用证的原证和新证由同一家开证行承担付款责任；而背对背信用证和原证分别由两家不同的银行作为开证行。

9. 循环信用证

循环信用证（Revolving Credit）是指信用证被全部或部分使用后，其金额又恢复到原金额，可再次使用，直至达到规定的次数或规定的总金额为止。这种信用证适合在常年定期、定量供货的情况下使用，可以使进口方减少开证的手续、费用和押金，也可以使卖方减少逐笔通知和审批的手续和费用。

循环信用证的循环条件有三种：①自动循环：不需开证行的通知，信用证即可按所规定的方式恢复使用；②半自动循环：在使用后，开证行未在规定期限内提出停止循环的通知，即可恢复使用；③非自动循环：在每期使用后，必须等待开证行通知，才能恢复使用。

10. 预支信用证

预支信用证（Anticipatory Credit）是指允许受益人在货物出运前先凭光票向议付行预支部分货款的信用证。受益人预支部分货款后，在信用证规定的装运期内，应向议付行提供全套货运单据，议付信用证金额将减去预支金额及利息。这种信用证中预先垫款的特别条款，原先习惯上是用红色书写的，以引人注目，故又被称为"红条款"信用证。

11. 对开信用证

对开信用证（Reciprocal Credit）是指两张信用证的开证申请人互以对方为受益人而开立的信用证。开立信用证是为了达到贸易平衡，以防止对方只出不进或只进不出。第一张信用证的受益人，就是第二张信用证（也称回头证）的开证申请人；反之，第一张信用证的开证申请人，就是回头证的受益人。第一张信用证的通知行，往往就是回头证的开证行。两张信用证的金额相等或大体相等，两证可同时互开，也可先后开立。这种信用证，一般用于来料加工、补偿贸易和易货贸易。

15.3.6　《跟单信用证统一惯例》

在国际贸易中，随着信用证逐渐发展成为通常使用的支付方式，信用证各有关当事人之间的争议与纠纷经常发生，国际商会为了调解各有关当事人之间的矛盾、减少纠纷和争议，制定了《跟单信用证统一惯例》，该惯例曾经多次修订，内容日益充实和完善，现行的惯例为 UCP600，于 2007 年 7 月 1 日正式实施。UCP 包括 39 条，基本按业务环节的先后进行归纳与排列，其中对一些重要概念作出了定义，对信用证业务中的有关术语进行了解释，从而使该惯例的语言更为清晰和准确。此外，UCP600 还对审核单据的标准和时间、单据不符处理、"议付"的概念、可转让信用证以及单据传递当中的遗失责任等方面分别作出了修改。

专题知识 15-1　UCP600 的重大变化

UCP600 共有 39 个条款、比 UCP500 减少 10 条、但却比 UCP500 更准确、清晰，更易读、易掌握、易操作。它将一个环节涉及的问题归集在一个条款中，并将 L/C 业务涉及的关系方及其重要行为进行了定义。如第二条的 14 个定义和第三条对具体行为的解释。UCP600 纠正了UCP500 造成的许多误解。

第一，UCP600 把 UCP500 难懂的词语改变为简洁明了的语言，取消了易造成误解的条款，如"合理关注"、"合理时间"及"在其表面"等短语。

第二，UCP600 取消了无实际意义的许多条款，如"可撤信用证"、"风帆动力批注"、"货运代理提单"等。UCP500 的第 5 条"信用证完整明确要求"及第 12 条有关"不完整不清楚指示"的内容也从 UCP600 中消失了。

第三，UCP600 的新概念描述极其清楚准确，如兑付（Honor）定义了开证行、保兑行、指定行在信用证项下，除议付以外的一切与支付相关的行为；议付（Negotiation）强调的是对单据（汇票）的买入行为，明确可以垫付或同意垫付给受益人，按照这个定义，远期议付信用证就是合理的。另外还有"相符交单"、"申请人"、"银行日"等。

第四，UCP600 更换了一些定义。例如，对审单时间要求，由"合理时间"变为"最多为收单翌日起第五个工作日"。又如，对"信用证"，UCP600 仅强调其本质是"开证行一项不可撤销的明确承诺，即兑付相符的交单。"再如，开证行和保兑行对于指定行的偿付责任，强调是独立于其对受益人的承诺的。

第五，UCP600 方便贸易和操作。UCP600 有些特别重要的改动。例如，拒付后的单据处理，增加了"拒付后，如果开证行收到申请人放弃不符点的通知，则可以释放单据"；增加了拒付后单据处理的选择项，包括持单俟示、已退单、按预先指示行事。这样便利了受益人和申请人及相关银行操作。又如，对于转让信用证，UCP600 强调第二受益人的交单必须经由转让行。但当第二受益人提交的单据与转让后的信用证一致，而由于第一受益人换单导致单据与原证出现不符时，又在第一次要求时不能作出修改的，转让行有权直接将第二受益人提交的单据寄开证行。这项规定保护了正当发货制单的第二受益人的利益。再如，单据在途中遗失，UCP600 强调只要单证相符，即只要指定行确定单证相符并已向开证行或保兑行寄单，不管指定行是兑付还是议付，开证行及保兑行均对丢失的单据负责。这些条款的规定，都大大便利了国际贸易及结算的顺利运行。

15.4　银行保函与备用信用证

在国际经济贸易中，当一方当事人担心对方不履行约定义务，便要求另一方当事人提供一定的担保，以避免或减少交易风险。这种做法，逐渐成为一种普遍实行的担保制度。担保可分为物权担保和信用担保两大类，在国际贸易中，主要使用信用担保。由于银行资金雄厚，资信情况一般较好，故通常采用银行担保，由银行开具保函（Letter of Guarantee，L/G）或开立备用信用证（Standby Letter of Credit）。这两种担保均属银行信用担保的主要形式，具有共同的特点。

15.4.1　银行保函

1. 银行保函的含义和性质

银行保函是指银行（保证人）应申请人的请求，向第三方（受益人）开立的一种书面信用证担保凭证，保证在申请人未能履行其约定的责任或义务时，由保证人代其履行一定金额、一定期限范围内的某种支付责任或经济赔偿责任。目前，国际上通行的银行保函，一般为见索即付保函。只要受益人提交了符合保函要求的单据，保证人就必须付款。由于银行根据保函的规定承担其所担保的付款责任，故银行保函的性质属银行信用。

2. 银行保函的种类

银行保函以索偿条件可以分为一般保函和独立保函两种，前者为有条件保函（Conditional L/G），后者为见索即付保函（Demand L/G）。

在银行开具一般保函的情况下，只有当委托人违约，受益人才可凭保函向银行索偿，出具保函的银行，只承担第二性付款责任，所以，一般保函具有补充性和从属性的特点。如果委托人已经履行的合同项下的责任与义务，保证人也就随之解除其对受益人的偿付责任。由于一般保函的索偿是有条件的，特别是当受益人与委托人意见不一而陷入商业纠纷时，一般保函限制了受益人及时向保证行索偿，所以，目前国际上一般很少使用一般保函。

独立保函又称见索即付保函，它是一种与基础合同相互脱离的独立性担保文件，受益人的权利与保证人的义务，完全以保函的内容为准，不受基础合同的约束，即使保函中包含有基础合同的援引，保证人也与该合同无关，只要受益人提交了符合保函要求的单据，保证人就必须付款。可见，使用这种保函，银行承担第一性付款责任，它具有独立性和非从属性的特点，它比一般保函优越并可满足国际贸易交往中多方面的需求，故其在国际贸易领域中被广泛使用。

3. 银行保函的当事人

（1）申请人。它又称委托人，是向银行申请开立保函的人。委托人的主要责任是履行合同的有关义务，并在保证人履行担保责任后向保证人补偿其所作的任何支付。

（2）受益人。它是指收到保函并有权按保函规定的条款凭以向银行提出索赔的一方。受益人的责任是履行其有关合同的义务。

（3）保证人。它又称担保人，是开立保函的银行。在无条件保函项下，担保人的责任是在收到索赔书和保函中规定的其他文件后，认为这些文件表面上与保护条件一致时，即支付保函中规定数额的经济赔偿。

（4）通知行。它又称转递行，是根据开立保函的银行的要求和委托，将保函通知给受益人的银行，通常为受益人所在地的银行。

（5）保兑行。它又称第二担保人，即应保证人的要求在保函上加以保兑的银行。保兑行通常为受益人所在地信誉良好的银行。当担保行的资信能力较差或属外汇紧缺国家的银行，受益人可要求在担保行出具的保函上由一家国际上公认的资信好的大银行加具保兑，在担保人未能履行偿付义务时，保兑行应代其履行付款义务。

（6）转开行。它是指接受担保银行的要求，凭担保人的反担保向受益人开出保函的银行。转开行通常是受益人所在地银行。转开行如接受担保人请求转开的委托，就必须及时开出保函。保函一经开出，转开行即变成担保人，承担担保人的责任与义务。

（7）反担保人。它是指为申请人向担保行开出书面反担保函的人，其责任是保证申请人履行合同义务，同时向担保人承诺，当担保人在保函项下作出付款以后，担保人可以从反担保人处得到及时、足额的补偿。

4. 银行保函的主要内容

根据《见索即付保函统一规则》第三条规定，保函内容必须清楚、准确，并避免列入过多细节。其主要内容如下：

（1）有关当事人。保函中应详列主要当事人（包括申请人、受益人、担保人）的名称和地址。保函如涉及通知行或转开行等其他当事人，还应列明其名称和地址。

（2）开立保函的依据。保函的依据即基础合同，应列明合同或标书等协议的号码和日期。

（3）担保金额和金额递减条款。担保金额是保函的核心内容，每份保函都必须明确规定一个确定的金额。担保人仅依据保函所规定的金额向受益人负责，其责任不超过保函所规定的金额。

（4）要求付款的条件。在见索即付保函下，保证人在收到索偿声明书或保函中规定的其他文件后，若这些文件表面上与保函条款相符时，即支付保函中规定的款额；若这些文件表面上与保函条款不符时，保证人也可拒收这些文件。需要注意的是，保函是书面的，保函规定的其他文件也应是书面的，保函项下的任何索偿要求都应以书面形式作出。

（5）保函失效日期。保函应规定其失效日期，如未规定，当保函退还担保人，或受益人书面声明解除担保人的责任，则认为该保函已被取消。

（6）保函所适用的法律。保函适用的法律一般为担保人营业所在地的法律，若担保人有多处营业场所，其适用法律为出具保函的分支机构所在地的法律。

15.4.2　备用信用证

1. 备用信用证的含义

备用信用证属跟单信用证的一种，它是用于代申请人向受益人承担一定条件下付款、退款或赔款责任的银行保证书。在备用信用证项下，若开证申请人违约，则由开证行对受益人承担独立的、第一性的付款责任；反之，若开证申请人按期履行了合同义务，受益人就无需要求开出备用信用证的银行支付任何款项，在此情况下，它就成为"备而不用"的凭证，故称之为"备用信用证"。由于其具有"担保"的性质，所以有时也称为"担保信用证"。

2. 备用信用证适用的国际惯例

国际商会修订的《跟单信用证统一惯例》中规定，该惯例"适用于任何正文中标明受本惯例约束的跟单信用证（包括在本惯例适用范围内的备用信用证）"，但是由于它主要是为商业信用证制定的规则，致使备用信用证的一些特点无法得到充分体现，因而在使用备用信用证过程中出现的某些具体问题和特殊要求难以解决。为了便于商订备用信用证条款和解决其涉及的争议问题，美国国际银行法律与惯例研究所在参照 UCP500 等国际惯例的基础上，率先制定出备用信用证规则草案，并在国际商会银行委员会等机构审查认可后，作为国际商会第 590 号出版物，即《国际备用证惯例》（International Standby Practices, ISP98），于1999 年 1 月 1 日正式实施。按 ISP98 的规定，只有明确表示依据 ISP98 开立的备用信用证，方受 ISP98 的约束。一份备用信用证，可以同时标明依据 ISP98 和 UCP 开立，此时，ISP98

优先于 UCP，即只有在 ISP98 未涉及或另有明确规定的情况下，才依据 UCP 的规定解释和处理有关条款涉及的事项。

3. 备用信用证与一般跟单信用证的区别

备用信用证与一般信用证都具有独立性与单据化的特点，并且开证行所承担的付款义务都是第一性的。尽管如此，二者仍存在明显区别，具体表现如下：

第一，二者使用范围不同。一般跟单信用证主要用于进出口贸易结算；而备用信用证的使用范围更加广泛，除进出口贸易外，还广泛适用于保证付款或履约。

第二，二者使用前提不同。在一般跟单信用证中，只要受益人履行了交单义务，开证行或其指定付款行就必须凭单付款；而在备用信用证中，只有在申请人未按合同规定履约时，开证行才根据受益人的索偿要求，凭相符单据按备用信用证规定的内容付款。简言之，一般跟单信用证用于受益人履约收款，而备用信用证则用于申请人违约赔款。可见，备用信用证具有银行保函的性质。

第三，二者要求付款的单据不同。一般跟单信用证通常以符合信用证要求的装运单据作为付款的依据；而备用信用证通常只需要受益人签发违约声明和汇票等文件或单据，即可凭以支付款项。

第四，开证行承担风险的大小不同。银行开立一般信用证，由于收取开证保证金并以货运单据作为抵押，故其承担的风险相对较小；而银行开立备用信用证，主要依据申请人的信用和履约能力，故其承担的风险相对较大。

第五，二者适用的惯例不同。一般跟单信用证适用于 UCP600 的全部条款；而备用信用证除主要适用于 ISP98 外，也可同时适用 UCP600 的部分条款。

15.5　国际保理和出口信用保险

15.5.1　国际保理

1. 国际保理的基本概念

国际保理（International Factoring）是指保理商（Factor）为国际贸易中采用赊销（O/A）或跟单托收承兑交单（D/A）结算方式时，为卖方提供的将出口贸易融资、账务处理、收取应收账款和买方信用担保融为一体的综合性金融服务。

保理商是专门从事保理业务的商行，大多是由商业银行出资或资助建立，具有独立的法人资格。1968 年由 100 多家银行所属的保理公司组成了"国际保理商联合会"（Factors Chain International，FCI），总部设在荷兰阿姆斯特丹。1993 年 2 月，中国银行股份有限公司正式加入了该联合会。通过该组织，各国保理机构之间可以相互交换进口商的资信情报，掌握进口商的付款能力，减少保理机构承担坏账的风险。

按参与保理业务的保理商的多少，国际保理可分为单保理和双保理。前者是指由同一保理商在出口商、进口商之间进行保理业务；后者是指两个不同保理商通过业务连接分别与本地区的出口商或进口商操作保理业务。各种保理业务都是以保理协议为基础的，例如，在双保理中，包括出口商与出口保理商之间的出口保理协议和出口保理商与进口保理商之间的相互保理协议。

2. 国际保理的一般做法

国际保理业务一般采用双保理方式。双保理方式主要涉及四方当事人，即出口商、进口商、出口保理商及进口保理商。具体业务程序如下：

第一，出口商向出口保理商提出保理申请。出口商为了取得保理服务，首先需要向保理商提出申请，填写《出口保理业务申请书》（又可称为《信用额度申请书》），用于为进口商申请信用额度。申请书一般包括如下内容：出口商业务情况、交易背景资料、申请的额度情况，包括币种、金额及类型等。

第二，出口保理商委托进口保理商核定"买方信用额度"。出口保理商接受申请后，选择一家进口商所在地的保理商（最好是 FCI 成员）作为进口保理商，通过由 FCI 开发的保理电子数据交换系统（Edifactoring）将有关情况通知进口保理商，请其对进口商进行信用评估。进口保理商根据所提供的情况，运用各种信息来源对进口商的资信以及进口商品的市场行情进行调查。若进口商资信状况良好且市场良好，则进口保理商将为进口商初步核准一定信用额度，并将有关条件及报价通知出口保理商。按照 FCI 的国际惯例规定，进口保理商应最迟在 14 个工作日内答复出口保理商。

第三，签订保理协议。出口保理商将进口保理商的调查结果和批准的信用额度告知出口商，在出口商接受该信用额度的基础上，双方签订保理协议。其主要内容包括：出口业务的范围、信用额度、所提供的保理服务种类和手续费用等。出口保理商需将保理协议通知进口保理商，并取得进口保理商的正式批准。根据《国际保付代理惯例规则》规定，进口保理商将承担债务人未能按照有关销售或服务合同于到期日全额支付已核准应收账款所产生的损失风险。

第四，提交单据和转让债权。如出口商以赊销方式达成交易，在发货后，将正本单据寄交进口商，并将全套副本单据提交给出口保理商，由其转交给进口保理商。但进口保理商可以随时要求由其转递任何（包括运输单据、保险单据在内的）正本单据。如出口商以托收方式成交，在发货后应将全套正本单据提交给出口保理商，并在发票上注明全部债权已转让给进口保理商，再由出口保理商将单据转递给进口保理商以办理托收。

第五，货款的收取和支付。进口保理商在合同规定的付款期内应向进口商催收货款，进口商支付货款后，进口保理商应在不迟于付款起息日的下一个银行营业日将等值价格扣除费用后付给出口保理商。如果在到期日后第 90 天，进口商因财务方面原因仍未能支付货款，进口保理商应于第 90 天对出口保理商付款。

第六，贸易融资。需要提供保理服务的交易，往往是迟期付款的交易。出口商为了加速资金周转，可以要求保理商提供贸易融资，但这一请求，必须在保理协议中予以规定。具体做法是在发货后，出口商向出口保理商提交正本单据的同时，提出融资申请，其金额最高可达发票金额的 90%。出口保理商审单无误后，应尽快将单据寄交给进口保理商，并按协议规定给予融资，该融资通常为无追索权。当进口保理商将进口商所付货款汇交出口保理商后，出口保理商在其中扣除融资本息和费用，将余款付给出口商。

3. 采用国际保理的注意事项

国际保理的主要作用是为出口商的信用风险提供保障，但保理商承担的仅仅是财务风险。如果进口商并非因财务方面的原因拒付，而是因货物品质、数量等不符合合同规定而拒付，保理商将不予担保。对超过信用额度的部分也不予担保。因此，出口商必须严格按照合同规定交付货物，且不要超额发货。

采用保理方式，卖方须交付保理商提供的资信调查、承担信用风险和收取应收账款等服务和费用，为发票金额的 1% ~ 2.5% 。若预支货款，其利率高于贴现率，这些支出均应在报价时予以考虑。对买方来说，由于付款方式是托收或汇付，节省了开证费用和保证金，又没有资金负担，故货价的适当提高也是可以接受的。

15.5.2　出口信用保险

出口信用保险（Export Credit Insurance）也称出口信贷保险，是出口信用保险公司与作为被保险人的出口商之间订立协议的一种特殊保险。根据该协议，被保险人缴纳保险费，保险人将赔偿出口商因进口商不能按合同规定支付到期的部分或全部货款的经济损失。

该保险对被保险人的出口货物、服务、技术和资本的出口应收账款提供安全保障，以出口贸易中买方信用风险为保险标的，承保出口商因进口商的商业风险或进口国家（或地区）的政治风险而遭受的经济损失。

出口信用保险承保的风险主要包括两大部分：商业风险与政治风险。商业风险主要是指进口商付款信用方面的风险，如进口商破产导致无力偿付货款、进口商收货后逾期不付款、进口商在发货前无力终止合同或违约拒收货物等情况。政治风险又称国家风险，是指与被保险人进行贸易的进口商所在国家（或地区）内部的政治、经济状况的变化而导致的收回风险，例如，进口国实行外汇管制、进口管制，或进口商的进口许可证被撤销、进口国发生战争或骚乱等。

本章小结

1. 票据是国际结算中的主要工具，其中汇票是最常使用的。国际贸易中使用的汇票多是跟单商业汇票。

2. 汇付和托收都是以商业信用为基础的结算方式，其中汇付常用的是电汇，托收常用的是跟单托收中的即期付款交单。

3. 信用证是以银行信用证为基础的结算方式，解决了国际贸易中买卖双方互相缺乏信任的矛盾，降低了结算风险，但信用证的资金和费用成本较高，尤其是增加了买方的资金负担。

4. 国际贸易结算方式除了上述几种，还可以选择银行保函、备用信用证、国际保理和出口信用保险等新型的结算方式。

关键术语

汇票　本票　支票　背书　跟单托收　付款交单　承兑交单　出口押汇
进口押汇　信用证　不可撤销信用证　跟单信用证　承兑信用证
可转让信用证　背对背信用证　银行保函　备用信用证　国际保理
出口信用保险

课后习题

简答题

1. 简述汇票与本票有何区别。

2. 简述跟单托收的具体分类。

3. 在远期付款交单条件下，进口商凭信托收据借单提货，如日后进口商在汇票到期时拒付，收不回货款的责任由谁承担？

4. 简述备用信用证与一般跟单信用证的区别。

5. 试分析信用证结算方式对买卖双方各有什么利弊。

6. 简述国际保理的一般做法。

案例分析题

1. A 与 B 两家食品进出口公司共同对外成交出口货物一批，双方约定各自交货 50%，由 B 公司对外签订合同。事后，外商开立以 B 公司为受益人的不可撤销信用证，证中未注明"可转让"字样，但规定允许分批装运。B 公司收到信用证后及时通知了 A 公司，两家公司都根据信用证的规定各自出口了 50% 的货物并以各自的名义制作有关的结汇单据。请问：两家公司的做法是否妥当？为什么？

2. 出口商 A 与进口商 B 在洽商合同时都同意使用远期跟单托收方式。但 A 公司主张使用 D/P at 30 days after sight，而 B 公司则主张使用 D/A at 30 days after sight。请分析 A、B 两公司主张不同的原因。

3. A 公司向 B 公司出口一批货物，按 CIF 条件成交，B 公司通过 C 银行开给 A 公司一张不可撤销的即期信用证。当 A 公司于货物装船后持全套货运单据向银行办理议付时，B 公司倒闭。同时传来消息，称这批货物在离港 24 小时后触礁沉没。请问：C 银行能否以 B 公司倒闭及货物灭失为由拒付货款，并陈述理由。

4. 买卖双方按 CIF 条件和信用证支付方式达成一项买卖粮食的大宗交易，合同规定"1 ~ 5 月份分批装运，每月装运 1 万 t"。买方按合同规定开出了信用证，卖方在 1 ~ 2 月份，每月装运 1 万 t，银行已分批凭单付款。3 月份卖方因故未按时装运，而延至 4 月份才装运出口。当卖方持提单等有关单据向银行议付时，遭到银行拒付，而且银行声称，原先约定的 4 ~ 5 月份的装运也已失效。试问：银行拒受单据、拒付货款和宣布以后各批失效有无道理？

第16章 争议的预报与处理

学习目标：

1. 认识国际货物交易中检验、争议、索赔和理赔的含义和范围。
2. 掌握买卖合同中货物检验、违约赔偿、不可抗力条款的规定。

在国际货物贸易中，买卖双方常常会因各自的权利和义务问题引起争议，甚至导致索赔、仲裁或诉讼等情况发生。为了在合同履行中尽量减少争议或在争议发生时能妥善解决，在国际货物买卖合同中通常都要订立一些如商品检验、索赔、不可抗力和仲裁等预防争议以及争议发生时解决争议的条款，这些条款虽然并非合同中必不可少的，也不影响合同的效力，但由于它涉及订约后可能发生争议的预防和处理，因此，在签订合同时应引起足够的重视。

16.1 商品检验

国际贸易的商品检验（Commodity Inspection），简称商检，是指商品检验机构对拟交付货物的品质、规格、数量、重量、包装、卫生、安全等项目所进行的检验、鉴定和管理工作。在国际货物买卖中，由于买卖双方分处两个不同国家（地区），一般不是当面交接货物，且进出口货物需要经过长途运输，多次装卸，如到货出现品质缺陷、数量短缺等，容易引起有关方面的争议。为了保障买卖双方的利益，避免争议的发生，以及发生争议后便于分清责任和进行处理，就需要有一个公正的第三方——专业的检验检疫机构负责对卖方交付的货物的品质、数量、包装进行检验，以确定合同标的物是否符合买卖合同的规定，或对装运技术、货物残缺短损等情况进行检验或鉴定，以明确事故的起因和责任的归属。检验机构检验或鉴定后出具相应的检验证书，可作为买卖双方货物交接、货款支付和进行索赔、理赔的重要依据。

16.1.1 检验时间和地点

目前国际贸易中关于检验的时间与地点一般有如下几种做法。

1. 在出口国检验

在出口国检验可以分为以下两种：

（1）工厂检验或产地检验。由出口国的生产工厂检验人员或按照合同规定会同买方验收人员于货物在工厂发运前进行检验，卖方承担货物离厂前的责任。这是国际贸易业务中的普遍做法，对卖方最为有利。

（2）装船前或装船时在装运港检验。出口货物在装运港装船前由卖方委托当地的商检机构（通常是双方约定同意的机构）对货物的品质和数量（重量）进行检验和衡量，出具检验证书，并以之作为决定商品品质和数量（重量）的最后依据，也称之为"离岸品质、重量（Shipping Quality and Weight）"。货到目的地后，买方即使委托当地商检机构进行复验，也无权对品质和重量提出异议，因而在出口国检验对卖方较为有利。

2. 在进口国检验

在进口国检验又称"到岸品质、重量（Landing Quality and Weight）"，在进口国目的港检验。货到目的港卸船后，由双方约定的目的港商检机构验货并以此为凭据出具检验证书作为决定商品品质、数量的最后依据。买方可凭检验证书向卖方提出品质、数量上的任何异议，在进口国检验对买方最为有利。

对于一些因使用前不便拆开包装，或因不具备检验条件而不能在目的港或目的地检验的货物，如密封包装货物、精密仪器等，通常都是在买方营业处所或最终用户所在地，由合同规定的检验机构在规定的时间内进行检验。货物的品质和重量（数量）等项内容以该检验机构出具的检验证书为准。

3. 装运港检验重量，目的港检验品质

这种做法又称为"离岸重量，到岸品质（Shipping Weight and Landing Quality）"，多用于大宗商品交易的检验中。把品质与数量的检验分别处理，可以调和买卖双方在检验问题上的矛盾。

4. 出口国装运港检验，进口国目的港复验

这是指以装运港的商检证书作为结汇的凭证，同时货抵目的港后，允许买方复检并有权提出异议并索赔。这种做法比较公平合理，因而使用比较普遍。我国进口业务中常用这种检验方式，以装运港的检验证书是卖方议付货款的依据，以目的港的复验证书是买方索赔的依据。我国主要的进口商品和大中型成套设备，订货公司在签订合同时，应约定在其制造国（或地区）或在装运前进行预检验、监装。

16.1.2　检验机构与商检证明

1. 商检机构的种类

① 官方机构，即由国家设立的官方检验机构，只对特定商品（如粮食、药物等）进行检验，如美国食品药物管理局（FDA）。

② 非官方机构，即由私人或同业公会、协会等开设的检验机构，称为检验公司、公证人、公证行或鉴定公司，如英国的劳埃氏公证行（Lloyd's Surveyor）、瑞士日内瓦的通用公证行（General Superintendence Co., Geneva, SGS）。

③ 生产、制造厂商或用货单位设立的化验室、检验室等。

专题知识 16 - 1　美国食品药物管理局

美国食品药物管理局，即 FDA，于 1972 年成立，是一个隶属于美国联邦公共卫生事务署的政府卫生管制和监控机构，主要致力于保护、促进和提高国民的健康，确保美国市场上销售的食品、药品、化妆品和医疗器具对人体的安全性、有效性。FDA 由近万名医师、药学家、化学家、微生物学家、统计学家和律师组成，管理的产品规模高达 1 万多亿美元，约有 40 个实验室，分布在华盛顿特区和 157 个城市。FDA 每年批准百余种新药上市，由其监控的企业有 9 万多家，其中每年有 1.5 万家被常规抽查，只要不符合要求的，都要被驱逐出市场。FDA 的总部负责监督和执行由国会通过的各项有关法律。总部六大中心，包括药物评估和研究中心、生物制品评估和研究中心、食品安全和营养品中心、医疗用品和辐射健康中心、兽用药品中心和全国毒理学研究中心，具体执行 FDA 的各项法令，负责审批新药，观察、监督和抽查药品，以及从事科学研究，同时负责对要求进入美国市场的产品进行法律法规解释。

2. 我国的商检机构

2001 年 4 月，我国原国家质量技术监督局和国家出入境检验局合并，成立中华人民共和国国家质量监督检验检疫总局（State General Administration of the People's Republic of China for Quality Supervision and Inspection and Quarantine），简称国家质检总局。国家质检总局是我国政府现在主管质量监督和检验工作的最高行政执法机关，统一监督管理全国进出口商品检验工作，其职责范围包括主管全国质量、计量、出入境商品检验、出入境卫生检疫、出入境动植物检疫和认证认可、标准化等工作。

此外，我国能够进行检验工作的机构还有中国进出口商品检验总公司（China Import and Export Commodity Inspection Corporation，CCIC）、中国国家认证认可监督管理委员会和国家标准化管理委员会和专业部门负责的其他检验工作（如进出口计量器具的鉴定工作由国际计量部门检验检定；进出口飞机，包括飞机发动机、机载设备等的适航检验由民航部门的专业机构检验办理；出口文物必须经国家文物行政管理部门检验鉴定等）。

3. 商检机构的职责

根据《中华人民共和国进出口商品检验法》（以下简称《商检法》）和《中华人民共和国进出口商品检验法实施条例》（以下简称《商检法实施条例》）的规定，国家商检部门及其设在各地的检验机构有以下三项职责：

（1）法定检验（Legal Inspection）。法定检验是指商检机构根据国家法律法规，对规定的进出口商品或有关的检验检疫项目实施强制性的检验或检疫。根据《商检法》规定，法定检验只能由出入境检验检疫机构实施。属于法定检验的出口商品，未经检验合格的，不准出口；属于法定检验的进口商品，未经检验的，不准销售、使用。

法定检验的目的是为了严把质量关，确保出口商品的质量、安全、卫生符合国家法律、法规的规定，符合出口合同和外销的要求，以及国际上的有关规定，提高出口商品在国际市场上的信誉，扩大出口，提高经济效益；保证进口商品的质量，防止低劣商品和有病虫害及其他有害因素的商品进口，维护国家的经济利益，保障人民的身体健康。

法定检验的商品范围包括：

① 有关法规中规定的商品。

② 对进出口食品的卫生检验和进出境的动植物检疫。

③ 对装运出口易腐烂变质食品、冷冻品的船舱、集装箱等运输工具的适载检验。

④ 对出口危险货物包装容器的性能检验和使用测定。

⑤ 对有关国际条约规定或其他法律、行政法规规定须经商检机构检验的进出口商品实施检验。

⑥ 国际货物买卖合同中规定由检验检疫机构实施检验时，当事人应及时提出申请，由检验检疫部门按照合同规定对货物实施检验并出具检验证书。

（2）鉴定业务。进出口贸易鉴定业务是凭进出口贸易关系人（贸易合同的买方或卖方、运输、保险、仓储、装卸等各方）的申请或委托，由第三方公证检验鉴定机构对申请的有关内容进行检验鉴定，出具权威的鉴定证书，作为进出口贸易关系人办理进出口商品交接、结算、计费、理算、报关、纳税和处理争议索赔的有效凭证。

鉴定业务的范围包括对进出口商品的质量、规格、重量、数量、包装鉴定、海损鉴定、集装箱鉴定、进出口商品的残损鉴定、出口商品的装运技术鉴定、价值证明及其他业务。鉴定业务与法定检验的一个主要区别是鉴定业务是凭申请或委托办理，而非强制性的。因此，各鉴定机构要想取得用户的信任，发展自己的业务，必须要做到态度公正、结果科学准确、服务良好周到。

（3）监督管理。监督管理即检验检疫机构依据国家法规对进出口商品通过行政和技术手段进行控制、管理和监督。我国检验检疫机构从以下六个方面对进出口商品实施监督管理。

① 对法定检验范围以外的进出口商品的抽查检验。

② 对重点的进出口商品生产企业实行派驻质量监督员制度。

③ 对进出口商品的质量认证工作，准许认证合格的商品使用质量认证标志。

④ 指定、认可符合条件的国外检验机构承担特定的检验鉴定工作，并对其检验鉴定工作进行监督抽查。

⑤ 对重点的进出口商品及其生产企业实行质量许可制度。

⑥ 对经检验合格的进出口商品加施商标和封识管理。

4. 检验证书

检验检疫机构对进出口商品检验检疫或鉴定后，根据不同的检验结果或鉴定项目签发的各种书面证明称为商品检验证书（Inspection Certification）。此外，在交易中若买卖双方约定由生产单位或使用单位出具检验证明，该证明也可起到检验证书的作用。即检验证书是各种进出口商品检验证书、鉴定证书和其他证明书的统称。在进出口贸易中，检验证书是有关各方履行契约义务、处理争议及索赔、仲裁、诉讼举证的有效证件，也是海关验放、征收关税和优惠减免关税的必要证明，具有重要的法律地位。

在进出口贸易中，由于商品的种类、特性或各国（或地区）贸易习惯、政府有关法令的不同，检验证书的种类也有差别。目前，我国检验检疫机构签发的检验证书的种类主要有以下几种：品质检验证书（Inspection Certificate of Quality）、重量或数量检验证书（Inspection Certificate of Weight or Quantity）、包装检验证书（Inspection Certificate of Packing）、兽医检验证书（Veterinary Inspection Certificate）、卫生/健康证书（Sanitary/Health Inspection Certificate）、消毒检验证书（Inspection Certificate of Disinfection）、熏蒸证书（Inspection Certificate of Fumigation）、残损检验证书（Inspection Certificate on Damaged Cargo）等。

商检机构签发的检验证书的作用主要有：①证明卖方所交货物的品质、重（数）量、包装以及卫生条件等是否符合合同规定；②买方对品质、重（数）量、包装等条件提出异议、拒收货物、索赔的凭证；③卖方向银行议付货款的一种单据；④通关验放的有效证件；⑤证明货物在装卸、运输途中的实际状况，明确责任归属的依据。

16.1.3 合同中的检验条款

国际货物买卖合同中的货物检验条款一般包括有关检验权的规定、检验或复验的时间和地点、商检机构、商检证书等内容。

在出口贸易中，一般采用在出口国检验、进口国复验的办法。现举合同中检验条款实例如下："买卖双方同意以装运港中华人民共和国国家质量监督检验检疫总局签发的品质和数量（重量）检验证书作为信用证项下议付单据的一部分。买方有权对货物的品质、数量（重量）进行复验，复验费由卖方负责。如发现品质或数量（重量）与合同不符，买方有权

向卖方索赔，并提供经卖方同意的公证机构出具的检验报告。索赔期限为货物到达目的港后
××天内。"

16.2　索赔

在国际货物买卖中，由于履约时间长、涉及面广、业务环节多，一旦在货物的生产、收
购、运输、资金移动等环节上发生意外或出现差错，都可能给合同的顺利履行带来影响。加
之市场情况千变万化，如出现对合同当事人不利的变化，就可能导致一方当事人违约或毁
约，给另一方当事人造成损害，从而引起争议，导致索赔和理赔。这种情况是经常发生
的。

16.2.1　争议与索赔

争议（Disputes）也称异议，是指交易的一方认为对方未履行或全部履行合同规定的责
任和义务而引起的纠纷。

在国际贸易中产生争议的原因有很多，大致可归纳为下列三种情况：

（1）卖方不履行或不完全履行合同规定的义务。例如，不交货物或虽然交货但所交货
物的品质、数量、包装等不符合合同规定。

（2）买方不履行或不完全履行合同规定的义务。例如，不能按照合同规定派船接货、
指定承运人，支付货物或开出信用证，无理拒收货物等。

（3）合同中所订条款欠明确，例如，"立即装运"、"即期装运"，在国际贸易中无统一
解释，买卖双方对此理解不一致或从自身的利益出发各执一词。

索赔（Claims）是指在进出口交易中，因一方违反合同规定直接或间接地给另一方造成
损失，受损方向违约方提出赔偿的要求。对违约方而言，当违约的一方受理对方提出的赔偿
要求即称为"理赔（Claim Settlement）"。

16.2.2　合同中的索赔条款

合同中索赔条款有两种规定方式，一是异议和索赔条款（Discrepancy and Claim
Clause）；二是罚金（Penalty）条款。在一般的货物买卖合同中，大多只订前一条款，只有
在买卖大宗商品和机械设备的合同中，除订前一条款外，要再另订罚金条款。

1. 异议与索赔条款

（1）索赔依据。规定索赔必须具备的证据和出证机构，索赔依据又分为法律依据和事
实依据两方面。法律依据是指买卖合同及有关国家的法律、国际公约、惯例；事实依据是指
违约的事实真相及其书面证明。

（2）索赔期限。索赔期限是指索赔方向违约方索赔的有效期限，逾期索赔无效。索赔
期限的起算方法有如下几种规定：①货物到达目的港后××天起算；②货物到达目的港卸离
海轮后××天起算；③货物到达买方营业处所或用户所在地后××天起算；④货物经检验后
××天起算。

（3）处理索赔的办法和索赔金额。合同中的异议与索赔条款如：Any claim by the Buyers
regarding the goods shipped shall be filed within xx days after arrival of the goods at the port of desti-

nation specified in the relative Bill of Lading and supported by a survey report issued by a surveyor approved by the sellers. 该条款意为：买方对于装运货物的任何索赔，必须于货物到达提单规定的目的地××天内提出，并须提供经卖方同意的公证机构出具的检验报告。

2. 罚金条款

当一方未履行合同义务时，应向对方支付一定数额的约定金额以补偿对方的损失，称为"违约金"。罚金条款一般适用于卖方延期交货或买方延期接货的场合，其数额大小以违约的时间长短为转移，并规定出最高限额。

16.2.3　索赔、理赔应注意的事项

索赔、理赔是一项政策性、技术性很强的工作，也是一项维持国家权益和信誉的重要涉外工作。要做好这项工作，必须认真调查研究发生的每一事件，弄清事实，在贯彻我国对外贸易方针政策前提下，利用国际惯例和有关法律、实事求是地予以合理解决。

1. 索赔应注意的事项

进口工作中的对外索赔，按照目前的做法，属于船方责任的，由有关运输公司代办；属于卖方责任和属于保险公司责任的，由各进出口公司自行办理。如向卖方提出索赔，应注意以下问题：

（1）按照合同的规定提供必要的索赔证件，其中包括商品检验检疫机构出具的商检证书，商检证书内容要与合同的检验条款要求相一致。

（2）正确决定索赔金额。如合同预先约定损害赔偿的金额，则按约定的金额提赔；如未预先约定，则按实际所受损失情况确定适当的金额。退货时的提赔金额，除货价外，还应包括运费、保险费、仓储费、利息以及运输公司和银行的手续费等。若因品质差而要求减价，则提赔金额应是品质差价。如果卖方委托买方整修，则提赔金额应包括合理的材料费和加工费。

（3）在规定的有效期内向卖方提出索赔。如果估计检验工作不能在有效期内完成，则应及时向国外要求延长索赔期并取得对方同意，以免影响买方行使索赔权。提赔函的内容应包括：到货与合同不符的情况，索赔的理由和证据，索赔的项目、金额和解决的办法，附寄提赔证件的名称和份数等。

为了做好索赔工作，应先做好索赔方案。索赔方案应列明索赔案情和证件、索赔项目和金额、索赔的理由、索赔的措施等，如情况变更，应对索赔方案及时作出修改。在索赔工作结案后，应做好登记并总结经验教训。

2. 理赔应注意的事项

在出口理赔工作中应注意下列问题：

（1）认真审查买方提出的索赔要求。审查其理由是否充分、出证机构是否合法、证据与索赔要求是否一致、索赔是否在有效期内提出等。

（2）如属于船方或保险公司的责任范围应分别转请有关公司处理。如确属买方的责任，在合理确定对方损失后，应实事求是地予以赔偿。对于不该赔的也要根据事实向对方说明理由。如果外商强词夺理提出不合理的要求，则要根据掌握的可靠资料予以驳斥。

总之，索赔和理赔工作均应认真对待、及时处理、注意策略，做到有理、有利、有节。

16.3　不可抗力

16.3.1　不可抗力概述

1. 不可抗力的含义

不可抗力（Force Majeure）又称"人力不可抗拒"，是指在合同签订后，不是由于订约双方任何一方当事人的过失或疏忽，而是由于发生了当事人既不能预见和预防，又无法避免和克服的意外事故，以致不能履行合同或不能如期履行合同，遭受意外事故的一方可以据此免除履行合同的责任或延迟履行合同，对方无权要求损害赔偿。

2. 分类

不可抗力包括两种情况：①因"自然力量"引起的，如水灾、旱灾、火灾、暴风雨、地震等；②因"社会力量"引起的，如战争、罢工、政府封锁、禁运等。

3. 要件

构成不可抗力必须具备的条件是：①意外事故必须发生在合同签订以后；②不是由于任何一方的过失或疏忽而造成的；③意外事故是任何一方都不能控制、无能为力的。

4. 法律后果

不可抗力的法律后果包括：①解除合同；②延迟履行合同。

16.3.2　合同中的不可抗力条款

国际货物买卖合同中不可抗力条款的内容通常包括以下几点：①不可抗力事故的范围；②不可抗力的后果；③不可抗力事故发生后，通知对方的期限及方式；④证明文件及出具证明的机构；⑤不可抗力条款的规定办法。

常见的不可抗力条款有以下两种：

（1）概括式规定。在合同中不具体规定不可抗力事故的种类。例如："由于不可抗力原因，致使卖方不能全部或部分装运或延迟装运合同货物，卖方对于这种不能装运或延缓装运本合同货物不负有责任。但卖方须用电报或电传通知买方，并须在 15 天内以航空挂号信件向买方提交由中国国际贸易促进委员会出具的证明此类事故的证明书"。

（2）列举式规定。逐一列举不可抗力事故的种类。例如："人力不可抗拒由于战争、地震、水灾、火灾、暴风雨、雪灾的原因，致使卖方不能全部或部分装运或延迟装运合同货物，卖方对于这种不能装运或迟缓装运本合同货物不承担责任。但卖方须用电报或电传通知买方，并须在 15 天以内以航空挂号信件向买方提交由中国国际贸易促进委员会出具的证明此类事故的证明书"。

专题知识 16 - 2　《联合国国际货物销售合同公约》关于不可抗力的规定及其案例分析

该公约第七十九条第 1 款规定：当事人对不履行义务，不负责任，如果其能证明此种不履行义务，是由于某种非他所能控制的障碍导致的，而且对于这种障碍，没有理由预期其在订立合同时能考虑到或能克服它或它的后果。

由此可见，不可抗力的特征是：①不可抗力事件是在合同订立后发生的；②不可抗力事件不是当事人的过失或疏忽所造成的；③不可抗力事件是双方当事人所不能控制的，因而也不能预见、无法避免、无法克服。不可抗力事件的法律后果是使遭受不可抗力事件的当事人在不可抗力事件存在期间内得以延迟履行合同或解除合同而不负责任。

该公约第七十九条第 4 款同时规定了遭受不可抗力事件一方的通知义务：不履行义务的一方必须将障碍及其对不履行义务的影响通知另一方。如果该项通知在不履行义务的一方已知道或理应知道此一障碍后一段合理时间内仍未为另一方收到，则他对由于另一方未收到通知而造成的损害应负赔偿责任。

据此，在我国进口业务中，如对方援引不可抗力，买方应注意以下问题：

① 确定发生的事件是否属于不可抗力事件的范围。

② 实事求是确定事件对履行合同产生的影响，决定其应属免除全部交货还是部分交货，抑或延期交货的责任。

③ 对方是否及时提供通知和必要的证件。

④ 如对对方所提要求有不同意见时，应及时将我方意见通知对方。

案例 1：我国某公司与澳大利亚商人签订小麦进口合同 200 万 t，交货期为某年 5 月份，但澳大利亚在交货期年度遇到干旱，不少小麦产区歉收 20%，而且当年由于另一国严重缺粮，从美国购买大量小麦，导致世界小麦价格上涨，澳商提出推迟到下年度履行合同，中方是否可以同意？

分析：澳方实际是以不可抗力为由在要求推迟履行合同，故关键要看是否构成不可抗力。

从情况分析，尚构不成不可抗力，况且小麦为种类货物，澳方如不能供应可从它国购入交货，不能因世界市场价格上涨，而拒绝这样做。

案例 2：日本某商人在广交会上向我国天津某公司以 CIF 条件出口仪器一批，合同中未规定任何日方履行合同义务的先决条件。中方 5 月开出 L/C 后被日方告知，该仪器为巴黎统筹委员会出口管制产品。日方因无法获取许可证，要求解除合同，按不可抗力请中方免责。请问中方应如何处理？为什么？

分析：①该仪器须领出口许可证的情况不是在订约后出现的，日方在订约前理应知道这一法律要求，它不是不可预见的，因此，就该案具体情况来说，不构成不可抗力；②在 CIF 条件下，申领出口许可证是卖方的义务，卖方对未能领到许可证应承担责任，故中方应坚持日方负责损害赔偿的责任。

案例 3：甲国商人分别与乙国和丙国商人签订了出口合同。不久甲国对乙国宣战，进入战争状态，甲国商人遂以不可抗力为由，宣布撤销上述两个合同。你认为甲国商人的行为是否合理？

分析：对乙国合同应该撤销。对丙国的合同，因两国不是敌对国家，除非交通断绝或其他履约障碍，否则不得引用不可抗力要求撤销。

案例 4：某年 9 月甲国商人售给乙国商人一批蚕豆。合同规定 10 月交货。不料甲国政府于同年 10 月 20 日宣布禁止蚕豆出口，自宣布日起十天后生效。甲国商人以不可抗力事故为理由要求解约。请问此说可否成立？

分析：甲国政府禁令并未置甲国商人于完全不能装运的地步。事实上，如甲国商人有诚意履约的话，从 10 月 21～30 日期间还是可以设法装运的，所以甲国商人以不可抗力为理由要求解约，是借故违约。

案例 5：某年我方与某外商签订一批进口化肥合同，后外商为其生产化肥的两个工厂之一遭受火灾。这时正值国际市场上的化工价格上涨，于是外商以不可抗力为由要求撤约。请问我方应如何对待此问题？

　　分析：该外商虽遭意外事故，但并未完全丧失生产和交货的能力，因其另一工厂仍正常生产。对此，我方似可允许对方推迟履行合同，而不能同意撤约。

16.4　仲裁

16.4.1　仲裁的含义与特点

　　在国际贸易中，买卖双方发生争议后的解决方式有友好协商、调解、仲裁和诉讼四种途径。双方友好协商及邀请第三方居间调停的调解方式是解决争议的常用办法，如果这两种方式不能解决时，才采用仲裁和诉讼方式。

　　所谓仲裁（Arbitration），又称"公断"，是指买卖双方根据双方达成的书面协议自愿把双方之间的争议提交双方所同意的第三方予以裁决，以解决争议的一种方式。仲裁裁决对双方都有约束力。

　　仲裁同诉讼方式相比，具有以下特点：

　　（1）国际性。一国法院的裁决，一般出不了国门，基本上得不到国外法院的承认。但是仲裁不一样。只要在纽约仲裁公约上签了字的国家和地区（目前有 130 个）都必须互相承认仲裁机构的裁决。例如，我国法院的判决不能去美国执行，但我国仲裁机构的裁决却可以在美国执行。如果是美国公司仲裁败诉，又不肯付钱，那么可以要求该公司所在地法院执行。

　　（2）中立性。双方当事人处于不同国家的时候，可能互不信任对方国家法院的公正性，而仲裁可以中立于两国法院之外，不受任何一方国家司法制度和公共政策的影响。

　　（3）自治性。双方当事人可以执行决定仲裁人、仲裁地点、仲裁程序等，从而使仲裁满足当事人的特别需要，而不像司法诉讼那样一切都有严格的规定，由不得双方当事人去选择。

　　（4）专业性。许多经济上的争议往往涉及专门性或者技术性的问题，需要专业知识才能解决，法院的法官们是很难作出这种专业判断的。而仲裁，当事人可以从产业界、商业界、科技界选择专家或知名人士充当仲裁员，能够准确判断问题，迅速解决争议。

　　（5）保密性。仲裁一般秘密进行，不必像法院审理那样公开开庭。所以如果双方当事人的争端涉及商业秘密、专有技术等方面时，或者一些大公司觉得公开开庭有损形象时，仲裁的优点就显露出来了。

　　（6）仲裁的终局性。仲裁裁决一般是终局的，不像法院判决那样还可以在法定的期限内向上一级法院上述。所以仲裁解决争端比较迅速，而且节省时间和费用。

16.4.2　仲裁协议

1. 仲裁协议的形式

　　仲裁协议必须是书面的形式，主要有两种：一种由双方当事人在争议发生之前订立的已含在合同内的"仲裁条款（Arbitration Clause）"。另一种是争议发生以后订立的，表示同意把已经发生的争议交付仲裁的"提交仲裁协议（Submission of Arbitration Agreement）"。

2. 仲裁协议的作用

仲裁协议表明是双方当事人自愿提交仲裁；排除了法院对争议案件的管辖权，约束双方法事人只能以仲裁方式解决争议，不得向法院起诉；使仲裁机构取得对争议案件的管辖权，并作为仲裁机构受理争议案件的法律依据。

16.4.3 合同中的仲裁条款

1. 仲裁地点

按照有关国家的法律解释，在哪国仲裁就适用哪个国家的仲裁规则或程序法。所以应力争在本国仲裁，在做不到的情况下再选择在被诉方所在国仲裁或在双方同意的第三方仲裁。

2. 仲裁机构

国际贸易仲裁机构包括临时机构和常设机构。常设机构包括：①国际性或区域性机构，如国际商会仲裁院；②全国性机构，如英国伦敦国际仲裁院、美国仲裁协会、中国国际经济贸易仲裁委员会；③行为性机构，如伦敦谷物商业协会。

我国常设的仲裁机构主要是中国国际经济贸易仲裁委员会和海事仲裁委员会，根据业务发展的需要，中国国际经济贸易仲裁委员会又分别在深圳和上海设立了分会，北京总会及其在深圳和上海的分会是一个统一的整体。

3. 仲裁程序（Arbitration Procedure）

仲裁程序主要分成四个步骤：提出仲裁申请（Arbitration Application）；组织仲裁庭、指定仲裁员；审理案件；作出裁决。

仲裁费用一般规定由败诉方承担。

4. 仲裁条款格式

（1）在我国仲裁的条款。"凡因本合同引起的或与合同有关的任何争议，双方应通过友好协商的办法解决；如果协商不能解决，均应提交中国国际经济贸易仲裁委员会，按照申请仲裁时该会现行有效的仲裁规则进行仲裁。仲裁裁决是终局的，对双方都有约束力。"

（2）在被诉方所在国仲裁的条款。"凡因本合同引起的或与本合同有关的任何争议，双方应通过友好协商来解决；如果协商不能解决，应提交仲裁，仲裁在被申请人所在国进行。在中国，由中国国际经济贸易仲裁委员会根据申请仲裁时该会现行有效的仲裁规则进行仲裁。如在××国（被申请人所在国名称）由××国××地仲裁机构（被申请人所在国家的仲裁机构的名称）根据该组织的仲裁程序规则进行仲裁。现行有效的仲裁裁决是终局的，对双方都有约束力。"

（3）在第三方仲裁的条款。"凡因本合同引起的或与本合同有关的任何争议，双方应通过友好协商来解决，如果协商不能解决，应按××国××地××仲裁机构根据该仲裁机构现行有效的仲裁程序规则进行仲裁。仲裁裁决是终局的，对双方都有约束力。"

本章小结

1. 商检是指商品检验机构对拟交付货物的品质、规格、数量、质量、包装、卫生、安全等项目所进行的检验、鉴定和管理工作。

2. 索赔是指在进出口交易中，因一方违反合同规定直接或间接地给另一方造成损失，受损方向违约方提出赔偿的要求。

3. 不可抗力包括"自然力量"和"社会力量"两种情况，由不可抗力引起的法律后果包括解除合同、延迟履行合同。

4. 仲裁国际贸易发生争端时买卖双方普遍采用的方式，仲裁的裁决是终局性的，对双方都有约束力。

关键术语

商品检验　商检机构　商检证书　争议　索赔　理赔　不可抗力　仲裁
仲裁协议

课后习题

简答题

1. 检验检疫机构如何规定检验时间和地点？
2. 索赔和理赔应该注意哪些问题？
3. 规定不可抗力条款时应注意的问题有哪些？
4. 仲裁同诉讼方式相比有哪些特点？

案例分析题

1. A 公司向美国 B 公司以 CIF 纽约条件出口一批农产品，订约时，A 公司已知道该批货物要转销加拿大。该货物到纽约后，立即转运加拿大。其后纽约的买方 B 公司凭加拿大商检机构签发的在加拿大检验的证明书，向 A 公司提出索赔。请问：A 公司应如何对待加拿大的检验证书？

2. 我国某公司售货给加拿大的甲商，甲商又将货物转手出售给英国的乙商。货抵甲国后，甲商已发现货物存在质量问题，但仍将原货经另一艘船运往英国，乙商收到货物后，除发现货物质量问题外，还发现有 80 包货物包装破损，货物短少严重，因而向甲商索赔，据此，甲商又向我国该公司提出索赔。问此案中，我国该公司是否应负责赔偿？为什么？

3. 我国某公司按 FOB 条件进口商品一批，合同规定交货期为 5 月份。同年 4 月 8 日，对方来电称，因洪水冲毁公路（附有证明），要求将交货期推至 7 月份。我国该公司接信后，认为既然有证明因洪水冲毁公路，推迟交货期应没有问题，但因广交会期间工作比较忙，我国该公司一直未给对方答复。6、7 月份船期较紧，我国该公司于 8 月份才派船前往装运港装货。因货物置于码头仓库产生了巨额的仓租、保管等费用，对方便要求我国该公司承担有关的费用。请问：我国该公司可否以对方违约在先为由，不予理赔？为什么？

4. 甲方与乙方签订了出口某种货物的买卖合同一份，合同中的仲裁条款规定："凡因执行本合同所发生的一切争议，双方同意提交仲裁，仲裁在被诉人所在国家进行。仲裁裁决是终局的，对双方具有约束力。"在履行合同的过程中，乙方提出甲方所交的货物品质与合同规定不符，于是双方将争议提交甲国仲裁。经仲裁庭调查审理，认为乙方的举证不实，裁决乙方败诉，事后，甲方因乙方不执行裁决向甲国法院提出申请，要求法院强制执行，乙方不服。问乙方可否向甲国法院提请上诉？为什么？

第 17 章　进出口合同的订立与履行

学习目标：

1. 了解交易磋商前的准备工作。
2. 掌握交易磋商的四个基本程序。
3. 掌握进出口合同生效的条件以及合同的内容等。
4. 学习如何履行进出口合同。

整个进出口业务中最为重要的环节是进出口合同的订立。合同质量的好坏直接影响到进出口商从合同中得到的利益；而合同的履行直接关系到合同各利益方能否依据所订立的合同实现各自的预期利益。按照联合国以及各国的有关法律，认真履行合同是合同当事人各方应尽的责任，合同一旦依法有效成立，有关当事人必须履行合同规定的义务。

17.1　交易磋商

17.1.1　交易磋商前的准备工作

交易磋商（Business Negotiation）是买卖双方以买卖某种商品为目的，通过一定程序就交易的各项条件进行洽谈，最后达成协议的全过程。交易磋商的内容包括买卖商品的品质、数量、包装、价格、运输、保险、支付、商品检验、争议和索赔、不可抗力和仲裁等交易条件。交易磋商的目的是通过磋商取得一致意见，使交易顺利达成。

交易磋商在国际贸易中占有十分重要的地位，是国际贸易活动中最重要的环节。交易磋商的重要性在于交易磋商是国际贸易合同订立的基础，并且关系到交易成败和经济效益。因此，在进出口交易磋商前，对外贸易人员必须充分、细致地做好各项准备工作，在商订合同的过程中也会比较主动和顺利。

交易磋商前的准备工作主要有以下几点：

（1）市场调研。国际市场错综复杂，风云多变，因此在正式交易前必须要做好国外目标市场的调查研究。出口磋商前要通过各种途径广泛了解诸如该国的地理、人口、政治、经济情况，有关产品的市场代销、价格状况，只有做到"知己知彼"，才能"百战不殆"。在进口磋商前还要弄清拟采购商品的供应国和主要供货商的供应情况、价格走势，根据商品的不同规格、技术条件，进行分析比较，做到"货比三家"，选择从产品对路、货源充足、价格较低的市场中采购。

（2）选择交易对象。在交易之前，要对有关客户的支付能力、客户背景、经营范围、经营能力、经营作风等资信状况进行全面调查，从中选出成交可能性最大的客户。除此之外，在进口磋商前还要了解其购销渠道，考察其是专业出口商还是生产厂商，以便正确选择供货对象，减少不必要的中间环节，节约外汇支出。

（3）制定出口商品经营方案。在调查研究的基础上，为了更有效地做好交易前的准备工作，使对外磋商有所依据，一般都要事先制定商品经营方案，保证经营意图的贯彻与实施。作为出口商品经营方案而言，其主要内容包括货源、国外市场、出口经营等情况以及推销计划和措施。

（4）协商一般交易条件。为便于以后交易的进行，在开始建立业务联系时，除相互交换各自的企业性质、经营范围、往来银行名称及其他必要的情况外，习惯上还要首先就适用于双方今后所有交易的共同性条款进行协商、达成协议，称为"一般交易条件协议（Agreement on General Terms and Conditions of Business）"，作为未来实际交易的遵循基础，但多数情况下，这一环节也可省略。

（5）进口磋商前有关手续的申报。对于一些国家或地区而言，要进口属许可证管理的进口商品，还要在对外订货前填制进口许可证申请表，连同有关应提交的文件，向发证部门申请进口许可证。另外，任何进口所需用的外汇，均应按规定程序上报用汇计划。

17.1.2　交易磋商的形式和内容

1. 交易磋商的形式

（1）口头磋商，主要是指在谈判桌上面对面商谈，有利于及时了解交易对方的态度和诚意，尤其适合于谈判内容复杂、涉及问题多的交易。如参加各种交易会、洽谈会以及组织贸易小组出访、邀请客户来华洽谈等。此外，还包括双方通过国际长途电话进行的交易磋商。

（2）书面磋商，主要是指通过信件、电报、电传、E-mail 等通信方式进行洽谈交易。随着现代通信技术的发展，书面洽谈也越来越简便易行，且费用低廉，因此在日常业务中广泛采用。在实践中，上述两种形式往往是结合使用的。

2. 交易磋商的内容

交易磋商的内容涉及拟签订的买卖合同的各项要素，包括品名、品质、数量、包装、价格、装运、保险、支付以及商检、索赔、仲裁和不可抗力等。其中交易的"主要条件"一般包括品名与品质、数量、包装、价格、装运和支付等交易条件，是每笔交易中必须逐条谈妥的。而其他交易条件，如商检、索赔、仲裁和不可抗力等，往往印成一张书面文件或者印在合同的背面，作为"一般交易条件"，事先送给对方，经过双方协商同意后，即成为今后双方进行交易的共同基础，而不需要每次都重复商洽。"一般交易条件"协议对缩短交易洽商时间、减少费用开支等均有益处，故在国际贸易中广泛采用。

17.1.3　交易磋商的一般程序

交易磋商的一般程序包括"询盘—发盘—还盘—接受"四个环节。

1. 询盘（Inquiry）

询盘又称询价，是指交易的一方想要出售或购买某种货物，而向对方发出的关于交易条件的询问。可以只询问价格，也可询问其他一项或几项交易条件，直至要求对方发盘。

询盘不是合同磋商的必经步骤，而只是一种试探市场动态的手段。它对询盘人与被询盘人均无法律约束力，往往是交易的起点，故应予以重视，作及时和适当的处理。

2. 发盘（Offer）

发盘又称发价或报价，是交易一方向对方提出买卖某种商品的各项交易条件，并愿意按照这些条件达成交易、订立合同的一种肯定明确的表示。在实际业务中，发盘通常是一方在收到对方的询盘后做出的，但也可不经对方询盘而直接向对方发盘。

发盘又可以分为销售发盘（Selling Offer）和购买发盘（Buying Offer，或称"递盘"，Bid），前者是由卖方作出的发盘，后者是由买方作出的发盘。发盘一经发出，即具有法律约束，在其有效期内发盘人不得任意撤销或修改其内容。如果受盘人在有效期内表示无条件地接受发盘，发盘人将承担按发盘条件与受盘人建立合同的法律责任，合同成立后对双方都有法律约束力。

根据《联合国国际货物销售合同公约》第14条第1款的规定，发盘的内容必须十分确定，至少应包括三个基本因素：①标明货物的名称；②明示或默示地规定货物的数量或规定数量的方法；③明示或默示地规定货物的价格或规定确定价格的方法。凡包含上述三项基本因素的订约建议，即可构成一项发盘，如该发盘被对方接受，买卖合同即告成立。

发盘的有效期通常情况下都规定一个最迟接受的期限或者规定一段接受的期限。发盘生效的时间如果是以口头方式作出的发盘，一种是认为发盘人发出发盘的同时，发盘就生效，另一种是认为发盘必须到达受盘人时才生效。

发盘效力在以下几个条件下可以终止：①在发盘规定的有效期内未被接受或虽未规定有效期，但在合理的时间内未被接受，则发盘的效力即告终止；②发盘被发盘人依法撤销；③发盘人发盘之后，发生了不可抗力事件，发盘效力即告终止；④被发盘人拒绝还盘之后，发盘效力即告终止；⑤发盘人或受盘人在发盘被接受前丧失行为能力，则该发盘可以终止。

3. 还盘（Counter-offer）

还盘又称还价，是受盘人在接到发盘之后，对发盘的交易条件不完全同意而提出修正变更的表示。事实上还盘可以被看做是由原受盘人对原发盘人作出的一项新的发盘，所以发盘一经还盘，原发盘的法律约束力就已不存在。在交易磋商过程中，还盘并不是一项必不可少的法律程序。因为在交易磋商过程中，作为讨价还价的还盘可以是一次，也可以是多次，直至达成协议，也可以不经还盘由受盘人直接接受达成协议。

4. 接受（Acceptance）

接受是指交易的一方在接到对方的发盘或还盘后，在发盘的有效期限内作出的同意发盘全部条件、愿意订立合同的一种明确表示。发盘一经接受，合同即告成立，双方就应各自履行其所承担的义务。

有效的接受必须具备下列四个要件：①接受必须由受盘人作出；②接受必须同意发盘所提出的交易条件；③接受必须在发盘规定的时效内作出；④接受通知的传递方式应符合发盘的要求。接受生效的时间按照英美法系采用"投邮主义"的原则，即接受通知必须送达发盘人时才能生效。

逾期接受又称为迟到的接受（Late Acceptance），是指接受通知到达发盘人的时间已经超过了发盘所规定的有效期，或者在发盘未规定有效期时，已超过了合理的时间。《联合国国际货物销售合同公约》认为逾期的接受原则上是无效的，但为了有利于双方合同的成立，该公约对逾期的接受采用了一些灵活的处理方法，使它在符合某些条件的情况下，仍然具有接受的效力，合同仍然能够成立，包括：①逾期接受原则上无效，但如发盘人毫不迟延地用口头或书面通知被发盘人，认为逾期接受仍然有效，则逾期接受仍然具有接受的效力。该种情况下逾期接受是否有效的决定权在发盘人手中。②如果载有逾期接受的信件或其他书面文件表明，它是在传递正常、能及时送达发盘人的情况下寄发的，则该项逾期接受具有接受的效力，除非发盘人毫不迟延地用口头或书面通知被发盘人：他认为他的发盘已经失效。在这种情况下，逾期接受原则上有效，但决定权也在发盘人手中。但按照各国的法律，逾期的接受不能认为是有效的接受，而只是一项新的发盘。

如果接受已送达发盘人，接受即生效，合同即告成立，就不得撤回接受或修改其内容，因为这样做无异于撤销或修改合同。在当前通信设施越来越发达的情况下，发现接受中存在问题想撤回或修改时，经常是来不及了。因此，在国际贸易业务中为了避免差错，应该加强责任心，谨慎行事。

根据法律要求，国际货物买卖合同是经过发盘和接受的程序而成立的。因而在交易磋商的这四个环节中，发盘和接受是合同成立所必不可少的两个环节。

案例分析 17 - 1　逾期接受的效力

某年 3 月 15 日，A 公司向新加坡客户 G 公司发盘：报童装兔毛衫 200 打，货号 CM034，每打 CIF 新加坡 100 美元，8 月份装运，即期信用证付款，25 日复到有效。3 月 22 日收 G 公司答复如下：你方 15 日发盘收到。你方报价过高，若降至每打 90 美元可接受。A 公司次日复电：我方报价已是最低价，降价之事歉难考虑。3 月 26 日 G 公司又要求航邮一份样品以供参考。3 月 29 日，A 公司寄出样品，并函告对方：4 月 8 日前复到有效。4 月 3 日，G 公司回函表示接受发盘的全部内容，4 月 10 日送达 A 公司。经办人员视其为逾期接受，故未作任何表示。

7 月 6 日，A 公司收到 G 公司开来的信用证，并请求用尽可能早的航班出运。此时因原料价格上涨，公司已将价格调整至每打 110 美元，故于 7 月 8 日回复称：我公司与你方此前未达成任何协议，你方虽曾对我方发盘表示接受，但我方 4 月 10 日才收到，此乃逾期接受，无效。请恕我方不能发货。信用证已请银行退回。如你方有意成交，我方重新报价每打 CIF 新加坡 110 美元，9 月份交货，其他条件不变。

7 月 12 日 G 公司来电：我方曾于 4 月 3 日接受你发盘，虽然如你方所言，4 月 10 日才送达你方，但因你我两地之邮程需三天时间，尽管我方接受在传递过程中出现了失误，你我两国均为《联合国国际货物销售合同公约》（以下简称《公约》）的缔约国，按该公约第二十一条第 2 款规定，你方在收到我方逾期接受后未作任何表示，这就意味着合同已经成立，请确认你方将履行合同，否则，一切后果将由你方承担。

请分析 G 公司的上述观点是否正确？

分析：此案争议双方所在国均为《公约》的缔约国，因此，应按《公约》的有关规定处理。关于逾期接受，《公约》认为一般无效，但也有例外情况。《公约》第二十一条规定：①逾期接受仍有接受的效力，如果发盘人毫不延迟地用口头或书面形式将此种意见通知受盘人。②如果载有逾期接受的信件或其他书面的文件表明，它在传递正常的情况下是能够及时送达成发盘人的，那么这项逾期接受仍具有接受的效力，除非发盘人毫不延迟地用口头或书面方式通知受盘人，其认为发盘已失效。根据这条规定，不管什么原因造成的逾期接受，发盘人都有权决定它有效还是无效，只要采取相应的行动即可。A 公司 4 月 10 日收到逾期接受后，如及时复函表示发盘已失效，则该接受就无效，合同不成立。

此案的教训是，在收到逾期接受时，首先要判断造成逾期的原因。如难以判断，则根据具体情况采取不同做法，或去电确认有效或表示发盘已失效。置之不理会产生纠纷，陷入被动，造成不必要的损失。

17.2　进出口合同的订立

在交易磋商中，当一方的发盘表示经另一方接受后，合同即告订立。我国《中华人民共和国合同法》（以下简称《合同法》）明确规定，依法成立的合同，自成立时生效，对当事人具有法律约束力，并受法律保护。

17.2.1　合同成立的有效条件

我国《合同法》、《公约》以及各国民法或商法对合同成立的有效条件都有规定，归纳起来，只有具备以下几方面条件才能构成一项有效的国际货物买卖合同。

1. 当事人必须具备签订合同的资格和行为能力

签订买卖合同的当事人有自然人和法人。如果是"自然人"，必须是精神正常的成年人才能订立合同，未成年人、精神病患者、醉汉等不具备法律行为能力的人，其所签的合同无效。如果是"法人"，则行为人应是企业的全权代表，若非企业负责人代表企业订立合同时，一般应有授权证明书、委托书或类似的文件，否则，越权的合同不能发生法律效力。

2. 协议必须是当事人在自愿和真实的基础上达成

国际货物买卖合同是买卖双方的法律行为，不是单方面的行为，所以双方当事人意思表示必须一致，合同才能成立。而且这种协议必须建立在双方自愿的基础上，当事人表示的意思也必须是真实的意思。

3. 合同标的内容必须合法

合同标的内容合法是指货物和货款等必须合法，货物应是政府允许出口或进口的商品，如果属政府管制之列的，则应有许可证或配额，外汇货款的收付也必须符合国家规定。如有限制价格、限制销售地区、限制竞争等内容的合同，因违反了反垄断法、竞争法等相关规定，也属无效合同。

4. 必须互为有偿

国际货物买卖必须是有偿的交换，国际货物买卖合同也必须是互为有偿的双方合同，对此英美法系称之为"对价（Consideration）"，是指合同当事人之间所提供的相互给付（Counterpart），即为了取得合同利益而付出的代价；法国相关法的相应概念则称"约因（Cause）"，是指当事人签订合同所追求的直接目的。买卖合同只在有"对价"或"约因"的情况下，才是有效的，否则得不到法律的保障。

5. 合同的形式必须符合法律规定

我国《合同法》规定，订立对外买卖合同必须采取书面形式。而世界大多数国家，只对少数合同的订立形式作规定，而对大多数合同一般不从法律上规定应当采取的形式。《公约》规定国际货物买卖合同无须以书面订立或书面证明，在形式方面也不受任何其他条件限制。所以在这项内容上我国法律有重大差异，在进行国际贸易活动时要格外留意。

17.2.2　合同的基本内容

国际货物买卖合同是规定买卖双方权利和义务的法律文件，其内容通常包括以下三部分：

（1）约首，即合同的序言部分，包括合同的名称、编号、缔约双方当事人的名称和地址、电报挂号、电传号码等项内容。除此之外，在合同约首部分还常写明双方订立合同的意愿和执行合同的保证。

（2）正文，又称"基本条款"。这是合同的主体部分，具体列明各项交易环节的条件或条款，包括品名、品质、规格、数量、包装、价格、装运、保险、支付、检验、索赔、不可抗力和仲裁条款，这些条款体现双方当事人的权利与义务。

（3）约尾，一般包括合同的份数，使用的文字，订约的时间、地点及生效的时间，双方当事人的签字等项内容。有的合同也将"订约时间及地点"列于约首。

17.2.3　合同的基本形式

在国际贸易中，订立合同的形式有三种：书面形式、口头形式、以行动表示。国际惯例采用"不要式"原则，对形式一般不作特别要求。但是在国际贸易实践中，交易双方通过口头或来往函电磋商达成协议后，通常还是要签订一定格式的书面合同。具体说来，书面合同的常见形式有以下几种：

（1）进口或出口合同（Import & Export Contract）。它又称销售合同（Sales Contract）和购买合同（Purchase Contract），前者是由卖方（出口方）草拟提出，后者是由买方（进口方）草拟提出。这种合同的内容比较完整、全面，对双方的权利和义务以及发生争议后如何处理等问题均有明确的规定，所以这种形式的合同有利于明确双方的权利和责任，因此大宗商品或成交金额较大的交易多采取这种形式。

（2）销售或购买确认书（Sales & Purchases Confirmation）。它是一种简化的合同，适用于金额不大、批数较多的土特产品和轻工产品，或者已订有代理、包销等长期协议的交易。

（3）协议（Agreement）。如果交易比较复杂，经过磋商后，只谈妥了一部分条件，还有一部分条件有待进一步商洽，此时买卖双方可先签订一个"初步协议（Preliminary Agreement）"或"原则性协议（Agreement in General）"，把双方已商定的条件确立下来，其余条件以后再行详谈。但在这种协议内应订明"本协议属初步性质，正式合同有待进一步洽商后签订"或作出类似意义的声明，以明确该协议不属正式有效的合同性质，在法律上没有约束力。

（4）意向书（Letter of Intent）。买卖双方为了达成某项交易，将共同争取实现的目标、设想和意愿以及初步商定的部分交易条件在没有达成最后协议前记录于一份书面文件上，作为今后进一步谈判的参考和依据，这种书面文件即为"意向书"。它不是法律文件，只是双方当事人为达成某项协议而作出的一种意愿的表示，对有关当事人没有约束力，但有关当事人彼此负有道义上的责任，在进一步的洽谈中一般不应与意向书中所作的规定偏离太远。

（5）订单和委托订购单（Order & Indent）。订单是指由进口商或实际买方拟制的货物定购单；委托订购单是指由代理商或佣金商拟制的代客购买货物的订购单。经过磋商成交后寄来的订单或委托订购单，一般就是购货方的购货合同或购买确认书。

（6）备忘录（Memorandum）。如果买卖双方商定的交易条件明确具体地在备忘录中一一作出了规定，并经双方签字，那么这种备忘录的性质与合同无异。但是双方经洽谈后，只是对某些事项达成一定程度的理解或谅解，并将这种理解或谅解用"备忘录"的形式记录下来，作为双方今后交易或合作的依据，或供进一步洽谈参考，那么这种备忘录可冠以"理解备忘录"或"谅解备忘录（Memorandum of Understanding）"的名称，它在法律上不具有约束力。

在我国对外贸易实践中，通常以"合同"和"确认书"的形式居多。合同或确认书一般都制作一式两份，由双方合法代表分别签字后各执一份，作为合同订立的证据和履行合同的依据。

17.3 进出口合同的履行

买卖合同签订并依法生效后，买卖双方必须严格按照合同办事，履行约定的权利与义务，使合同的各项条款付诸实践。任何一方不得擅自变更或者解除合同，否则违约一方应根据具体情况和后果，承担相应的法律责任。

17.3.1 出口合同的履行

出口合同的履行是指出口商对出口合同中所规定的出口方的权利和义务的履行。由于不同贸易术语的合同对运输、交货、支付等条件的规定有所不同，因而履行程序也不同。下面以凭信用证支付、通过海洋运输交货的 CIF 合同为例，主要介绍这种价格条件合同的一般履行程序，其他价格条件的合同，除若干环节有所不同外，基本可参照其做法。

1. 备货

在出口买卖合同订立后，出口方为了保证按时、按质、按量地完成合同的交货义务，需根据合同规定的品质、包装、数量和交货时间的要求，进行货物的准备工作，主要包括：按生产计划和进货合同向生产部门或供货部门安排生产或催交货物；购进后需核查应收货物的品质、数量、包装等情况，并对货物进行验收；依约定条件加以包装，刷印"唛头"；按商品、合同和信用证规定的具体情况，办妥必要的商品检验手续，取得相关检验证书，作为出口和收取货款的依据。

2. 催证、审证和改证

在以信用证为结算方式的出口合同中，必须做好催证、审证和改证工作。催证是指卖方在买方未按合同规定及时开出信用证时，以某种通信方式催促买方办理开证手续，以便卖方履行交货义务；审证是指出口企业在收到信用证后，应立即对照出口合同并依据《跟单信用证统一惯例》（UCP600）规定对信用证内容逐项认真审核，审证的基本原则是"单证一致"，即要求信用证内容与出口合同的规定相一致，在未征得买方同意前，不得随意改变；改证是指在审证时，如发现有与合同不一致的地方和不能接受的条款或要求时，应及时向对方提出要求进行修改。

3. 报检

凡属国家规定要报检的商品或者合同中明确规定要求经过检验的商品，均需在备好货后向商检部门申报进行检验。检验合格后，由商检部门出具检验证明书，作为出口商品海关放行的重要依据。

4. 租船订舱、报关、投保和装运

在 CIF 合同下，租船或订舱由出口企业负责。租船是指货物数量比较大时，向外运公司租用整条船进行装运；订舱是指在货物数量不大时，向外运公司预订部分班轮舱位运输货物。货物在装运出口前，必须先报关。报关时需缴验出口许可证、出口货物报关单等必要的证件和单据，经海关查验核对无误，在装货单上盖章放行后，船方才能接受装船。在装船前卖方还须按合同和信用证规定向保险公司办理投保手续。货物装船后，应及时向买方发出装船通知，以便对方准备付款、赎单、办理收货。

5. 制单结汇

货物装运后，出口企业应立即按照信用证要求，正确开制发票等单据，并需在信用证规定的交单有效期内，将发票、提单、保险单、商检证书、装箱单、重量单、产地证及其他有关单据和凭证送交议付银行办理议付结汇手续。为保证及时、安全收汇，制单工作必须认真、仔细，严格做到"单证一致"和"单单一致"。

17.3.2　进口合同的履行

进口合同依法成立后，进口方除应信守合同规定，履行买方的付款和收货等义务外，还应督促卖方履行合同义务。下面以进口业务中以信用证支付的 FOB 合同为例，说明进口合同的一般履行程序。

1. 开证

在进口合同的履行中，对外贸易企业的第一项义务就是严格按合同规定的时间开立信用证，同时信用证的条款要以合同为依据，品质、数量、价格、运输、装货等条款都要与合同中的条款相符合，即做到"单证一致"。

2. 租船、订舱、催装

FOB 进口合同由买方负责租船或订舱。此项工作一般由进口企业委托外运公司按买卖合同规定办理，办妥后要及时将船期、船名通知国外卖方，以便对方备货，并准备装船。如果卖方未备好货或者由于卖方的其他原因货物未能及时装船，买方应催促卖方立即备货，尽快装船。

3. 投保

按 FOB 进口合同的规定，应由买方负责投保。具体做法是：由进口企业根据商品性质、运输方式、运输路线、来源地等情况确定投保金额和险别，填写投保单向保险公司投保，交纳保险费，并向保险公司取得保险单或保险凭证。

4. 审单、付款和赎单

卖方将货物装运后，将汇票和货运单据交出口地银行办理议付，议付银行在买单押汇后遂将汇票连同货运单据寄交买方开证银行。开证银行根据"单证一致"和"单单一致"的原则，对照信用证条款核对单据的种类、份数和内容，如果单单相符、单证相符，即由开证行向国外议付行付款，并通知进口企业按照外汇牌价向银行购买外汇，赎取单据。如发现单证不符或单单不符，应由开证银行向国外议付行提出异议，并根据不同情况进行处理。

5. 报关、报检和接货

进口企业赎单后，就应着手准备发货，一旦货物抵达目的港，就要按照海关法令和规定的手续向海关申报验放。在报关时，进口企业要根据进口单据（发票、提单等）填写进口货物报关单，向海关申报进口，海关凭进口许可证和/或进口货物报关单对货、证进行查验，认可后放行。报关、接货等工作一般由进口企业委托外运公司代办。

对进口货物要及时报检，报检的时间应该符合合同的规定。逾期报检，不但商检部门可以不受理，而且需要索赔时也将遭到卖方的拒绝。进口货物在经过报关、报检和提货等环节后，应立即向用货单位办理拨交。

6. 进口索赔

在进口贸易中，有时会发生由于买卖双方中的一方不履行合同或不完全履行合同而引起对方提出索赔，或由于在装运过程中货物的品质、数量、包装受到损害而向有关部门提出索赔的情况。买方可以根据不同情况提出索赔：①凡属不交货、原装货物品质低劣、数量不符，或因包装不良使货物受损的，应向卖方索赔；②凡属卸货数量少于提单所载数量，或在清洁提单下由于船方过失而致使货物发生残损的，应向船方索赔；③凡由于自然灾害、意外事故或外来原因造成的属于承保责任范围内的损失，应向保险公司索赔。

17.3.3　我国出口结汇的方法

我国出口结汇的方法主要有买单结汇、收妥结汇和定期结汇。

（1）买单结汇。它又称"出口押汇"，即国际上银行界通行的"议付（Negotiation）"做法。是指出口地银行（议付行）在审单无误的情况下，按信用证的条款买入出口企业（受益人）的汇票和单据，并按照票面金额扣除从议付日到估计收到票款之日的利息，将净数按议付日外汇牌价折成人民币付给出口企业。银行买入跟单汇票后，即成为汇票持票人，可凭票向国外付款行索取货款。如汇票遭到拒付，议付行有权处理单据或向受益人追索票款。

（2）收妥结汇。它又称"先收后结"，是指出口银行对出口企业交来的单据进行审查，认定单据一致后，将单据寄往国外付款行索取货款，待接到国外付款行将票款收入出口地银行账户的贷记通知书时，即按当日外汇牌价折成人民币交付有关出口企业。

（3）定期结汇。它是指出口地银行根据向国外付款行索偿所需时间，预先确定一个固定的结汇期限，到期不管是否收妥票款，均主动将票款金额折成人民币、交付出口企业。

案例分析 17 - 2　贸易诈骗案例两则及教训

案例 1:

我国某公司 1997 年向美国 ABC 公司出口马桶盖。付款方式为即期 L/C；但客户要求寄 1/3 正本 B/L 以便早日提货销售，并一再声称这是美国商界现行流行做法。因是第一次交易，我方坚持不寄，客户则坚持不寄不成交。最后在客户签订保函保证即使没有收到 1/3 提单时，也要按时依据 L/C 要求付款后，签订合同 1X20'柜，FOB DALIAN USD10 500。第一次合作很顺利，在我方刚刚寄出 B/L，就收到了客户通过银行 L/C 项下的付款。第二次合同金额增至 USD31 500，客户仍坚持带 1/3 正本 B/L。考虑到客户第一单很守信用及时付款的事实我方答应了客户要求。货发出后，就及时将正本 B/L 寄出并迅速向银行交单议付。十几天后，我方询问客户是否已经付款时，客户答曰：正在办理。二十几天后当我方发现货款仍未到账又追问客户是否已付款时，客户答曰：因资金紧张，过几天就付款。实际此时客户已凭我方寄去的正本 B/L 将货提走。三十几天后待我方再询问客户付款时，客户开始拖延，后来就完全杳无音信了。由于交银行单据超证出运有明显不符点，所以银行已无从帮忙，我方公司白白损失 20 多万人民币。

案例 2:

我国某公司 2000 年向美国 MAY WELL 公司出口工艺品。该公司以前曾多次与其交往，关系不错，但没有成交。第一笔成交客户坚持要以 T/T 付款，称这样节约费用对双方有利。我方考虑双方长时间交往，还算了解就答应了客户的要求。在装完货收到 B/L 后即 FAX 给客户。客人很快将货款 USD 11 000 汇给我方。第一单非常顺利。一个月后客户返单，并再次要求 T/T 付款，我方同意，三个月内连续四次返单总值 FOB DALIAN USD 44 000，目的港为墨西哥。但由于我方疏忽在出发后既没有及时追要货款，更没有采取任何措施，使客户在没有正本 B/L 的情况下从船公司轻松提货。待四票货全部出运后再向客户索款已为时过晚，客户均以各种理由拖延；半年后客户人去楼空，传真、E-mail 不通，4 万多美元如石沉大海，白白损失。

案例评析：

以上两案有许多共同的教训可以吸取，主要有以下几点；

（1）不论是新老客户，不论成交量大小，最好能以 L/C 方式为主要付款条件来签合同。L/C 项下付款条件下，对证中含有软条款的，如寄 1/3 正本 B/L、提供繁琐的检验报告、限制第三方议付等，要事先落实是否能做到否则决不接受。对其他条款也要认真审核，如不能做到，要及时通知客户修改，要认真检查审核单据，单单相符，单证相符，不给不法商人以任何可乘之机。

（2）签订 T/T、D/A、D/P 纯属商业信誉的合同时，必须对客户有十分可靠的了解，必要时可通过有关驻外机构进行资信调查，在没有搞清楚客户全部情况前不能贸然接受 T/T、D/P 付款。

（3）必须努力识破奸商惯用的欺诈手段，防患未然。这两个案例均是第一单客户信守承诺，及时付款，没有任何推迟和延误，而第二单就开始诈骗。这是一切骗子所惯用的伎俩，引诱你上钩，然后开始行骗。

（4）必须加强对合同和信用证的管理。随着市场经济的发展和出口的扩大，许多一线业务员有权决定付款方式，但这决不能放松公司对业务的管理和监督，如无特殊原因，不能采用非 L/C 付款；更不能长期放账。对于 D/A、D/P、M/T 下成交，应规定权限范围，不能一人说了算，不管什么付款方式都要及时查款，防止客户迟迟不付。T/T 项下没有收到货款，则不能寄 B/L。

（5）加强与银行的业务沟通，自觉接受银行的指导。上述两案虽然银行没有直接参与，但不管是 L/C 还是 D/P、D/A 业务，外贸公司必须与银行保持密切合作，接受银行指导和业务培训不断提高公司结汇水平。

（资料来源：锦程物流网，http：//www.jctrans.com）

本章小结

1. 交易磋商的一般程序可概括为"询盘—发盘—还盘—接受"四个环节，其中发盘和接受是合同成立必不可少的两个环节。

2. 进出口合同的订立是进出口业务中最为重要的环节，合同质量的好坏直接影响进出口商从合同中得到的利益。

3. 进出口合同是规定买卖双方权利和义务的法律文件，合同生效要具备四个要件，其内容通常包括约首、正文和约尾三部分。

4. 合同的履行直接关系到合同各利益方能否依据所订立的合同实现各自的预期利益。按照各国和联合国的有关法律，合同一旦依法有效成立，有关当事人必须履行合同规定的义务。

关键术语

交易磋商　询盘　发盘　还盘　接受　逾期接受　备忘录　意向书　催证　审证
买单结汇　收妥结汇　定期结汇

课后习题

简答题

1. 构成有效接受的条件有哪些？

2. 合同成立的有效条件有哪些？

3. CIF 出口合同的一般履行程序是什么？

案例分析题

1. A 公司向国外 B 公司发实盘，限某年 6 月 10 日前复到有效，B 公司于 6 月 8 日来电要求降价，A 公司于 9 日与另一家公司达成交易。同一天（9 日），B 公司又来电要求撤回 8 日还盘，全部接受原发盘的条件。A 公司以货已出售为由予以拒绝。B 公司声称其接受是在我方发盘的有效期内做出，要求 A 公司履约。试分析：B 公司的要求是否合理？为什么？

2. 我国某公司与某外商洽谈进口交易一宗，经往来电传磋商，就合同的主要条件全部达成协议，但在最后一次我方所发的表示接受的传真中列有"以签订确认书为准"。事后对方拟就合同草稿，要我方确认，但由于对某些条款的措辞尚待进一步研究，故我方未及时给予答复。不久，该商品的国际市场价格下跌，外商催我方开立信用证，我方以合同尚未有效成立为由拒绝开证。试分析：我方的做法是否有理？为什么？

3. 我国某中间商 A，就某商品以电传方式邀请 B 公司发盘，B 公司于某年 6 月 8 日向 A 方发盘并限 6 月 15 日复到有效。12 日 B 公司收到美国 C 商人按我方发盘规定的各项交易条件开来的信用证，同时收到中间商 A 的来电称："你方 8 日发盘已转美国 C 商人。"经查，该商品的国际市场价格猛涨，于是 B 公司将信用证退回开证银行，再按新价直接向美国 C 商人发盘，而美国 C 商人以信用证于发盘有效期内到达为由，拒绝接受新价，并要求 B 公司按原价发货，否则将追究 B 公司的责任。请问：美国 C 商人的要求是否合理？为什么？

关键术语中英文对照表

Absolute Advantage	绝对优势论
Absolute Quotas	绝对配额
Acceptance	（汇票）承兑、接受
Acceptance Credit	承兑信用证
Accepted	承兑
Acquired Endowment	后天的有利条件
Actionable Subsides	可申诉补贴
Advalorem Duty	从价税
Advanced Deposit	进口押金
Advanced Factors	高级要素
Advising Bank	通知行
Agreement	协议
Agreement on Customs valuation	海关估价协议
Agreement on Government Procurement，GPA	政府采购协议
Agreement on Subsidies and Countervailing Measures，SCM Agreement	补贴与反补贴措施协议
Agreement Quotas	协议配额
Alternative Duty	选择税
American Selling Price System	美国售价制
Anticipatory Credit	预支信用证
Anti-dumping Duty	反倾销税
Arbitration	仲裁
Arbitration Agreement	仲裁协议
Arbitration Application	仲裁申请
Arbitration Clause	仲裁条款
Arbitration Procedure	仲裁程序
Arrival Contract	到货合同
Asia-Pacific Economic Cooperation	亚太经济合作组织
Auction	拍卖
Autonomous Quotas	自主配额
Back to Back Credit	背对背信用证
Balance of Payment	国际收支
Balance of Trade	贸易差额
Banker's Draft	银行汇票

Basic Factors	基本要素
Bearer B/L	不记名提单
Beneficiary	受益人
Bilateral Quotas	双边配额
Bill of Exchange，Draft	汇票
Brand Name	品牌
Brussels Tariff Nomenclature，BTN	布鲁塞尔税则目录
Bullionism	重金主义
Business Competitiveness Index，BCI	企业竞争力指标
Business Negotiation	交易磋商
Buy American Act	购买美国货物法案
Buyer's Sample	买方样品
Buyer's Credit	买方信贷
Buying Offer	购买发盘
Cascading Tariff Structure	阶梯式关税结构
Check	支票
China and ASEAN Free Trade Area，CAFTA	中国—东盟自由贸易区
Claim Settlement	理赔
Claims	索赔
Clean B/L	清洁提单
Clean Bill	光票
Clean Credit	光票信用证
Collection	托收
Combined Certificate	联合凭证
Commercial Draft	商业汇票
Commodity Inspection	商品检验
Common Market	共同市场
Comparative Advantage	比较优势论
Complete Economic Integration	完全经济一体化
Complex Tariff	复式税则
Composition of International Trade	国际贸易商品结构
Compound Duty	复合税
Conditional L/G	有条件保函
Conditioned Weight	公量
Confirmation	确认书
Confirmed Credit	保兑信用证
Confirming Bank	保兑行
Confirming Sample	确认样品
Consignment	寄售

Consumer's Surplus	消费者剩余
Container	集装箱
Core and Periphery Theory	中心-外围论
Counter Sample	对等样品
Counter-offer	还盘
Countervailing Duty	反补贴税
Country Policy	国别政策
Country Quotas	国别配额
Customary Packing	习惯包装
Customers' Demand Lag	消费者需求时滞
Customs	海关
Customs Cooperation Council Nomenclature, CCCN	海关合作理事会税则商品分类目录
Customs Duty; Tariff	关税
Customs Procedures	海关程序
Customs Tariff	海关税则
Customs Territory	关境
Customs Union	关税同盟
Customs Valuation System	海关估价制度
Deferred Payment Credit	延期付款信用证
Demand L/G	见索即付保函
Description of Goods	商品分类目录
Direct B/L	直达提单
Direct Subsidy	直接补贴
Direct Trade	直接贸易
Direction of Trade	国际贸易地理方向
Discount	贴现
Discriminatory Government Procurement Policy	歧视性政府采购政策
Dishonour	拒付
Dishonour by Non-acceptance	拒绝承兑
Dishonour by Non-payment	拒绝付款
Disputes	争议
Documentary Bill	跟单汇票
Documentary Credit	跟单信用证
Documentary Evidence	书面证明书
Documents against Acceptance, D/A	承兑交单
Documents against Payment, D/P	付款交单
Documents against Payment at sight, D/P at sight	即期付款交单
Door to Door	门到门
Drawee	受票人

Drawer	出票人
Dumping	倾销
Effective Rate of Protection, ERP	有效保护率
Elasticity of Substitution	替代弹性
Emergency Tariff	紧急关税
Endorsee	被背书人
Endorsement	背书
Endorser	背书人
Energy-using Products, EuP	能耗产品
Entrepot Trade	转口贸易
Escape Clause	例外条款
European Union	欧洲联盟
Exchange Dumping	外汇倾销
Export Control	出口管制
Export Credit	出口信贷
Export Credit Insurance	出口信用保险
Export Duty	出口税
Export Packing	出口包装
Export Subsidies	出口补贴
Export Trade	出口贸易
Export Visa	出口配额签证
Export-oriented Policy	出口导向政策
External Economies of Scale	外部规模经济
External Trade	外部贸易
Factor Abundance	要素丰裕度
Factor Endowment	要素禀赋
Factor Endowment Theory	要素禀赋论
Factor Intensity	要素密集度
Factor Intensity Commodity	要素密集型产品
Factor of Production	生产要素
Factor Price	要素价格
Factor-driven	要素驱动
Factory Intensity Reversal	要素密集型逆转
Fair Average Quality, FAQ	良好平均品质
Fairs and Sales	展卖
Food and Drug Administration, FDA	美国食品药物管理署
Force Majeure	不可抗力
Foreign Exchange Control	外汇管制
Foreign Trade	对外贸易

Foreign Trade Multiplier Theory	对外贸易乘数理论
Foreign Trade Policy	对外贸易政策
Free Trade Policy	自由贸易政策
Free-Liquidation Trade	自由结汇贸易
General Agreement on Tariffs and Trade，GATT	关税与贸易总协定
General Tariff Rate	普通税率
General Trade	总贸易
Generalized System of Preference Tariff Rate	普惠制税率
Generalized System of Preferences，GSP	普遍优惠制
Global Competitiveness Index，GCI	全球竞争力指标
Global Quotas	全球配额
Graduation Clause	毕业条款
Gray Area Measures	灰色区域措施
Green Trade Barriers	绿色贸易壁垒
Gross for Net	以毛作净
Gross Weight	毛重
GSP Tariff Rate	普惠制税率
Harmonized System，HS	协调制度
Health and Sanitary Regulation	卫生检疫标准
Horizontal Economic Integration	水平经济一体化
Horizontal International Division of Labor	水平型国际分工
Horizontal Trade	水平贸易
Horizontal Union Policy	横向联合政策
Human Capital	人力资本
ICC Clause	保险条款
Imitation Lag	模仿时滞
Immediate Shipment	立即装运
Import and Export Commodity Policy	进出口商品政策
Import and Export Trade	进出口贸易
Import Duty	进口关税
Import License System	进口许可证
Import Quotas	进口配额
Import Substitute Policy	进口替代政策
Import Surtax	进口附加税
Import Trade	进口贸易
Importer Quotas	进口商配额
In Bulk	散装
Indicative Mark	指示性标志
Indirect Dumping	间接倾销

Indirect Subsidy	间接补贴
Indirect Trade	间接贸易
Infant Industry Theory	幼稚工业保护论
Innovation and Imitation Theory	创新与模仿理论
Innovation-driven	创新驱动
Inquiry	询盘
Inspection Certification	检验证书
Insurance Certificate	保险凭证
Insurance Policy	保险单
Intangible Goods Trade	无形贸易
Inter-industry Trade	产业间贸易
Intermittent Dumping	间歇性倾销
Internal Economies of Scale	内部规模经济
Internal Taxes	国内税
International Bank for Reconstruction and Development, IBRD	国际复兴开发银行
International Division of Labor	国际分工
International Factoring	国际保理
International Labor Organization, ILO	国际劳工组织
International Market	国际市场
International Monetary Fund, IMF	国际货币基金组织
International Price	世界市场价格
International Technology Trade	技术贸易
International Trade	国际贸易
International Trade in Services	服务贸易
International Trade Policy	国际贸易政策
International Value	国际价值
Intra-industry Trade	产业内贸易
Investment-driven	投资驱动
IPPC	国际植物保护公约组织
Irrevocable Credit	不可撤销信用证
Issue	出票
Labor Productivity	劳动生产率
Labor Standards	劳工标准
Legal Inspection	法定检验
Legal Weight	法定重量
Leontief Paradox	里昂惕夫之谜
Letter of Guarantee, L/G	保函
Letter of Intent	意向书

Lome Convention	洛美协定
Long Form B/L	全式提单
Long-run Dumping	长期性倾销
Mail Transfer，M/T	信汇
Managed Trade Theory	管理贸易论
Market Disruption	市场混乱
Market Distortion	市场扭曲
Mastery Lag	掌握时滞
Measurement Ton	尺码吨
Memorandum	备忘录
Mercantilism	重商主义
Minimum Price	最低限价
Mixed Duty	混合税
Mixed International Division of Labor	混合型国际分工
Monopoly Price	垄断价格
More or Less Clause	溢短装条款
Most-favored-nation Tariff Rate	最惠国税率
Most-favored-nation Treatment，MFNT	最惠国待遇
Name of Origin	产地名称
Natural Endowment	自然禀赋
Negotiation Bank	议付行
Negotiation Credit	议付信用证
Net Weight	净重
Neutral Packing	中性包装
Nominal Rate of Protection，NRP	名义保护率
Non-actionable Subsidies	不可申诉补贴
Non-tariff Barriers，NTBs	非关税壁垒
Normal Tariff	正常关税
North American Free Trade Agreement	北美自由贸易协定
North American Free Trade Area，NAFTA	北美自由贸易区
Nude Pack	裸装
Object of Taxation	税收客体
Offer	发盘
Offer Curve	提供曲线
Official Exchange Rate	官方汇率
On Board B/L	已装船提单
Open General License，OCL	公开一般许可证
Open Policy；Open Cover	预约保险单
Open/Freely Negotiation Credit	公开议付信用证

Order	订单
Order B/L	指示提单
Orderly Growth	有秩序增长
Orderly Marketing Agreement	有秩序销售协定
Origin Criteria	原产地标准
Overall Economic Integration	全盘经济一体化
Oversea Trade	海外贸易
Packing and Labeling Regulation	包装和标签规定
Payee	受款人
Payer	付款人
Payment	付款
Payment After Arrival	货到付款
Payment Credit	付款信用证
Payment in Advance	预付货款
Persistent Dumping	持续性倾销
Physical Capital	物质资本
Physical Delivery	实际交货
Policy of International Trade in Services	国际服务贸易政策
Predatory Dumping	掠夺性倾销
Preferential Duty	特惠税
Preferential Trade Arrangement	优惠贸易安排
Price Undertaking	价格承诺
Prior Limitation	预定限额
Producers' Response Lag	生产者反应时滞
Product Distinction Theory	产品差异论
Product Life Cycle Theory	产品生命周期理论
Production Distortion	生产扭曲
Product-specific Safeguard Measures	特别保障措施
Prohibitive Import	禁止进口
Prohibitive Subsidies	禁止性补贴
Promissory Note	本票
Prompt Shipment	即刻装运
Protective Tariff	保护关税
Protective Tariff Theory	保护关税论
Protective Trade Policy	保护贸易政策
Quality Tolerance	品质公差
Quantity of Trade	国际贸易量
Rate of Duty	税率
Ratio of Dependence on Foreign Trade，RDFT	对外贸易依存度

Received for Shipment B/L	备运提单
Reciprocal Credit	对开信用证
Reciprocal Demand Theory	相互需求论
Re-export	复出口
Regional Economic Integration	区域经济一体化
Reimbursement Bank	偿付行
Re-import	复进口
Remittance	汇付
Remittance by Banker's Demand Draft, D/D	票汇
Resource-oriented Policy	资源导向型政策
Restricted Negotiation Credit	限制议付信用证
Retaliatory Tariff	报复关税
Returns to Scale	规模报酬
Revenue Tariff	财政关税
Reverse Preference	反向优惠
Revised American Foreign Trade Definitions 1941	《1941 年美国对外贸易定义修订本》
Revolving Credit	循环信用证
Rule of Direct Consignment	直接运输规则
Safeguard Measures	保障措施
Sailing Schedule	船期表
Sale by Actual Quality	看货买卖
Sale by Sample	凭样品买卖
Sales Contract	销售合同
Scale of Economies Theory	规模经济论
Seaworthy Packing	适于海运的包装
Sectional Economic Integration	部门经济一体化
Self-restriction Agreement	自限协定
Seller's Sample	卖方样品
Seller's Usual Packing	卖方习惯包装
Selling Offer	销售发盘
Shipping Advice	装船通知
Shipping Contract	装运合同
Shipping Mark	运输标志
Short Form B/L	略式提单
Sight Draft	即期汇票
Sight Payment Credit	即期付款信用证
Single Tariff	单式税则
Sliding Duty	滑动关税
Sluice Gate Price	闸门价

Social Accountability 8000，SA8000	社会责任标准
Social Accountability International	社会责任国际组织
Social Dumping	社会倾销
Special Trade	专门贸易
Specific Duty	从量税
Specific License，SL	特种商品进口许可证
Sporadic Dumping	偶然性倾销
Standard International Trade Classification，SITC	国际贸易标准分类
Standby Letter of Credit	备用信用证
State Monopoly	国家垄断
State Trade	国营贸易
State Trading Enterprises	国营贸易企业
Straight B/L	记名提单
Strategic Trade Theory	战略贸易论
Subject of Taxation	税收主体
Supplier's Credit	卖方信贷
Symbolic Delivery	象征性交货
System of Multiple Exchange Rates	复汇率制
Systematic and Endogenous Variables	制度性内生变量
Tangible Goods Trade	有形贸易
Target Price	目标价格
Tariff Escalate	关税升级
Tariff item；Tariff No.	税则号列
Tariff Level	关税水平
Tariff Quotas	关税配额
Taxpayer	纳税人
Technical Barriers to Trade，TBT	技术性贸易壁垒
Technological Gap Theory	技术差距论
Technological Know-how	技术诀窍
Telegraphic Transfer，T/T	电汇
Terms of Trade	贸易条件
The Federal Food，Drug and Cosmetic Act	联邦食品、药品及化妆品法
The International System of Units，SI	国际单位制
Theoretical Weight	理论重量
Theory of Absolute Advantage	绝对优势论
Theory of Comparative Advantage	相对优势论
Theory of Competitive Advantage of Nations	国家竞争优势理论
Theory of Equilibrium Price	均衡价格论
Theory of Preference Similarity	偏好相似论

Theory of Trade Protection	保护贸易理论
Third Party Logistic，3PL	第三方物流
Threshold Price	门槛价格
Time Draft	远期汇票
Trade Deficit	贸易赤字，入超
Trade Surplus	贸易盈余，出超
Trade Term	贸易术语
Transfer Price	调拨价格
Transferable Credit	可转让信用证
Transferee	受让人
Transhipment B/L	转船提单
Transit Duty	过境关税
Transit Trade	过境贸易
Transitional Product-specific Safeguard Mechanism	过渡性保障机制
Transnational Corporation	跨国公司
Trigger Price Mechanism，TPM	启动价格制
Trough B/L	联运提单
Trust Receipt	信托收据
Unclean B/L	不清洁提单
Unconfirmed Credit	非保兑信用证
Unilateral Quotas	单方面配额
Value of Trade	贸易额
Variable Levy	差价税
Vertical Economic Integration	垂直经济一体化
Vertical International Division of Labor	垂直型国际分工
Vertical Trade	垂直贸易
Voluntary Export Quotas	自动出口配额
Voluntary Export Restraints	自动出口限制
Warning Mark	警告性标志
Warsaw-Oxford Rules 1932	《1932 年华沙—牛津规则》
Wealth-driven	财富驱动
Weight Ton	重量吨
Wooden Case	木箱
World Bank	世界银行
World Economic Forum，WEF	世界经济论坛
World Market	世界市场
World Trade	世界贸易

参 考 文 献

[1] Robert J Carbaugh. 国际经济学 [M]. 8 版. 原毅军, 陈艳莹, 等译, 北京: 机械工业出版社, 2002.

[2] Dennis R Appleyard, Alfred J Field. Jr. 国际经济学 [M]. 龚敏, 陈琛, 高倩倩, 译. 北京: 机械工业出版社, 2002.

[3] 托马斯·普格尔, 彼得·林德特. 国际经济学 [M]. 11 版. 李克宁, 等译. 北京: 经济科学出版社, 2001.

[4] 托马斯·普格尔. 国际金融 [M]. 14 版. 北京: 中国人民大学出版社, 2009.

[5] Paul R Krugman, Maurice Obstfeld. International Economics [M]. 北京: 中国社会科学出版社, 2001.

[6] Paul R Krugman, Maurice Obstfeld. 国际经济学: 理论与政策 [M]. 海闻, 等译. 北京: 中国人民大学出版社, 2006.

[7] 查尔斯 W L 希尔. 国际商务: 全球市场竞争 [M]. 周健临, 等译. 北京: 中国人民大学出版社, 2003.

[8] 罗纳德 W 琼斯, 彼德 B 凯南. 国际经济学手册: 第一卷国际贸易 [M]. 姜洪, 李畅, 徐健, 等译. 北京: 经济科学出版社, 2008.

[9] Jagdish Bhagwati. 今日自由贸易 [M]. 海闻, 译. 北京: 中国人民大学出版社, 2004.

[10] 大卫·格林纳韦. 国际贸易前沿问题 [M]. 冯雷, 译. 北京: 中国税务出版社, 2005.

[11] 保罗·克鲁格曼. 战略性贸易政策与新国际经济学 [M]. 北京: 中国人民大学出版社, 2000.

[12] 迈克尔·波特. 国家竞争优势 [M]. 李明轩, 邱如美, 译. 北京: 中信出版社, 2007.

[13] 亚蒂什 N 巴格瓦蒂, 等. 高级国际贸易学 [M]. 2 版. 王根蓓, 译. 上海: 上海财经大学出版社, 2004.

[14] Giancarlo Gandolfo. 国际贸易理论与政策 [M]. 王根蓓, 等译. 上海: 上海财经大学出版社, 2005.

[15] 迈克尔·波特, 竹内广高, 神原鞠子. 日本还有竞争力吗? [M]. 孙小悦, 译. 北京: 中信出版社, 2001.

[16] 海闻, 彼得·林德特, 王新奎, 等. 国际贸易 [M]. 上海: 上海人民出版社, 2003.

[17] 刘光溪. 入世: 政策与实务 [M]. 上海: 上海书店出版社, 2002.

[18] 刘力, 刘光溪. 世界贸易组织规则读本 [M]. 北京: 中共中央党校出版社, 2000.

[19] 陈志田, 叶柏林. 贸易技术壁垒与商品进出口 [M]. 北京: 中国计量出版社, 2002.

[20] 余永定, 郑秉文. 中国 "入世" 研究报告: 进入 WTO 的中国产业 [C]. 北京: 社会科学文献出版社, 2000.

[21] 谢康. 中国与 WTO: 规则、挑战与应战 [M]. 深圳: 广东人民出版社, 2001.

[22] 张茅华. 欧洲一体化与欧盟的经济社会政策 [M]. 北京: 商务印书馆, 2001.

[23] 杨荣珍. WTO 争端解决 [M]. 北京: 对外经贸大学出版社, 2002.

[24] 王琴华. 贸易救济理论前沿与实务探究 [M]. 北京: 机械工业出版社, 2006.

[25] 李昌奎. 世界贸易组织 (反倾销协定) 释义 [M]. 北京: 机械工业出版社, 2005.

[26] 高永富. WTO 与反倾销、反补贴争端 [M]. 上海: 上海人民出版社, 2001.

[27] 王仲辉. 跨越贸易壁垒——技术性贸易壁垒对中国纺织品服装贸易的影响 [M]. 北京: 中国社会科学出版社, 2005.

[28] 李健. 经济全球化背景下的新贸易壁垒 [M]. 大连: 东北财经大学出版社, 2007.

[29] 鲁丹萍. 国际贸易壁垒战略研究 [M]. 北京: 人民出版社, 2006.

[30]　张海东．技术性贸易壁垒与中国对外贸易［M］．北京：对外经贸大学出版社，2004．

[31]　尹翔硕．国际贸易教程［M］．2版．上海：复旦大学出版社，2001．

[32]　陈百助，晏维龙．国际贸易理论、政策与应用［M］．北京：高等教育出版社，2006．

[33]　李小北，王珽玖，等．国际贸易学［M］．2版．北京：经济管理出版社，2004．

[34]　宋全成．迈向贸易强国［M］．北京：中国商务出版社，2004．

[35]　国彦兵．西方国际贸易理论历史与发展［M］．杭州：浙江大学出版社，2004．

[36]　陈宪，张鸿．国际贸易——理论·政策·案例［M］．上海：上海财经大学出版社，2004．

[37]　董辅礽．纵论中国经济［M］．上海：上海交通大学出版社，2005．

[38]　张弼．国际贸易习题指南及详解［M］．北京：清华大学出版社，北京交通大学出版社，2007．

[39]　尹忠明．国际贸易学学习指南［M］．成都：西南财经大学出版社，2006．

[40]　何蓉．国际贸易［M］．北京：机械工业出版社，2006．

[41]　薛荣久．国际贸易［M］．北京：对外经贸大学出版社，2006．

[42]　黄建忠．中国对外贸易概论［M］．2版．北京：高等教育出版社，2007．

[43]　盛斌．中国对外贸易政策的政治经济学分析［M］．上海：上海人民出版社，2002．

[44]　高永富．世界贸易组织新论［M］．北京：北京大学出版社，2008．

[45]　张德修．WTO：规则·运行·案例［M］．北京：中国发展出版社，2009．

[46]　苑涛．WTO概论［M］．北京：清华大学出版社，北京交通大学出版社，2008．

[47]　辽宁省质量技术监督局，辽宁省标准化研究院，WTO/TBT辽宁省报咨询中心．出口产品应对技术性贸易措施指南（辽宁省）［M］．北京：中国标准出版社，2008．

[48]　吴玲俐．WTO体制下的绿色贸易壁垒法律问题研究［M］．北京：中国政法大学出版社，2009．

[49]　王亚星．2009中国出口贸易壁垒监测与分析报告［M］．北京：中国经济出版社，2009．

[50]　严国辉．国际贸易理论与实务［M］．2版．北京：对外经贸大学出版社，2009．

[51]　徐桂英．国际贸易——理论与政策［M］．北京：经济科学出版社，2010．

[52]　李艳燕．国际贸易概论［M］．成都：西南财经大学出版社，2010．

[53]　蒋琴儿．国际贸易概论［M］．杭州：浙江大学出版社，2010．

[54]　张玮．国际贸易原理［M］．北京：中国人民大学出版社，2009．

[55]　李宏，赵晓晨．国际贸易理论与政策［M］．北京：清华大学出版社，北京交通大学出版社，2009．

[56]　栗丽．世界贸易组织体制［M］．北京：中国人民大学出版社，2009．